LA SOMNAMBULE
DE LA VILLA AUX LOUPS

Du même auteur

Romans

Les Nouveaux Mystères de Marseille.

L'Inconnu du Grand Hôtel, Lattès, 2010.

Le Vampire de la rue des Pistoles, Lattès, 2009.

Le Guet-Apens de Piscatoris, Lattès, 2008.

Les Diaboliques de Maldormé, Lattès, 2007.

Le Spectre de la rue Saint-Jacques, Lattès, 2006, Le Livre de Poche, prix des Marseillais 2006 au Carré des Écrivains.

Double crime dans la rue Bleue, Lattès, 2005, Le Livre de Poche, prix RomPol 2005 du site Le Rayon du Polar.

Le Secret du docteur Danglars, Lattès, 2004, Le Livre de Poche.

La Faute de l'abbé Richaud, Lattès, 2003, Le Livre de Poche, prix Jean-Toussaint Samat du roman policier décerné par l'Académie de Marseille.

L'Énigme de la Blancarde, Lattès, 2002, Le Livre de Poche, prix Paul-Féval 2003 de littérature populaire décerné par la Société des Gens de Lettres de France.

La Cathédrale engloutie, Grasset, 1992.

Comme un cheval fourbu, Belfond, 1984, Le Grand Livre du Mois, réédition L'Écailler du Sud, 2007.

La Poisse, Nouvelles Éditions Baudinière, 1981, adapté pour la télévision (France 2) sous le titre *Pris au piège*, Grand Prix international au festival du film policier de Cognac, 1992, réédité sous le titre *Pris au piège*, Autres Temps, 2002.

Biographies

Dominique Piazza, un destin marseillais, HC éditions, 2009.

Emma Calvé, la diva du siècle, Albin Michel, 1989, Le Livre de Poche.

Nouvelles

Suite provençale, La Table Ronde, 1996, prix Louis Brauquier 1996 de l'Académie de Marseille.

Chroniques

Ça s'est passé à Marseille, 5 volumes, Autres Temps, 1992, Grand Prix littéraire de Provence 1998.

Album

Côtes méditerranéennes vues du ciel, sur des photos de Yann Arthus-Bertrand, Le Chêne, 1997.

Histoire

Histoire de Marseille illustrée, Le Pérégrinateur, 2007.

Marseille, 2600 ans d'Histoire, avec Roger Duchêne, Fayard, 1999.

Et Marseille fut libérée..., Autres Temps, 1994.

Jeunesse

Parle-moi de Marseille, Autres Temps, 1999.

www.editions-jclattes.fr
http://jeancontrucci.free.fr/

Jean Contrucci

LES NOUVEAUX MYSTÈRES DE MARSEILLE

LA SOMNAMBULE DE LA VILLA AUX LOUPS

Roman

JC Lattès

Maquette de couverture : Atelier Didier Thimonier
Illustration d'Artus Scheiner, tirée du livre *Macbeth*
de William Shakespeare © Bridgeman Giraudon

ISBN : 978-2-7096-3788-6

Première édition septembre 2011.

À la mémoire de Patrick Cauvin.

Note de l'auteur

On trouvera parfois dans ce texte certaines expressions tirées du parler marseillais, quand la vérité du dialogue l'exige. Qu'on ne voie pas là le recours à une couleur locale facile, ou à un folklore langagier dépassé. Les Marseillais de la Belle Époque, à quelque classe sociale qu'ils appartiennent, sont bilingues (franco-provençal, ou franco-marseillais). Ils truffent leurs propos exprimés en français d'expressions venues du provençal, du patois local ou de l'italien. Cette habitude s'est prolongée bien après la Seconde Guerre mondiale. Aujourd'hui la tchatche a pris le relais. C'est pourquoi nous avons fourni une traduction des expressions qui pourraient poser un problème de compréhension aux Français vivant au-dessus du 45ᵉ parallèle, qui, comme chacun sait, passe par Valence.

« C'est une sotte présomption d'aller dédaignant et condamnant pour faux ce qui ne nous semble pas vraisemblable. »

Les Essais, Michel de Montaigne

1.

Où l'on découvre dans une villa de la périphérie marseillaise les corps sans vie de deux amants venus là pour s'y suicider.

Il allait être 5 heures du soir, ce 4 juin 1908.

Marius Brouquier, cocher n° 7, de la société de transport hippomobile Decanis, dormait assis au pied d'un pin, le dos calé contre son tronc rugueux. En attendant le retour de ses clients, il s'était installé à l'ombre, près du jardin entourant la villa où il avait conduit un couple qui s'y était enfermé depuis près de deux heures. Assommé de chaleur, le voiturier s'était endormi sans en avoir conscience.

Il fut brutalement tiré de son somme par une double déflagration.

À cet instant, le gros homme faisait un rêve fort agréable. Il poursuivait une femme à demi nue, callipyge comme il les aimait. La jeune beauté courait devant lui en poussant des cris aigus. Plus il approchait de la fugitive, plus elle hurlait.

Les deux détonations avaient retenti au moment précis où le cocher allait poser ses mains avides sur les fesses convoitées.

Marius Brouquier se retrouva ébahi sur son tapis d'aiguilles de pin, sans plus savoir où il était. Il grommela un vague juron et se mit debout avec peine. Il luttait pour émerger de l'état de semi-hébétude où l'avait plongé un sommeil brutal, aggravé par la canicule tombée en trois jours sur Marseille, au terme d'un printemps pluvieux qui avait donné à la ville un arrière-goût du Déluge.

Un troisième coup de feu retentit. Il sembla au cocher qu'il provenait de l'intérieur de la villa.

Brouquier entendit s'ébrouer sa vieille jument, elle aussi troublée dans sa somnolence par le bruit.

Il avait garé sa calèche et abrité Rosette de l'ardeur du soleil dans une allée ombragée jouxtant sur la droite cette villa cossue du quartier de La Panouse où il avait amené le couple au milieu de l'après-midi. Ce coin verdoyant de pinèdes au sud de Marseille, isolé du charroi de la grand-route rejoignant la montée de la Gineste à la hauteur du hameau de Vaufrèges, se situait près du village du Cabot, traversé par le Grand chemin conduisant de Marseille à Cassis[1]. Des bastides et des *campagnes* entourées de jardins accueillaient durant l'été les familles bourgeoises de Marseille fuyant la touffeur et les miasmes de la cité. Des retraités cossus en avaient fait aussi le refuge de leurs vieux jours.

Le cocher n° 7 avait chargé place Castellane, où stationnaient les fiacres, un jeune homme d'une vingtaine d'années à la barbe taillée court. Le client lui avait demandé de le conduire d'abord au n° 60 du boulevard Notre-Dame, qui dévale le flanc est de la

1. Aujourd'hui boulevard du Cabot.

colline de la Garde, depuis le quartier Vauban jusqu'à la Rive-Neuve du Vieux Port. L'adresse était celle d'un imposant immeuble bourgeois de six étages, avec balcons en fer forgé ouvragé, vitraux colorés aux fenêtres et entrée cavalière. Le client s'y était engouffré après avoir promis au voiturier de revenir aussitôt.

Le fiacre n'avait stationné guère plus de quelques minutes devant l'immeuble. Une jolie femme au teint pâle, à qui le cocher donna une trentaine d'années, avait bientôt paru, suivie du jeune homme. Elle portait une jupe d'été ornée d'un semis de fleurs jaunes à la façon des imprimés d'indienne, et un simple chemisier blanc à manches bouffantes. Elle avait à peine pris le temps de mettre sur sa tête une capeline de paille ornée de cerises en céramique, retenue par des épingles à un chignon fourni laissant deviner une longue chevelure noir de jais. À l'exception d'une mèche blanche sur chacune des tempes. Ce détail lui conférait une beauté singulière.

Les clients s'étaient installés dans la voiture et le jeune homme avait donné l'adresse de cette villa isolée de l'avenue de La Panouse, qui montait en serpentant vers les hauteurs de Vaufrèges. Une belle course de plus de six kilomètres.

Elle s'était achevée impasse des Solitaires, judicieusement nommée, car elle prolonge sur quelques dizaines de mètres l'avenue de La Panouse avant de venir buter sur les premiers rochers blancs de la colline.

À peine arrivé à destination, le jeune homme s'était d'abord rapidement dirigé vers une villa située à droite, presque en face de celle où il avait fait arrêter le fiacre. Il en possédait les clefs. Il y était entré, en était ressorti aussitôt, tenant sous le bras une sorte de grand cahier-classeur de couleur bleue. Revenu vers la villa, où la femme l'attendait dans le jardin, il lui avait simplement dit : « Il était sur ma table de travail. »

Le couple était entré dans la maison cernée de hauts murs, bizarrement baptisée *Villa aux Loups*. Avant de claquer la porte, le jeune homme avait demandé au cocher d'attendre « le temps qu'il faudrait ».

Marius Brouquier avait mis plusieurs secondes à réaliser que les trois coups de feu qui venaient de l'arracher à sa sieste provenaient de la villa. Il prêta l'oreille comme s'il en attendait un quatrième, mais seul répondit à son écoute le vacarme de milliers de cigales dont les cymbalisations forcenées faisaient rissoler la pinède surchauffée comme une bassine de friture géante. Le gros homme, sa moustache de gendarme frémissant comme une antenne, releva du dos de la main le canotier rabattu sur ses yeux, épongea la sueur qui lui baignait le cou avec un grand mouchoir à carreaux. Il s'avança vers la porte d'entrée de la villa.

Il cria de sa voix rude en tambourinant de son poing fermé :

— Oh ! Qu'esse y se passe ? Vous avez entendu ? Y a besoin d'aide ?

Il lui sembla à cet instant entendre remuer à l'intérieur de la maison. Il pensa que quelqu'un descendait lui ouvrir, mais non. Personne ne se montra.

Marius Brouquier colla son oreille contre le bois brûlant de la porte. Aucun nouveau signe de vie ne lui parvint de l'intérieur.

Il faut dire qu'avec ces cigales qui se grattaient le ventre à qui mieux mieux il était difficile de distinguer autre chose que ce crissement assourdissant.

Marius Brouquier manipula la poignée ronde et tenta d'ouvrir, mais la porte résista. Ils avaient dû s'enfermer à clef. Il frappa de nouveau, sans résultat.

Pris d'un pressentiment, le cocher sentit son cœur s'emballer en même temps que sa respiration courte se précipitait. Il jeta un regard circulaire sur la façade blanche aux volets clos sur laquelle le soleil s'acharnait, l'obligeant à plisser les yeux pour atténuer la réverbération. Son examen ne révélant rien de suspect, le gros homme entreprit de faire lentement le tour de la bâtisse à la recherche d'une hypothétique entrée secondaire.

Au rez-de-chaussée, sur le devant, il n'y avait d'autre ouverture que celle de la porte bouclée, flanquée par deux fenêtres barrées de volets en métal d'une belle épaisseur. Le côté gauche de la maison était aveugle. Le cocher passa derrière la bâtisse. Seule une porte étroite, en bois massif, qui n'avait plus revu un pot de peinture depuis des lustres, trouait l'ordonnance de la façade nord. Au premier étage, deux fenêtres aux volets barricadés encadraient un œil-de-bœuf inaccessible sous le faîte du toit à double pente. Cette « sortie de secours », devant laquelle poussait une haie de buis envahissante qu'il fallait écarter pour l'atteindre, était condamnée. Une grosse chaîne passant par un étrier de métal scellé au mur et deux trous ménagés dans l'épaisseur du vantail de bois le maintenait fermé.

Le cocher risqua un œil par l'entrebâillement qu'autorisait le ballant de la chaîne et aperçut dans la pénombre, à l'autre extrémité de cette fermeture de fortune, un énorme cadenas emprisonnant les maillons de la chaîne. Par ses dimensions l'objet n'aurait pu passer par l'un des trous percés dans le bois de la porte. Et l'eût-on halé vers l'extérieur, encore eût-il fallu en posséder la clef.

On pouvait donc sortir de la villa par cette porte, à condition de posséder la clef du cadenas intérieur, mais rien ne permettait d'entrer par là.

Après avoir habitué ses yeux à l'obscurité du couloir, Marius Brouquier parvint à entrevoir l'amorce d'un escalier conduisant probablement à l'étage. Il tira pour la forme sur la porte, mais n'insista pas.

Revenu devant la villa, le voiturier jeta un coup d'œil aux fenêtres du premier étage. C'est à celle de droite qu'il avait aperçu le jeune homme pour la dernière fois, à l'instant où il avait entrouvert les persiennes avant de les refermer. En vieil habitué des choses de la vie et des petits secrets sur lesquels un cocher digne de ce nom doit savoir fermer les yeux, Marius Brouquier avait pensé : « Ces deux-là vont se payer une sieste crapuleuse. » Cela ne l'offusquait pas. Mais ces réflexions avaient sûrement été à l'origine de sa rêverie polissonne.

Les clients avaient tout leur temps. Et lui aussi. Il était payé à l'heure. Deux francs pour être précis, auxquels s'ajoutait un franc cinquante pour la prise en charge. Plus les amants traîneraient au lit, mieux ça serait. Le cocher préférait stationner à l'ombre en pleine campagne que parcourir les rues surchauffées de la cité en ce début d'après-midi torride. En avait-il transporté, de ces couples illégitimes, venus abriter pour quelques heures leurs folies amoureuses dans ces bastides discrètes de la périphérie marseillaise, ou ces *campagnes* isolées entourées de grands murs de pierres crépis au mortier, hérissés de tessons de bouteilles pour décourager la maraude !

Cependant, quelque chose avait attiré l'attention de cet observateur privilégié des vices cachés et des vertus publiques de la société bourgeoise, qui constituait une bonne partie de sa clientèle. Contrairement à la règle constante voulant qu'un mari trompant sa femme le fasse avec une femme beaucoup plus jeune que sa légitime, dans le cas présent c'était le contraire. Le jeune homme avait au bas mot dix années de moins que sa compagne. Non que celle-ci fût pour autant une *jument de remonte*, avait constaté le cocher, usant de métaphores propres à sa profession. La beauté de cette femme et sa grâce naturelle s'étaient épanouies dans une silhouette de cariatide bien en chair, mais une chair ferme. C'était une « belle femme », au sens que l'on donne à ces mots – gestes à l'appui – dans les sociétés masculines, lorsqu'on évoque « ce qu'il faut pour contenter la main de l'homme ». Elle devait avoir à peine dépassé la trentaine, en dépit de ces fils d'argent qui, aux tempes, se mêlaient à ses mèches brunes, lui conférant une « maturité prématurée », si l'on ose dire.

Le jeune homme, en revanche, dans son costume d'alpaga clair, malgré son panama d'homme plus mûr et ses quatre poils au menton, avait tout juste quitté l'adolescence. Son visage allongé, sa courte barbe, la pâleur de son teint, sa nervosité, ses regards fiévreux, son débit saccadé, tout évoquait aux yeux expérimentés de Marius Brouquier le jeune puceau allant jeter sa gourme pour la première fois avec une « vraie dame », sans recourir aux services tarifés d'une professionnelle de l'amour.

Le bruit du roulement des roues cerclées de fer sur les pavés de la ville et les chemins de terre du terroir avait empêché le cocher de saisir ce que ses passagers se disaient, mais un petit miroir discrètement placé à la gauche de la lucarne, braqué sur l'habitacle fermé où se trouvaient les clients, lui avait permis d'observer le manège du couple. Elle, calme, souriante, à la limite de la froideur ou de l'indifférence, répondant posément aux questions de son compagnon, comme si elle cherchait à apaiser sa fièvre, lui agité, compulsif, remuant, empressé, parlant sans cesse, ne demeurant pas un instant immobile.

« Il va falloir qu'elle le calme avant de passer à la chose, sinon, il va pas y arriver », avait pensé Brouquier, souriant tout seul. Il était émoustillé à l'idée de voir cette belle bourgeoise – elle avait l'air si « comme il faut ! » – s'offrir un jeune en guise de goûter.

Le rêve polisson qu'il avait fait ensuite en portait trace, avant d'être brisé par les coups de feu.

Ces images revenaient en désordre dans l'esprit du cocher n° 7, tandis que, décontenancé, il arpentait la terrasse dallée devant la villa, jetant des coups d'œil inquiets vers les fenêtres du premier étage. Il espérait encore les voir s'ouvrir sur le visage juvénile de l'autre énervé.

Il cria sans réfléchir :

— Y a quelqu'un ?

Comme s'il ne le savait pas. Puis, il alla frapper de nouveau quelques coups inutiles dans le panneau de la porte d'entrée.

Une voix d'homme le fit sursauter. Elle ne provenait pas du premier étage comme Brouquier l'espérait, mais venait de retentir dans son dos. Avec le crin-crin crispant des bataillons d'homoptères proclamant haut et fort leur plaisir de se gaver de résine de pin, il n'avait pas entendu arriver l'homme en bras de chemise, pantalon de toile claire, chaussé d'espadrilles et coiffé d'un chapeau de jardinier.

— Qu'est-ce qui se passe ?

Le cocher eut un geste d'impuissance.

— On a tiré, on dirait, dit l'arrivant. Vous avez entendu ?

— Voui. Je pense que c'est des coups de feu.

— C'est un peu tôt pour l'ouverture de la chasse, ricana l'homme en chemise. Je suis venu voir, parce qu'avec tous ces braconniers...

Il fit un geste du bras en direction de l'avenue de La Panouse.

— J'habite un peu plus bas, là. La cinquième villa en descendant. Quand j'ai entendu péter, j'ai préféré venir voir. On sait jamais.

— Moi, je suis cocher de fiacre, dit Marius Brouquier en désignant le mur derrière lequel il avait garé sa voiture attelée de Rosette.

La vieille jument, la surprise passée, avait retrouvé sa placidité.

— J'ai amené un couple cet après-midi et...

Le voisin l'interrompit :

— Je vous ai vu passer. Vous savez, ici, quand il vient quelqu'un c'est un événement. La moitié des maisons sont vides avant juillet.

Pour preuve, il montra du bras la villa en face.

— J'ai amené un monsieur et une dame...

Le cocher se reprit :

— Enfin un jeune, qui accompagnait une dame. Vous les connaissez, peut-être. Ils sont entrés dans la maison.

— Si je les connais, je les ai pas reconnus, quand vous êtes passés devant chez moi, dit l'homme. Dedans la cabine, on voit que des silhouettes noires, avec ce cagnard dehors. Mais si vous dites qu'ils sont entrés, alors la femme ça doit être Mme Casals, la femme du professeur de chirurgie. La maison est à lui. Elle était comment ?

Cela ne rata pas. Marius Brouquier porta ses deux mains en forme de conque à la hauteur de sa poitrine, et avec une moue de connaisseur, lâcha :

— Une belle femme. Brune. Avec des mèches blanches. Ça fait drôle. Dans les trente, trente-cinq.

Le voisin fut formel :

— Si vous me dites qu'elle a des mèches blanches, alors, pas de doute : c'est Mme Casals, assura l'homme au chapeau de jardinier.

Il voulut s'en assurer quand même :

— Ils vous ont dit leur nom ?

Le cocher fit des yeux ronds :

— Je vois pas pourquoi ils me l'auraient dit.

Il rit malgré lui :

— C'est un fiacre, que j'ai, pas un panier à salade ! Mes clients, on leur demande pas comment ils s'appellent !

L'homme s'obstina :

— Je sais, mais vous auriez pu les connaître.

— C'était pas le cas. Ils se sont enfermés là-dedans, après m'avoir dit d'attendre.

— Il était comment, le jeune ?

— Mince, avec une courte barbe comme en ont les étudiants. Il avait l'air énervé.

— Je crois savoir qui c'est, dit le voisin. Mais ils étaient seuls ? Que tous les deux ?

— Je me tue à vous le dire. À moins qu'il y ait eu quelqu'un dans la maison...

— En ce moment y a personne, assura le voisin. Ils viendront pas s'installer avant le début de juillet.

Son visage refléta sa soudaine inquiétude :

— Ils sont pas ressortis ?

Le cocher répliqua avec logique :

— Eh non, autrement vous les verriez !

— Mais alors, les coups de feu, vous pensez que c'est *euss* qui les auraient tirés ?

Marius Brouquier soupira :

— Sur l'instant, j'ai pas bien réalisé, parce que je m'offrais un *pénéqué* à l'ombre. Mais ça venait de dedans. Trois coups. Deux d'abord, un après, bien détaché.

Le voisin s'exclama :

— Oh, fan de pute ! Qu'est-ce qui s'est passé ? Vous voyez pas qu'ils se soient suicidés ? Il en arrive tellement de nos jours.

— À moins que l'un ait tué l'autre, hasarda le cocher.

Le voisin réfuta l'hypothèse :

— Pensez-vous ! Si l'un avait tué l'autre, vous auriez vu l'assassin vous demander de le ramener en ville !

Malgré son inquiétude, Marius Brouquier rigola :

— Moi, à sa place, si j'avais tué quelqu'un, j'aurais foutu le camp par la colline, là, derrière, sans attendre les gendarmes.

La tête brouillée, le cocher n'avait pas réfléchi qu'à moins de posséder la clé du cadenas, c'était chose impossible.

Sans s'être consultés, les deux hommes se mirent à crier à tue-tête.

— *Ohou !* Sortez un peu de là-dedans ! Montrez-vous qu'on vous voye !

Le seul résultat qu'obtint cette nouvelle tentative fut de rameuter plusieurs riverains qui avaient eux aussi perçu les détonations – car, derrière les persiennes closes des chambres, les fenêtres étaient demeurées grandes ouvertes – et les appels des deux hommes les avaient intrigués. Venait en tête, à petits pas traînant, un vieux couple habitant de l'autre côté de l'impasse, en redescendant vers l'avenue de La Panouse, puis un ingénieur retraité des chemins de fer d'Algérie qui arborait un casque colonial, seul vestige de son activité passée.

Tout ce beau monde se mit à parler en même temps quand le cocher et le voisin – il se révéla être un ancien entrepreneur maçon – eurent fait part de leurs inquiétudes.

— On peut pas rester comme ça à attendre, dit l'ex-ingénieur, habitué aux grandes décisions. S'ils sortent pas, il faut aller y voir.

— Eh, comment ? objecta le cocher, en désignant la porte. Vous avez vu l'épaisseur du bois ?

— J'ai ce qu'il faut chez moi, assura l'ex-entrepreneur en s'éloignant déjà vers sa maison, distante d'une bonne centaine de mètres.

Tandis que les conciliabules et les hypothèses des quatre personnes demeurées sur place allaient toujours bon train, le voisin revint bientôt, accompagné de son épouse, une robuste qui l'aidait à porter une masse, deux barres à mine et une hache de bûcheron.

Comme s'il cherchait une approbation chez ses interlocuteurs, l'ex-entrepreneur demanda :

— On y va ?

Rassuré par l'approbation muette des autres, il prit son élan et décocha un coup de sa masse dans le chambranle. Le bois se fendit sous l'impact, mais la porte résista.

Ce premier coup donné, le maçon s'immobilisa, l'oreille aux aguets comme s'il espérait que le bruit ait enfin tiré de leur mutisme les occupants de la villa.

— Ils sont peut-être partis, suggéra la doyenne du groupe, guettant en vain l'approbation de son époux.

— Par où ? demanda le cocher. Je les aurais vus, tout de même !

— Alors, ils sont morts, affirma l'imposante épouse du maçon.

Comme s'il approuvait muettement le diagnostic, celui-ci frappa à coups redoublés. Le bois craquait, mais la porte résistait.

— Vache morte ! Elle est solide !

Le maniement de la masse l'avait mis en eau. Il frappa encore plusieurs coups à la file.

— Attendez, je vous relaye, proposa le cocher qui tendait la main vers l'outil.

— Faites plutôt jouer les barres à mine, suggéra l'ex-ingénieur. Elle a commencé à céder, là, on dirait.

Il montra le bois au niveau de la serrure. L'effort conjoint du cocher et du maçon fit encore s'écarter le panneau du chambranle.

— Cette fois, ça devrait aller, dit l'ingénieur des chemins de fer, qui avait récupéré la masse. Elle branle. Si je frappe au bon endroit…

Il se recula, avec effort il souleva l'outil à hauteur de la serrure et, à la volée, il frappa au beau milieu de la pièce métallique dont le pêne rendit les armes dans un grand craquement du bois.

Il avait fallu près de trente-cinq minutes d'efforts.

Il n'y eut plus qu'à pousser d'un coup d'épaule, dont se chargea le cocher, et la porte s'ouvrit sur le hall du rez-de-chaussée. Les intervenants étaient en nage.

— En tout cas, constata l'ingénieur, s'ils sont pas descendus avec le raffut qu'on a fait, c'est que…

Il s'abstint d'achever, chacun avait compris.

Il avait retrouvé une attitude de chef de chantier. Il s'adressa aux messieurs :

— Je monte le premier. Vous me suivez ? Mesdames, vous restez en bas, s'il vous plaît.

La suggestion arracha un petit cri apeuré à la doyenne de l'assistance qui s'accrocha au bras de son époux, peu décidé lui-même à tenter l'ascension.

Quand les trois hommes, en file indienne, atteignirent le palier du premier étage, ils découvrirent la porte de la chambre de gauche grande ouverte. Ce qu'ils aperçurent leur arracha un murmure d'effroi et les fit reculer d'horreur.

Affaissé contre un canapé, les jambes étendues sur le plancher, les vêtements en désordre, mais entièrement vêtu, tel que l'avait vu pour la dernière fois le cocher Brouquier en levant la tête, le jeune homme, rendant du sang par la bouche – un revolver entre ses doigts crispés – gisait, la tête inclinée sur la poitrine. Il semblait s'être tiré une balle dans la mâchoire, qui avait pénétré dans le crâne de bas en haut. Sous sa courte barbe en pointe, la peau de son visage avait pris une teinte cramoisie, comme si elle était congestionnée.

En face de lui, sur le lit défait, les cheveux dénoués, un bouquet de violettes auprès d'elle, un châle d'indienne recouvrant ses pieds et ses mollets, laissant visibles ses cuisses nues, la femme brune aux mèches d'argent était allongée, l'air si étrangement serein qu'on eût pu croire qu'elle venait de s'endormir, heureuse et comblée par son amant.

Hélas, l'impression était aussitôt démentie par les deux trous rouges qu'elle portait à la tempe gauche, d'où s'écoulaient deux filets de sang que buvait le lin du drap recouvrant le matelas. La mort avait dû être instantanée. La flaque pourpre s'agrandissait toujours plus. Une trace rouge maculait aussi le dessus-de-lit tiré au pied.

Au premier coup d'œil, les objets les plus exposés semblaient en place. Sauf un vase vide en porcelaine, posé sur un guéridon à trois pieds, proche de la tête de lit. Il avait dû choir, sans se briser sur le plancher, quand les jambes du jeune homme l'avaient heurté au moment où son corps s'effondrait.

Mais ce qui choquait le plus dans ce spectacle macabre, c'était la tenue de la femme. Ou plutôt son absence de tenue. Une jupe claire semée de fleurs, nullement chiffonnée ou froissée, avait été jetée sur le dossier d'un fauteuil crapaud. Sur la descente de lit on voyait un corsage blanc, un pantalon[1] de même couleur, un corset dégrafé dans le dos, des jarretières. La capeline dont elle était coiffée en arrivant était accrochée à une patère fixée au mur face au lit, comme si elle s'en était naturellement débarrassée en entrant dans la pièce. Sur elle, la morte ne portait plus qu'une chemise de dessous, relevée jusqu'au-dessus des seins, ce qui ne laissait rien ignorer du

1. Précisons qu'il s'agit ici de la culotte en lingerie descendant jusqu'à mi-cuisses que les femmes de l'époque portaient comme sous-vêtement.

plus intime de son anatomie. Son ventre légèrement bombé s'étalait sans pudeur sous les regards des arrivants, souligné par le buisson noir en haut de ses cuisses.

La porte centrale d'une armoire à glace était grande ouverte et on en avait sorti du linge – essentiellement des vêtements féminins posés en pile sur une chaise.

Les trois hommes, muets sur le seuil, les yeux fixes d'horreur, contemplaient cette scène aussi dramatique que saugrenue, incapables de faire un pas dans la pièce. Le cocher Marius Brouquier émergea le premier de la sidération collective. L'émotion lui fit spontanément retrouver les mots de son enfance provençale :

— *Tron de pas Diéou*[1] *!* Qu'esse qu'y a pu se passer ?

Personne n'avait la réponse.

— Pute manchote ! souffla le voisin tout pâle sous son chapeau de paille. C'est elle. C'est Mme Casals. Ô, funérailles !

« C'est le cas de le dire », songea le cocher.

L'ex-ingénieur des chemins de fer algériens prit sur lui et, se dirigeant vers le lit, saisit le drap à deux mains dont il recouvrit la nudité de la femme, mais sans rabattre la chemise.

— Il ne faut rien toucher, dit-il aux deux autres. On ne sait jamais.

Pour eux, ce fut comme le signal qui les autorisait à pénétrer dans la pièce. Le cocher rejoignit le lit et souleva les paupières de la femme dont la position était naturelle, le bras droit replié, les doigts effleu-

1. Tonnerre de (pas) Dieu ! on précise « pas », pour éviter le blasphème.

rant la joue. Sur l'index, on pouvait voir quelques gouttes de sang qui avaient coulé des trous faits par les balles.

— Y a plus rien à faire, dit Brouquier avec un air de chien battu.

L'ex-entrepreneur maçon s'était accroupi près du jeune homme allongé sur le sol, le dos contre le canapé. Il redressa son buste et, s'adressant plus précisément au cocher, il dit avec un regard incrédule :

— Lui, c'est le fils Champsaur. Henri. Sa mère est la propriétaire de la maison d'en face, celle où y a personne en ce moment. C'est la veuve d'un docteur des Colonies, qu'il s'est suicidé y a six ou sept ans. *Pécaïre*[1], ça va lui faire un coup, la *pôvre* femme !

Il ajouta en baissant la voix :

— Elle n'en avait pas eu assez comme ça, vous croyez ?

Il secoua la tête comme s'il voulait se débarrasser des idées noires qui l'assaillaient :

— Je comprends pas. D'habitude, quand il vient chez sa mère prendre des affaires ou pour travailler tranquille, il prend le *tramouais* jusqu'au Cabot et il monte à pied. Pourquoi il est venu en fiacre, et avec elle ?

Il désigna le corps nu allongé sous le drap.

L'ex-ingénieur demanda, montrant le jeune homme :

— Il donnait pas des leçons aux fillettes du professeur Casals ?

— Voui, mais ils sont pas venus avec les *nistonnes*, répliqua le maçon fort à propos.

---

1. Version provençale du mot marseillais « peuchère » qui sert à exprimer la compassion.

Il se mit à genoux et colla son oreille à la poitrine affaissée.

Il se releva le rouge aux joues, le souffle court, et dit à l'intention des deux autres qui l'observaient :

— Il m'a semblé voir qu'il clignait un peu des yeux fermés. Il est peut-être pas bien mort en plein. On dirait que son cœur bat de temps à autre. Mais c'est faiblard. Qu'est-ce qu'on fait ?

— On va chercher le docteur Argellier, répondit l'ingénieur des chemins de fer.

— Vous voulez que j'y aille ? proposa Brouquier. Un coup de fiacre c'est vite fait.

— Inutile. Il habite un peu plus loin, en bas de l'avenue. Il est à la retraite, mais il refusera pas de venir jeter un œil. J'y vais d'un coup de vélo. Vous, dit-il au cocher, allez plutôt prévenir les gendarmes.

— Elle est où la brigade ?

— À Mazargues.

Brouquier fit la grimace.

— Fan ! Y a pas plus près ? Qui c'est qui va me régler mes courses, à moi ? Le père Decanis, il va rien vouloir entendre...

Le brave homme abrégea son interrogation :

— Enfin, on va pas partir en les laissant là, comme ça, qué ?

Le premier il s'engagea, ventre en avant, dans l'escalier. L'ingénieur referma la porte et tourna la clef, la laissant dans la serrure. Puis, il dit au maçon :

— Ne touchons à rien, ils vont pas s'envoler. On va attendre le docteur Argellier en bas.

Sur le perron, le vieux couple de voisins prit le maçon à l'abordage, le cocher ni l'ingénieur n'ayant pris le temps de les informer de ce qu'ils avaient découvert. Déjà, au bas de la petite montée, on apercevait, arc-bouté sur ses pédales, l'ingénieur qui revenait, l'air farouche, tel Petit-Breton dans l'ascension du Galibier. Il halait derrière lui un homme, une sacoche de cuir au bout de son bras droit, qui n'avait pas pris le temps d'abriter son crâne nu des ardeurs du soleil.

— Il *chale*[1], le docteur Argellier, informa le maçon.

À peine descendu de bécane, le médecin se rua dans l'escalier, suivi comme son ombre par l'ingénieur. Le maçon resta sur place pour répondre aux questions anxieuses des petits vieux.

Quand elle apprit quelques détails de la scène de grand-guignol découverte dans la chambre, et en particulier l'état dans lequel se trouvait le jeune Henri Champsaur, la pauvre vieille faillit tomber à la renverse. Son mari eut le réflexe de la soutenir. Elle se mit à pousser des cris aigus en roulant des yeux.

— Boudiou, qué malheur ! C'est le petit Riri ? *Es mouart*[2] ?

Avec un geste de la main donnant une idée de la taille du jeune homme à l'époque, elle ajouta un détail inattendu, comme si cela devait changer quelque chose au drame :

— Je l'ai connu grand comme ça, quand il avait encore les *braillettes*[3] !

---

1. Il transporte un passager sur son porte-bagages.
2. « Il est mort ? »
3. Les culottes courtes.

2.

Où l'on en apprend un peu plus sur l'identité et les motivations des protagonistes du drame de La Panouse.

À l'heure apéritive, depuis les fenêtres grandes ouvertes, au deuxième étage de l'ancien *Alhambra Lyrique et Mimique*, où *Le Petit Provençal* avait niché son siège, au 75 rue de la Darse[1], parvenaient aux riverains des éclats de voix et de rires accompagnés de chocs de verres. Les échos des libations faisaient lever la tête aux passants. On trinquait à quelque chose ou à quelqu'un.

Ce quelqu'un, c'était Auguste Escarguel, doyen des rédacteurs du journal, inamovible préposé à la rubrique « Faits et Méfaits », où ce méticuleux consignait depuis plus de quarante ans les menues informations dont s'émaillait le quotidien du grand port comme s'il se fût agi d'événements considérables dont dépendrait le sort de la planète[2].

1. Aujourd'hui rue Francis-Davso, officier FTP fusillé par les Allemands en juin 1944.

2. Voir les épisodes précédents des « Nouveaux Mystères de Marseille »

Ce quelque chose, que l'on fêtait à grand bruit, était l'attribution au journaliste-poète sans ambition de l'Œillet d'argent, décerné par l'Académie des jeux floraux de Toulouse. Les vers de mirliton d'Escarguel avaient si souvent orné la une de son cher journal[1] que ses confrères, le sachant aux abords d'une retraite méritée, avaient ourdi un complot amical. Ils avaient profité de la complicité de leur patron – Jean Chiocca, le rédacteur en chef – avec Stephen Liegeard[2], maître ès jeux floraux, pour que ce prix de consolation fût attribué au barde de la rue de la Darse. La Violette d'argent eût mieux convenu à ce grand timide, mais cette fleur modeste couronnait les épîtres et discours en vers. On s'était donc rabattu sur l'œillet, moins prestigieux, mais plus adapté au talent du lauréat. En lui cachant que l'Œillet d'argent se décernait à titre d'encouragement, pour mieux souligner le prestige et l'ancienneté d'un prix de poésie créé en 1607 !

Au moment où Raoul Signoret, chroniqueur judiciaire du quotidien socialiste, entrait dans la salle de rédaction, les bras encombrés d'un volumineux paquet tout en longueur, entouré d'un papier d'emballage, le patron concluait son petit compliment affectueux, soulignant l'exemple donné par ce rédacteur « à l'ancienne », illustration parfaite de l'adage qui veut que, dans le noble métier d'informer, « il n'y ait pas de petits sujets, seulement de petits journalistes ».

1. Les fidèles des « Nouveaux Mystères de Marseille » en ont lu maints exemples.

2. 1830-1925. Inventeur de l'appellation « Côte d'Azur », sous-préfet à Carpentras, écrivain et poète, il inspira à Alphonse Daudet son célèbre « Sous-préfet aux champs ».

Emporté par son élan d'affection envers le doyen du journal, Chiocca l'avait cité en exemple devant ses jeunes confrères disposés en demi-cercle face au poète-lauréat, et qualifié de « chien de chasse de l'information ».

Des applaudissements nourris, ponctués d'aboiements, avaient salué cette image cynégétique et déjà les plus soiffards se dirigeaient vers un bureau très convoité. Provisoirement débarrassé des paperasses qui l'encombraient, il servait de buffet improvisé derrière lequel un employé de la maison Castelmuro, en veste blanche, remplissait des coupes à champagne et versait avec adresse de l'eau fraîche dans un alignement de verres d'absinthe déjà dosés.

Escarguel, peu habitué aux honneurs, était comme un homme ivre, bien qu'il n'eût encore rien avalé de liquide. Raoul alla vers lui et, avant de l'accoler au nom de ses confrères, il lui mit entre les bras l'encombrant paquet ficelé.

Le poète était comme une poule ayant trouvé une clarinette.

— Oh, mais il fallait pas, bégaya-t-il.

— Ouvrez toujours, dit Raoul amusé. Vous nous direz après s'il fallait ou non.

Escarguel entreprit de dégager le cadeau de son sarcophage de papier et, avec l'aide de Raoul et d'Échinard, le confrère préposé aux chroniques historiques, il parvint à en extraire le contenu.

— Oh ! Une canne à moulinet ! s'exclama le poète.

Il montra l'engin à ses confrères, comme si personne n'avait encore songé à quoi pouvait bien servir cette longue tige de bambou cerclée d'anneaux de cuivre, équipée d'un dévidoir chromé sur lequel le fil était enroulé.

— Comment avez-vous deviné que j'en avais besoin d'une neuve ?

— Parce que vous nous l'avez répété deux mille sept cent quatre-vingt-treize fois fois depuis 1906, répliqua De Rocca, du service des sports, spécialisé dans le rôle du chambreur. On n'allait pas vous offrir une lyre, vous en avez déjà une, non ?

Avec la canne, il y avait une *salabre*[1] à manche pliable comme un mètre de maçon, munie d'un solide filet en mailles de coton, capable de résister aux cabrioles des plus grosses prises.

Combarnous s'approcha à son tour. Grand pêcheur devant l'Éternel, il fit un cadeau royal à son vieux confrère.

— Voilà un guide que vous ne dénicherez pas en librairie, mon cher Gu. Je l'ai conçu et confectionné de mes blanches mains. Il recense tous les coins de pêche de la rade, avec les espèces qu'on y trouve, les heures où il faut s'y poster, etc. J'ai prévu des croquis permettant de se repérer par rapport à des points caractéristiques de la côte. Il suffit de faire une triangulation entre deux repères fixes et votre barquette, et le tour est joué.

La couverture, dessinée par ses soins, s'ornait d'un poisson qui sautait tout seul, l'air ravi, dans la poêle que lui tendait un pêcheur sosie de Tartarin avec sa barbe à deux pointes.

Escarguel ne savait plus comment remercier. Albano, qui avait saisi la *salabre*, improvisait autour du lauréat une chorégraphie originale, tout en affirmant :

1. Nom local de l'épuisette.

— Avec ce matériel moderne, Gu, vous allez devenir la terreur des pageots, l'Attila des girelles, le Gengis Khan du mérou !

— Et, votre départ en retraite, c'est pour quand ? s'inquiéta Joffroy, le secrétaire de rédaction, qui en était déjà à sa troisième verte[1].

On vit alors s'opérer un changement à vue sur la bouille ronde du vieux rédacteur.

Son sourire disparut. Il baissa la tête et, sa canne toute neuve à la main posée sur le plancher comme un fusil sur sa crosse, il bredouilla :

— En septembre, en principe, mais…

Il ne put aller plus loin. Escarguel tourna vers son rédacteur en chef un regard de bon chien à qui son maître vient de décocher un coup de pied et qui se demande pourquoi.

— Justement, mon cher Chiocca, je voulais vous demander une faveur.

— Accordée d'avance, dit le patron.

— Attendez que je vous explique, dit le vieux rimailleur. Je vais faire valoir mes droits, mais ne pourrais-je pas venir travailler quand même ?

Le rédacteur en chef s'étonna :

— Ici ? À la rédaction ?

— Pourquoi pas ? Ça ferait faire des économies au journal, et moi, ça m'occuperait la cervelle avant qu'elle tourne mal.

Chiocca le prit à la blague pour détendre une atmosphère qui s'était assombrie.

— Votre belle canne toute neuve ne vous suffit pas ?

1. Surnom de l'absinthe.

— Pour les mains, oui, répondit Escarguel. Mais pour la tête...

Il se fit suppliant :

— Vous savez, je vis seul. Qu'est-ce que je vais devenir sans le journal ? Vous voulez donc tous que j'attende la mort une canne à pêche à la main ?

L'assistance était émue. On n'allait pas laisser le vieux s'éteindre de mélancolie, tout de même...

— Vous savez, poursuivait le futur retraité, je ne prendrai la place de personne. Vous me trouverez bien un *cafouche*[1] au quatrième, où installer une table avec un téléphone et une chaise. Je ne gênerai pas.

Aucun des journalistes présents n'aurait eu à cœur de refuser ce petit passe-droit au doyen de la rédaction, qui demandait « encore une minute, monsieur le bourreau ! ».

Pour la forme, le patron fit mine de réfléchir, mais sa décision était prise.

— Je ne sais pas bien si c'est légal, mais je ne m'y opposerai pas. On va mettre aux voix à main levée : qui est contre ?

— S'il y en a une, je la coupe ! clama au milieu des rires la voix sonore de Bonfillon, le rédacteur chargé du port.

Aucune main ne se leva, mais une salve de bravos éclata, accompagnée de cris de joie.

Joffroy profita de l'émotion générale pour siffler en douce sa quatrième absinthe.

La bouche du vieux poète mimait des « merci » éperdus que personne n'entendait.

Raoul Signoret réclama d'un geste le silence et dit en bouffonnant :

---

1. Petite pièce, généralement sans fenêtre.

— Mes amis, je suis persuadé que notre cher Gu nous a mitonné un de ces poèmes dont il a le secret, pour chanter ce jour radieux où nous célébrons le couronnement de son immense talent, enfin reconnu par l'une des plus prestigieuses académies poétiques d'Europe. Notre confrère rejoint – excusez du peu – une glorieuse cohorte au sein de quoi je distingue Ronsard, Vigny, Hugo, Mistral, sans oublier Liégeard, je ne cite que les plus illustres.

Déjà Escarguel avait la main dans la poche de sa veste et en extrayait une douzaine de feuillets chargés jusqu'aux marges d'une ribambelle de strophes qu'il s'apprêtait à déclamer.

Le poète s'éclaircit la voix et déclama :

— « Ode à dame Clémence Isaure[1]. »

Il expliqua en aparté que cette grande dame était considérée comme la fondatrice et mécène de l'Académie des jeux floraux de Toulouse. Il commença de sa voix haut perchée :

Ô noble Dame toulousaine,
Reçois mes fleurs à la douzaine
Et que par toi couronné de l'œillet
Je m'avance vers la…

Personne ne sut jamais vers quoi le brave Escarguel « s'avançait » car – tel le *deus ex machina* qui résout les situations désespérées et vient hâter le dénouement de la pièce – le grelot impérieux du télé-

---

1. Elle est considérée comme la fondatrice, en 1323, à Toulouse, de la Compagnie du gai savoir, devenue Académie des jeux floraux distribuant chaque année des prix de poésie. Personnage légendaire, elle a pourtant sa statue au Capitole et dans le Jardin du Luxembourg, à Paris.

phone retentit sur le bureau de Raoul Signoret, laissant le poète muet et bouche bée.

Le reporter décrocha et eut un haut-le-corps. Son visage disait sa stupéfaction. Il posa sa main sur le cornet d'ébonite et lança à la cantonade :

— On a tiré sur le commandant Alfred Dreyfus durant la cérémonie de transfert des cendres de Zola au Panthéon !

Un murmure composite, fait de stupeur, de colère et d'incrédulité, jaillit du groupe des journalistes.

— Oh, les salauds !

— Ils l'ont eu, ils l'ont eu ? s'inquiétaient certains.

Le reporter eut un geste rassurant :

— Blessé seulement, dit-il, tout en écoutant son correspondant. Deux balles tirées à peu de distance, à la fin de la cérémonie.

Le rédacteur en chef avait quitté son ton bonhomme pour redevenir le capitaine qui dirige la manœuvre dans la tempête :

— Rof, Bonnefoy, vous vous mettez dessus toutes affaires cessantes. Appelez Ferdy à Paris. On va changer la une. Le projet d'aménagement des halles centrales au cours Julien peut bien attendre. D'autant qu'avant que ça soit fait, c'est pas demain la veille...

Le patron retourna dans son bureau et s'y enferma. Déjà, il devait mijoter son éditorial du lendemain.

Raoul avait raccroché.

— C'était mon oncle, le commissaire central. Je fonce le voir.

Escarguel, l'air dépité, rangeait ses vers dans la poche de son veston. C'est « pas demain la veille » non plus qu'il les ferait publier par *Le Petit Provençal*.

— Je vous lirai la suite plus tard, dit-il sans illusions.

Puis, le « chien de chasse » reprenant le dessus, il ajouta :

— L'information avant tout.

*
* *

Pour une fois, ce n'était pas le neveu journaliste qui appelait en premier à l'aide mais au contraire, l'oncle policier. Eugène Baruteau venait à peine d'étrenner son titre tout neuf de commissaire central de la police marseillaise[1] !

— Salut, beau fifre ! lança-t-il à son neveu qui entrait en trombe dans son bureau.

— Quoi de neuf depuis tout à l'heure, mon oncle ?

— Plus de peur que de mal, heureusement, dit le policier. Il n'empêche : c'est grave.

Une bouffée de colère secoua le reporter :

— Ils ne reculeront devant aucune bassesse, ces fumiers ! Sait-on qui a fait le coup ?

— Un *jobastre,* répondit Baruteau. Un certain Louis Grégori, né en 1842 à Belley, dans l'Ain. Il prétend n'avoir pas fait ça pour tuer Dreyfus – qui a tout de même une balle dans le poignet gauche et une autre dans l'avant-bras droit – mais pour protester contre la présence de l'armée française à cette cérémonie. C'était déshonorant pour elle, à son avis.

— Tiens donc ! dit Raoul sarcastique, je croyais que notre belle armée n'avait eu besoin de personne pour prendre le chemin du déshonneur. Précisément durant l'affaire Dreyfus.

---

1. Voir *L'Inconnu du Grand Hôtel,* tome 9 des « Nouveaux Mystères de Marseille ».

Baruteau opina :

— Un détail en dit long : Grégori a tiré dans le dos du capitaine. C'est bien ce que voulait Drumont, non ? Qu'on fusille « le youpin traître » de douze balles dans le dos.

— Il appartient à l'Action française, ce type, je parierais, dit Raoul.

— Il prétend être chroniqueur au *Gaulois,* dont la direction affirme ne pas le connaître.

Le reporter ricana :

— Tu parles ! Ça va sentir mauvais.

Baruteau poursuivit :

— Ce type serait également syndic de la presse militaire, à ce qu'il raconte. J'ignore à quoi ça correspond.

— Moi aussi, dit Raoul, mais ces idées-là, ce bonhomme ne se les est pas fourrées tout seul dans le crâne. Maurras beugle depuis des mois qu'en mettant Zola au Panthéon, « c'est un étron qu'on introduit chez les grands hommes ». Un descendant du maréchal Lannes exige qu'on en sorte le cercueil de pépé. Voilà le résultat !

Baruteau, tout en partageant l'indignation de son neveu, reprit l'initiative.

— Ce n'est pas pour ça que je te téléphonais, Raoul. Ça, c'est trop gros pour des minables de notre espèce : laissons l'affaire aux *grrrrrands* flics et aux *grrrrrands* journalistes de la capitale. Contentons-nous de sujets plus futiles.

Le reporter feignit l'ignorance :

— À quoi faites-vous allusion, mon oncle ?

Au lieu d'aller droit au but, Baruteau préféra taquiner son neveu :

— À la mort brutale du brave général Amourel, le patron du XVe corps, à qui notre sainte mère l'Église refuse des obsèques religieuses parce qu'il était franc-maçon !

Raoul, qui connaissait son caractère farceur, fixa son oncle d'un air dubitatif :

— Vous n'en avez pas une meilleure ?

Baruteau redevint sérieux :

— Je ne rigole pas. La nouvelle vient de m'arriver. Le vicaire général Maurin, curé de Saint-Charles, refuse la sépulture ecclésiastique à Amourel, je lis, « en application de la loi de l'Église qui la prescrit en pareil cas ».

Le reporter se frappa sur les cuisses :

— Non !

Baruteau eut un rire bref :

— Que veux-tu, c'est de bonne guerre. La République leur a fait pas mal de misères, ces temps-ci. Eux aussi excipent de leur loi de séparation !

Raoul, abasourdi, secoua la tête comme pour en chasser son accablement face à tant de mesquineries.

— Mon cher oncle, on ne va pas perdre notre temps à plaindre une culotte de peau parce qu'il n'aura pas eu son content d'eau bénite sur sa dépouille d'importance. Il a dû envoyer au casse-pipe des milliers de biffins à qui on n'a pas eu loisir de demander s'ils étaient francs-maçons ou culs bénis. Lui est mort en temps de paix, et dans son lit. Pour un général, c'est une double faute professionnelle. Parlez-moi plutôt de l'affaire de La Panouse.

— Ah ! s'exclama Baruteau, nous y voilà ! Bien sûr, tu veux tout savoir, la couleur du corset de la dame, des fixe-chaussettes de son jeune amant et la taille de la paire de cornes du mari. Je me trompe ?

— Dites-moi seulement ce qu'il faut en penser et je ne vous prendrai pas plus de votre précieux temps de chef de toutes les flicailleries marseillaises à pied, à vélo, en fiacre, en uniforme et en bourgeois.

Baruteau grommela :

— Je veux bien, mais pour l'instant c'est l'oncle Eugène qui parlera à son Raoul. Pas un mot dans ton journal.

Le reporter joua l'offusqué :

— Pourquoi ? C'est une affaire publique, que je sache ! Oh, à propos ! Et le jeune homme ? Dans quel état est-il ?

Baruteau eut une moue qui en disait long.

— Il n'est pas bien frais. Encore en vie, si on peut appeler ça ainsi, mais il a autant de conversation qu'une moule de Bouzigues.

— Mais encore ? Votre opinion sur l'étrange mise en scène que les témoins ont découverte ? Elle n'est pas banale, non ?

Baruteau ricana :

— Je vois que les nouvelles vont vite.

— Oui, mais elles vont dans tous les sens. J'entends que vous leur rendiez leur orthodoxie.

— Voilà qu'il me prend pour un pope, cet animal !

— Je vous prends pour celui qui détient la vérité. Ou du moins, s'en approche le plus.

Baruteau apprécia :

— Disons celui qui s'en éloigne le moins et n'en parlons plus.

— Alors, dites-moi ce que vous savez en commençant par le début. Si je suis bien renseigné, on découvre dans une villa discrète de la périphérie marseillaise une dame, une bourgeoise, dit-on, aux trois quarts dénudée sur un lit, face à un jeune homme entièrement vêtu, lui. Ils sont arrivés en fiacre deux heures auparavant et ils ont tous deux une balle dans la tête. Qui sont ces gens-là ? Comment en sont-ils arrivés là ?

Le policier demeura un instant silencieux avant de lâcher :

— Je vais te dire ce que je sais, c'est-à-dire pas grand-chose pour l'instant.

Eugène Baruteau étala de la main sur son bureau un feuillet plié en deux, avant d'ajuster son pince-nez. C'était la phototypie d'une lettre manuscrite contenue dans le dossier d'enquête. Il venait de se la faire apporter par le chef de la Sûreté marseillaise, Octave Grandjean, son successeur à ce poste.

— Pour commencer, voici une lettre. Je vais t'en dire la teneur, mais pas te la communiquer, car le Procureur ne l'a pas encore lue.

— Et alors ? dit Raoul offusqué. Avez-vous peur que je la revende pour boire ?

— Toi, non – encore que... – mais imagine que tu l'égares, qu'un confrère te la fauche ou qu'un *quidam* la retrouve. Je n'ai pas envie qu'elle traîne dans les journaux avant que la justice l'ait en main.

— La confiance règne, grommela le reporter.

— Cette lettre a été expédiée à l'adresse de la mère d'Henri Champsaur, précisa le policier. Elle est arrivée trois jours après le drame. Le jeune homme fait savoir à sa mère que ce monde-ci n'est pas fait pour l'amour qu'il partage avec celle qu'il appelle *Meg*. Il demande à la pauvre femme pardon pour le chagrin qu'il va lui causer et la prie de prévenir son meilleur ami. C'est tout.

— Que pensez-vous de tout ça, mon oncle ?

— Double suicide passionnel, dirait-on. Ou c'est bien imité.

— Qui est Meg, dans la lettre ?

— C'est habituellement le diminutif de Marguerite. Souviens-toi des *Joyeuses Commères de Windsor* que nous vîmes le mois dernier au Gymnase. Shakespeare donne ce petit nom à l'amie d'Alice Ford : Meg Page.

Raoul siffla d'admiration :

— Tudieu ! Quelle mémoire et quelle culture ! Je ne m'en souvenais pas.

Baruteau bouffonna :

— Pourquoi crois-tu que Clemenceau m'ait sacré chef en chef ?

Le reporter nota ces détails.

— La morte se prénommait donc Marguerite et le jeune homme l'appelait Meg. C'est touchant.

Baruteau reprit son ton de commissaire central :

— Il s'agit donc de Marguerite Casals, trente et un ans, mère de deux fillettes de onze et huit ans. Jusqu'ici sans histoires.

— Casals ? Comme le professeur à la faculté de médecine ?

Le policier, sûr à l'avance de son effet, lâcha à mi-voix :

— D'autant plus que la défunte était, en effet, l'épouse légitime du professeur Alexandre Casals. Tu le connais ?

— C'est l'urologue, non ?

— Exact. Quarante-huit ans, chef de service à la Conception, titulaire de la chaire d'urologie à la faculté de médecine. Un ponte. Spécialiste reconnu de la prostatectomie totale. Le chirurgien qui prive un homme encore en âge de le faire de se mettre au garde-à-vous devant une dame nue pour lui faire savoir, sans perte de temps, à quel point elle lui convient. Un métier bien cruel à celui qui doit y recourir !

— Apparemment, nota le reporter en ricanant, le professeur Casals n'avait pas eu l'occasion d'exercer son art aux dépens du jeune homme qu'on a retrouvé en compagnie de son épouse.

— Ça lui eût évité des ennuis, en effet, reconnut Baruteau. Et le scandale conséquent.

Raoul Signoret s'exclama :

— Eh bien, c'est du propre ! Ça doit jaser dans les services hospitaliers, les amphithéâtres et les labos !

Le reporter regarda son oncle qui l'observait, l'air amusé de sa surprise.

— Mais, si je ne m'abuse, je croyais que nous avions affaire à des protestants purs et durs…

Baruteau rigola :

— Et alors ? Ils sont fabriqués comme tous les autres, non ? Je ne vois pas pour quelle raison les affaires d'adultère seraient l'exclusivité des dames papistes !

— Non, mais enfin, objecta Raoul, on pourrait croire que les parpaillots se comportent un peu mieux que la moyenne…

Le rire du policier redoubla :

— Allons, allons, mon petit ! Tu n'es pas naïf à ce point, à ton âge et avec le métier que tu fais ! Les hommes sont les hommes, quelle que soit la couleur de leur peau et celle de leur religion, si j'ose dire. Et ces dames réformées plantent autant de paires de cornes aux fronts de leurs époux que les grenouilles de bénitier à leurs maris catholiques romains de stricte obédience.

Le reporter n'en revenait pas :

— Qu'est-ce qui lui a pris à cette femme ? Mourir d'amour – et de quelle manière ! – on fait ça à seize ans, comme Juliette et son Roméo. Mais pas à trente et un, quand on a deux minottes à élever !

Baruteau, philosophe, se contenta d'une réponse classique :

— La passion, ça n'a pas d'âge, mon Raoul.

Il ne put s'empêcher de laisser parler son tempérament farceur :

— Regarde un peu ce qui est arrivé au regretté président Félix Faure. Il avait cinquante-huit ans, lorsqu'il est mort pour avoir trop sacrifié à Vénus, après la gâterie que lui fit, dans le salon bleu de l'Élysée, sa maîtresse, Meg Stenheil[1].

À cette évocation de l'un des plus grands scandales mondains de la IIIe République, le regard du reporter s'alluma :

— Tiens ! Elle avait le même prénom et le même surnom que la femme du professeur Casals, cette Meg-là ! Croyez-vous à une vocation chez celles qui le portent ?

Raoul redevint sérieux :

— Le motif de ce double suicide est étrange. Ils n'avaient qu'à ficher le camp tous les deux, non ? Au lieu de se prendre pour des héros de drame romantique. Depuis *Werther* ça n'est plus de mode. C'est fou ce que les bourgeois voudraient nous faire croire qu'ils ont lu *La Nouvelle Héloïse* ou *Paul et Virginie*. Attendre que ça leur passe m'eût paru plus raisonnable.

Baruteau sourit avec indulgence.

---

1. Cet épisode tragi-comique de l'histoire de la IIIe République valut à celle qui provoqua chez le président un effort excessif durant l'acte sexuel, aboutissant à une congestion cérébrale, un surnom cruel : « la Pompe funèbre ».

— Après coup, on trouve toujours une solution. Surtout si on n'est pas concerné directement. Le monde est plein de conseillers qui arrivent après la bataille. Z'avaient qu'à fuir ou attendre que ça leur passe. Plus facile à dire qu'à faire. Et le scandale, qu'en fais-tu ?

Le reporter intervint, ironique :

— Ah, parce que vous trouvez qu'il n'y a pas scandale là ?

Le policier poursuivit sa réflexion :

— Si le couple avait fui, le mari aurait fini par le retrouver et ça leur aurait coûté cher à tous les deux. Elle aurait pu être poursuivie pour détournement de mineur. Un comble ! L'adultère a été inventé pour protéger l'institution du mariage. Cette mère de famille n'allait pas abandonner ses petites pour partir s'envoyer en l'air avec un jeune !

Raoul ne laissa pas passer et répliqua :

— Pour ce qui est de ne pas les abandonner, elle a choisi la bonne solution, en effet !

Le policier encaissa :

— Oui... bon ! C'est pas l'argument qu'il fallait, je le reconnais. Pourtant, mets-toi à leur place !

— C'est ce que je tente de faire, mon oncle, mais il n'y a rien de logique là-dedans.

— Il ne s'agit pas de logique, Raoul, puisque ces deux-là, c'est visible, ont perdu la tête. Souviens-toi du bon La Fontaine : Vénus, pour venger Amour devenu aveugle par la faute de Folie, la condamne à devenir son guide.

— Décidément, ce n'est pas le commissariat central de Marseille, ici, c'est une annexe de la Sorbonne !

Pour convaincre son neveu, Baruteau alla puiser d'autres arguments plus concrets dans le Code civil :

— N'oublie pas que cent ans après, c'est encore Napoléon qui régit les rapports du couple dans notre belle France. Et le petit Corse teigneux n'avait guère de considération pour le sexe faible. Rien n'a changé : la femme est toujours considérée comme un être irresponsable sur lequel le mari a tous les droits. Ces deux-là ont vu qu'il n'y avait pas d'issue à leur histoire et ils y ont mis fin de façon radicale. Qui sait si le mari n'avait pas tout découvert ? Auquel cas, foutus pour foutus...

— Qu'est-ce qu'il dit le mari, justement ?

— Lui, c'est un homme de conviction. Rien ne l'entame. Il s'est fait sa propre idée de l'affaire et il n'en démord pas. Tout ça, dit-il en termes plus choisis que les miens, c'est la seule faute de ce petit saligaud qui a envoûté ma femme. Casals, avec son entêtement d'homme de science, est persuadé que le petit Champsaur a fait avaler à sa bonne femme une saloperie pour l'endormir et en a profité pour abuser d'elle. C'est tout simple, tu vois, si tu l'en crois. Son épouse est totalement innocente. Jamais elle ne se serait conduite comme ça, si elle avait eu toute sa raison.

Raoul émit un bref ricanement.

— Bien sûr ! Il ne veut pas passer pour un cocu majuscule face aux chers collègues de l'Université qui doivent rire sous cape en se poussant du coude, pas plus que devant l'opinion publique marseillaise. Et je ne parle pas des milieux protestants.

Le reporter hocha la tête :

— Le professeur ne se pose donc pas la question de savoir comment son épouse modèle a accepté un rendez-vous discret en plein après-midi avec un jeune homme ?

Baruteau eut un geste résigné :

— Il dit qu'elle ne devait pas avoir tout son libre arbitre. Il savait que son épouse devait monter à La Panouse, pour prendre des affaires, mais il ignorait qu'elle avait un accompagnateur. Peut-être celui-ci s'est-il invité de force ? N'oublie pas que le jeune homme avait un revolver avec lui.

Le reporter insista :

— À mon avis, si elle a crié au secours, ça ne devait pas être bien fort.

— Peut-être avait-elle une extinction de voix, dit Baruteau, rigolard.

— Au fait, elle est tombée, Meg ? Le tir aux pigeons a eu lieu *avant* ou *après* ?

La réponse fut laconique :

— Les analyses sont en cours chez messieurs les légistes.

Le reporter secoua la tête, incrédule :

— Enfin, mon oncle ! Les justifications du professeur Casals ne tiennent pas debout, non ?

Baruteau feuilleta le dossier et en tira plusieurs feuillets où avaient été rapportés les premiers témoignages.

— Il est certain que ce que dit le cocher qui a amené le couple à la villa te donnerait plutôt raison. D'après lui, la femme n'avait pas l'attitude de quelqu'un que l'on force, à plus forte raison que l'on enlève. Elle a discuté calmement avec son compagnon durant tout le trajet, c'est elle qui lui a tendu la clef de la porte d'entrée. Tous les deux sont montés dans le fiacre, comme des clients ordinaires. Le revolver sur la tempe, elle ne l'aura eu que plus tard. Enfin, bien qu'il ait piqué un roupillon, à aucun moment le cocher n° 7 de la société Decanis n'a entendu le bruit d'une dispute venant de l'intérieur. Jusqu'aux trois coups de feu. Tiens, tu veux jeter un œil sur son témoignage ?

Le reporter parcourut les déclarations de Marius Brouquier, l'attitude paisible de la femme durant le trajet en fiacre, les détails concernant sa propre réaction, les tentatives qu'il avait faites pour entrer dans la villa avant l'arrivée des voisins, sa découverte de la sortie de secours soigneusement barrée par la lourde chaîne cadenassée, puis ses propres constatations durant la découverte de la scène de grand-guignol.

— Elle serait donc venue de son plein gré, nota Raoul.

Baruteau acquiesça :

— Il faut croire. Et en sachant ce qui l'attendait.

Le policier se pencha sur un autre feuillet du dossier et, après avoir jeté un bref coup d'œil au texte manuscrit qui s'y trouvait reproduit, le tendit à son neveu.

— Tiens, pour te consoler, je t'offre ceci.

C'était la phototypie d'un petit bout de papier quadrillé.

— On a trouvé ça posé en évidence sur un guéridon, près du lit.

Le regard de Raoul Signoret disait son étonnement au fur et à mesure qu'il lisait :

« *Ci-gisent deux amants, l'un pour l'autre ils vécurent,*
L'un pour l'autre ils sont morts et les lois en murmu-
[rent.
La simple piété n'y trouve qu'un forfait,
Le sentiment admire et la raison se tait. »

Le reporter n'en revenait pas.

— Il a pris le temps de faire des vers avant de tirer sur sa maîtresse et de se loger une balle dans la tête ? Quelle histoire de fous !

— Peut-être les avait-il préparés avant, répliqua Baruteau.

— Ce type est cinglé ! dit le journaliste.

— Au bas mot, exalté, tempéra le policier.

— On dirait une épitaphe, vous avez remarqué ?

— Romantisme, toujours, mon Raoul ! Il devait rêver à ce qu'on pourrait inscrire sur une pierre tombale commune où il reposerait auprès de sa bien-aimée. En tout cas, ça confirme leur intention de se tuer ensemble. « *L'un pour l'autre ils sont morts* », ça dit bien ce que ça veut dire.

Par réflexe professionnel le reporter recopiait cet étrange quatrain.

Tout en réfléchissant, Raoul Signoret se gratta la tête avec son porte-mine avant de lâcher :

— J'aimerais qu'on m'explique. Voilà deux amants décidés à mourir ensemble. Ils ont mis au point leur scénario dans les moindres détails. Il va la tuer d'abord et il se suicidera ensuite. Mais probablement, pardonnez ma trivialité car je vous sais l'âme sensible, ils vont « s'en payer une dernière tranche ». C'est le sens que je donne à l'escapade vers une villa des environs de Marseille, que tous deux savent inoccupée et aux consignes données au cocher. Je n'insiste pas, vous connaissez ma délicatesse.

Un éclair de complicité brillait dans le regard du policier.

— Où veux-tu en venir ?

— À ceci. Il me semble que si je venais de faire l'amour une dernière fois en compagnie de celle qui va mourir avec moi, ou bien on nous retrouverait tous les deux nus sur le lit et enlacés, manière de faire un ultime pied de nez à ce monde cruel aux amants, ou bien nous nous serions correctement rhabillés afin que ceux qui allaient découvrir le drame ne soient point offusqués par le spectacle offert. Bref, j'aurais tâché de conférer au tableau proposé un minimum de dignité. Or, là, que voyons-nous ? Une mise en scène qui donne de la femme aimée une image frisant l'obscénité. Une dame très comme il faut, mère de famille exemplaire, épouse d'un professeur de faculté, habituée des salons et des réceptions bourgeoises, troussée jusqu'au-dessus des seins comme une *radasse* de bas étage. En face d'elle, son jeune amant qui vient de lui tirer deux balles dans la tête, puis a pris le temps de remettre son beau costume, bien que sa tenue soit une peu bousculée et sa cravate dénouée, avant de se tirer à son tour une balle dans la mâchoire...

Raoul Signoret planta son regard clair dans les yeux de son oncle.

— Vous trouvez ça normal, vous ? Si vous aviez occis votre bien-aimée, vous l'auriez laissée dans cette tenue ? Vous auriez accepté qu'elle donne d'elle, à la mémoire de ceux qui l'ont connue et aimée, cette image dégradante qui ajoute le scandale public au drame privé ?

Baruteau écoutait son neveu s'enflammer sans l'interrompre, un vague sourire aux lèvres. Il intervint au terme de la démonstration :

— C'est justement là-dessus que le mari étaye ses convictions. Il ne sort pas de son raisonnement : pour que son épouse – qu'il qualifie d'irréprochable – soit tombée si bas, c'est qu'on lui a tendu un piège affreux pour la déshonorer, et lui par la même occasion. Il avance qu'il s'agit sans aucun doute d'une vengeance longuement préméditée par le jeune homme. Dans sa lettre à sa mère, Henri Champsaur insiste sur l'impossibilité de fuir ensemble et souligne que sa maîtresse en souffrait autant que lui. Ça confirme les arguments de Casals.

— Ça ne les confirme qu'à moitié, objecta le reporter. Si elle souffrait de la situation, cela signifie qu'elle avait conscience de son inconduite, et non pas qu'elle était envoûtée ou je ne sais quoi, comme le prétend son époux.

Baruteau précisa encore :

— Voisin de la maison de la mère du garçon, à La Panouse, le professeur connaissait bien Henri. Il était très souvent chez eux, aussi bien boulevard Notre-Dame durant l'année scolaire, qu'à la *Villa aux Loups* l'été. Peut-être l'a-t-il surpris en train de tourner autour de sa femme ? Qui sait s'il ne s'en est pas offusqué ? Qui nous dit qu'il n'a pas ordonné au jeune homme de cesser de les fréquenter, et, indirectement, été la cause de ce qui est arrivé, si les deux amants ont pris la nouvelle au tragique ?

Le raisonnement de son oncle ne paraissait pas dénué de bon sens au reporter.

— Henri comment, au fait ? Il serait temps de me le présenter.

— Champsaur, Henri Champsaur, vingt ans, étudiant en lettres à la faculté d'Aix. Il était en dernière année de licence. Fils d'un ancien médecin de la Coloniale qui s'est tiré une balle dans la tête voici six ou sept ans.

— Décidément… Quelle famille !

» L'ami très proche auquel Champsaur fait allusion dans sa lettre à sa mère, je suppose que vous l'avez mis un peu sur le feu ?

— Les estafiers de Grandjean, le nouveau chef de la Sûreté, l'ont interrogé. Il se nomme Paul Chabert. Mais il n'a pas fait de révélations éclairantes. Il a reconnu être au courant de la liaison de son ami Henri avec la belle Marguerite. Qu'il connaisse l'histoire ne fait pas de lui *ipso facto* un complice. Sauf que...

— Que ?

— Qu'il est arrivé à la *Villa aux Loups* sur les talons de la police. En fin d'après-midi. Au moment où on procédait aux constatations. C'est ça qui nous a fait un peu tiquer.

Penché sur ses notes, le reporter redressa le buste :

— Ah ! Il était donc au courant de ce que les feuilletonistes d'élite nommeraient « la fugue fatale » ?

— Il dit que oui, mais qu'il en ignorait la finalité. Chabert reconnaît que Champsaur lui avait confié que sa belle histoire d'amour connaissait une passe difficile et qu'il devait prendre une décision capitale. Il ignore laquelle. Champsaur aurait simplement dit à Chabert : « Je sais ce qu'il me reste à faire. » Sans préciser quoi. Très excité, il avait indiqué à son ami : « Je vais partir. »

— Cela peut avoir un double sens, nota le reporter. Celui que le brave Werther lui donne, précisément, ajouta Raoul qui se souvenait de ses lectures de jeune homme. A-t-il fait allusion à un prochain rendez-vous des amants ?

— Absolument. Chabert et Champsaur se sont vus en cours, à la Faculté, deux jours auparavant, et Champsaur avait précisé que c'était pour le lundi 4 après-midi, à la villa des Casals à La Panouse. « Pour décider de leur avenir. » Là aussi, la formule est ambiguë, si on en juge par le résultat des courses. Mais peut-être est-ce nous qui cherchons des poils sur un œuf.

— Vous croyez ce qu'il raconte, le Chabert ?

— Il me semble que s'il avait eu vent des détails précis d'un projet funeste, il aurait donné l'alerte avant qu'il ne soit trop tard. Les deux jeunes gens semblaient très liés depuis le collège. De véritables frères choisis. Tous ceux qui les connaissent l'affirment. Champsaur tenait Chabert informé au jour le jour de son idylle. Ce dernier l'a reconnu sans barguigner. Pourquoi mentirait-il à présent ? Il n'est impliqué ni de près ni de loin dans ce qu'il est advenu. La lettre posthume de son ami Henri le dédouane, comme les autres.

Raoul Signoret n'en était pas convaincu.

— Alors expliquez-moi pourquoi il arrive sur les lieux comme une fleur, tout juste après le drame ?

— Parce que, assure-t-il – je te lis sa déclaration – son ami Henri était depuis quelque temps « dans un état d'exaltation extrême, alternant avec des moments de grand accablement ». En le quittant, le samedi, il lui aurait dit, en le prenant convulsivement par les épaules : « Quoi qu'il m'advienne, attends-toi à recevoir de mes nouvelles. Je la vois lundi en début d'après-midi, et après, on se retrouve toi et moi à quatre heures et demie devant *L'Eldorado*, à Castellane ». Sur le moment, Chabert n'a pas relevé, mais quand il n'a pas vu arriver Champsaur au rendez-vous, le « quoi qu'il m'advienne » l'a mis en alerte. En se remémorant la scène et en se rappelant que son ami Henri lui avait parlé d'une « décision à prendre », il s'est affolé, et, pour en avoir le cœur net, il a sauté dans un fiacre pour se rendre où il savait trouver les amants. Il est arrivé, comme tu le sais, après la bataille.

— Ouais..., dit Raoul, pensif.

— Il me semble, ajouta Baruteau, sans vouloir prendre la défense de ce jeune homme, que s'il avait été prouvé qu'il était peu ou prou au courant du projet de double suicide, il savait qu'on aurait pu l'accuser de non-assistance à personne en danger. Dans ce cas, à sa place, ayant appris ce qui s'était passé à la villa, j'aurais fait le mort. L'affaire ne le concernait pas et personne ne serait venu lui tirer les vers du nez. Or là, il vient – si j'ose ce jeu de mots indigne de moi – « se jeter dans la gueule du loup ». C'est signe qu'il ne se doutait de rien.

Le reporter, préoccupé par d'autres réflexions, s'étonna :

— Pourquoi « jeu de mots indigne de vous » ?

— Oh, Raoul ! Tu baisses ! À cause du nom de la villa *fadòli* ! « La gueule du loup », *Villa aux Loups*.

Pour compenser son manque de réflexes, le reporter rit bruyamment :

— *Kolossale* finesse ! comme on dit chez le Kaiser.

Baruteau secoua la tête :

— Toi, tu es jaloux de ne pas l'avoir faite avant moi.

— Au fait, pourquoi *Villa aux Loups* ?

Le policier avoua son ignorance :

— J'en sais foutre rien. Tu leur demanderas.

— À qui ? Au professeur Casals ? Vous croyez qu'il acceptera de me faire visiter la baraque ?

Baruteau feignit de s'offusquer :

— Demande aux voisins, aux témoins, au pape si tu veux. Oh, pardon ! je me trompe de crémerie : au pasteur Walter, dont les Casals sont les ouailles. Car je te connais, beau masque, tu vas aller fouiner dans le coin. Tu as déjà posé trop de questions pour ne pas vouloir aller chercher les réponses sur place.

La vieille complicité rigolarde qui unissait l'oncle au neveu reprenait le dessus sur l'horreur de la situation.

En refermant son carnet de notes, le reporter s'exclama :

— Enfer et damnation ! comme on dit chez la fine fleur des romanciers populaires. Eh bien, puisque me voilà démasqué, j'irai trouver un de ces quatre l'ami Chabert avant que vous lanciez sur lui votre griffe redoutable pour le garder à votre usage exclusif.

3.

Où l'on se rend sur les lieux en compagnie de notre héros pour rencontrer les témoins de l'affaire et recueillir leurs opinions.

Les Marseillais – qui n'ont jamais eu peur des mots – avaient baptisé *avenue de La Panouse* ce qui était en fait un ancien chemin de terre battue, menant jadis aux collines cernant le vallon. Promu au rang de voie communale, il serpentait à présent entre les murs de clôture des jardins de citadins fuyant le charroi d'une cité bruyante, à l'atmosphère empuantie par des centaines de fabriques et d'usines dont les hautes cheminées de briques dominaient les toits comme des minarets. Elles répandaient sur la ville les odeurs grasses et écœurantes du ricin, de l'arachide, du coprah, les remugles de soude et d'acide des savonneries, mêlées aux poussières de charbon.

Ces nouveaux campagnards avaient planté leurs maisons en place d'anciens cabanons aux crépis mités par les intempéries et le manque d'entretien, pompeusement requalifiés de *villas*. Il y faisait aussi chaud qu'en ville, mais l'air, qui sentait la résine et les herbes de Provence, aux parfums magnifiés par l'ardeur du soleil, donnait aux habitants de La Panouse l'impression de faire partie d'une caste de privilégiés. En particulier quand la brise du soir, venue droit de la mer, procurait une fraîcheur relative propice à un sommeil dont étaient privés ceux qui, entassés autour des rives du port marchand, n'avaient pas les moyens d'échapper aux nuisances industrielles qui faisaient la prospérité de Marseille.

On pouvait s'interroger sur l'idée saugrenue d'avoir donné à ce coin discret du terroir marseillais le nom d'une famille illustre de l'Île-de-France dont les quartiers de noblesse remontaient à Henri II. En fait, La Panouse marseillaise n'avait rien à voir avec les comtes de Thoiry et encore moins avec le village homographe aux confins de la Margeride et du Gévaudan, célèbre pour la légende des trois sœurs mortes d'amour (et de froid) pour les beaux yeux du berger Pierret qui les avait délaissées. Le mot provençal *panouso* désigne une personne couverte de taches de rousseur[1]. Y avait-il eu jadis dans le vallon une indigène au visage suffisamment criblé d'éphélides pour avoir fourni son nom de baptême à ce coin campagnard ? Indiquait-on au voyageur cherchant son chemin : « C'est là-bas, où habite "la panouse", autrement dit "la rouquine" ? » Mystère de la toponymie phocéenne, riche en appellations de fantaisie, qui font cohabiter la traverse de la Fausse-Monnaie avec la rue Va-à-la-Mer, ou l'allée du Parasol avec la place des Boulistes. Elle accueille même les héros imaginaires, à l'exemple de Monte-Cristo[2].

---

1. Certaines étymologies évoquent un lieu où l'on cultive les lentilles.

2. Pour faire bonne mesure, on a débaptisé vers 1925 la tra-

L'avenue avait gardé ses dimensions d'allée forestière du temps où l'homme se déplaçait à pied. Elle était à présent tout juste assez large pour laisser passer une voiture à cheval. S'y croiser aux rares endroits où cela était possible demandait une grande habileté de la part des cochers ou charretiers, dont les bêtes entêtées ignoraient la marche arrière. C'est pourquoi Raoul Signoret, en dépit de la chaleur accablante de ce début d'après-midi de juin, avait opté pour un trajet en bicyclette – Vieux-Port-Le Cabot – sur sa fameuse Gladiator pliante, cadeau de son épouse, Cécile. Canotier sur la tête, vêtu d'un costume clair en alpaga léger, le reporter gravissait sans hâte la pente douce de l'avenue, espérant ne pas arriver en nage. C'était peine perdue. Le seul fait d'exister vous faisait déjà transpirer. La chemise blanche à col ouvert du reporter prenait des allures de pièce à frotter[1]. L'engin robuste sur lequel pédalait le journaliste était chaussé de pneus Dunlop demi-ballon, indispensables dans ces chemins campagnards truffés de pierraille. Une fois le terme de son périple atteint et le cadre replié sur lui-même, il se portait, si on le désirait, dans le dos, à la manière d'un sac tyrolien, grâce à deux « bretelles » de cuir fournies par le constructeur. La bicyclette, alors réduite aux seules dimensions de ses roues, pouvait être aisément dissimulée derrière un muret ou sous un buisson.

---

verse des Marronniers pour donner le nom d'Edmond Dantès à une rue proche de celle dédiée à... l'abbé Faria. Depuis, Jean de Florette est venu grossir le panthéon romanesque.

1. Le mot serpillière était inconnu dans le vocabulaire marseillais de l'époque.

Le reporter, après avoir dépassé le portail de la *Villa aux Loups* sur laquelle il avait jeté un coup d'œil discret au passage, alla jusqu'à l'extrémité de l'impasse des Solitaires qui prolongeait sur quelques dizaines de mètres l'avenue de La Panouse avant de buter sur les premiers rochers au fond du vallon. Là, il mit sa Gladiator repliée à l'abri d'un chêne kermès, derrière un rocher qui la rendait invisible au regard d'un passant éventuel. Puis, Raoul Signoret prit l'allure d'un paisible promeneur pour redescendre vers les villas qui bordaient l'ex-sentier forestier pris de folie des grandeurs.

Le chant inlassable et crispant des cigales ivres de résine lui mettait les nerfs à vif. Par comparaison, les béguètements sporadiques d'un petit troupeau de chèvres qui redescendait vers le vallon en prenant son temps procuraient une sensation d'apaisement. Il n'y avait aucun signe de vie à cette heure où seul un journaliste, venu « prendre le pouls » d'une enquête sur le terrain, était assez déraisonnable pour ne pas la consacrer à la sieste.

Des bruits de voix se faisaient entendre, en provenance du jardin entourant l'une des villas parmi les plus importantes de l'avenue. Raoul Signoret vérifia le numéro et sut qu'il était arrivé.

Sur le pilier gauche encadrant un portail métallique se lisait en lettres de fer forgé le nom choisi pour sa thébaïde par le propriétaire des lieux : *L'aven susa*[1].

C'était là qu'habitait l'un des trois témoins qui avaient découvert le drame : Francis Monetti, entre-

1. En provençal : « Nous l'avons suée » dans le sens de « bien méritée ».

preneur-maçon à la retraite, dont l'adresse avait été fournie au journaliste par les hommes de la Sûreté. On devinait à l'absence de goût architectural de la bâtisse qu'elle était sortie tout droit de la tête et des mains de l'artisan. Il avait conçu une demeure massive enjolivée d'inutiles pergolas, flanquée d'un escalier montant à l'étage qui balafrait la façade crépie, ornée sur le côté droit d'une sorte d'échauguette néo-provençale.

Le reporter du *Petit Provençal* s'annonça en hélant les occupants.

Monetti, surpris par cette visite alors qu'il n'attendait personne, quitta le siège de rotin sur lequel il était assis à l'ombre au fond du jardin et vint au-devant de l'arrivant, l'air à la fois curieux et craintif.

Sitôt que Raoul eut décliné ses noms et titres, le visage du brave homme s'éclaira d'un large sourire.

— Pas possible ! *Le Petit Provençal*, c'est mon journal ! C'est vous le fameux Raoul Signoret ? Je vous lis tous les jours. Vous venez pour l'affaire, je parie ?

— Tout juste.

— Alors, vous avez sonné à la bonne porte.

— J'aimerais discuter un peu de tout ça avec des témoins, expliqua le reporter.

Le petit homme sous son chapeau de jardinier bomba le torse et sa taille gagna quelques centimètres.

— Vous pouvez pas mieux tomber, j'y étais !

— Vous voulez dire…

— Que c'est moi qui les ai découverts dans la chambre.

Raoul se dit qu'il fallait flatter l'animal pour s'en faire un complice.

— Ça, alors ! J'ai une veine de cocu ! Le premier que je rencontre est le bon.

Face à l'enthousiasme feint de Raoul l'homme se reprit :

— Enfin... j'étais pas tout seul. Il a fallu plus d'une demi-heure pour démolir la porte à coups de masse. On les a trouvés au premier étage, dans la chambre, avec un voisin qui, avant, était ingénieur aux chemins de fer d'Algérie, et le cocher du fiacre. On était trois. Plus M. et Mme Christol, qu'ils sont âgés, ils sont restés en bas. J'étais juste derrière M. Bujard quand on est entrés dans la pièce où ils s'étaient tués.

Raoul cherchait quelque chose à dire pour endiguer ce déluge de confidences et organiser de façon plus rationnelle un entretien commencé devant la maison, en pleine rue, mais Francis Monetti repartait de plus belle :

— Quand je vous dis que vous ne pouviez pas mieux tomber, figurez-vous que M. et Mme Bujard, ils sont là, dans le jardin, avec ma femme. Ils nous portent leurs clefs, pour qu'on les garde, parce qu'ils partent passer quelques jours à leur campagne de Ceyreste. Vous allez pouvoir leur parler de suite.

Raoul se dit que le hasard, dont la bienveillance n'était jamais acquise, daignait se montrer généreux envers lui.

— C'est mon jour de chance, alors ! Je vais faire d'une pierre deux coups.

Monetti approuva et dit enfin une chose que le reporter attendait depuis un moment :

— Mais entrez, restez pas là, qu'avec ce cagnard, vous allez fondre comme un glacé !

Il tourna la tête en direction de la table au fond du jardin pour dire à ceux qui y étaient assis :

— C'est M. Signoret, du *Petit Provençal* ! Il vient nous poser des questions pour l'enquête.

Le maçon en retraite précéda le journaliste, au long d'une allée gravillonnée, tout en répétant à la façon d'un crieur de journaux :

— C'est le reporter du *Petit Provençal* ! Il veut savoir ce qui s'est passé chez les Casals !

Par crainte de n'avoir pas été compris il précisa encore :

— C'est pour l'affaire du double suicide.

Une voix appartenant à une grosse dame retentit :

— *Vouëï !* On a compris ! Ça fait trois fois que tu nous le dis. Laisse-le arriver !

Ne manquait donc à l'appel que le cocher Brouquier pour que les témoins directs soient au complet, mais le reporter ne s'en plaignait pas. Il désirait le voir seul.

Ils étaient trois autour de la table de rotin installée sous une pergola supportant une robuste vigne vierge à l'ombre bienfaisante. Les présentations permirent à Raoul d'apprendre que Léonce Bujard, l'ex-ingénieur des chemins de fer algériens, était flanqué à sa droite de son épouse Alberte, une femme sèche au teint de coing. Quant à l'imposante matrone en tablier qui martyrisait le fauteuil d'osier sur lequel elle était affalée, elle n'était autre qu'Émilienne Monetti qui répondait (à son époux) au petit surnom de Mimi ou Mitou selon les moments. Ça lui allait comme un tutu à un hippopotame.

Ces dames n'avaient rien vu du drame – et pour cause – ce qui ne les empêchait pas d'avoir un avis tranché sur ce qu'il fallait en penser.

Le reporter n'avait pas encore achevé de formuler sa première question que Mimi Monetti se répandait en lamentations :

— Vous croyez pas que c'est une honte, cette chose-là ? Une femme mariée, mère de deux petites, faire des horreurs pareilles avec un jeune qui a l'âge de mon aîné Fernand ?

Monetti intervint :

— Fernand, il est au service militaire. Qu'esse tu le mêles à ça ?

— Je dis ça pour dire que si c'était le mien, je serais été morte de vergogne.

Elle reprit sa respiration et repartit de plus belle :

— Qu'est-ce qu'elles vont devenir, ces minottes, maintenant ? Elle y a pensé cette grosse cochonne avant d'aller faire ses saletés dans la maison de son mari ? À côté de chez nous ? Une belle hypocrite, celle-là ! Ça jouait à la *damote* qui vous regarde de haut ! *M'estounès pas,* qu'elle soit protestante !

— Te mets pas dans ces états, Mitou, cria Francis Monetti, qui craignait les conséquences de cette indignation sur la nature apoplectique de sa moitié. Ce qui est fait est fait. On n'y peut rien. C'est pas en te rendant malade que tu les feras revenir.

Émilienne redoubla d'indignation :

— Revenir ? Ils peuvent y rester, où y sont ! Après ce qu'y z'ont fait !

Elle se tourna vers Raoul :

— Vous savez comment ils l'ont trouvée, quand même ? Toute nue sur un lit. C'est des choses à faire, ça ? On y voyait le *péché,* y paraît !

Cette évocation eut pour effet de faire passer le teint bilieux d'Alberte Bujard du jaune citron à l'orangé franc, ce qui était sa façon particulière de rougir. Mimi Monetti n'en était pas calmée pour autant :

— Et son mari, peuchère ? Avec la situation qu'il a, cet homme ? Un professeur à la faculté ! Un savant. Tout Marseille sait qu'il était cocu, maintenant ! Vous croyez pas que non ? Tè ! Ça me rend malade pour toute la famille !

Léonce Bujard intervint avec sa nature d'ingénieur habitué à la réflexion.

— Calmez-vous, Émilienne. M. Signoret a des choses à nous demander pour son journal. Écoutons-le plutôt. Ses lecteurs ont besoin de savoir avec précision ce qui s'est passé.

L'imposante commença à ouvrir la bouche pour dire :

— Eh bè, dites-y leur, à vos lecteurs, que...

Mais elle n'alla pas plus loin, car une boule de poils noirs et blancs, ronronnante venait de sauter sur ses genoux confortables, et, s'y installant, fit diversion.

Minette Monetti venait de faire sa réapparition après deux jours de fugue amoureuse.

Mitou fit les gros yeux à Minette.

— Ah, te voilà, toi ! Toujours à courir derrière le premier matou qui passe, celle-là...

Cette constatation la fit revenir au sujet du jour :

— Les bêtes, c'est comme les gens, *vé* !

Francis Monetti, excédé, en profita pour faire preuve d'autorité :

— Oh, Mimi ! Tu nous *nifles*[1]. Si tu as décidé d'engueuler tout le monde cet après-midi, va faire un tour dans la colline, ça te calmera les nerfs. Sers-nous

1. Tu nous agaces, tu nous gonfles.

plutôt quelque chose de frais, *vaï*. Et laisse cette chatte vivre sa vie.

Émilienne, en se levant, jeta un regard noir à Francis.

— On voit bien que c'est pas toi qui vas noyer les petits.

Sur un ton plus aimable elle demanda :

— D'être venu jusqu'ici à cette heure, par cette chaleur, vous devez avoir beaucoup soif, monsieur Signoret ?

— Je boirais la mer et les poissons, répondit Raoul.

Le visage de la mégère s'apaisa.

— Alors, je vais vous faire goûter mon sirop d'orgeat, que je le fais avec les amandes du jardin.

Raoul acheva la conquête de la virago en jouant au courtisan :

— Alors, je n'en aurai sans doute jamais bu de meilleur.

L'absence momentanée de la tonitruante Émilienne permit à Raoul d'amorcer l'entretien.

— Un petit détail, tout d'abord, par simple curiosité. D'où vient cette curieuse appellation de *Villa aux Loups* ?

Léonce Bujard se fit l'historien des lieux :

— C'est le grand-père du professeur Casals qui l'a appelée ainsi. C'était un aventurier. Il avait fait fortune dans le commerce des peaux, au Canada, je crois. Peut-être en Alaska. Bref ! Finalement, il a eu le mal du pays et il est venu finir ses jours ici. Il avait ramené deux loups apprivoisés. Ils vivaient avec lui comme des chiens. Ils étaient doux comme des moutons. Sauf quand ils en voyaient un. Il a eu des tas d'histoires avec le père Chaumery.

— Chaumery ?

— Un berger qui mène ses bêtes dans les collines au fond du vallon, précisa Francis Monetti. Ça a failli parfois mal finir. Il faut dire que le grand-père Casals, c'était un original. Quand ça y prenait, il montait dans la pinède et il jouait du cor de chasse tout un après-midi. Mon pauvre[1] père me disait qu'il y avait eu des plaintes aux gendarmes. Pour les loups et pour le cor de chasse.

— C'est plus calme aujourd'hui, dit Raoul amusé.

— *Voueï*, reconnut Monetti, mi-rigolard. Jusqu'à l'autre jour...

— La villa appartient donc aux Casals depuis longtemps ?

— Le professeur la tient de son père, expliqua l'ex-maçon. C'est lui qui m'a fait tout refaire. J'ai cimenté la terrasse devant aussi, pour quand il pleut. Avant, c'était un gros cabanon. Ils y viennent comme bon nombre de bourgeois marseillais : trois mois l'été. Et des fois à la Noël, s'il fait beau temps. Madame, les petites et les domestiques débarquent fin juin avec tout ce qu'il faut pour faire la cuisine, le linge et patin-couffin. Monsieur les rejoint le soir après le travail et le dimanche. Et puis à la rentrée des écoles, barka ! Ils repartent pour Marseille, comme les hirondelles.

L'expression fit sourire le reporter :

— Vous dites ça comme s'ils allaient dans une ville étrangère.

L'ingénieur intervint en spécialiste :

---

1. Rappelons qu'en employant cet adjectif, les Provençaux signalaient discrètement qu'ils parlaient d'un défunt.

— Sur le cadastre, c'est vrai, nous sommes à Marseille. Dans le 5e canton[1], pour être précis. Mais vous connaissez cette ville : c'est un conglomérat de villages en couronne autour du port. L'esprit de clocher demeure. Et à La Panouse, c'est encore plus flagrant : nous sommes un hameau dépendant du village du Cabot, qui lui-même n'est pas bien gros. Une poignée de maisons le long de l'ancien chemin de Cassis. Nous sommes à six kilomètres de Marseille.

— Nous autres, renchérit Francis Monetti, on y descend pas souvent. Qu'est-ce qu'on irait y faire à Marseille ? On dépasse guère Sainte-Marguerite. Et encore, faut y être obligé. On est pas bien ici ?

Le coup d'œil que le journaliste donna sur l'environnement agreste du lieu le dispensa de réponse.

Alberte Bujard, qui n'avait pas encore ouvert la bouche, confirma l'opinion générale :

— Quand on est rentrés d'Algérie, on a essayé d'y vivre, à Marseille, cours Lieutaud. Mais ça nous a pas plu. Trop de charroi. On est plus tranquilles à La Panouse.

— Quand on y tue pas les gens ! lança Émilienne Monetti qui revenait, tenant un plateau chargé de verres, d'une ancienne bouteille de limonade reconvertie contenant le sirop d'orgeat promis et une gargoulette qui transpirait autant que les futurs consommateurs mais dispensait une eau étonnamment fraîche.

Raoul, qui craignait une reprise des imprécations contre la décadence des mœurs chez les bourgeois

1. Les arrondissements tels que nous les connaissons n'existent pas à l'époque. Aujourd'hui, La Panouse est dans le IXe.

phocéens, ne lui donna pas l'occasion de recommencer :

— J'ai eu largement l'opinion de Mme Monetti sur Mme Casals, mais j'aimerais bien connaître les vôtres aussi.

Émilienne ouvrait sa bouche charnue pour répondre à leur place, mais Francis lui coupa le sifflet.

— Toi, tu te tais, maintenant. Laisse un peu parler les autres.

Léonce Bujard se tourna vers son épouse :

— C'est toi qui la connaissais le mieux, Alberte.

L'épouse osseuse de l'ingénieur toussa comme si elle préparait une déclaration, avant de dire :

— Nous, on n'arrive pas à comprendre ce qui s'est passé, parce qu'on connaissait Mme Casals avant tout comme une dame de bien. Une femme entourée de respect et une mère irréprochable. Elle n'a pas pu tomber de cette façon, ça n'est pas possible !

Émilienne eut un bref ricanement sarcastique, et, tout en servant ses verres d'orgeat, dit entre ses dents : « Qu'est-ce qu'il vous faut, alors ? », mais aucun n'y prêta attention.

Alberte Bujard poursuivit sans se laisser troubler.

— Vous savez que ce sont des protestants, les Casals ?

Raoul opina d'un bref signe de tête.

— D'ailleurs, elle était d'origine anglaise. Son nom de famille, c'était Dickson ou Dickinson, il me semble. Elle était liée avec toutes les grandes familles protestantes de Marseille, par le sang ou les relations. On la voyait s'occuper des organismes charitables, elle présidait l'association qui visite les malades à l'infirmerie de la rue d'Eylau[1], bref, elle avait la réputation d'être une femme d'une grande bonté. Quand le mari de la pauvre Mme Champsaur, le père d'Henri, s'est suicidé, elle s'est occupée de la veuve tant qu'il a fallu. D'ailleurs, c'est peut-être là que...

Elle laissa sa phrase en suspens.

— Que voulez-vous dire ? demanda Raoul. Que le rapprochement avec la mère d'Henri Champsaur aurait favorisé...

— Eh ! Qui sait si de voir cette belle femme très douce, toujours souriante et prête à écouter les autres, venir chez eux, consoler sa mère, se montrer si gentille avec tout le monde, et notamment avec lui, qui venait de perdre son père, ça ne lui aura pas donné, comment dire ?...

— Des idées pas propres ! compléta Émilienne Monetti.

Alberte Bujard ne tint pas compte de l'intervention et continua à l'attention du reporter :

— Je veux dire, qu'Henri, il avait, quoi ? douze, treize ans, quand son père s'est tiré une balle dans la tête. Rendez-vous compte de ce que ça lui aura fait, à ce petit ? Il fallait le voir. Du jour au lendemain, on ne l'a plus reconnu. C'était un enfant joyeux, il ne venait plus jouer avec les nôtres, il ne parlait plus à personne. Il restait enfermé avec ses livres toute la journée. Il est devenu taciturne, mélancolique. Il par-

1. Elle avait été créée par les associations de bienfaisance protestantes à l'intention des malades de religion réformée à une époque où ils étaient fort mal accueillis dans les hôpitaux dont le personnel soignant était essentiellement composé de religieuses catholiques. Depuis, cette infirmerie est devenue l'hôpital Ambroise-Paré.

lait tout seul. Quand on le croisait, c'est à peine s'il faisait attention à vous. Alors, forcément, en la voyant si disponible, si généreuse de son temps avec sa mère et lui, il a d'abord dû chercher du réconfort auprès de Mme Casals, comme si c'était quelqu'un de la famille. Une tante, une grande sœur, je sais pas moi. Et puis, après, quand il a été plus grand… Qu'il est devenu un jeune homme… Vous savez comment sont les choses ? Ça ne se commande pas…

La brave femme cherchait ses mots en même temps que des raisons à ce qui, pour l'instant, n'avait pas encore d'explication rationnelle.

Mimi Monetti ne connaissait pas ce genre de compassion.

— Elle avait qu'à le remettre à sa place, ce mal élevé ! Depuis quand une femme de trente ans accepte les avances d'un jeune qui en a dix de moins ? D'un *pastisson*, moi, je lui virais la tête de l'autre côté, pour lui remettre les cervelles d'aplomb.

Un fou rire intérieur monta, que Raoul Signoret eut toutes les peines à contenir. Il imaginait mal un garçon de vingt ans avoir l'idée saugrenue de séduire ce pachyderme femelle. La paix conjugale de Francis Monetti n'avait rien à craindre. De ce côté-là au moins. Pour calmer son envie de rire, le reporter posa une nouvelle question :

— Les avez-vous vus souvent ensemble avant le drame ?

— Bien sûr ! dit le quatuor unanime. Ils se cachaient pas. Il leur arrivait d'aller se balader en colline aux beaux jours. Avec les petites. Des fois Mme Champsaur allait avec eux.

Monetti compléta :

— Des fois, y venait même son collègue, à Henri, qu'il était étudiant, comme lui. Ils s'enfermaient dans la maison de Mme Champsaur pour réviser leurs examens. Mais il allait aussi avec Henri chez les Casals.

— Paul Chabert ? suggéra Raoul.

— Voui, c'est ça, Chabert, confirma Monetti.

Alberte Bujard reprit la parole :

— Mais même quand ils promenaient seuls tous les deux, personne pourra dire qu'ils se tenaient pas comme il faut en public, assura la femme de l'ex-ingénieur des chemins de fer. Autrement, ça se serait su.

On pouvait faire confiance à la malignité humaine universelle, songea le reporter. Si le couple clandestin s'était autorisé des privautés – mêmes discrètes – hors d'un abri sûr, le tam-tam eût tôt fait de répandre la nouvelle à travers la jungle panousienne.

— Je suis assez de l'avis de Mme Bujard, dit Raoul Signoret. On peut penser qu'au début une sorte d'affection maternelle de la part de Mme Casals l'a rapprochée de cet enfant malheureux, et lui s'est attaché à elle par reconnaissance. Ensuite, que ces sentiments aient changé de nature n'a rien d'extraordinaire.

— D'autant qu'ils se fréquentaient depuis des années, renchérit Léonce Bujard. Durant les vacances, les deux familles étaient ici. Leurs maisons sont à cinquante mètres l'une de l'autre. D'ailleurs, le père d'Henri, c'est ici qu'il s'est suicidé.

— On a su pourquoi ?

— À l'époque, on a parlé d'une sorte de mal du pays à l'envers, expliqua le maçon. On disait qu'il regrettait l'Afrique et qu'il s'ennuyait, depuis qu'il était revenu en retraite. On vous l'a dit, qu'il était médecin colonial, le docteur Champsaur ?

Raoul fit oui de la tête.

— Allez savoir, continua Monetti, s'il aura pas attrapé une saloperie qui lui aura mangé la santé petit à petit sans qu'on le sache. Vous savez, *là-bas*, ils ont des microbes qu'on les connaît pas ici. On sait pas les guérir. Alors, lui, peut-être qu'il a préféré en finir avant, pour pas souffrir trop longtemps.

La causerie médico-philosophique du maçon suffit à Raoul Signoret. Il ne chercha pas à l'approfondir, craignant que la conversation ne s'égare dans la jungle des microbes « qu'on les connaît pas ici ». Et qui doivent être particulièrement nombreux et féroces sous les latitudes africaines.

— Bref, dit Bujard, ceci vous explique pourquoi on a pas été étonnés plus que ça de voir très souvent la femme du professeur Casals et Henri Champsaur ensemble. Mme Casals allait fréquemment passer l'après-midi à coudre et à bavarder chez Mme Champsaur. Elle amenait même ses petites jouer dans le jardin. Et cette amitié s'est encore renforcée quand les Casals ont perdu un petit garçon de dix ans d'une méningite, quelques mois avant que la sœur aînée d'Henri, Lisette, parte de la poitrine. Elle avait quinze ans, la pauvre. Ces deuils répétés des deux côtés, ça les a forcément rapprochés, Marguerite et Henri, malgré la différence d'âge. Moi, c'est mon explication.

Émilienne Monetti, décidément imperméable à la pitié, ajouta, farouche :

— C'est bien beau, de leur trouver des esscuses, mais ça explique pas tout, justement ! Surtout, pourquoi ils se sont tués, s'ils étaient si bien ensemble !

Cette réflexion provoqua une triple réaction de réprobation.

— Vous exagérez, Émilienne ! Ça n'est pas très charitable, ça...

La mégère ne se laissa pas impressionner :

— Qué charitable ? Vous autres, vous pensez qu'aux morts. Moi, je pense à ce pauvre M. Casals, à qui ce petit saligaud d'Henri a brisé sa vie en lui tuant sa femme après l'avoir déshonorée. Je pense à ses deux minottes, qui n'ont plus de mère. Et à Mme Champsaur, aussi, qui est veuve, et qui, maintenant, a un fils assassin ! Comme si elle avait pas été assez malheureuse, avec tout ce qui lui est arrivé ! Et *euss*, ceux qui restent, il va falloir qu'ils vivent avec ça : le chagrin et la vergogne !

Après cette sortie tonitruante, un silence pensif s'abattit sur la tablée, chacun le meublant à sa façon : qui avec une toux discrète, qui en s'épongeant le front, qui avec une gorgée d'orgeat tiédie.

Raoul Signoret le rompit avec une ultime question en forme de constat.

— Je me rends compte que nous n'avons rien dit du professeur Casals.

— Peut-être parce qu'il n'y a pas grand-chose à en dire, répondit Léonce Bujard.

Il ajouta aussitôt pour éviter tout quiproquo :

— J'entends en bien comme en mal. On ne le voyait pas beaucoup, et quand il était là, il restait chez lui. Il ne fréquentait pas grand monde, à La Panouse. Du moins nous autres, car il lui arrivait de recevoir des collègues et des relations. Aux beaux jours, il y avait parfois des dîners de vingt couverts sous la gloriette. Et ça durait une bonne partie de la soirée. Que des gens de la bonne société.

Monetti rigola :

— C'est vrai qu'il est pas du genre à venir faire une partie de boules ou de manille avec nous, le professeur. Vous le connaissez ?

Raoul dit simplement l'avoir aperçu une fois ou deux à une manifestation officielle à la préfecture, parmi d'autres collègues.

Le maçon le décrivit, gestes et mimiques à l'appui :

— Un monsieur très distingué. Il rigolait une fois par mois, et il vous aurait pas dit merde sans soulever son chapeau. L'air sévère du maître quand on passait au tableau noir et qu'on n'avait pas appris la récitation, si vous voyez ce que je veux dire : une barbe pointue, un pince-nez et un grand front de savant.

Alberte Bujard intervint :

— La petite bonne disait que c'était un excellent père de famille. Et avec sa femme, très galant. Elle était bien plus jeune que lui.

— La petite bonne... Celle que Mme Casals avait flanquée à la porte ? demanda le maçon.

— Oui, la petite Nella Barone. Une fille gentille comme tout. Les Casals l'avaient accusée de vol. On n'a pas su si c'était vrai.

Le reporter tiqua. La bourgeoise généreuse et altruiste avait tout de même ses petits côtés mesquins. Un bijou avait disparu, peut-être égaré, mais les domestiques étaient prioritairement soupçonnés...

— Ah, c'est certain, reprit Monetti, on devait pas rigoler tous les jours, chez les Casals. Surtout lui. Ça va pas l'arranger !

Émilienne ne laissa pas le dernier mot à son mari :

— Sûr ! Après ce que sa femme lui a fait, c'est pas maintenant qu'il va commencer une carrière de comique-troupier !

Cette réplique inattendue que la grosse Mimi avait lancée avec le plus grand sérieux eut le don de détendre une atmosphère qui en avait besoin.

Raoul Signoret se leva, saluant chacun avant de prendre congé. Il en savait assez pour un article d'ambiance qui devait succéder aux premiers comptes rendus publiés, sur le thème « La Panouse après le drame ».

En passant près d'un cerisier dont les branches ployaient sous les fruits, il croqua dans une cœur-de-bœuf juteuse. Prétextant le maniement de sa bicyclette, il résista à Mimi qui voulait le persuader d'en emporter trois kilos parce que « ça serait autant que les oiseaux n'auraient pas », et, sous un soleil qui s'acharnait sur la ville et ses environs, reprit le chemin de Marseille.

Tout en pédalant, le reporter se promit de revenir un jour prochain à La Panouse, flâner discrètement et sans témoins, cette fois, du côté de la *Villa aux Loups*.

4.

Où l'on accompagne le reporter du Petit Provençal *au domicile de l'assassin présumé pour assister à sa rencontre avec la mère de celui-ci.*

Cette femme aurait pu servir de modèle à un peintre ou à un sculpteur désireux de présenter au prochain salon des Indépendants une œuvre sur le thème de la *Mater Dolorosa*. À quarante-cinq ans, Mathilde Champsaur en paraissait quinze de plus. La décennie écoulée n'avait été pour la malheureuse qu'une succession de deuils. Après le suicide inexpliqué de son époux, à son retour d'Afrique, elle avait vu s'éteindre lentement sa fille, Élisabeth, partie à quinze ans, les poumons rongés par la phtisie, cet autre mal du siècle. La douce Lisette, tant aimée par son petit frère Henri...

Et voilà qu'aujourd'hui Mathilde Champsaur se trouvait être la mère d'un moribond à qui la faculté donnait peu de chances de survivre à sa blessure. Mais suffisamment pour que l'opinion publique prenne le temps de faire savoir à la malheureuse que son fils était un « ignoble assassin », qu'il « avait semé le malheur dans une famille jouissant de l'estime générale ». Et que les esprits fussent assez remontés pour qu'un journaliste réclame contre ce type de criminel « des supplices nouveaux », suscitant l'approbation des braves gens, toujours prêts à poser le pied sur la tête du coupable, surtout s'il est à terre.

Lorsque Raoul Signoret avait sonné à la porte de l'immeuble où habitait cette mère accablée par le sort, il n'était pas particulièrement fier de ce que son fichu métier l'obligeait parfois à faire. S'il n'avait tenu qu'à lui, il se serait abstenu de cette visite inopportune. Mathilde Champsaur avait surtout besoin qu'on la laisse à son chagrin, et toute question, même la plus anodine, ne pouvait que le raviver.

Il avait fallu toute la force de persuasion du reporter pour qu'elle accepte, au terme d'une longue conversation téléphonique, de recevoir un visiteur, le premier depuis le drame. Raoul avait su trouver les arguments propres à la convaincre en l'assurant qu'il ne confondait pas son métier avec celui de procureur, et que tant que la preuve n'aurait pas été formellement établie, son fils ne serait jamais, sous sa plume, qualifié d'assassin.

— Je voudrais restituer à l'opinion le portrait le plus vrai et le plus fidèle possible de votre fils, avait dit le reporter à la maman en deuil dont il entendait, le cœur serré, le timbre épuisé au bout du fil.

Signe encourageant, elle n'avait pas raccroché d'emblée, ni écarté le principe d'une rencontre discrète à son domicile. Elle écoutait le journaliste lui parler de son garçon parce que, sans doute, c'était pour elle une façon de prolonger sa vie. Tout ce qui lui restait d'une existence semée d'inconsolables chagrins.

— Je vous demande seulement de me recevoir et je vous promets de ne rien écrire sur votre fils qui n'aurait pas d'abord reçu votre approbation, avait assuré le reporter. D'ailleurs, pour vous prouver ma bonne foi, je vous propose de vous soumettre mon article avant publication, et, sur la tête de mes propres enfants, de renoncer à le publier au cas où vous ne seriez pas entièrement d'accord avec son contenu.

Cet ultime argument avait fait céder Mathilde Champsaur. Elle prêtait sans doute plus de pouvoir qu'il n'en avait au journaliste, d'influencer une opinion générale arc-boutée sur ses certitudes. La pauvre femme, qui n'avait pas lu Chamfort, ne savait pas que « l'opinion est la reine du monde parce que la sottise est la reine des sots ». Le journaliste savait par expérience combien il est dur d'extirper d'une cervelle obtuse une idée toute faite, surtout si elle est partagée par la majorité.

En montant d'un pas vif les larges volées de marches de l'immeuble bourgeois où vivait la mère en deuil permanent depuis des années, Raoul Signoret n'avait pas pu s'empêcher de songer que les vies de ces deux familles paraissaient avoir été comme amarrées l'une à l'autre par le destin. Non seulement les résidences d'été des Casals et des Champsaur étaient voisines dans l'avenue de La Panouse, mais la mère de l'étudiant habitait le reste de l'année, avec son fils, à trois cents mètres à peine des Casals, dans le haut du boulevard Notre-Dame. C'était la partie la moins ostensiblement bourgeoise peut-être – celle qui jouxtait le quartier populaire de Vauban, perché sur sa colline –, mais elle n'en offrait pas moins de belles constructions de pierre de taille, qui regardaient de haut les maisons basses du petit peuple, entassées sur les pentes sud de la colline de la Garde.

Que les deux femmes fussent liées n'avait donc rien de surprenant, pas plus que le fait que les Casals aient fait appel à l'étudiant pour être le répétiteur de leurs fillettes, y compris durant les grandes vacances, à La Panouse.

Le reporter entra dans un salon de réception laissé dans la pénombre, moins pour sacrifier à la coutume marseillaise qui veut que, durant les mois d'été, on lutte contre la canicule en maintenant les volets croisés – voire en tendant derrière eux un drap humide – que pour signifier au monde extérieur qu'il n'avait plus de réalité pour Mathilde Champsaur.

Raoul Signoret dut patienter un moment – le temps d'habituer ses yeux à l'obscurité – avant de distinguer les traits altérés de cette femme brisée de chagrin, au teint de cire, dont la voix sans timbre peinait à se faire entendre. La malheureuse n'avait plus de larmes. Elle était comme desséchée de l'intérieur.

Le journaliste, après avoir salué la silhouette quasi-muette, qui se tenait debout à droite de son fauteuil, prit le premier la parole pour la remercier de sa confiance.

— Je ne sais pas pourquoi j'ai accepté de vous recevoir, répondit-elle en s'asseyant et en faisant signe au visiteur de lui faire face, car en vérité, que pourrais-je vous dire d'Henri, sinon ma conviction profonde que tout ceci est un épouvantable malheur dont il est la première victime ? Il est tombé dans un piège, monsieur. Je le sais incapable de faire le mal, à plus forte raison de se livrer à cet acte abominable dont on l'accuse. C'est moi qui l'ai conduit vers l'âge d'homme, après la mort de mon mari. Je crois lui avoir donné des principes avec lesquels on ne transige pas : au premier rang desquels, le respect absolu de la vie humaine. À commencer par la sienne.

— Vous pensez donc qu'il ne se serait pas suicidé après avoir tué Mme Casals dans un moment d'égarement ? intervint le reporter.

La réponse fusa :

— J'en suis convaincue. On ne devient pas un assassin d'un jour à l'autre.

Raoul ne releva pas, mais il aurait pu fournir maints exemples rencontrés durant ses enquêtes criminelles d'une réapparition inattendue de l'animalité féroce chez le civilisé. Des êtres paisibles, sans histoires ni personnalité marquée, soudain changés en fauves par les circonstances.

Il fut tenté d'évoquer la lettre d'adieu, mais s'abstint. C'était trop tôt et le meilleur moyen pour que l'entrevue s'arrête aussitôt. Il n'était pas venu pour convaincre Mathilde Champsaur, mais pour écouter ce qu'elle avait à dire sur son fils. Elle poursuivait comme pour elle-même :

— Henri, en dépit des exaltations de l'âme propres à la jeunesse moderne, qui lui ont fait abandonner la foi de son enfance, n'aurait jamais renié le 5e commandement.

Elle précisa :

— Le « tu ne tueras point » du Décalogue.

Tout en écoutant l'argumentation de la pauvre femme, Raoul songeait que l'entrevue commençait mal. Il s'était résigné à subir un plaidoyer *pro domo*, mais le procès du fils meurtrier – si jamais il devait avoir lieu – n'était pas à l'ordre du jour. Avant d'entendre la plaidoirie de la défense, il lui fallait cerner une personnalité complexe. Ce n'était pas avec ces pauvres certitudes, énoncées par une mère aveugle sur la vraie nature de son fils, qu'on pouvait espérer dresser le juste portrait d'un présumé assassin.

Une femme de chambre d'un certain âge, maigre et longue comme un jour sans pain, aussi triste que le décor, qui se déplaçait la tête penchée sur l'épaule droite avec un air funèbre, paraissant avoir endossé pour son compte le deuil familial, vint d'une voix nasillarde s'enquérir des désirs de sa maîtresse :

— Un rafraîchissement vous serait-il agréable ? demanda celle-ci au reporter. Un peu de sirop de menthe ou une citronnade ?

Raoul, qui eût préféré une bière bien fraîche, accepta la citronnade par politesse. Tandis que l'échassier de noir vêtu s'affairait à sortir verres et carafe d'un antique buffet, Raoul examinait la situation.

En voyant les choses de façon réaliste et en faisant abstraction de toute sensiblerie, les interrogations posées par le drame de la *Villa aux Loups* n'étaient pas aussi embrouillées qu'il y paraissait de prime abord. Le fils Champsaur était un « lettré », un intellectuel, c'est-à-dire une nature, un esprit d'une complexité certaine. Donc, il ne pouvait être réduit à une caricature : ni le simple écornifleur, celui qui s'installe au nid des autres avec un plan de séduction pour voler la femme d'autrui, comme l'affirmait le professeur Casals aux policiers chargés de l'enquête, ni l'ange pur et sans tache, incapable de penser bas, que venait de dépeindre sa maman. En comparant les arguments du professeur et ceux de Mathilde Champsaur, le reporter avait l'impression d'avoir assisté au réquisitoire du procureur suivi de la plaidoirie de l'avocat défenseur. La vérité psychologique du personnage était sans doute entre les deux. Qu'Henri Champsaur ait eu l'intention de se suicider – se fût-il raté, pour l'instant – ne semblait pas faire de doute. Sa tête était farcie de lectures exaltant la fascination de la mort et, lui qui admirait tant les grands auteurs, avait l'embarras du choix avec tous les exemples tombés de leur plume. Ses goûts littéraires reflétaient son caractère. En attestaient les vers retrouvés dans la chambre de la *Villa aux Loups*. Est-ce qu'à vingt ans on va à un rendez-vous amoureux en ayant au préalable pondu un quatrain évoquant le suicide de deux amants ?

Voilà à quoi songeait le reporter du *Petit Provençal*, tout en écoutant l'infortunée Mathilde Champsaur vanter les vertus de son rejeton et en observant sa vieille bonne verser dans son verre une quantité de citronnade qui allait transformer le sirop promis en marmelade poisseuse.

L'esprit concret de Raoul Signoret savait faire la part des choses. Ce drame était navrant, mais Henri Champsaur n'était pas le jeune Werther. Il avait beau connaître le texte de Goethe, il n'avait pas la générosité de son héros, qui se sacrifie pour ne pas encombrer la vie de sa bien-aimée. Werther « part » seul dans l'autre monde. Il n'entraîne pas Charlotte dans la mort. C'est cette « beauté du geste » qui avait bouleversé l'époque romantique et provoqué une vague de suicides à travers l'Europe. De Paris à Prague, on avait retrouvé des jeunes gens en habit bleu, comme leur héros préféré, la tempe percée d'un trou rouge, avec, dans la poche de leur habit, un mot d'adieu au monde cruel où ils n'avaient pas leur place. Tandis que dans l'affaire qui amenait le reporter du *Petit Provençal* chez la mère de l'assassin présumé de Marguerite Casals, il s'agissait, plus prosaïquement, d'un drame bourgeois comme les journaux en rapportaient quotidiennement. De l'avis du reporter, cela manquait de noblesse. Henri Champsaur, qui ne s'embarrassait pas des préceptes du 6e commandement – celui qui proscrit l'adultère –, avait agi comme n'importe quel esprit primaire, préférant supprimer l'objet de sa convoitise plutôt que de le voir appartenir à un autre. Sans nier les souffrances – ni le courage – qui poussent à pareil geste, il manquait à ce jeune homme la grandeur d'âme dont les admirateurs du poète allemand avaient été si bouleversés.

Cela, Raoul Signoret s'était abstenu de le dire et contenté de le penser. Il n'était pas homme à faire fi de la souffrance d'autrui. Mathilde Champsaur avait son lot. Inutile de « charger la mule » par des réflexions indélicates.

Le regard du reporter était attiré par le portrait crêpé de noir qui trônait sur une table basse à gauche du fauteuil maternel. Il ne faisait aucun doute que cette photographie représentant un jeune homme au bouc juvénile, qui ne parvenait pas à le vieillir malgré un air prématurément sérieux, était celle d'Henri Champsaur. Un visage sévère, mais aux traits réguliers que l'on eût pu trouver beau si un sourire était venu l'éclairer. Le front, encore agrandi par une coiffure rejetée vers l'arrière de la tête, était vaste. C'était celui d'un penseur. La bouche, surmontée d'une fine moustache de mousquetaire, tâchait de gommer les traces d'enfance qui s'accrochaient encore aux lèvres minces par la moue austère de celui qui veut à tout prix paraître posé, réfléchi, mûri avant l'âge.

Raoul ne pouvait s'empêcher de songer à la tournure des tête-à-tête amoureux d'Henri et de celle qu'il appelait Meg. Passait-il son temps à lui dire des vers, à l'abreuver jusqu'à plus soif de citations ? Quel drôle de couple, tout de même, où le plus jeune paraissait vouloir être vieux...

Le reporter repensait au témoignage du cocher tel qu'il les décrivait ; elle si calme, lui si exalté... Il est vrai que s'ils allaient à leur dernier rendez-vous, on ne pouvait s'attendre à les voir rire d'un rien, comme deux amants en goguette, mais, d'autre part, la tenue dans laquelle on l'avait retrouvée, elle, semblait attester qu'ils n'avaient pas passé leur temps qu'à lire *Werther*.

Raoul ne parvenait pas à se faire une idée précise de l'étrange relation entre deux êtres si dissemblables. Il cernait mal la personnalité de cette bourgeoise « comme il faut », irréprochable, pétrie de principes moraux, mais se jetant comme une écervelée à la tête d'un jeune homme sans fortune ni situation. Elle avait accepté – sans plus tenir compte de ses devoirs conjugaux, maternels et sociaux – des escapades amoureuses comme une vulgaire grisette. Qui plus est, sous le toit familial ! Au risque de croiser, dans ce coin de campagne où chacun se connaît, des voisins trop curieux.

En parcourant ses notes tout en suivant le monologue maternel, le reporter estimait que, jusqu'ici, il n'y avait pas matière à publier un portrait propre à corriger la figure désastreuse laissée par l'assassin présumé de Marguerite Casals. C'est pourquoi il se décida à poser des questions. On verrait bien.

— Madame, je ne voudrais pas ajouter à votre peine et je souhaiterais faire le portrait le plus juste possible de votre fils. Je ne vous apprendrai pas que l'opinion, alimentée par toutes sortes de ragots et d'idées préconçues, a de lui l'image déplorable que son geste inexpliqué a laissé dans les mémoires. Je n'ai pas la nature d'un procureur qui aurait son idée de la culpabilité de l'accusé avant même son entrée dans la salle d'audience. J'aurais seulement besoin de vous entendre répondre à quelques questions me permettant d'y voir plus clair. La première tombe sous le sens : vous étiez-vous doutée qu'une relation intime s'était établie entre votre fils et Mme Casals ?

Mathilde Champsaur eut un haut-le-corps :

— Monsieur ! Comment pouvez-vous penser que si j'avais eu le moindre soupçon, je n'aurais pas rappelé Henri à ses principes moraux les plus élémentaires ? D'ailleurs, quoiqu'il ait failli à son devoir de franchise filiale en me cachant la réalité de ses relations avec Marguerite Casals, jamais mon fils ne se serait abaissé à ces... comment vous dire ? ces égarements auxquels se livrent parfois devant des tiers les gens sans éducation. Mme Casals, elle-même, bien qu'elle ait, par je ne sais quelle aberration de son esprit, oublié ses engagements de mère et d'épouse, ne se serait permis en public de... de...

Embourbée dans une justification que la réalité des faits démentait, la malheureuse ne parvenait pas à achever sa phrase. Elle en commença une autre, mais n'alla pas bien loin :

— Jamais Marguerite Casals n'aurait couru le risque de se conduire en public comme une gourgandine. Le professeur Casals lui-même n'avait rien remarqué qui puisse prêter à suspicion. Sinon, vous pensez bien que...

Raoul bouillait intérieurement : qu'avait fait d'autre cette femme que se conduire comme n'importe quelle bourgeoise qui plante les cornes au front d'un mari dont elle a fait le tour depuis longtemps ? Depuis quand va-t-on s'enfermer avec un jeune homme pour une sieste crapuleuse quand on est bardée de principes ?

Le prêche était un peu trop sentencieux pour que le reporter, dérogeant à ses résolutions, ne fasse remarquer à la femme en deuil que la vertueuse épouse du professeur Casals, malgré sa morale et sa foi d'airain, n'avait pas longtemps hésité à céder au péché de chair, dont elle ne semblait pas redouter les conséquences sociales, en se livrant en outre, aux yeux de la loi, à un détournement de mineur !

La pauvre femme se raidit. Raoul craignit un instant qu'elle ne mît fin à l'entretien. Aussi enchaîna-t-il aussitôt une autre question :

— En avez-vous parlé avec le professeur Casals ?

— Il a refusé de me revoir...

Elle marqua un temps d'arrêt avant de dire à mi-voix :

— Je ne peux pas lui en vouloir.

— Avez-vous connu à votre fils d'autres relations avec le beau sexe ? J'entends des relations plus conformes avec ce que l'on peut attendre d'un jeune homme de vingt ans ? Avait-il, comme on dit, une fiancée ? Des projets de mariage futur ?

Un sourire mélancolique apparut sur les lèvres sèches :

— Henri s'imposait un isolement volontaire. Les deuils répétés qui ont frappé notre famille ont aggravé sa nature mélancolique. Il ne trouvait de consolation que dans les livres. Sa seule passion et son refuge. Je ne l'ai jamais vu, depuis son plus jeune âge, qu'avec un cahier sous le bras, où il notait toutes les idées qui lui venaient, et recopiait les poèmes de ses auteurs de prédilection. Lui-même écrivait, peut-être vous l'a-t-on dit ? Et ses professeurs ont maintes fois loué sa précocité. Mon fils a toujours été d'une sensibilité hors du commun. Il voulait devenir écrivain, il en avait les capacités. En dehors de ses études, je ne l'ai jamais surpris à se livrer à ces distractions qui sont le propre des jeunes gens : ni tennis, ni voile, et pourtant ses amis insistaient auprès d'Henri pour aller se baigner à En-Vau ou à Port-Pin. Par les collines, en partant de notre maison de La Panouse, il ne faut pas plus d'une heure de marche. Mais pour lui, il n'y avait que l'étude qui vaille. Ah, je n'ai jamais eu besoin de le pousser à travailler en classe !

Une sorte de colère froide lui fit ajouter :

— Nous menions une petite vie paisible, malgré nos malheurs, jusqu'à ce qu'Henri entre dans cette famille maudite !

La pauvre femme, songeait Raoul en l'écoutant vanter les mérites de son rejeton comme un éleveur un pur-sang prometteur. Son amour pour ce phénomène lui fait oublier les réalités. Sans doute atténue-t-elle ainsi ses souffrances. Il n'empêche : l'étudiant modèle sortait parfois de ses chers livres pour s'offrir des récréations... Dommage qu'elles aient fini aussi tragiquement.

— Comment jugez-vous Mme Casals ?

Mathilde Champsaur avala avec difficulté à plusieurs reprises, comme si les mots demeuraient prisonniers de son gosier, puis finit par lâcher comme un jet de fiel :

— C'est elle qui a dévoyé mon fils, monsieur. Cette femme est une perverse et une hypocrite. Elle a fait oublier à Henri tous ses devoirs. Elle l'a payé, mais cela ne me consolera jamais.

Elle tendit son index vers le plafond.

— La seule chose qui me réconforte, c'est de savoir qu'à présent, il y en a Un, là-haut, qui la juge.

Cette violence contenue qui venait de lâcher la bonde surprit le reporter. Pour mettre fin à sa gêne, il en revint aux questions concrètes :

— Madame, je crois savoir que vous avez reçu de votre fils une lettre posthume qui...

— En effet, répondit Mathilde Champsaur dont les lèvres furent prises d'un tremblement incoercible.

— Je suppose qu'elle est entre les mains de la police...

— Ces messieurs se sont montrés très délicats. Ils m'en ont confié une copie et m'ont promis – si cela est un jour possible, de me restituer l'original. Le commissaire Grandjean a été très compatissant quand je lui ai dit combien je tenais à conserver les derniers mots de mon pauvre fils.

Le reporter en vint à la question qu'il n'avait pas encore osé aborder :

— Serait-il déplacé de vous demander de me montrer cette lettre ? Rien ne vous y oblige bien sûr, mais les enquêteurs sont restés discrets et j'ignore la façon dont votre cher fils vous a informée de son geste.

— Vous n'allez pas la publier, j'espère, monsieur ? Je compte sur votre loyauté.

— N'ayez crainte, madame. Je désire simplement savoir à quoi elle ressemble, quels sont les termes choisis par Henri pour vous dire les raisons de sa décision.

La confiance semblait s'être rétablie, car à la surprise du reporter Mathilde Champsaur se leva et alla jusqu'à un secrétaire dont le tiroir était fermé à clef. Elle revint avec un feuillet plié en deux que contenait une enveloppe sans adresse.

— Tenez, lisez-la vous-même, moi je n'en ai plus le courage. Ces mots me déchirent.

Avant d'ouvrir l'enveloppe qui n'était pas close, mais son rabat seulement replié à l'intérieur, Raoul remarqua que le recto de l'enveloppe était vierge de timbre oblitéré et d'adresse de la destinataire.

— Je pense qu'il ne s'agit pas de l'enveloppe originale dans laquelle vous avez reçu la lettre ?

— La police l'a conservée. Pour vérifier d'où elle avait été expédiée et examiner d'éventuelles empreintes digitales.

— J'en déduis, dit le reporter, qu'il n'y avait pas d'empreintes autres que celles de votre fils sur la lettre elle-même.

— On me l'aurait fait savoir, je suppose.

— Et sur l'enveloppe ?

— Pas que je sache.

— Vous a-t-on dit d'où la lettre avait été postée ?

Mathilde Champsaur, le front plissé, mit son visage dans ses mains comme pour mieux réfléchir.

— Attendez que ça me revienne. Au bureau de poste de la Préfecture, place Saint-Ferréol[1] ! C'est celui qui dessert notre quartier.

Tout en parlant, le reporter avait déplié le feuillet. Il lut enfin le texte original dont son oncle ne lui avait donné que la teneur :

---

1. Aujourd'hui place Félix-Baret, du nom d'un ancien maire de Marseille (1887-1892).

Nous nous aimions, nous ne pouvions pas fuir ensemble. Ce monde-ci n'était pas fait pour un amour comme le nôtre. Meg en souffrait autant que moi. Je demande pardon à tous ceux qui vont souffrir par ma faute. Pardon, mère, du chagrin que je vais vous causer. Donnez mon très affectueux souvenir à mon ami Paul.

Henri.

Sitôt la lettre lue, le reporter la restitua à Mme Champsaur.

La brièveté de ces adieux ne fut pas la seule surprise que provoqua ce texte chez Raoul. Par profession, il avait connu maintes lettres de suicidés annonçant à des proches l'imminence de leur passage à l'acte. La plupart étaient interminables. Des feuillets et des feuillets de justifications, d'arguments, des paragraphes entiers de demandes d'absolution, de miséricorde. Ici, l'information était réduite à sa plus simple expression, voisine de la froideur ou du détachement, et jusqu'à la signature qui se limitait au prénom, sans être précédée d'une formule affectueuse, du type « votre fils qui vous aime » ou « votre fils affectionné ». On eût dit qu'Henri Champsaur annonçait le suicide d'un autre.

Une seconde particularité attira l'attention du journaliste tandis qu'il relisait les quatre ou cinq lignes par lesquelles le jeune homme annonçait le double suicide à sa mère. Le texte n'était pas rédigé sur du papier à lettres, mais sur une simple feuille de cahier à petits carreaux comme en utilisent les étudiants pour prendre leurs cours. On avait apparemment utilisé une partie seulement de la feuille. Ce qui pouvait signifier que le mot d'adieu avait été rédigé au dernier moment, peu avant le passage à l'acte. Raoul se demanda si le jeune homme emportait aussi ses précieux cahiers de cours quand il allait jouer à la bête à deux dos avec sa chère Meg. Il serra les mâchoires pour ne pas sourire à cette pensée saugrenue.

Le feuillet plié en deux avait rejoint son enveloppe.

— Savez-vous si l'ami de votre fils, Paul Chabert, je crois, a également reçu une lettre d'adieu, madame ?

— Non, répliqua la mère. Il est venu d'Aix me présenter ses devoirs, avant-hier, mais il n'a pas fait la moindre allusion à une lettre reçue d'Henri.

Depuis un moment une autre question tournait dans la tête du reporter. Il se décida :

— Ma demande va vous paraître déplacée, madame, mais vous reconnaissez formellement l'écriture d'Henri dans ces lignes, bien sûr ?

Raoul Signoret n'eût pas pensé que le teint de cette femme à bout de chagrin pût encore blêmir, pourtant, c'est ce qu'il advint.

— Je ne comprends pas ce que vous voulez dire, monsieur. Croyez-vous que je ne connaisse pas l'écriture de mon fils ? Je pourrais vous en montrer des centaines d'exemples.

Elle quitta brusquement son fauteuil, comme agacée.

— Où voulez-vous en venir ?

— À rien, madame, à rien. J'ai dit une bêtise et je vous demande de ne pas m'en tenir rigueur. D'ailleurs, je vais cesser de vous torturer. Une dernière question, cependant, très anodine, n'ayez crainte : Henri avait-il l'habitude, quand il s'adressait à vous-même, d'appeler Mme Casals Meg ?

Le front de Mathilde Champsaur se plissa. Elle demeura un bref instant pensive, comme si elle hésitait à répondre, puis finit par lâcher comme à regret…

— Je n'en ai pas le souvenir. Sans doute réservait-il ça aux moments où…

Elle ne put aller plus loin. Ses lèvres tremblèrent et elle serra convulsivement le mouchoir qu'elle avait dans sa main droite.

— Vous étiez personnellement liée avec Mathilde Casals ?

— Avec elle, oui. Mais je n'aimais pas le caractère hautain du professeur et cela gênait un peu nos relations. C'est vexant à la longue, de vous faire sentir que vous n'êtes pas du même monde…

Elle eut une sorte de sanglot nerveux :

— Pour ce qu'il vaut, leur monde ! Il n'y a qu'avec mon malheureux fils qu'ils avaient gardé des relations plus suivies – à cause des fillettes dont il était le répétiteur. Et vous voyez où tout ça nous a menés… Quelle misère !

Elle se reprit aussitôt :

— Veuillez m'excuser, monsieur, je vais vous demander de me laisser. Je suis lasse à un point que vous n'imaginez pas.

— Je comprends, madame, je comprends. Ne vous excusez pas. Merci de m'avoir reçu. Pardon d'avoir abusé…

Raoul baisa la main qu'on lui offrait, tandis que l'échalas funèbre faisant office de bonne lui tendait son canotier.

— Je compte sur votre discrétion. Ne soyez pas dans le camp de ses accusateurs. Il n'a pas mérité ça. On m'a dit que vous étiez quelqu'un de droit…

— J'ignore qui vous l'a dit, mais je vais faire en sorte de mériter sa confiance.

— C'est mon fils, monsieur, qui l'affirmait. Il était un de vos lecteurs.

— Alors, à plus forte raison, dit Raoul, soudain ému.

Au moment où il allait franchir le seuil de l'appartement, la voix de Mathilde Champsaur se fit entendre :

— Vous devriez rendre visite à Paul Chabert, le seul véritable ami de mon fils. Ils préparaient ensemble leurs examens. Désirez-vous son adresse ?

— Volontiers, dit Raoul.

— Paul vous dira, lui, qui est Henri.

Ces dernières paroles furent lancées comme un défi.

5.

Où l'on découvre qu'une lettre aurait été expédiée par une personne… tombée dans le coma depuis trois jours !

— Vous vous rendez compte jusqu'où va le sens du sacrifice de notre Thérésou ? dit Eugène Baruteau en parcourant d'un œil attendri la tablée familiale – réunie comme chaque dimanche au domicile du commissaire central, rue de Bruys. Elle a fait la cuisine hier soir pour que nous n'ayons pas à souffrir d'un surcroît de chaleur.

— J'en déduis donc que nous allons manger froid, dit Raoul qui s'était avancé pour embrasser sa tante.

— Oui, mais ça n'aura rien d'un pique-nique, assura l'oncle. Rien que du premier choix, comme d'habitude.

— Avec les 35° à l'ombre que nous avons, voilà une généreuse attention, dit Raoul. Je reconnais bien là la délicatesse de ma tante qui s'inquiète à l'idée de me voir transpirer rien qu'en faisant l'effort de remuer les mâchoires.

— Du coup, ajouta le policier avec un clin d'œil à son neveu, pour la première fois en trente-cinq ans de vie conjugale, je ne sais pas ce qu'il y a au menu. Je suis rentré tard hier soir. On fêtait le départ d'un collègue. Quand je suis arrivé tout était fini et ta tante avait tout planqué pour m'éviter la tentation.

— Avec ça que je t'ai pas vu aller *espincher* en douce dans le garde-manger, ce matin, quand tu t'es levé, beau masque, lança Thérèse Baruteau. Si tu crois que tu vas me la faire avaler, celle-là, il faudra te lever de bonne heure.

Sous les rires de Cécile et des enfants, Adèle et Thomas, auxquels s'était jointe Adrienne Signoret, la mère de Raoul, qui revenait de la cuisine en portant comme le saint-sacrement une imposante soupière, Eugène Baruteau passa aux aveux.

— C'est vrai que je n'ai pas pu résister. Je sais donc ce qu'elle a préparé. Un plat de saison : elle a fait des petits farcis comme les faisait ma pauvre mère !

Cette nouvelle fut accueillie par un cri de joie unanime.

— Pour faire couleur locale, j'aurais dû dire *lei farçuns*, précisa le policier. Mais vous allez voir : c'est une recette améliorée.

— Toi, dit Thérèse Baruteau, c'est carrément une perquisition que tu as opérée dans mes placards ! Tu n'y as pas goûté, au moins ? Sinon je pars acheter six tranches de jambon pour que les autres n'aient pas que des restes.

— Sois sans crainte, ma Nine, assura le policier. Je n'y ai pas touché. Pour que ta cuisine me profite, il faut que les autres en aient leur part et que je la partage avec ceux que j'aime.

Thérèse Baruteau prit sa belle-sœur à témoin.

— Je vais le croire, *té* ! Pour avoir à manger, il est prêt à toutes les flatteries.

Elle s'adressa à sa belle-sœur :

— Il était déjà comme ça quand vous étiez petits ?

— Oh pauvre ! s'écria Adrienne Signoret. Quand notre mère faisait les oreillettes, pour en avoir une de plus que les autres, il serait monté en courant à la Bonne-Mère avec des oursins dans les souliers.

— Des oursins de Carry-le-Rouet, précisa le policier avec un clin d'œil aux enfants.

Thérèse Baruteau revint à son interrogatoire :

— Si tu n'y as pas goûté, dis-moi comment tu sais que ma recette est améliorée, comme tu dis ?

Avec une parfaite mauvaise foi le commissaire expliqua :

— Parce que mon nez de policier ne me sert pas seulement à démasquer les bandits : il me permet de distinguer les divers parfums des viandes entrant dans la composition d'un plat.

Thérèse Baruteau revint à la charge :

— Si tu n'y as pas mis la main, alors, explique-moi pourquoi il en manquait deux ?

Le policier ne vit pas le piège :

— Deux ? C'est pas possible ! Je te jure sur la tête de ces petits que je n'en ai goûté qu'un.

Un rire général secoua la tablée.

— Il s'est trahi tout seul !

Adèle et Thomas étaient aux anges.

Thérèse Baruteau s'y joignit généreusement, mais ne manqua pas de chambrer son homme :

— Toi, tu as bien fait d'être du bon côté du bureau au commissariat central. Parce que face à un inspecteur un peu *ficelle*, tu tiendrais pas longtemps !

— C'était juste pour pouvoir dire combien c'est bon. Tu m'en veux ?

L'épouse du policier secoua la tête :

— J'avais prévu le coup, j'en ai fait en plus. J'ai pu remplacer le manquant. Mais tu mériterais qu'on t'en donne un de moins qu'aux autres. En tout cas, ne compte pas avoir du rabiot. Ceux qui restent, je les ai promis à Mme Mostegui.

— Je le ferai plus, gémit Baruteau en prenant une voix juvénile.

— Jusqu'à la prochaine fois...

Pour donner le change, le policier prit l'assistance à témoin.

— Loin de se contenter, comme une cuisinière ordinaire, de garnir ses légumes avec la même farce, ce qui est une méthode de gargotier qui bourre tout de chair à saucisse, notre Thérésou a fourré chacun d'une farce différente, afin de varier les plaisirs : les tomates avec du poulet, les courgettes avec un reste de daube, les oignons avec de l'agneau, les aubergines avec des épinards à la brousse et les poivrons avec du jambon et du riz. C'est pas du grand art, ça ? Il peut s'aligner, Roubion[1] !

— Quelle patience ! s'écria Cécile, admirative.

Thérèse Baruteau, qui, comme les vraies cuisinières, n'était jamais avare de détails sur son tour de main, expliqua qu'elle avait fait cuire ses légumes chacun dans une casserole différente, afin que leurs parfums propres fussent conservés.

— C'est à des détails comme ça qu'on voit que nous sommes des médiocres, comparés à cet Escof-

---

1. L'un des chefs les plus célèbres de la belle époque marseillaise, propriétaire de *La Réserve*, sur la Corniche.

fier femelle, dit Eugène Baruteau, mi-sérieux, mi-bouffon, espérant plus vite se faire pardonner.

Il ajouta pourtant une question qui révélait une légère inquiétude :

— Tu n'as prévu que ça, Thérésou ? Tu n'as pas peur que ça fasse un peu juste ? Ces jeunes gens – il désigna Adèle et Thomas – ont besoin de manger pour croître et embellir.

L'épouse du policier ne s'en laissa pas conter.

— Tu as fini ta croissance, toi ? Alors, t'inquiète pas pour les autres. Il me semble que cinq farcis par personne, ça suffit à vous boucher un coin.

— Ils sont pas bien gros, quand même, dit Baruteau.

— Oui, mais comme je sais qu'on a un *galavard*[1] à table qui n'en a jamais assez, répliqua son épouse, j'ai prévu une soupe de moules au safran pour commencer.

Elle désigna la soupière apportée sur la table par sa belle-sœur.

— J'ai mis des spaghettis dans le bouillon au cas où tu aurais un creux. Mais les gens normaux ne sont pas obligés de les manger.

— Ah ! tu me rassures, dit Baruteau en ajustant sa grande serviette dans le col cassé de sa chemise blanche « des dimanches ».

Le repas put débuter dans une ambiance joyeuse ponctuée de gémissements de volupté au fur et à mesure que les farcis diminuaient en nombre dans le plat de service et venaient enchanter les palais.

1. Goinfre, glouton.

Ces dames parlèrent recettes, tricot et éducation des enfants, tandis que l'oncle et le neveu, qui ne pouvaient s'empêcher « de ramener du travail à la maison », comme disait la tante Thérèse, évoquaient le drame de la *Villa aux Loups*, tout en savourant un dessert de saison présenté dans une jatte de terre vernissée maintenue au frais sur un lit de glace pilée : des poires et des figues de Solliès au vin épicé, où se mêlaient les parfums subtils de la vanille, de la muscade et du gingembre.

— Je ne vois pas bien, argumentait le policier, ce qui t'offusque dans le fait qu'un étudiant rédige une lettre d'adieu à sa mère et annonce son suicide sur le papier à carreaux qui lui sert à prendre ses cours.

Raoul s'étonna :

— Il emportait ses cours avec lui, quand il allait s'offrir une partie de...

Le reporter s'interrompit en posant les yeux sur ses enfants qui n'en perdaient pas une miette et acheva ainsi sa phrase :

— ... euh, une partie de campagne ?

Baruteau raisonna en homme pratique :

— Il a utilisé ce qu'il avait sous la main, ce malheureux garçon ! Un bout de papier qu'il avait sur lui. Dans ces cas-là, on fait avec ce qu'on a, sans faire de chichis. Tu crois qu'il n'avait rien d'autre à penser qu'à la qualité de son papier à lettres ?

Raoul fit une moue. Il n'était pas convaincu.

— À sa place, il me semble que j'aurais eu au contraire à cœur de soigner les détails de mon départ. Il a conscience du chagrin qu'il va faire à sa pauvre maman qui en a déjà eu son lot. Et ce sont les derniers mots qu'il lui adresse. Il peut se douter qu'elle va les conserver. Là, on dirait qu'il lui communique la liste des commissions. L'écriture elle-même est négligée. Comme s'il avait fait ça en hâte. C'est un mot d'adieu convenu. Sans émotion, pourrait-on croire.

Baruteau tiqua :

— Je pense que tu te compliques la vie, mon Raoul. Mange ton dessert, ça t'adoucira.

Mais le reporter ne semblait pas vouloir lâcher le morceau.

— Il n'y a pas que ça qui me tarabuste.

— Allez, *li sian maï*[1] ! s'écria le policier. Quoi, encore ?

— Je n'ai pas vu l'enveloppe, mais vous m'avez dit que la mère avait reçu la lettre trois jours après la découverte du double suicide.

— Exact.

— Le rendez-vous des amants à la villa s'est bien déroulé le lundi après-midi, non ?

— Toujours exact.

— Et vous avez précisé que la lettre est arrivée chez Mathilde Champsaur le jeudi. Je me souviens l'avoir noté pour mon article, et mes notes sont ici, si vous désirez les voir.

— Je l'ai dit, en effet, reconnut Baruteau. J'avais le dossier sous les yeux.

— Je sais par la mère d'Henri que la lettre a été mise à la boîte de la poste située place Saint-Ferréol, qui est celle desservant le boulevard Notre-Dame.

— Et alors ?

— Vous ne trouvez pas qu'elle a un peu traîné en route, cette lettre ?

---

1. Expression servant à masquer l'exaspération. Littéralement : « on y est encore », « on y revient ».

— Comment ça ?

— Eh bien, admettons qu'Henri Champsaur ait rédigé son mot d'adieu à sa mère le lundi matin, jour du rendez-vous avec Marguerite Casals, fixé pour l'après-midi même.

— Continue, tu m'intéresses.

— Admettons qu'il ait attendu le dernier moment pour le mettre à la boîte. Il n'a pas pu le faire après la fin de la matinée, ou au maximum vers une heure, une heure et demie de l'après-midi, avant d'aller cueillir sa bien-aimée avec le fiacre, puisqu'ils sont arrivés à la *Villa aux Loups* en début d'après-midi, selon le témoignage du cocher de chez Decanis. Celui-ci n'a jamais signalé que ses clients s'étaient arrêtés pour mettre une lettre à la boîte.

— *Achève et prends ma vie*[1], déclama Baruteau.

— Il lui faut trois jours, à cette lettre, pour aller de la préfecture au boulevard Notre-Dame, distant à vol d'oiseau d'un jet de pierre ?

Le policier n'abdiqua pas :

— Ça monte, il fait une chaleur à crever, le facteur a dû couper sa tournée de haltes dans les bistrots du coin.

Le reporter ne plaisantait pas :

— En admettant que la levée n'ait pas été faite le jour même, c'est-à-dire le lundi, elle aurait dû parvenir à Mme Champsaur au plus tard mercredi. Et encore, en traînant en route. Or, si je me souviens, elle lui est arrivée le jeudi 7 juin.

— Et après ?

1. Corneille, *Le Cid*, scène de la provocation Don Gormas/Don Diègue, acte I, scène 3.

— J'aimerais bien connaître la date du cachet de la poste.

— Facile, dit Baruteau. Je n'ai qu'à demander. On aura la réponse avant le café.

Thérèse Baruteau intervint :

— Tu sais que le docteur pour le cœur t'a interdit d'en boire, Eugène.

— C'était une image, ma chérie. Avec cette chaleur, il faudrait qu'il fût glacé, et encore. J'ai bien assez avec ton neveu pour me donner des palpitations.

— Vous auriez la réponse aujourd'hui, dimanche ? s'étonna le reporter.

— Et comment ! répliqua le chef de la police marseillaise. Tu oublies que j'ai tout réorganisé[1]. La Sûreté a une permanence qui mérite ce nom, maintenant. D'ailleurs, c'est l'occasion de la tester. Gare s'ils sont au bistrot !

Baruteau se leva, non sans avoir lampé une ultime cuillerée de poire au vin, et passa dans le salon pour téléphoner. On entendit sa grosse voix donner des ordres :

— Virbel ? Allez donc dans le bureau de votre chef et sortez-moi le dossier Champsaur/Casals. Non, sans z : s-a-l-s. Et Champsaur, comme un champ et un hareng saur.

Raoul était venu rejoindre son oncle :

— Il l'écrit peut-être *hareng-sort*, dit-il en clignant de l'œil.

---

1. Voir *L'Inconnu du Grand Hôtel*, tome 9 des « Nouveaux Mystères de Marseille ».

— Plus maintenant, ils ont des cours d'orthographe. Ça fait partie de la réforme[1].

Tout en gardant le cornet du téléphone contre son oreille droite, le policier lança à son neveu :

— Tu te rends compte de ce que je fais pour toi ? Des heures supplémentaires, un dimanche de canicule !

Au bout d'un long moment, on entendit une voix grésiller au bout du fil.

— Ouvrez le dossier. Il doit y avoir une copie de lettre agrafée avec une enveloppe au timbre oblitéré, adressée à Madame Mathilde Champsaur. Vous la voyez ?

— ...

— Eh bien, trouvez-la, que diable ! J'ai pas que ça à faire.

— ...

— Ça y est ? Bien. Quelle date lisez-vous sur le tampon ? Comment ? 6 juin ? Vous êtes sûr ?

La main sur le cornet acoustique, Baruteau demanda à son neveu :

— Va me prendre le calendrier, il est pendu au mur de mon bureau.

Raoul se précipita et revint avec un calendrier offert par *Le Petit Provençal.* L'éphéméride encadrait une gravure colorée représentant *L'Enrôlement des volontaires en 1792,* où des militaires fringants en habit bleu et culotte à la française défilaient, l'air martial, devant une estrade décorée de drapeaux tricolores où se tenaient des officiels aux perruques poudrées.

---

1. Voir *L'Inconnu du Grand Hôtel,* tome 9 des « Nouveaux Mystères de Marseille ».

— 6 juin, dit le policier à son neveu, qui parcourait de l'œil les colonnes alignées. Regarde quel jour c'est.

— C'est le mercredi, dit Raoul tout excité. Le suicide remonte au 4.

Baruteau remercia son subalterne tout en lui recommandant de bien replacer le dossier où il l'avait pris, et contempla son neveu avec un gros pli entre les sourcils.

— À ton avis ?

— Il est simple. Ça tombe sous le sens : Henri Champsaur a expédié sa lettre deux jours après s'être tiré une balle dans la tête...

Il y eut un interminable silence durant lequel l'oncle et le neveu se regardèrent, puis l'énorme voix du commissaire central explosa comme une chaudière sous pression :

— Quand je pense qu'il n'y en a pas un, de ces *estronqués*[1], pour avoir vu que ça ne pouvait pas coller. Il a fallu que tu le fasses pour eux, dont c'est le métier ! Il y a plus de dix jours qu'ils ont le dossier sous les yeux ! Ils ont passé des heures à chercher des empreintes sur l'enveloppe, et l'idée ne leur est pas venue d'examiner le cachet de la poste ! Ah, elle est belle la police marseillaise ! S'il apprend ça, Clemenceau, il me fait fusiller ! Ah, les *brancàci*[2] ! Ils vont m'entendre, demain matin, fais-moi confiance !

---

1. Privé de ses facultés mentales.
2. Incapables, bons à rien.

6.

Où l'on se rend à Aix pour rencontrer le meilleur ami de l'assassin présumé, qui ne croit pas à sa culpabilité.

Raoul Signoret n'était pas revenu à Aix depuis le procès du docteur Danglars, ce médecin marseillais toxicomane, trafiquant de drogue et accusé de pratiques abortives clandestines, jugé par la cour d'assises des Bouches-du-Rhône[1]. La belle endormie n'avait pas changé en six ans. Toujours belle et toujours endormie, l'ex-capitale de la Provence rêvait à sa grandeur passée. On la lisait encore sur les façades ocre de ses hôtels particuliers aux pierres tendres rongées par le temps. Ville de juristes et de lettrés, elle regardait de haut Marseille la plébéienne, dont le dynamisme bruyant agressait ses aristocratiques oreilles. Aix était faite pour écouter le murmure des fontaines, les échanges de propos mondains étouffés par les tentures épaisses des salons aux plafonds

---

1. Voir *Le Secret du docteur Danglars*, tome 3 des « Nouveaux Mystères de Marseille ».

stuqués, aux murs ornés de peintures académiques reflétant les goûts d'une bourgeoisie conservatrice.

Aux rues alignées du quartier Mazarin, aux ombrages somptueux des platanes du cours Mirabeau, si agréables en ce temps de canicule, le reporter préférait le lacis des ruelles convergeant vers Saint-Sauveur. Là, se trouvaient les facultés de lettres et de droit. Cela lui rappelait ses années studieuses, entre bachot et journalisme, passées dans le vieil hôtel Maynier d'Oppède, où des maîtres barbus à besicles et redingotes ouvraient l'esprit de leurs étudiants aux beautés des humanités gréco-latines comme des jardiniers veillant sur la pousse de jeunes rameaux portant leurs espérances.

En remontant le temps, en retrouvant les noms des rues de sa jeunesse estudiantine, Raoul Signoret évoquait les monômes de fin d'année, à la veille des examens. Monômes auxquels, pour décompresser de mois de travail, il participait, la *faluche*[1] vissée sur la tête au ras des sourcils, noyé dans une turbulente chenille de jeunes mâles déchaînés. Les filles étaient tenues à l'écart de ces lupercales modernes. Agrippé aux épaules de celui qui le précédait, halant le suivant, le futur reporter parcourait la cité du roi René en braillant à tue-tête des chansons de corps de garde et des slogans provocateurs. Le jeu de prédilection consistait à répéter sans cesse *les co-cus au-bal-con ! les co-cus au-bal-con !*, jusqu'à ce qu'un bourgeois, attiré par le vacarme, répondant au vœu de la meute juvénile, veuille bien apparaître, le ventre aussi rond

1. Béret de velours noir traditionnel des étudiants à l'époque. Wagner en arbore une sur certains de ses portraits.

que son œil offusqué, sous une houle de rires et de quolibets.

Le train omnibus de Marseille avait déposé Raoul Signoret bien avant l'heure du rendez-vous fixé pour 10 heures avec Paul Chabert. Cela avait permis au reporter du *Petit Provençal* d'arpenter la rue Gaston-de-Saporta jusqu'à la cathédrale Saint-Sauveur, avant de bifurquer vers la place des Prêcheurs dominée par la façade intimidante du palais de justice, à peine égayée par les huit colonnes de son péristyle encadré par les statues des juristes Siméon et Portalis, jouant les serre-livres.

Paul Chabert logeait dans la rue Rifle-Rafle, toute proche du palais, sous un toit de tuiles roussies calcinées par le soleil. En cette matinée de juin en avance sur l'été, il transformait sa minuscule chambre d'étudiant en annexe du four du boulanger installé au rez-de-chaussée du vieil immeuble. L'ami d'Henri Champsaur avait accepté sans hésiter la proposition de rendez-vous du reporter du *Petit Provençal* après lecture du second article publié par Raoul Signoret sur ce que le journaliste avait appelé « Le mystère de la *Villa aux Loups* ». Sans jouer au détective, il y faisait part le plus impartialement possible des doutes et des questionnements générés par l'inexplicable scène découverte dans la chambre de la villa des Casals à La Panouse. Ce qui semblait évident au premier abord devenait, au fur et à mesure qu'on apprenait des détails, source de questions sans réponses convaincantes. Il y avait dans cette affaire quelque chose de proprement *injustifiable*. Un esprit soucieux de vérité ne pouvait se contenter de l'explication simpliste admise par l'opinion publique et la plupart des confrères désireux de tourner la page, à savoir le double suicide consenti de deux amants.

Au téléphone, Paul Chabert avait confié à Raoul Signoret combien il avait apprécié le ton modéré de son article. Alors que tant de ses pairs – qui n'en savaient pas plus que lui –, du haut de leur chronique érigée comme des bois de justice, s'étaient faits les accusateurs publics d'Henri Champsaur. Dressant de lui le portrait d'un pervers polymorphe, ils l'avaient condamné d'avance comme pourvoyeur de scandale public, objet de honte et cause de désolation dans une famille unanimement estimée à Marseille.

Avec sa blondeur naturelle, ses petites lunettes rondes cerclées de métal, sa coupe de cheveux *à la bressane* dégageant la nuque et sa courte barbe clairsemée qui ne parvenait pas à gommer une adolescence prolongée, Paul Chabert aurait pu passer pour un étudiant allemand si son accent fleurant bon la garrigue et le thym n'avait pas démenti cette impression à la première syllabe proférée par une voix de tuyau d'orgue. Elle surprenait chez un jeune homme de taille aussi modeste. Il était de Barbentane, village à demi troglodyte, coincé entre Rhône et Durance, au pied de la Montagnette. Son père, ancien carrier, s'y était reconverti dans une activité moins épuisante mais plus aléatoire : la culture des figues. Elles y étaient fameuses et connues sous l'appellation *noire de Barbentane* et *comtesse de Barbentane,* cette dernière d'une étonnante couleur rouge.

La franchise de la poignée de main de Paul Chabert mit tout de suite Raoul Signoret en position d'empathie avec lui.

Le reporter se demanda comment le jeune homme pouvait supporter la température d'étuve de cette pièce seulement aérée par un fenestron au ras des tuiles.

La première question fusa avant même que l'étudiant, dont le visage grave reflétait l'inquiétude, ait prié son visiteur de pénétrer dans la pièce où il l'attendait :

— Auriez-vous des nouvelles récentes d'Henri ?

Raoul fit une moue :

— Hélas, elles ne sont pas fameuses. Il n'est pas question – du moins pour l'instant – de tenter l'extraction de la balle logée près de la tempe gauche. Il ne le supporterait pas...

— Parle-t-il ?

Le reporter fut surpris par la question.

— Votre ami est dans un coma profond, monsieur Chabert. On ignore encore quels dégâts la balle a pu commettre et si...

Le journaliste s'interrompit. Inutile de formuler des suppositions auxquelles l'ami d'Henri Champsaur avait dû penser tout seul. Il changea aussitôt de sujet et proposa :

— Un rafraîchissement dans un endroit un peu moins surchauffé où nous pourrions bavarder à l'aise, ça vous irait ? Comment arrivez-vous à travailler dans pareille étuve ?

Un léger sourire détendit les lèvres du jeune homme :

— Je vais me réfugier sous les voûtes de Saint-Sauveur ! Les bâtisseurs de cathédrales ne lésinaient pas sur l'épaisseur des murs. Une aubaine avec les étés que nous avons.

Raoul sourit à son tour :

— Mais vous aurez remarqué : ils n'ont rien prévu pour l'hiver ! J'ai des souvenirs d'enfance gelés jusqu'aux os. Ma chère maman me traînait à d'interminables offices, et les dalles glaciales vous figeaient le sang dans les mollets comme la ciguë dans les jambes de Socrate.

— J'ai d'autres refuges, précisa l'étudiant. Le matin, à l'ouverture, la bibliothèque de la faculté des lettres maintient une température supportable, si on ne laisse pas les portes trop longtemps ouvertes.

— Que préparez-vous ? demanda le reporter.

— Une licence de lettres classiques. Je suis en dernière année, comme Henri.

Il ajouta :

— Mais je suis loin d'avoir sa culture. Henri a déjà publié dans des revues, et même commis un roman dont il m'a fait l'amitié de me confier le manuscrit. Il a intitulé ça *Le Cœur déconcerté.* Je vous le montrerai, si ça vous intéresse. Il y a mis beaucoup de lui-même.

— Volontiers, dit Raoul par politesse. Votre ami veut-il donc devenir écrivain ?

La réponse de Paul Chabert contenait toute son admiration :

— Il l'est déjà.

— Et vous-même ?

— Je me destine plus modestement au professorat. Plus qu'une semaine à souffrir. Ensuite, ce seront les vacances ! Actives, pour moi : la récolte des fruits bat son plein au mas de mon père.

Il redevint grave et prit un air gêné comme s'il se sentait coupable d'une telle évocation dans les circonstances présentes :

— On va cueillir les figues sans ce malheureux Henri, cette année. Il venait nous donner un coup de main chaque été.

Pour tout avis, le reporter eut un geste d'impuissance.

— Gardez espoir...

L'étudiant attaqua sans préambule :

— Je suis allé rendre visite à Mme Champsaur, avant-hier. Nous sommes du même avis : Henri n'a pas pu faire ce dont on l'accuse. On lui aura tendu un piège.

— Un piège ? Je ne demanderais pas mieux que de vous croire, répliqua Raoul, mais les faits sont les faits et ils sont accablants.

Paul Chabert alla jusqu'à la table qui lui servait de bureau, et prit deux dossiers cartonnées maintenus clos par un lien qui se nouait avec une ganse noire comme un lacet de chaussure.

— J'ai rendez-vous avec un de nos maîtres, le professeur Pascal Guillaume, à 11 h 30. Ça nous laisse un bon moment pour discuter.

— Allons-y, je vous suis.

Les deux hommes s'engagèrent dans l'étroit escalier de l'immeuble. Sans se retourner, l'étudiant dit :

— Pauvre Henri... Vous me préviendrez, au cas où vous apprendriez du nouveau ?

Le reporter promit.

— Passez de temps à autre à l'agence d'Aix du *Petit Provençal*. S'il y a du nouveau, je laisserai un message à votre attention.

Le soleil tapait déjà comme un sourd sur les façades de la rue Rifle-Rafle. Elle s'offrait à lui sur toute sa longueur et l'impression de canicule en était redoublée par la réverbération sur les murs. Le journaliste et l'étudiant prirent la direction de la place des Prêcheurs. Les fauteuils d'osier de la brasserie qui lui devait son nom leur tendaient les bras sous l'ombre claire des platanes.

— Je préjuge qu'une bière serait la bienvenue, non ?

— Dans le plus grand verre possible, alors, répliqua l'étudiant.

Le garçon de café jovial et rubicond qui « faisait la terrasse » avait entendu. Il proposa en rigolant :

— Je vous mets le fût avec un robinet ?

Ses clients évoquaient un drame épouvantable, et lui faisait des blagues à deux sous. Ainsi va la vie des hommes. À chacun ses soucis...

Le reporter revint dans le vif du sujet.

— J'aimerais, dit Raoul Signoret, avoir votre impression personnelle sur cette tragédie. Je ne vous demande pas de jouer au devin, ni à l'avocat, mais de me dire, sans faux-fuyant, ce que *vous* pensez de l'affaire. En particulier de ce dénouement sur lequel les enquêteurs ne parviennent pas à se faire une opinion. Sauf celle qui vient à l'esprit en premier. C'est, au mieux – disent-ils –, un double suicide préparé d'un commun accord, au pire un assassinat, c'est à dire le meurtre avec préméditation de Marguerite Casals par votre ami Henri. Pris de remords, ou de panique, il se sera fait justice.

En écoutant le reporter, le visage juvénile de Paul Chabert prenait un masque anxieux.

Raoul se pencha vers lui, autant par souci de discrétion vis-à-vis des autres consommateurs, que pour appuyer son propos :

— Vous êtes l'ami intime d'Henri Champsaur, m'a-t-on dit. Vous le connaissez comme un frère. Je suppose que vous avez tout partagé. Il a dû vous tenir au courant de son... comment dire ? Disons sa relation intime avec Marguerite Casals. Savez-vous si Henri lui donnait un petit nom ?

La question surprit l'étudiant :

— Pas devant moi en tout cas, répondit-il. Je l'ai toujours entendu dire Marguerite. Il trouvait que ce prénom faustien lui allait bien. Pourquoi me demandez-vous ça ?

Ce fut au tour du reporter de tiquer. Après la mère, l'ami. Si surnom il y avait eu, il avait dû rester dans la stricte intimité. Mais alors, pourquoi Henri l'avait-il employé dans son mot d'adieu ?

— Pour rien, j'avais cru comprendre, en enquêtant auprès de la police, que les deux amants s'affublaient de petits noms, comme souvent. J'ai dû mal saisir.

Le reporter revint à son interrogation :

— Alors, à votre avis, que s'est-il passé pour qu'on en arrive là ?

Paul Chabert ne parut pas comprendre le sens de la demande.

— Henri est incapable d'avoir fait une chose pareille.

— Ce n'est pas la question, monsieur Chabert...

— Si, monsieur Signoret : vous m'avez demandé mon impression personnelle. Elle est qu'Henri ne peut pas être l'assassin de Marguerite.

— Vous voulez dire que ce n'est pas lui qui l'a tuée ? Monsieur Chabert ! La police détient une lettre de la main de votre ami qui ne laisse guère de doute, au moins sur son état d'esprit !

— Une lettre ?

— À sa mère, oui. Elle est parvenue à la malheureuse trois jours après le drame. Il écrit quelque chose comme « ce monde n'était pas fait pour un amour comme le [leur] ». Et il demande pardon d'avance à sa mère « du chagrin qu'[il] va [lui] causer ».

L'étudiant ne semblait pas convaincu :

— On peut causer du chagrin à ses proches par bien des façons. Pas forcément à coups de revolver. Vous l'avez vue, cette lettre ?

Le reporter se garda de dire qu'il l'avait eue sous les yeux la veille.

— Elle est dans le dossier de la police, vous ai-je dit. On m'en a communiqué la teneur, mais je n'ai pas eu le texte en main.

— Henri dit dans cette lettre qu'il va tuer Marguerite ?

— Il laisse entendre qu'ils vont mourir ensemble. Et puis, il y a ce papier retrouvé sur les lieux mêmes. Dans la chambre où s'est déroulé le drame. Je l'ai retranscrit pour un article futur. Votre ami a dû l'écrire avant de passer à l'acte. Lui arrivait-il de composer des vers ?

Paul Chabert eut un sourire triste :

— Tout le temps, vous voulez dire ! Il en avait plein les poches ! Il les recopiait ensuite, quand il en était satisfait. Mais il recopiait aussi ceux des grands poètes. Pour les apprendre ou les faire partager.

Le reporter expliqua :

— On a récupéré, dans la chambre où le couple a mis fin à ses jours, un feuillet de son écriture, sur lequel il évoque le suicide de deux amants qui ressemblent fort à lui-même et à Marguerite Casals.

Un pli s'accentuait entre les sourcils touffus de l'étudiant.

— Vous voulez dire qu'Henri a laissé des vers de sa composition où il dit son intention de se tuer avec elle ?

— Je dis qu'il décrit à mots couverts la scène telle qu'elle s'est effectivement déroulée. L'intention de votre ami et sa détermination semblent claires.

— Vous l'auriez, ce texte ? Et vous pourriez me le montrer ?

Raoul se mordit la lèvre de son étourderie. Aucun article de journal n'en avait encore fait mention. La police l'avait exigé, tant que les résultats de l'analyse graphique ne seraient pas officiels.

Paul Chabert insista. À contrecœur, le reporter ouvrit son carnet de notes à la page où il avait recopié le quatrain écrit de la main d'Henri Champsaur.

— Je vous demande la discrétion absolue. Pour ne pas gêner l'enquête policière, la presse s'est engagée à ne pas communiquer la teneur de ce mot d'adieu qui se présente comme un quatrain.

Paul Chabert se pencha vers le carnet en remontant d'un geste familier ses fines lunettes sur son nez.

— « *Ci-gisent deux amants, l'un pour l'autre ils vécu-*
[rent,
L'un pour l'autre ils sont morts et les lois en murmu-
[rent
La simple piété n'y trouve qu'un forfait
Le sentiment admire et la raison se tait. »

L'étudiant releva la tête et regarda Raoul.

— Vous dites qu'on a trouvé ça dans la chambre ?

— Parfaitement. En évidence sur un guéridon. Je l'ai recopié dans le dossier de police.

Une sorte de rire intérieur secoua le jeune homme.

— C'est tout ?

— Ça ne vous suffit pas ?

— Non, on aurait pu en trouver d'autres.

— D'autres quoi ? Que voulez-vous dire ?

Pour toute réponse Paul Chabert ouvrit l'un des deux dossiers emportés en sortant de chez lui. Sur la couverture cartonnée du classeur on pouvait lire : « Cours de littérature moderne ». Il en retira une page, la parcourut rapidement du regard et pointa un passage.

— Lisez-donc ceci et dites-moi ce que vous en pensez.

Raoul Signoret commença :

Ci-gisent deux amants, l'un pour l'autre ils vécurent
L'un pour l'autr...

Il n'eut pas besoin d'aller plus loin. À son tour, le reporter regarda le jeune homme d'un air si stupéfait que l'étudiant ne put retenir un rire bref et se mit à railler le journaliste.

— Ces vers ne sont pas de moi. Ni d'Henri non plus, je vous rassure. Ils datent de 1770, et sont signés Jean-Jacques Rousseau.

Paul Chabert ironisa :

— Vous le connaissez, sans doute ? C'est un philosophe du siècle des Lumières.

Le coup d'œil noir que le journaliste lança à l'étudiant lui fit comprendre qu'il y avait des limites à ne pas dépasser.

— Vous conviendrez que Rousseau est plus célèbre pour ses écrits en prose que pour ses poèmes.

L'étudiant reprit donc ses explications :

— Rousseau a écrit ces vers à la suite d'un fait divers célèbre en son temps. Le double suicide d'une servante d'auberge, Marie Meunier, que Jean-Jacques connaissait, et du maître d'armes Faldoni, son amant, retrouvés morts dans une chapelle d'Irigny près de Lyon. Le suicide avait été mis méticuleusement en scène. On les avait découverts, avec chacun un pistolet sur le cœur, dont la détente était actionnée par un ruban attaché au bras gauche de l'autre. Ceci afin de se donner mutuellement la mort.

Décontenancé, Raoul Signoret ne savait plus comment reprendre son argumentation :

— Comment se fait-il que vous ayez également cette épitaphe dans ce classeur ?

L'étudiant eut un rire bref.

— L'explication est des plus simples, monsieur le juge. Cette année, le programme de licence comporte, parmi les sujets sur lesquels nous usons notre belle jeunesse, « Le suicide en littérature dans l'Europe romantique – poètes et romanciers de Rousseau à Musset ». Vous voulez voir mon cours ?

Sans attendre la réponse, Paul Chabert feuilleta son classeur :

— Tenez, on aurait pu trouver ça aussi. C'est de Vigny, ce coup-ci. *Élévation*. Écrit en 1830 à la suite d'un autre fait divers, connu sous l'intitulé « Les amants de Montmorency ».

Il commença de sa voix grave :

— « *Or c'était pour mourir qu'ils étaient venus là.*
Lequel des deux enfants le premier en parla ?

Comment dans leurs baisers vint la mort ? Quelle balle
Traversa les deux cœurs d'une atteinte inégale
Mais sûre ? Quels adieux leurs lèvres s'unissant
Laissèrent s'écouler avec l'âme et le sang ?
Qui le saurait ? »

L'étudiant releva la tête et regarda le journaliste, une lueur de moquerie dans les yeux.

— Encore plus fort, non ? On y parle même de balles !

Il poursuivit :

— Henri a le même dans son cahier de cours. Ce que vous avez pris pour une lettre d'aveu était un bout de poème signé par Rousseau, recopié par ses soins. Dommage qu'il n'ait pas pensé à glisser celui de Vigny dans une poche de son veston. Vous l'auriez retrouvé et l'enquête était bouclée. C'était l'idéal pour renforcer votre conviction, non ?

Il cita de nouveau :

— « *Or c'était pour mourir qu'ils étaient venus là...* »

Paul Chabert avait marqué un point. Raoul Signoret, vexé, préparait ses arguments. Le reporter demeura un instant pensif avant de dire :

— Il me semble que si j'allais à un rendez-vous d'amour, j'emporterais plutôt Louise Labbé.

Il cita de mémoire :

— « *Baise m'encor, rebaise-moi et baise :*
Donne m'en un de tes plus savoureux,
Donne m'en un de tes plus amoureux :
Je t'en rendrai quatre plus chauds que braise. »

La réplique ne se fit pas attendre.

— Elle a aussi écrit :

Je vis, je meurs : je me brûle et me noie…

Le reporter préféra rompre l'assaut poétique. À ce jeu, il n'était pas de taille. Il avait affaire à un spécialiste.

— Alors, dites-moi, monsieur Chabert, pourquoi votre ami avait-il précisément cette épitaphe avec lui si ce n'est pas pour laisser un message d'adieu ?

— Mais parce que, s'écria l'étudiant, Henri ne vivait, ne respirait, que pour la littérature et la poésie en particulier ! Il en avait plein les poches, des poèmes ou des extraits de textes, pour les apprendre par cœur. C'était un véritable intoxiqué. Je suis certain qu'il a dû recopier des dizaines de poèmes, pour les offrir à Marguerite, plutôt que des fleurs, plus compromettantes à cause du mari. Il savait par cœur des milliers de vers et des extraits de romans. Nous autres, nous étions des incultes par comparaison. Il pouvait vous réciter « L'Envol des cloches » dans *Notre-Dame de Paris* sans oublier une virgule et *La Fin de Satan* sans sauter un alexandrin.

Raoul Signoret, abasourdi, ne savait que dire. Il argumenta pour ne pas demeurer muet, mais il était ébranlé. Il s'entêta pourtant :

— Que votre ami ait cette épitaphe-là avec lui tendrait à prouver qu'il avait certaine idée de suicide en tête, vous ne l'ôterez pas de la mienne. Il n'avait pas recopié « Mignonne allons voir si la rose… » !

— Votre obstination vous égare, monsieur Signoret.

— Et la vôtre vous aveugle, monsieur Chabert.

L'étudiant semblait ne plus parler que pour lui-même :

— Jamais il n'aurait porté la main sur cette femme. Elle était ce qu'il avait de plus cher au monde. Il me l'a dit cent fois. Il n'a pas pu faire ça, non ! Pas lui. La tête sur le billot, je le dirais encore. On veut faire retomber les soupçons sur lui seul, mais c'est un autre qui a fait ça.

— Qui « on » ?

— Si je savais...

En écoutant l'étudiant, le reporter pensa qu'Henri Champsaur avait bien de la chance, dans son malheur, d'avoir un ami de cette qualité. Mais pour autant, cela ne justifiait rien.

Il s'emporta :

— Monsieur Chabert ! Que vous vouliez défendre la mémoire ou l'honneur de votre meilleur ami, cela se conçoit, mais vous ne pourrez pas longtemps nier l'évidence. L'évidence, la voilà : après s'être donnée à lui, et consciente qu'elle ne pourrait pas y survivre en raison de sa position sociale, Mme Casals a accepté la mort qu'il lui proposait – peut-être même la réclamait-elle ! –, sachant qu'il la suivrait aussitôt. S'il n'est pas mort sur le coup, ce n'est pas faute de l'avoir tenté.

— En soupçonnant Henri d'être un assassin, vous affabulez, monsieur Signoret.

— Et vous en le croyant innocent sans preuves, vous prenez vos désirs pour des réalités, monsieur Chabert.

La question surgit, brutale :

— Jurez-moi qu'Henri Champsaur ne vous avait jamais confié son projet.

L'étudiant hésita, mais finit par reconnaître :

— Il m'avait dit que s'il la perdait, la vie n'aurait plus de sens pour lui, c'est vrai. Qu'il n'aurait plus qu'à disparaître. Mais jamais qu'il la tuerait, elle.

Vous comprenez ? La différence est de taille. Il préférait s'effacer de sa vie, comme Werther, mais pas lui prendre la sienne. Quand j'ai connu Henri, il était désillusionné de tout, c'est certain. Il se réfugiait dans les livres parce qu'il ne croyait plus en rien. La mort de sa sœur l'avait brisé. Ses nerfs étaient usés. À l'époque, je ne dis pas que l'idée de suicide ne l'ait pas effleuré. Mais plus depuis qu'il avait rencontré Marguerite Casals ! À l'heure où il se croyait devenu indifférent à tout, il avait accueilli comme une consolatrice celle qui venait vers lui. Je l'ai vu revenir au monde des vivants. La seule chose dont il rêvait encore, un amour grand, exclusif, fidèle, cette femme est arrivée dans sa vie pour le lui offrir...

Le jeune homme demeura un moment pensif et silencieux. Il n'avait pas encore touché à sa bière glacée qui embuait les parois du véritable[1] posé devant lui. Au bout d'une longue méditation, il releva la tête à la recherche du regard du journaliste et dit à mi-voix, mais avec conviction :

— Quand bien même lui aurait-elle demandé de le faire, il n'y aurait pas consenti. L'aimée, c'était pour lui la « non-pareille » des poètes du Moyen Âge. Il l'avait sacralisée. On ne touche pas à ce qui est sacré.

— Et le revolver qu'il avait en main, c'était pour tirer aux moineaux ?

L'étudiant ajouta, comme s'il voulait se persuader de ce qu'il disait, en prenant de l'assurance au fur et à mesure qu'il parlait :

— Henri aurait été tout à fait capable de se tirer une balle dans la tête par désespoir d'amour. S'il

1. Verre à bière d'une contenance d'un litre.

s'était procuré un revolver, il était à coup sûr pour lui, au cas où... La tuer, elle ? On voit bien que vous ne le connaissiez pas.

— Moins que vous, sans doute, mais tout de même, « c'était pour mourir qu'ils étaient venus là », comme dit votre ami Musset. Il n'y a que peu de place au doute. Je ne dis pas que nous avons affaire à un assassin, probablement était-elle consentante, mais il signe ses aveux.

Paul Chabert parut gêné par cette réflexion. Il posa la main sur l'avant-bras du reporter et serra de plus en plus fort au fur et à mesure que les mots sortaient de sa bouche, comme s'il voulait se persuader lui-même de la pertinence de son propos :

— Vous l'avez dit. Henri était comme mon jumeau. Il ne m'a jamais rien caché de ses états d'âme. J'ai suivi cette relation amoureuse au jour le jour. J'en connais non seulement toutes les péripéties, mais toutes les fluctuations. Je savais que, depuis quelque temps, il était désespéré à l'idée que cet amour qu'il avait magnifié, dont il avait fait le but de sa vie, pouvait buter sur des questions matérielles. Henri était...

Le jeune homme s'en voulut d'avoir employé l'imparfait. Il martela :

— Henri est une nature exaltée, je suis bien placé pour le savoir. J'ai été témoin de crises de larmes qu'on ne s'expliquait pas et qu'il ne justifiait jamais. Mais l'amour est pour lui une raison de vivre, pas de mourir. Il avait rencontré l'idéal féminin. Il fallait l'entendre parler des « yeux baignés de lumière » de sa bien-aimée.

Le reporter sentit l'impatience le gagner :

— L'idéal féminin, c'est surtout dans les livres qu'on le trouve, monsieur Chabert. Les livres dont votre ami Henri avait la tête farcie. Dans la vie, c'est une autre paire de manches. Vous en ferez tout seul l'expérience. Mme Casals appartenait à un autre. Comprenez-vous ce que cela signifie dans pareil milieu ? Un autre, qu'elle n'envisageait sans doute pas de quitter. Sans parler de ses fillettes. Ce pourrait être la raison du drame. Vous pensez cette femme de trente ans, épouse d'un professeur d'université, capable d'abandonner mari et enfants pour partir comme une adolescente écervelée vivre une aventure avec un jeune homme de dix ans son cadet qui n'a encore aucune place dans le monde ? Avec quels moyens ? La connaissiez-vous, d'abord ?

Paul Chabert baissait la tête sous l'orage.

— Je n'en connaissais que ce qu'Henri m'en avait dit. Notamment, qu'il était sûr de son amour et que leur relation n'avait rien d'une passade. Il m'a montré des lettres.

La voix se raffermit :

— Henri n'était pas de ceux qui vont de fleur en fleur et délaissent leurs conquêtes aussitôt arrivés à leurs fins. Cette femme était le « Grand Amour » de sa vie. Il y mettait des majuscules. Et pour cause ! C'était le seul. Si je vous disais qu'à son âge, mis à part une fois, où il avait cédé à l'insistance d'un groupe de camarades à la fin d'une soirée un peu arrosée pour nous accompagner dans une maison qui… Enfin, une maison, vous voyez à quoi je fais allusion.

— Parfaitement, poursuivez, je vous prie.

— Eh, bien ! Mis à part cette entorse sans suite à sa règle de vie, dont – entre parenthèses – il était revenu mortifié, comme dégoûté de lui-même, jamais, vous m'entendez ? jamais, il n'a eu la moindre aventure féminine. Marguerite Casals aura été la première. Et la seule. Les camarades de notre groupe se moquaient de lui et le surnommaient « l'abbé Champsaur ». Parce que, affirmait-il, l'amour ne pouvait être qu'un don total, corps et âme. Le connaissant, je peux affirmer, quel que soit le résultat de l'enquête en cours, que l'âme comptait pour lui plus que le corps.

Raoul Signoret avait écouté sans l'interrompre cette longue tirade. Il accrocha le regard sombre de l'étudiant et dit sans élever la voix :

— Qu'est-ce qui vous rend si sûr de vous ?

— La tenue dans laquelle on les a retrouvés !

Le reporter ne s'attendait pas à pareil argument. Paul Chabert ne baissait pas la garde. C'est lui qui posait les questions à présent :

— Pourquoi n'était-elle pas dans la même tenue que lui, à votre avis ?

Cette question taraudait le reporter depuis le début.

— Ça, je l'avoue, c'est ce qui demeure le plus troublant.

L'étudiant secoua la tête avec un air buté :

— Moi, ça me renforcerait plutôt dans ma conviction.

— Qui est ?

— Que ce n'est pas Henri qui a tué Marguerite.

Raoul Signoret, constatant que le jeune homme s'obstinait dans son raisonnement délirant, repartit à l'assaut :

— Monsieur Chabert, vous feriez un excellent avocat. Permettez-moi de jouer le rôle du procureur, à présent. Non que j'aie le moindre a priori contre votre ami, mais il y a des faits irréfutables qui ne peuvent en aucun cas être démentis. Dans mon article, je ne suis pas entré dans les détails, par respect pour les deux familles touchées par ce drame, mais le procès-verbal qui décrit dans toute sa crudité la scène telle qu'elle a été découverte par les premiers témoins et par les policiers chargés du constat est accablant pour Henri Champsaur. Même en faisant abstraction de la lettre manuscrite expédiée à sa mère, signée de son nom, qui à elle seule dissiperait le moindre doute, la posture et la tenue dans lesquelles cette femme a été découverte n'indiquent que trop clairement les circonstances et le déroulement du drame. À en croire le cocher qui a conduit le couple, il y a tout lieu de penser que Mme Casals est venue de son plein gré à ce rendez-vous pour se donner à votre ami. Mais, quand on est dans sa position, sociale et morale, on ne survit pas à ce moment d'égarement. Voilà pourquoi je dis qu'elle a accepté de partager la mort telle qu'il la lui proposait. Que dis-je : elle l'aura réclamée, encore une fois ! Comme une sorte d'expiation.

Paul Chabert parut soudain gêné. Son regard, jusqu'alors fixé sur le reporter, se détourna comme si quelque chose l'avait frappé. Il dit avec beaucoup moins de conviction :

— Rien ne nous le prouve...

Pour justifier son argumentation, Raoul Signoret rapporta dans le détail la scène du crime telle qu'elle avait été découverte moins d'une heure après les trois coups de feu qui avaient tiré si brutalement le cocher Brouquier de sa sieste. Au fur et à mesure que les particularités qu'il ignorait lui étaient révélées, on voyait l'étudiant s'affaisser sur son fauteuil paillé et, s'il prenait de temps à autre une lampée de sa bière tiédie, c'était pour se donner contenance plus que pour étancher la soif dans sa bouche desséchée.

Le reporter pensait avoir convaincu son interlocuteur qui demeurait tête basse, comme assommé. Pourtant, à sa grande surprise, il l'entendit affirmer :

— Moi, au lieu de me convaincre de mon erreur, ça me confirmerait plutôt dans ma certitude. Non seulement Henri ne l'aurait jamais tuée, mais si les choses s'étaient déroulées telles que vous le dites, jamais il n'aurait accepté de laisser cette femme, qu'il adorait, passer *post mortem* pour une dévergondée et devenir l'objet d'un scandale public. Il aurait mis tous ses soins, tout son amour, à donner d'elle la plus belle et la plus digne des figures possible.

Raoul Signoret sentit monter une bouffée d'exaspération.

— Et les deux trous qu'elle avait à la tempe, il les aurait rendus dignes comment, à votre avis ?

L'étudiant répliqua de façon inattendue :

— Qui vous dit qu'Henri a fait cela ?

— Que vous faut-il de plus, bon sang ?

— Des preuves, monsieur Signoret.

— Monsieur Chabert. Soyez raisonnable...

— Je le suis, répondit calmement l'étudiant.

Il reprit presque mot à mot ceux du journaliste énoncés un moment auparavant :

— J'aimerais avoir votre impression personnelle, monsieur Signoret. Pas celle de l'enquêteur, vous venez de me la dire, mais la vôtre. À votre avis, quelle est la raison de ce rendez-vous en plein après-midi du 4 juin à la *Villa aux Loups* ?

Un instant surpris, Raoul se ressaisit :

— Nous l'ignorons, c'est exact. S'agit-il d'une simple rencontre amoureuse, ou bien de l'exécution

– pardon d'avoir choisi ce mot – d'un contrat préparé d'un commun accord, où les deux amants décident de « mourir l'un pour l'autre » comme l'écrit votre ami Rousseau ?

Paul Chabert ne prit pas cela pour une question et demeura muet.

Raoul poursuivit :

— Cette deuxième hypothèse me semble la plus probable, compte tenu de ce que nous savons. Mais il pourrait y avoir un autre scénario...

Le journaliste se tut, ce qui eut pour effet de faire émerger l'étudiant de ses sombres pensées.

— Ah ! vous voyez que vous aussi...

— Non, non, ne vous méprenez pas : je n'ai pas adopté votre version.

— Alors, où voulez-vous en venir ?

Le front du jeune homme se plissa un peu plus.

— Je m'explique, enchaîna le reporter. Supposons que Marguerite Casals ait choisi ce moment d'intimité pour signifier à son jeune amant son intention de mettre fin à leur liaison ? La situation n'aurait pu s'éterniser. D'un côté, cette femme, dans sa position, ne pouvait pas, sans scandale public, quitter son époux pour se mettre en ménage avec un étudiant. De l'autre, à force de jouer avec le feu, les amants risquaient de se faire pincer, suite à l'indiscrétion d'une domestique ou d'un voisin un peu trop curieux, ce qui revient au même.

— Qu'en déduisez-vous ?

— Ceci : en apprenant de la bouche même de sa bien-aimée la fin de sa belle histoire, votre ami, que vous avez décrit comme exalté, n'aura-t-il pas perdu la tête et, désespéré à l'idée que cette femme qu'il adore ne sera jamais à lui, n'aurait-il pas résolu de la tuer avant de se suicider ? Les psychologues pourraient vous parler mieux que moi de ce qu'ils nomment la « multiplicité du moi ». Qui fait d'un homme jusqu'ici lucide, intelligent, honnête, amoureux, un être ténébreux, cruel, impulsif, brutal. Les crimes passionnels, les journaux en sont pleins, je suis payé pour le savoir.

Paul Chabert eut un ricanement douloureux.

— Donc, pour vous, la lettre ne serait qu'un moyen de sauver les apparences ? Laisser croire qu'il ne s'agit pas d'un crime, mais d'un double suicide par consentement partagé ?

— Je le vois ainsi.

— On voit bien que vous ne connaissiez pas Henri.

Cette insistance agaçait Raoul :

— Vous me l'avez déjà dit.

— Alors, je le répète. Cette idée qu'il aurait pu se livrer à cette mise en scène obscène est une abomination à laquelle, quel que fût son état d'esprit à cet instant, il ne se serait jamais abaissé. Henri Champsaur est un homme d'honneur, monsieur Signoret. Un gentilhomme, un poète courtois égaré dans un siècle matérialiste. Mettez-vous bien ça dans la tête.

Cette remarque, sur un ton assez vif, eut pour effet de faire dévier le reporter de son affabilité naturelle.

— Un homme d'honneur, un poète courtois, qui n'hésite pourtant pas à planter des cornes au front du mari, monsieur Chabert. Ce qui signifie que le sens de l'honneur subit parfois des éclipses, ou des fluctuations, même chez les êtres les plus chevaleresques. Évitons donc les grands mots et remettons les choses à leur juste place. Encore une fois, je ne juge pas le geste de votre ami, je tente d'y voir clair dans une affaire qui ne l'est guère.

L'étudiant se leva de son siège. Le reporter pensa l'avoir froissé, mais Henri Chabert ne semblait pas vouloir le planter là. Il demeurait debout devant la table. Raoul Signoret se leva à son tour et mit dans la soucoupe le montant des consommations inscrit dans la porcelaine même. Il ajouta vingt sous de pourboire. Les deux hommes étaient face à face. L'étudiant faisait une tête de moins que le journaliste, et c'est presque sur la pointe des pieds qu'il se redressa pour confier à son vis-à-vis ce qu'il avait à lui dire.

— Il y avait sans doute une bonne raison au rendez-vous de Marguerite et Henri en cet après-midi du 4 juin 1908 à la *Villa aux Loups*. Nous ne la connaissons, ni vous ni moi. Mais à l'attitude de mon ami dans les jours qui ont précédé, j'en ai déduit que les deux amants devaient prendre une décision capitale pour la suite de leur histoire d'amour. J'ignore laquelle, mais je sais que pour Henri, cette rencontre était vitale. Il m'a dit, sans m'en confier la raison et j'ai respecté sa volonté : « Peut-être la dernière. » Mais il m'a aussitôt donné rendez-vous pour après. Il n'avait donc pas l'intention de mourir. Du moins, pas à ce moment-là. Il n'aurait jamais trahi mon amitié en me cachant sa décision. Ma confiance en lui demeure intacte, monsieur Signoret ! Malgré tout.

7.

Où l'on assiste comme si on y était à l'exploit d'un cascadeur plongeant du pont à Transbordeur et ce qui s'ensuit.

Les responsables de la police marseillaise estimèrent qu'en ce dimanche 28 juin 1908, sur le coup de 4 heures de l'après-midi, près de trente mille Marseillais se pressaient sur les quais du Vieux-Port. Depuis la célébration du vingt-cinquième centenaire de la fondation de la vieille cité[1], on n'avait jamais vu autant de monde autour du Lacydon que calcinait un soleil impitoyable. Les quais étaient noirs d'une foule grouillante et braillarde, ruisselante de transpiration, qui se bousculait sans souci de promiscuité. Les fenêtres des immeubles riverains du plan d'eau avaient été louées à prix d'or, et il n'y avait pas une barque, pas un voilier, pas une tartane, pas une bette, pas un chalutier, pas une panne ou un ponton qui ne portât des grappes humaines agglutinées, entassées,

1. En 1889 Marseille célébra ses deux mille cinq cents ans d'existence par une série de fêtes somptueuses, dont la reconstitution du « débarquement » des Phocéens dans le Lacydon.

montées à l'abordage de tout ce qui flottait, malgré les protestations des propriétaires. Ils n'avaient pu repousser les envahisseurs, toutes classes sociales confondues, entassés jusqu'à compromettre l'équilibre des embarcations enfoncées dans l'eau du port bien au-dessus de leur ligne de flottaison. Les plus dégourdis étaient grimpés aux mâts des grands voiliers, s'étaient accrochés aux haubans ou encore s'étaient quillés sur les toitures du ponton de la Société nautique, amarré quai de la Fraternité, sur les tuiles rousses de la consigne sanitaire, faisant fi de son caractère historique. On voyait des silhouettes jusque dans le clocher des églises de Saint-Laurent et des Accoules, sur les créneaux des bastions du fort Saint-Nicolas, au sommet de la tour du Roi-René, qui montaient la garde sur la passe. On en aurait trouvé jusque dans la statue (creuse) de la Bonne Mère si elle n'avait pas été aussi éloignée du Vieux-Port.

Enfin, se détachant comme des ombres chinoises sur le ciel d'azur, les mieux lotis occupaient toute la longueur du tablier vertigineux du pont à Transbordeur, à cinquante-trois mètres au-dessus des eaux. Ils étaient arrivés dès le matin, équipés de pliants. Ils avaient dû acquitter le double du prix public d'accès au monument symbole de la modernité, soit un franc par tête, mais ils étaient aux premières loges pour assister à l'événement qui avait provoqué cette massive mobilisation. Il n'aurait pas été possible d'en loger un de plus sur cette passerelle accrochée entre ciel et mer. Les escaliers d'accès, aménagés dans les piliers du pont, portaient eux aussi leurs grappes humaines déployées sur les marches de fer. On ne comptait plus les évanouissements de dames serrées dans leurs corsets, les plongeons involontaires de messieurs bousculés par un mouvement de foule imprévu, les débuts de noyades, les déshydratations qui avaient mobilisé tout ce que l'Hôtel-Dieu, tout proche, comptait de personnel d'urgence, tandis que les patrons de bistrots – qui n'avaient plus assez de chaises pour accueillir tous les clients en terrasse – se frottaient les mains en entendant tinter le timbre du tiroir-caisse.

Les voleurs à la tire, les chapardeurs de montres et de porte-monnaie étaient à la fête, et les *chaspeurs*[1] de dames s'en donnaient à cœur joie.

Des cris, des vociférations, des algarades, des sifflets, disaient mieux que les mots l'état général d'excitation de cette foule impatiente venue en masse assister à ce que les journaux – qui en portaient une bonne part de responsabilité – appelaient depuis une semaine « le plongeon de la mort ».

Le cascadeur Noé Greb avait lancé le défi de sauter dans les eaux troubles du Vieux-Port du haut du pont à Transbordeur ! Un saut de cinquante-trois mètres, sans autre protection qu'une combinaison caoutchoutée dont l'acrobate avait assuré la conception.

L'événement était prévu pour quatre heures, il était déjà cinq heures moins le quart et, pour l'instant, le seul plongeon auquel on avait pu assister était celui d'une grande capeline mal arrimée par ses épingles au chignon d'une spectatrice montée sur le tablier, qui s'était un peu trop penchée.

Les sifflets commençaient à s'intensifier tandis que des invectives au sens indistinct mais lancées avec conviction par des voix puissantes montaient vers

1. Tripoteurs.

l'araignée de métal d'où l'insensé devait s'élancer pour effectuer « son dernier plongeon », comme le disaient certains.

Quelle foule n'entre au cirque ou aux arènes sans le secret espoir de voir le dompteur dévoré ou le matador embroché ?

L'horloge du clocher des Accoules égrenait les minutes, et chaque carillon marquant la fuite du temps faisait monter l'excitation.

Seul un bateau, ancré au milieu du plan d'eau, affichait au sein du vacarme général un calme relatif. C'était la vedette de la douane à bord de laquelle avait pris place le commissaire central, Eugène Baruteau, accompagné de son adjoint, le divisionnaire Benoît Jourdan, qui avait disséminé parmi la foule l'essentiel de l'effectif policier disponible, afin de faire face à tout incident. Les deux hommes n'étaient pas seuls, car on pouvait apercevoir, sous la toile de tente tendue au-dessus du pont pour abriter les passagers des ardeurs du soleil, Raoul Signoret, reporter au *Petit Provençal,* chargé par son journal du compte rendu de l'événement, accompagné de son épouse Cécile. Malgré leurs suppliques, leurs larmes et leurs adjurations, Adèle et Thomas, leurs enfants, avaient été laissés à la garde de leur grand-mère, car l'incertitude planant sur la faisabilité de l'exploit du cascadeur avait persuadé les parents que ce n'était pas là un spectacle pour leur âge. À voir le nombre de minots surexcités qui se pressaient en famille sur les quais pour ne pas rater l'événement, l'avis sur la question était pour le moins partagé dans les familles marseillaises.

Sur le canot, la conversation entre le journaliste et le policier était animée :

— Il va se tuer, ce *jobastre,* disait Raoul à son oncle. Et le maire ? Il va porter le chapeau si un accident survient, non ? Comment se fait-il que vous ne l'ayez pas fait interdire, mon oncle ?

— Mon cher neveu, répliquait Eugène Baruteau, avant de me traiter d'incapable ou de sadique, apprends que M. Clemenceau Georges, premier flic de France comme il dit, ne m'a pas donné les moyens de le faire. Je te rappellerai, ou t'apprendrai si tu l'ignores, que ce pont à Transbordeur, dont Marseille s'enorgueillit aujourd'hui après l'avoir débiné lors de son érection, n'appartient pas à la Ville, ni au ministère de l'Intérieur. Ce n'est pas M. Allard, notre nouveau maire, qui l'a fait construire, mais un ingénieur qui n'était même pas d'ici, le valeureux Ferdinand Arnodin. Il nous l'a offert, certes, mais pour soixante-douze ans encore il lui appartient en propre, au terme de la concession signée avec la mairie. Autrement dit, notre Transbordeur est propriété privée. Notre pouvoir s'arrête au seuil de sa porte. Moyennant l'acquittement du prix du billet d'accès, tu y fais ce que tu veux.

— Et ce couillon de Greb ne va pas s'en priver, commenta le journaliste.

— Je le crains, dit Baruteau.

Le reporter s'adressa au commissaire Jourdan :

— En attendant qu'il veuille bien mettre son projet à exécution – c'est le mot qui convient –, pouvez-vous m'en dire plus sur le bonhomme ?

Le divisionnaire prit un carnet dans sa poche de veste et lut :

— « Bergeon Étienne – *Noé Greb* est son anagramme – né à Béziers, ouvrier électricien, vingt-huit ans, célibataire... »

— On n'aura pas à consoler sa veuve, ricana Raoul. Qu'est-ce qui lui a pris de quitter un bon métier pour une situation aussi précaire, sans avenir assuré ?

Le policier le prit à la blague :

— N'ayant pas réussi à mettre fin à ses jours par l'électrocution, sans doute veut-il essayer la noyade ?

— La seule chose qui soit en notre pouvoir, intervint Baruteau, est de lui dresser contravention, s'il est encore de ce monde après le saut, pour s'être baigné dans le Vieux-Port, ce qui est interdit par arrêté municipal[1]. C'est pourquoi Jourdan a disséminé ses hommes sur les quais pour aller le cueillir à la sortie.

Il n'avait pas plus tôt prononcé ces mots qu'un grand cri jaillit de la foule. Les visages se levèrent avec ensemble vers le tablier du pont. Des mains se tendirent, des sifflets retentirent, des insultes fusèrent :

— Oh, *favouille* ! Tu vas sauter, oui ou merde ? On aurait eu le temps de tuer un âne à coups de figues !

Les policiers, imités par le journaliste, s'emparèrent de leurs jumelles pré-réglées et posées à leur côté. Ils les braquèrent sur l'étrange silhouette qui venait d'apparaître au centre de la passerelle du Transbordeur, se frayant avec difficulté un passage parmi les spectateurs serrés comme des anchois. Ce qu'ils virent alors dans leurs oculaires ne manqua pas de les surprendre : la silhouette obscure d'un homme entièrement revêtu d'un maillot noir qui lui donnait

1. Authentique.

vaguement l'allure d'un rat d'hôtel comme on pouvait en voir sur les couvertures illustrées des romans populaires. Sa tête était recouverte d'un calot en forme de casque, qui se prolongeait par de larges bandes de caoutchouc lui enserrant fortement la poitrine et les cuisses. Ses mollets étaient entourés d'une épaisse toile caoutchoutée.

— Qu'est-ce qu'il fabrique ? grommela Baruteau, l'œil vissé à ses jumelles.

Le cascadeur avait en main une sorte de récipient métallique qui ressemblait à une boîte de conserve et la tendait aux spectateurs proches de lui.

Raoul était ébahi :

— On dirait qu'il fait la quête.

— Parbleu, dit Baruteau. Il ne touche rien pour faire sa couillonnade. Il essaie donc de racler quatre sous.

— Je crois que vous auriez bien fait d'organiser à l'avance une *tinche*[1] parmi vos gardiens de la paix pour payer la couronne, plaisanta Raoul.

Jourdan renchérit :

— Je lui ai envoyé un de mes hommes hier, pour tenter de le dissuader, il n'y a rien eu à faire. Il a confirmé que son plongeon ne lui rapportait pas un franc. Il fait ça pour la gloire. J'espère qu'Arnodin lui aura fait cadeau du droit d'accès !

— En tout cas, blagua Baruteau, celui-là, au moins, il a gagné sa journée. Je ne sais pas combien ils sont, là-haut, mais l'ingénieur commence à rentrer dans ses frais. Il y a plus de monde que le jour de l'inauguration !

---

1. Quête.

Jourdan poursuivait à l'intention de Raoul Signoret :

— Il paraît qu'il est à jeun depuis hier, ce *jobi*. Il préfère avoir l'estomac vide. Il s'est juste fait injecter de la caféine pour soutenir le cœur.

Cécile frissonna :

— Le malheureux... En être réduit à affronter la mort pour...

— Peut-être, dans son idée, accomplit-il le grand rêve de sa vie ? dit Raoul, philosophe. Pour faire ça, il faut être un peu exalté, au départ.

Jourdan approuva :

— Il dit que si ça marche ici, il deviendra célèbre dans le monde entier et qu'il se rattrapera de ses sacrifices.

— Il a déjà sauté ailleurs ?

— Je l'ignore, répondit le policier, mais il affirme que s'il s'en sort vivant ce coup-ci, la prochaine étape c'est le pont de Brooklyn.

— S'il s'en tire à Marseille, ce sera une formalité à New York, dit Baruteau. Il est plus large que le nôtre, peut-être, le pont des Amerlos, mais beaucoup moins haut, à ce qu'on dit[1].

— En tout cas, ajouta Raoul en passant ses jumelles à Cécile, nous n'allons pas tarder à savoir s'il y aura une prochaine étape...

On vit une corde d'une quinzaine de mètres attachée à la rambarde de fer être jetée dans le vide. Le cascadeur enjamba le garde-fou et s'y suspendit. Sur

---

1. En effet, le pont de Brooklyn mesure près de deux kilomètres de long, mais ne domine l'Hudson que de quarante-quatre mètres.

les quais le vacarme baissa. On n'entendait plus que des interjections inutiles :

— *Vé ! vé !* Il va y aller ! Allez, vas-y ! Saute, couilles-molles ! Y va pas se dégonfler, *aquéu marjasso*[1] !

Tout à coup la rumeur se mua en un râle immense. La silhouette noire venait de se détacher de la corde comme un fruit mûr de la branche. Raoul, qui suivait la chute verticale à l'œil nu, ne put s'empêcher de revoir les images de son combat singulier avec le guérisseur fou de la rue des Pistoles[2] qui, lui aussi, avait plongé du haut du pont dans les eaux glauques du Vieux-Port et y avait connu une fin tragique.

Le cri immense de la foule allait s'amplifiant.

L'homme tombait à la verticale comme une pierre, quand, parvenu à une vingtaine de mètres de la surface des eaux, il donna un violent coup de rein qui le fit dévier. Avait-il craint au dernier moment de piquer droit en pleine vitesse ? Toujours est-il qu'il percuta la mer à l'horizontale et, dans le silence de mort qui s'était abattu sur la foule, on entendit un bruit de détonation[3].

L'impact avait eu lieu à moins de trente mètres de la vedette de la douane, que son pilote avait mise en marche à vitesse lente, tandis qu'à bord d'un canot à moteur s'avançait le docteur Roger Martin, un méde-

---

1. Ce faux brave, ce matamore.

2. Voir *Le Vampire de la rue des Pistoles*, tome 8 des « Nouveaux Mystères de Marseille ».

3. Précisons que cet événement a réellement eu lieu en juin 1908 dans les conditions que nous décrivons. À la suite, un arrêté municipal fut pris pour interdire le renouvellement de ce genre « d'exploit ». Seul le célèbre aviateur Jules Védrines eut l'autorisation de passer *sous* le tablier du pont, en 1911, aux commandes de son Déperdussin pour faire de la réclame à un meeting d'aviation qui se tenait au parc Borély.

cin requis par la police depuis le matin, qui se tenait à la proue, prêt à intervenir.

— Nom de Dieu ! s'écria Baruteau en lâchant ses jumelles qui passèrent par-dessus bord, il a dû se ruiner !

La foule recommençait à donner de la voix. On entendait les cris d'horreur poussés par des femmes, tandis que tous ceux qui le pouvaient tentaient d'apercevoir quelque chose au point d'impact. Les visages étaient tétanisés d'effroi et de curiosité morbide. Ceux de derrière poussaient les plus avancés vers le bord.

À la stupéfaction des premiers témoins, un corps sanglé de noir réapparut à la surface des eaux un instant troublée. Contrairement à toute attente, ça bougeait. Et non seulement ça bougeait, mais ça criait. Et en provençal, de surcroît :

— *Sièu créba ! Sièu créba*[1] *!*

Pour un mort, Bergeon avait de beaux restes du côté des cordes vocales.

Le choc avait dû le commotionner fortement au point de lui faire perdre le sens commun, mais il avait – au moins provisoirement – survécu au plongeon de la mort !

Restait à savoir quelles lésions internes une pareille secousse avait pu provoquer, mais, tandis que le plongeur perdait connaissance, des bras se saisissaient de lui, et, avec précaution, commençaient à le hisser à bord du canot où se trouvait le médecin.

Comme tous les témoins, Raoul Signoret, agrippé au bastingage, demeurait sidéré par le spectacle, quand il sentit Cécile lui prendre le bras et lui désigner

1. « Je suis crevé ! Je suis mort ! »

quelque chose qui flottait sur la droite du canot de la douane, près de l'alignement des barques amarrées au quai du Port sur lesquelles s'entassaient tous ceux qui n'auraient pas quitté les lieux pour un empire avant de savoir le fin mot de l'histoire. À l'instant où le corps de Noé Greb, lancé comme un obus, percutait l'eau, Cécile avait instinctivement tourné la tête pour échapper à la vision traumatisante d'un cadavre disloqué par l'impact. Si bien qu'elle avait été la seule parmi des milliers de témoins à voir ce que personne n'avait vu. Auprès de la poupe d'un pointu, flottait, à demi immergée, la silhouette claire d'une jeune femme, sans doute tombée à l'eau au moment où le cascadeur entamait sa chute vers l'abîme. Avait-elle eu un malaise ? Avait-elle perdu l'équilibre ? Avait-elle été bousculée ? Dans la pagaille générale, sur le coup de l'émotion collective, aucun des autres passagers de la barquette surchargée ne semblait s'être aperçu qu'à ses pieds quelqu'un était en train de se noyer, si ce n'était pas déjà le cas...

— Là ! là, regarde ! cria Cécile à Raoul en désignant la tache claire. Dis au pilote...

La jeune femme n'avait pas eu le temps d'achever sa phrase que Raoul, sans même ôter sa veste d'été en alpaga, son canotier encore sur la tête – qui partit aussitôt pour une croisière en solitaire – plongeait sans plus réfléchir dans les eaux opaques du port.

— Ton costume ! lança Cécile qui ne savait plus où elle en était.

Au cri que poussa sa nièce, le patron de la police marseillaise et le commissaire Jourdan se retournèrent. D'un œil incrédule, ils aperçurent le journaliste s'éloignant d'une brasse vigoureuse vers le corps flottant.

— Qu'est-ce qui lui a pris à celui-là, gronda Baruteau qui reprenait instinctivement le rôle de mentor de son turbulent neveu. Il veut faire concurrence à l'autre fondu ?

Il jeta un œil sur le canot où l'infortuné Noé Greb avait été hissé. Le docteur Martin était penché sur lui et le frictionnait avec précaution, tandis que la petite embarcation se dirigeait vers la tente du service sanitaire plantée au pied de la tour du Roi-René. Le sort de l'imprudent Bergeon étant à présent entre de bonnes mains, Baruteau put se consacrer à la raison qui avait poussé son Raoul à piquer une tête dans le Vieux-Port, quitte à braver l'arrêté municipal qui interdisait qu'on s'y baignât.

Le journaliste atteignait à cet instant le corps flottant de l'Ophélie du Lacydon, tandis qu'enfin, à bord du pointu d'où elle avait chu, on s'apercevait de sa disparition. La malheureuse faisait encore ce que l'on nomme *le bouchon*, s'enfonçant, puis remontant successivement, mais avec tous les signes de l'épuisement et de la perte de conscience.

Raoul s'était placé sous la frêle silhouette et, tout en assurant sa flottaison, lui maintenait la tête hors de l'eau.

Le pilote douanier avait manœuvré en virtuose pour approcher au plus près et, de son côté, le reporter s'avançait vers lui en dépit des appels provenant du pointu où les vocations de sauveteurs se multipliaient dès l'instant où il n'y avait plus rien d'intéressant à voir du côté du cascadeur.

La vedette de la douane était équipée d'une échelle de coupée, et il était plus facile d'y hisser un corps inconscient que sur une barque qui en avait déjà trop vu durant cet après-midi de folie générale.

Deux douaniers de l'équipage se saisirent du corps de la jeune femme par les épaules, tandis que Raoul le maintenait à la surface.

La naufragée fut allongée sans plus tarder à même le pont. C'était une jolie brunette de vingt printemps tout au plus, que le bain forcé avait un peu chiffonnée, mais qui gardait une belle fraîcheur de teint, sans parler d'une grâce naturelle que l'état de ses vêtements ne parvenait pas à effacer complètement. Le commissaire Jourdan, qui avait son diplôme de secouriste, se mit à genoux au côté de la gisante et se pencha vers son visage pour y guetter un signe de vie. Il colla son oreille au corsage maculé et trempé et le releva bientôt, l'air rassuré :

— Si elle ne nous fait pas une typhoïde, dit-il en riant, on va la tirer de là : elle respire encore.

Raoul, ruisselant, avait ôté sa veste irrécupérable. Sa chemise dégoulinait, son pantalon clair avait pris la teinte indéfinissable des eaux troubles du port. Il ajouta pour se détendre :

— Si c'est une Marseillaise, rien à craindre. Compte tenu de l'état de l'hygiène publique, si on devait attraper tout ce qui traîne, voilà longtemps qu'il n'y aurait plus *dégun*[1] dans cette foutue ville. Même la peste n'a pas réussi à nous avoir tous !

Le rire qui accueillit cette tirade inattendue apportait un relâchement opportun chez les témoins privilégiés de cet après-midi mouvementé.

Mi-fière de son homme, mi-offusquée par sa tenue, Cécile, contemplant Raoul comme une mère un enfant

1. Personne.

casse-cou, lâcha simplement, d'un air faussement réprobateur :

— Un Tropical de la Belle Jardinière, veste d'alpaga à douze francs et pantalon de toile à six francs cinquante... Tu n'as pas honte ?

— Ça t'apprendra à avoir épousé un descendant de saint Vincent-de-Paul ! répliqua Raoul en riant.

— Par son frère, j'espère, répliqua Cécile, qui, rassurée, retrouvait son humour.

— Direction la tente du service sanitaire ! ordonna Baruteau qui avait pris des galons de capitaine. Si notre ami Bergeon est encore de ce monde, on fera une livraison groupée à l'Hôtel-Dieu !

Toujours allongée sur le pont de bois, la jeune femme commençait à remuer doucement la tête et à marmonner des paroles indistinctes. Le commissaire Jourdan sourit en échangeant un coup d'œil avec les autres.

La vedette de la douane accosta au pied de la tour de pierres roses du fort Saint-Jean, tandis qu'une patrouille d'agents cyclistes, aidés de leurs engins, commençait à tracer un cheminement à travers la muraille humaine qui s'agglutinait autour de la tente sanitaire, afin que l'ambulance hippomobile qui arrivait de l'Hôtel-Dieu puisse s'approcher au plus près du blessé. Chacun des badauds tentait d'apercevoir une dernière fois l'imprudent cascadeur dont on entendait les gémissements sonores.

— J'ai une deuxième livraison, s'écria Baruteau en serrant la main du docteur Roger Martin venu audevant de lui. Mais elle est moins esquintée. Plus de peur que de mal.

Il désigna la jeune femme toujours allongée sur le canot.

— Elle s'est foutue à l'eau dans la bousculade quand l'autre couillon a fait son *ventre*, expliqua le policier au médecin.

On entendait des plaintes à fendre l'âme provenant de la tente.

— Comment il va ?

— Il est costaud, dit sobrement le docteur Martin. Il se plaint de fortes douleurs, mais le contraire serait étonnant. S'il n'y a pas de complications ultérieures, il devrait s'en sortir. Il faudra le mettre en observation quelques jours.

— Celle-là aussi, dit le policier en désignant la jeune femme, que deux brancardiers descendaient du canot. On ne sait pas combien de temps elle est restée dans l'eau, car les autres étaient plus curieux de savoir en combien de morceaux Bergeon s'était disloqué qu'à secourir cette mignonne.

— Les séquelles sont fonction de l'importance et de la durée de l'hypoxie, commenta le praticien.

Baruteau l'arrêta d'un geste :

— Commencez pas avec vos gros mots.

— Je veux dire, persista doctement Roger Martin, que l'épiglotte se ferme quand l'eau pénètre dans les poumons et que tout dépend du déficit en oxygène subi par l'organisme.

— Je m'en doute, dit le policier. Je ne vous demande pas un cours, docteur, je vous demande de sauver cette petite. Ça serait trop bête de mourir à son âge, jolie comme un cœur qu'elle est, *qué* ?

— Certainement, monsieur le commissaire central.

— Alors, vous savez ce qu'il vous reste à faire.

— Nous allons la mettre en observation.

Baruteau lui tapa sur l'épaule :

— Eh bien, voilà ! Vous voyez, quand vous voulez !

Raoul, qui reprenait son calme assis sur une bitte d'amarrage, échangea un clin d'œil complice avec son oncle.

Le médecin, l'air vexé, procéda aux premiers examens avant de faire signe aux brancardiers.

Bientôt l'ambulance prit la direction de l'hôpital tout proche avec sa double cargaison.

— Je fais un saut à la maison[1], dit Cécile à Raoul, et je te ramène des vêtements un peu plus présentables.

— Prends le bleu de Shanghai dont je me suis servi pour peindre la chambre des enfants, dit le reporter. Ça suffira bien, parce que tant que je n'ai pas pris un bain…

Cécile opina d'un signe de tête.

— Je te ramène aussi deux pipelettes, parce que, si je raconte à ta fille et ton fils ce qui vient de se passer sans les amener sur les lieux du crime, je me fais arracher les yeux.

Raoul lui envoya un baiser du bout des doigts en signe d'approbation. Il se tourna vers son oncle :

— Puisque je vais devoir aller prendre des nouvelles de Noé Greb, demain, à l'Hôtel-Dieu, j'en profiterai pour dire un petit bonjour à la demoiselle.

Cécile, qui avait entendu, revint sur ses pas.

— Dans ce cas, je viendrai avec toi, si tu n'y vois pas d'inconvénient.

— Non, pourquoi ?

— Parce que je l'ai vue la première.

Raoul ricana :

---

1. Rappelons que le couple et ses enfants habitent place de Lenche, au Panier, à un jet de pierre du fort Saint-Jean.

— Toi, tu serais une femme jalouse, je n'en serais pas étonné...

La réplique ne se fit pas attendre :

— Non, pas jalouse, mais pas sûre que si elle avait été vieille, borgne et bossue tu aurais nagé aussi vite...

8.

Où l'on apprend que les articles publiés par notre héros dans Le Petit Provençal *ne sont pas appréciés de tous ses lecteurs.*

À peine entré dans la salle de rédaction du *Petit Provençal,* Raoul Signoret vit, à la mine déconfite de son vieil et cher confrère Escarguel, que quelque chose l'avait contrarié. Pour que le doyen des rédacteurs ait quitté son éternelle mine réjouie, il fallait que la déception touchât à sa raison de vivre : la poésie lyrique. Mieux valait – avant que l'excellent homme se répandît en lamentations auprès de quoi celles du prophète Jérémie eussent fait figure de goualantes de *caf'conç'* – lui en demander la raison.

Auguste Escarguel désigna d'un geste accablé l'exemplaire du journal du jour posé à sa droite sur son bureau.

— Vous avez vu ce que le patron a laissé de mon *Hymne au soleil* ?

C'était bien ça. Le rédacteur en chef avait dû trancher sévèrement dans les épanchements lyriques du vieux poète. Raoul joua la surprise :

— Je ne suis pas au courant, mobilisé comme j'étais, vous le savez, par le « plongeon de la mort de » Noé Greb dans le Vieux-Port, je n'ai pas encore lu les nouvelles.

Il ajouta, d'un air faussement innocent :

— J'ignorais que les muses vous avaient une fois de plus visité, mon cher Gu. Un *Hymne au soleil*, disiez-vous ?

— Eh oui ! répondit Escarguel, un râle de regret dans la voix. Nous sommes le 21 juin, jour du solstice d'été. J'avais pensé judicieux de... Mais lisez plutôt.

Il tendit *Le Petit Provençal* à son jeune confrère. Le reporter, sachant qu'il n'y échapperait pas, feignit le plus grand intérêt à la lecture de ce qui suit :

Soleil ! Puisque ce soir nos meilleurs astronomes
S'en vont remplis d'ardeur
Te débiter leurs vers et te chanter leur prose
Sur le pont Transbordeur
Laisse-moi ce matin bien avant ces offices
Te louer à mon tour
Et te dire combien j'estime tes services,
Divin flambeau du jour ![1]

Escarguel faisait rimer *astronome* avec *prose*, mais on ne pouvait pas lui en vouloir.

— Eh, bien ! mais c'est magnifique ! s'exclama Raoul avec une hypocrisie qui consola l'aède blessé. Qu'est-ce qui vous chagrine ? Huit vers à la une ! Mazette !

La mine du vieux rédacteur s'allongea.

1. Les lecteurs de la série savent que ces « poèmes » ont été réellement publiés dans la presse marseillaise de l'époque.

— Oui, mais il y en avait soixante-quatre, au départ, Raoul ! Seize strophes ! « Trop long », a dit Chiocca.

Le reporter, qui savait caresser le vieux rimailleur dans le sens du poil, en remit une couche :

— Il est certain qu'agir avec cette désinvolture vis-à-vis d'un collaborateur qui vient d'obtenir l'Œillet d'argent aux jeux floraux de Toulouse, ça n'est pas très respectueux.

— Ah ! C'est votre avis également ? dit le barde de la rue de la Darse, rassuré sur son art, tandis que le reporter mesurait à quelle épreuve les lecteurs du *Petit Provençal* avaient échappé grâce à la vigilance directoriale.

À cet instant, le patron sortit de son bureau et jeta un coup d'œil circulaire sur la salle de rédaction.

Escarguel, persuadé que Jean Chiocca avait entendu ses récriminations, le vit, il pâlit puis rougit à sa vue, un trouble s'éleva dans son âme éperdue et, saisissant le premier papier qui lui tomba sous la main, s'écria d'une voix claironnante sur le ton qu'il aurait pris pour annoncer la déclaration de guerre à l'Allemagne :

— Vous avez vu, mon cher Raoul ? Il est question de construire un escalier monumental pour accéder à la gare Saint-Charles à partir de l'extrémité du boulevard du Nord[1].

Le reporter, qui avait pitié de l'émotion de son vieux confrère, feignit de s'intéresser passionnément à ce projet qui désengorgerait l'accès à cette gare perchée sur un plateau.

— Ouh, là là ! s'écria-t-il, mais alors il va falloir démolir les bâtiments de l'ex-petit séminaire qui sont

1. Aujourd'hui boulevard d'Athènes. Nous sommes en 1908, l'escalier fut inauguré... en 1927 !

en plein milieu ! On n'a pas fini d'entendre grincer toutes les pieuses dents que compte notre cité !

— Le progrès a son prix, dit Escarguel, réaliste, feignant d'être absorbé par ses habituelles tâches minuscules, afin de ne pas croiser le regard du patron qu'il croyait braqué sur lui.

Il ajouta donc pour faire bonne mesure :

— Et on va prolonger la ligne de tramway depuis Saint-Julien jusqu'au village d'Allauch. Fini les pataches d'un autre âge.

— Le progrès, mon cher Gu, le progrès, reprit Raoul Signoret en écho.

En fait, les craintes du vieux rédacteur étaient vaines. Le patron n'avait rien entendu de ses plaintes et, quand bien même, ne s'en serait-il pas offusqué, car, comme tous les journalistes du *Petit Provençal*, il nourrissait une particulière tendresse pour le poète maison à deux doigts de la retraite.

C'est après Raoul qu'il en avait et, depuis qu'il l'avait aperçu, debout au côté d'Escarguel, il cherchait à attirer son attention en lui faisant signe de le rejoindre.

Le reporter vint vers lui, et à son invite referma la porte du bureau directorial.

— Asseyez-vous, mon petit vieux, dit Chiocca en désignant un fauteuil de cuir fatigué face à son bureau.

» J'ai là – il désigna plusieurs feuillets pliés en deux qui ressemblaient à une lettre – une missive expédiée par le professeur Alexandre Casals, qu'on ne présente plus.

— Ah, dit Raoul ironique : comment va sa paire de cornes ?

— Apparemment elle le rend maussade. Pour tout vous dire, il n'est pas content de nous. Enfin... surtout de vous.

— On peut savoir ?

— Il trouve que le portrait du jeune Henri Champsaur, qu'il qualifie « d'immonde assassin » de son « irréprochable épouse », tel que vous l'avez dressé dans *Le Petit Provençal* d'avant-hier, n'insiste pas suffisamment sur la nature barbare de celui qui a « déshonoré, avant de l'assassiner d'atroce façon », cette sainte femme, semant du même coup le malheur sur une famille « unanimement estimée à Marseille ».

Chiocca releva les yeux vers son reporter et précisa avec un sourire ironique :

— Bien entendu, les termes et les qualificatifs sont du professeur Casals. Je suis habituellement plus sobre dans ma façon de m'exprimer.

— Je m'en étais rendu compte, dit Raoul, complice. Mais que demande l'illustre personnage ? Que je me présente à lui en chemise, pieds nus et la corde au cou ? Que j'implore son pardon ?

— Que vous publiiez un autre article « plus conforme à la vérité », m'écrit-il.

Le reporter sursauta sur son fauteuil.

— Quelle est-elle d'après lui ?

— Que son épouse a été enlevée par Champsaur, probablement droguée ou envoûtée, et que c'est inconsciente qu'il a « assouvi sur elle – je cite toujours –, ses instincts les plus bas en lui faisant subir les derniers outrages ».

Raoul ricana :

— Et puis quoi ? Il ne voudrait pas me le dicter, par hasard, son article ? Ou bien l'écrire lui-même ? On gagnerait du temps.

Chiocca sourit.

— Il ne va pas jusque-là, il demande simplement que l'on fasse en sorte que l'opinion n'ait plus de doute sur la culpabilité de Champsaur. Qu'il soit clairement désigné comme l'assassin de Marguerite Casals et que l'innocence plénière de celle-ci soit proclamée *urbi et orbi*.

Raoul fit semblant de réfléchir :

— J'ai une idée. On pourrait expliquer que la sainte femme, en oraison dans l'église Saint-Joseph-du-Cabot, était plongée en pleine extase mystique quand Champsaur, qui avait remplacé l'eau bénite par du chloroforme, a surgi de derrière un pilier et l'a emportée dans ses bras pour aller la violer abominablement à la *Villa aux Loups* qui n'est pas très éloignée de la chapelle.

— Ça serait en effet une hypothèse plausible, acquiesça le patron du *Petit Provençal*, qu'un rire intérieur agitait. Mais je pense qu'on peut s'en tirer à moindres frais.

Le visage du reporter se tendit :

— J'ai bien entendu ? S'en tirer ? Mais de quoi ? Vous l'avez lu mon article ?

— Comme tout ce qui paraît sous ma responsabilité, répliqua Chiocca qui retrouvait un ton directorial.

— Qu'en avez-vous pensé ?

— Du moment qu'il a été publié, c'est que je n'avais personnellement rien à lui reprocher. Il était équilibré. Vous n'accabliez aucun des protagonistes. Vous posiez les bonnes questions. Que faisait cette respectable bourgeoise le cul à l'air en compagnie d'un jeune homme avec lequel elle s'était enfermée en plein après-midi dans la villa appartenant à son époux ?

— Je crois m'en souvenir, en effet, dit Raoul, quoique formulé de façon plus élégante par respect pour nos lecteurs. Alors, de quoi il se plaint, l'offusqué ?

— Je vous l'ai dit : que nous n'ayons pas suffisamment appuyé sur le fait que Marguerite Casals n'était pas dans un état conscient quand Champsaur a abusé d'elle avant de la tuer. Qu'il l'avait droguée, ou je ne sais quoi. Qu'elle n'était sa complice en rien, mais seulement sa victime.

— Et de la balle que Champsaur s'est tirée dans la tête, il dit quoi, Casals ? Que c'était pour se donner un alibi ?

— Sa lettre n'y fait aucune allusion.

Raoul s'enflamma :

— Mais enfin, il va faire rigoler tout Marseille, le cocu, en adoptant cette justification ! Le cocher qui les a transportés du boulevard Notre-Dame à La Panouse a bien dit que Marguerite Casals n'a pas crié au viol, quand Champsaur est entré dans la villa avec elle ! Et ils se sont bouclés à l'intérieur. Qu'est-ce qu'il lui faut de plus, à Amphitryon ?

Chiocca leva la main.

— Je sais, je sais tout ça. Ne vous énervez pas, Raoul. On ne vous demande pas de vous renier.

— Vous me demandez quoi, alors ?

Avant de répondre, le rédacteur en chef du *Petit Provençal* revint à la lettre :

— Casals voudrait vous rencontrer.

— Quoi ? Voudrait-il me tirer les oreilles, par hasard ?

— Il demande seulement à vous voir, persuadé qu'il est que lorsqu'il vous aura expliqué, vous partagerez son point de vue.

Raoul Signoret n'en revenait pas.

— Mais enfin, c'est insensé ! Pour qui il se prend, celui-là ? On n'est pas encore aux assises ! Qu'il les garde pour son avocat, ses arguments ! Il en aurait bien besoin pour justifier l'injustifiable, si un jour il y avait procès.

Le rédacteur en chef eut un geste d'apaisement :

— En attendant, qu'est-ce qui vous empêche d'aller le voir ? Vous pourriez peut-être apprendre des choses intéressantes pour la suite. Sait-on jamais ?

— Mais enfin, patron, je vais avoir l'air de faire amende honorable ! Je suis convoqué comme un suspect… Il n'a qu'à nous faire un procès en diffamation, s'il estime que j'ai sali la mémoire de sa sainte épouse.

— N'exagérons rien, Raoul. Vous enquêtez à charge et à décharge, voilà tout. Faites-le pour moi.

— Pour vous ? Mais je ne cesse de faire les choses pour vous, c'est vous qui m'avez appris le métier.

Chiocca sourit, ému par cette déclaration spontanée. Il se gratta la gorge, signe chez lui d'une certaine gêne, puis finit par lâcher :

— Si je vous demande de le faire pour moi, c'est parce que Casals est… comment dire ? Nous sommes apparentés, en quelque sorte.

Raoul regardait son chef, l'air stupéfait :

— C'est l'oncle par alliance de ma nièce, précisa le rédacteur en chef. Il fait jouer les ressorts familiaux, si j'ose dire, bien qu'ils soient plus que distendus, car nous ne nous fréquentons pas. Ma propre sœur m'a téléphoné pour me dire d'arranger ça… J'ai promis de m'en occuper.

Raoul Signoret comprit qu'il est des moments dans la vie où il faut savoir faire preuve de souplesse sans pour autant se déculotter. Il soupira :

— Bon, je vais aller à Canossa, mais c'est bien pour vous, patron.

Il crut indispensable de préciser :

— En tout cas, pas question de refaire l'article, je préférerais quitter le journal.

— Je ne vous en demande pas tant, dit Chiocca, conciliant. En outre, j'ai trop besoin de vous...

Raoul fut touché à son tour. Il savait y faire, le vieux briscard !

— Disons que vous allez compléter votre information et n'en parlons plus. On fera un petit article en page intérieure où Casals, interrogé, donnera sa version des faits. En outre, ma sœur me foutra la paix quand elle verra que je m'en suis occupé et tout se calmera, j'en suis persuadé.

— Vu sous cet angle..., dit le reporter.

Il se leva. Pourtant, avant de se diriger vers la porte, Raoul ajouta avec calme, mais de façon à être compris :

— Vous me demandez d'enquêter, je vais enquêter, faites-moi confiance.

Chiocca sourit, complice :

— Je vous paie pour ça, Signoret !

À cet instant deux coups discrets furent toqués à la porte et, avant même d'avoir entendu la réponse, Simone, la secrétaire du patron, entra dans le bureau.

— C'est pour M. Signoret. Téléphone. De la part du commissaire central. Je ne savais pas pour combien de temps vous en aviez encore. Je vous le passe ici ?

Chiocca acquiesça et tendit le cornet d'ébonite à Raoul.

— C'est pour le faire-part de décès de Noé Greb ? lança le reporter à son oncle.

Au bout du fil le rire sonore d'Eugène Baruteau retentit :

— C'est prématuré, sans cœur ! Le bougre ressemble, paraît-il, à un coucher de soleil sur la mer Rouge, mais jusqu'à plus informé, il tient le coup. Tu n'es donc pas encore passé le voir ?

— Je comptais le faire dans la journée. J'en profiterai pour dire un petit bonjour à ma jolie noyée.

Au bout du fil on entendit une exclamation :

— Oh, tu fais bien de m'en parler, de celle-là, dit Baruteau. Tu sais qui c'est, cette petite ?

— Euh, pas encore...

— Eh bien, tu ne vas pas en revenir. Le monde est minuscule, mon cher neveu. Antonella Barone, dite Nella, vingt-deux ans, originaire de Procida, une île proche de Naples, aujourd'hui servante à la Conception, était voici quelque temps la petite bonne des Casals !

Le reporter ne put retenir un cri de surprise :

— Pas possible ! Elle va m'intéresser, cette demoiselle !

— Ça ne m'étonne guère.

— Ça n'est pas du tout ce que vous pensez, mon oncle.

— Tu siffles, beau merle ! ricana Baruteau. En tout cas, tu peux compter sur ma discrétion. Je suis pour la paix des ménages.

Afin de couper court aux persiflages de son oncle, Raoul lui expliqua pourquoi cette nouvelle imprévue tombait à pic.

— C'est la Providence qui l'a poussée à l'eau pour que je la sauve, cette petite, plaisanta le journaliste.

Si je croyais à quelque chose, j'y verrais comme le doigt de Dieu.

— Ouais, ricana le policier. Attention de ne pas te le mettre dans l'œil. Tu attends quoi ? Qu'elle te dise ce qui s'est passé à la *Villa aux Loups* ?

— Pas jusque-là, mais je suis persuadé qu'Antonella Barone a des trucs à dire sur ses ex-patrons. Ça en voit des choses qu'il ne faudrait pas avoir vues, une domestique. Souvenez-vous de la petite Pletzer dans l'affaire Natanson[1].

Baruteau chambra son neveu :

— Je croyais qu'un gentleman de ton acabit ne prêtait pas cas aux potins d'office.

— Sauf quand ils me sont utiles, répliqua Raoul, sur le même ton. Et à part ça, monseigneur, votre future installation dans le palais épiscopal avance-t-elle ? Vos appartements privés sont-ils à votre goût ?

Raoul entendit son oncle ronchonner au bout du fil :

— J'ai d'autres soucis en tête en ce moment. J'ai un brigadier avec une balle dans le ventre et un agent qui a pris un coup de poignard dans le dos. J'inaugure bien mes nouvelles fonctions.

— Racontez, mon oncle.

— Tu connais la bijouterie Egrefeuille à la rue des Graffins ?

— Ça donne dans la Grand-rue, si je ne m'abuse ?

— Exact. Hier en fin d'après-midi, deux *mafalous*[2], Biancardini et Croce, ont tenté de faire main basse

1. Voir *L'Inconnu du Grand Hôtel*, tome 9 des « Nouveaux Mystères de Marseille ».

2. Voyous de gros calibre.

sur le contenu de la vitrine après y avoir balancé un pavé. Juste à ce moment-là, le brigadier Rancher et l'agent Bourges passaient devant. Les autres étaient armés et n'ont pas hésité, ils ont tiré. Les miens ont riposté, ils ont descendu Biancardini, c'est pas moi qui vais le plaindre, mais mes gus sont allés grossir l'effectif de l'Hôtel-Dieu. On ne sait pas si Bourges va s'en sortir. Et il a trois gosses... Alors, tu vois, la couleur de la tapisserie de mon futur bureau au deuxième étage de l'Évêché, pour le moment, je m'en bats l'œil.

— Je comprends ça, dit Raoul avant de raccrocher.

*
* *

La face ordinairement lunaire de l'imprudent Noé Greb avait pris des allures de homard après cuisson à feu vif. En outre, elle avait doublé de volume. Le malheureux, qui se remettait de ses émotions sur le lit 21 de la salle Moulaud, au deuxième étage de l'Hôtel-Dieu, n'était plus qu'une douleur faite homme, où qu'on le touche, même avec la plus grande délicatesse. Bandé de la tête aux pieds, il ressemblait à la momie de Ramsès II avant inhumation. Le seul fait de respirer lui arrachait des gémissements à vous fendre l'âme. Et pourtant, il était là. Peu causant, en raison de l'enflure de sa bouche, mais encore vivant. L'interne n'en était toujours pas revenu.

Le journaliste se pencha avec compassion sur le tas informe de bandelettes et lui prodigua ses vœux de prompte guérison, après l'avoir félicité pour son courage. La bouche de mérou du pauvre Bergeon gargouillait quelque chose qui devait ressembler à des remerciements, mais compte tenu de ses difficultés d'élocution, la conversation ne pouvait pas aller bien loin.

— Demain, dans *Le Petit Provençal*, je donnerai des nouvelles rassurantes à tous ceux qui étaient là et qui vous ont cru mort, promit Raoul. Vous leur avez filé une brave *estoumagade*[1] !

Le blessé tenta de remercier en bougeant le bras droit, mais ce simple geste lui arracha une grimace de douleur.

— Ne vous fatiguez pas, je vous laisse et bonne convalescence ! dit le reporter en prenant congé.

*
* *

— Je ne sais pas dans quel bois on les fait, les gens de Béziers, dit l'interne en raccompagnant le journaliste vers la galerie qui courait le long des salles communes, mais que ce bonhomme ne se soit pas fait éclater le foie, la rate et le gésier après la gamelle monstrueuse qu'il s'est offerte dimanche après-midi, tient du miracle. Même mon patron, le professeur Delanglade, qui en a vu d'autres, ne parvient pas à y croire. Il a l'impression que ce patient phénomène se fiche de lui, en n'étant pas encore mort.

— Ça peut venir, dit Raoul à mi-voix.

— Pensez-vous ! Ça serait fait, répliqua l'interne en connaisseur. Dans quinze jours il est debout. Il lui faudra du repos, après.

1. Forte émotion qui vous retourne l'estomac.

En prenant congé, le reporter du *Petit Provençal* se fit indiquer la salle où la jeune Nella Barone se remettait de son début de noyade. Par chance, c'était au même étage. Salle Cazaulx. L'interne, qui ne devait pas être débordé, s'offrit d'accompagner le journaliste.

Tout en parcourant la galerie qui s'ouvrait par de hautes arcades sur le Vieux-Port et la colline de la Garde, où la Bonne Mère luisait de tous ses ors, le journaliste ne pouvait pas s'empêcher de penser qu'un pareil panorama devait vous aider à recouvrer plus vite le moral et la santé.

Elle était encore un peu pâlotte, sous sa couronne de cheveux noirs, la petite Nella Barone, mais même l'inélégant et rêche sarrau fourni par l'hôpital ne parvenait pas à gâter sa grâce naturelle. Elle regardait se diriger vers elle la haute silhouette de Raoul Signoret accompagné du jeune interne, qui venaient d'entrer dans la salle commune après une rapide inspection des infirmières pour s'assurer qu'un visiteur, masculin de surcroît, pouvait, sans offenser la pudeur, s'aventurer dans ce territoire exclusivement réservé aux femmes. Les yeux de la jeune fille s'écarquillèrent en réalisant que c'était à elle que les arrivants en voulaient, elle qui, orpheline, n'avait pas encore reçu de visite.

L'interne, d'un geste professionnel, saisit la feuille de soins accrochée au montant de fer du lit et dit :

— Mademoiselle Barone, votre sauveur vient vous dire un petit bonjour et prendre de vos nouvelles.

La pauvrette n'avait pas compris. Son regard égaré allait du médecin à cet inconnu de haute taille, vêtu de clair, son panama à la main, qui lui souriait.

— M. Signoret est le monsieur qui vous a repêchée, hier, dans le Vieux-Port.

Le visage d'Antonella Barone se colora soudain, elle poussa un long cri aigu en tendant les bras vers le visiteur, qui mit en émoi ses voisines de lit, et tout à trac, éclata en sanglots !

— L'émotion, dit l'interne avec un clin d'œil amusé vers Raoul. Elle a été secouée.

Puis il s'adressa à la jeune fille à la blague :

— Ne le prenez pas comme ça, mademoiselle ! J'ai dit « votre sauveur », pas celui qui vous a poussé à l'eau ! C'est un gentil, celui-là ! N'ayez crainte ! Et puis, je suis là pour vous défendre, si besoin.

Entre deux hoquets, Nella Barone ne parvenait pas à dire autre chose que « merci ! Ah ! Merci ! ».

Il lui fallut un bon moment pour retrouver ses esprits et l'usage ordinaire de la parole.

Ce fut pour dire :

— Je ne sais pas comment vous dire merci.

— Vous l'avez déjà suffisamment fait, dit Raoul en riant. Et puis, votre sourire est le plus beau des remerciements.

— Je vous dois…

— Vous ne me devez rien. N'importe qui aurait fait pareil.

L'interne intervint, toujours rigolard :

— Sauf qu'ils étaient des milliers à la laisser se *néguer*[1].

Afin d'aider la jeune fille à chasser sa gêne, Raoul en profita – réflexe professionnel – pour aller à la pêche aux informations :

1. Se noyer.

— Vous souvenez-vous comment ça s'est passé ?

— Tout bêtement. J'étais au bout du bateau, parce que je ne voulais pas en perdre une miette, et j'ai perdu l'équilibre. Quand il a lâché sa corde, l'autre, ça a fait comme un mouvement, sur la barque et j'ai piqué tête la première. Comme tout le monde regardait le bonhomme, qu'on croyait qu'il s'était tué, personne a fait attention et moi, j'ai pas pu crier, de l'eau m'est rentrée dans la bouche et je sais pas nager… et voilà.

— Personne ne vous a poussée, vous en êtes certaine ?

— Sûr, personne. Je suis tombée, comme une fadade.

— Vous étiez seule ?

Le sens de la question échappa à la mignonne :

— Oh, non ! On était un *moulon*[1] sur cette barque.

— Je veux dire, vous n'étiez pas là en famille, avec des amis, votre mari, votre fiancé, que sais-je ?

— Non, je connaissais pas les autres. De famille, j'en ai pas. Mon fiancé, il était à Toulon. Voir sa mère qui est bien fatiguée[2]. À l'heure qu'il est, il sait pas encore ce qui m'est arrivé. Je vais en entendre deux.

— C'est un pétardier ?

— Non, c'est pas ça. Il est brave comme tout ! Mais il veut pas que je sorte seule. Il dit que dans une ville comme Marseille…

1. Selon le contexte, c'est un gros tas de quelque chose ou une grande quantité de gens.

2. À Marseille le mot peut vouloir signifier qu'on est à l'article de la mort. Surtout précédé de l'adjectif bien.

Elle laissa la suite en suspens.

— Il n'a pas tout à fait tort, entre nous, commenta l'interne. Jolie comme vous êtes, vous n'iriez pas loin.

Raoul lui jeta un coup d'œil amusé qui signifiait : « Alors ? On se place ? »

— En tout cas, précisa le reporter, si c'est moi qui vous ai sortie de l'eau, c'est ma femme qui vous a sauvé la vie.

— Comment ça ?

— C'est elle qui vous a vue, elle a tourné la tête par crainte de voir le plongeur se tuer et, coup de chance : elle vous a aperçue juste au moment où vous jouiez au ludion.

— Au quoi ?

— À rien. Je veux dire que vous étiez entre deux eaux à l'instant où mon épouse tournait la tête vers vous.

— C'était pas mon jour, alors, conclut la jeune femme qui avait recouvré ses esprits. Elle ajouta :

— Vous y direz bien merci aussi.

— À qui ?

— À votre dame.

Raoul promit. On voyait la gisante agitée par quelque idée qu'elle ne parvenait pas à exprimer. Elle dit enfin :

— Dites, monsieur euh, j'ai pas bien retenu votre nom...

— Signoret.

— Dites, monsieur Signoret, comment je vais faire, moi, maintenant, pour vous remercier ? J'ai rien, je suis pas riche.

— Votre sourire retrouvé est ma plus belle récompense, je vous l'ai dit, répéta Raoul, galant, en évitant de croiser le regard de l'interne goguenard. Je suis heureux d'avoir pu vous aider à le conserver.

— Voui, mais enfin, c'est pas correct, de vous dire juste merci et bonsoir... Après ce que vous avez fait pour moi...

Le reporter vit l'opportunité de renvoyer la balle.

— Eh bien, mais... on se reverra, si vous le voulez bien.

L'interne lança au journaliste un coup d'œil entendu qui disait clairement : « Toi, au moins, tu ne perds pas de temps. » Il détailla la patiente en connaisseur et on lisait dans son deuxième coup d'œil à Raoul : « Mon salaud, tu vas pas t'embêter. »

— Ça, c'est volontiers ! s'écria la jeune femme. Tenez, j'ai une idée : dès que mon fiancé, il rentre de Toulon, vous venez manger à la maison avec votre dame.

L'excitation la gagnait en même temps qu'elle retrouvait ses esprits.

— On boira le champagne ensemble ! Dimanche prochain, si vous voulez.

« Tout en causant du couple Casals », songeait le reporter qui ne perdait pas de vue son enquête.

— Et puis, vous verrez, poursuivait la jeune Nella : mon fiancé, Félix, qui est infirmier de nuit à la Conception, son oncle il élève des broutards près de Sisteron. Il livre chez Colombet à la rue Longue. Félix, il va nous trouver un gigot comme ça ! On le mangera ensemble.

Avec les cinq doigts réunis devant sa jolie bouche rose, la jeune femme émit une sorte de baiser qui en disait long sur la qualité de la viande.

— Vous avez des enfants ?

— Deux, dit Raoul.

— Faites-les venir aussi. Ils vont se régaler.

Le reporter évita de dire à l'enthousiaste jeune femme qu'il avait aussi un oncle, car, après lui avoir ressuscité sa bien-aimée, il n'avait pas l'intention de ruiner le fiancé de Nella Barone en victuailles.

9.

Où la « noyée du Vieux-Port » révèle à notre héros des détails qui vont se révéler très utiles pour la suite de son enquête.

— Vous n'avez pas mené[1] les petits ?

Elle avait beau avoir recouvré son teint de rose et arborer un sourire de printemps, elle avait l'air toute marrie, la gracieuse Antonella Barone. Elle s'attendait à voir aux côtés de Cécile et Raoul Signoret leurs deux enfants, Adèle et Thomas, eux aussi invités à « la fête » donnée en l'honneur de la résurrection de l'ex-future noyée.

— Ils sont à l'anniversaire de leur amie Colette, mentit le reporter. On ne pouvait pas leur faire rater ça en leur imposant un « repas de grands », ils ne nous l'auraient pas pardonné.

— C'est dommage, mais ça se comprend, admit de bon cœur la jeune femme. On leur avait prévu un petit cadeau, vous leur-z'y porterez de notre part.

Cécile, touchée, se confondit en remerciements.

1. Le Marseillais emploie volontiers ce mot pour *emmener*.

Sur ce, en demandant la permission à « sa dame », Nella Barone sauta au cou du reporter et claqua aux joues de Raoul deux baisers sonores. Aussitôt après, Cécile en eut sa part, tandis qu'un jeune homme souriant, en chemise et pantalon blancs, la lèvre supérieure barrée d'une fine moustache noire et l'œil vif sous une mèche rebelle, approchait en s'essuyant les mains à un torchon à carreaux.

— C'est mon Félix ! annonça Nella comme on présente un sujet de concours. Il est de nuit à l'hôpital de la Conception.

À son tour, le jeune infirmier, provisoirement mué en rôtisseur, se répandit en remerciements et dit sa joie de recevoir dans sa maison ceux qui lui avaient sauvé « la femme de sa vie ».

Il ajouta avec un clin d'œil :

— On est pas encore mariés et on a pas attendu la permission de monsieur le maire pour se mettre en ménage, mais nous deux, c'est pour la vie.

— Je me mets volontiers à votre place, plaisanta Raoul en regardant la jolie Nella à qui il remit le gros bouquet d'arums qu'il tenait comme un cierge de Pâques. La jeune femme s'extasia devant la fraîcheur des fleurs.

— Je les prends chez la Quique[1], cours Saint-Louis, dit Raoul, il n'y a pas mieux, côté qualité.

Ils étaient aussi touchants que sympathiques, les tourtereaux. Et soucieux de morale, car Félix précisa :

---

1. Joséphine Roux (1873-1950), la plus célèbre des bouquetières des kiosques des cours Saint-Louis et Belsunce. Les artistes se produisant à l'Alcazar assurèrent sa popularité.

— On va bientôt régulariser. On attendait d'être un peu installés avant de faire des enfants.

— Je les adore, dit Nella.

— D'ailleurs, si je me retenais pas, lança Félix en clignant de l'œil, je lui en ferais trois d'un coup.

Cette fois, Raoul s'abstint de dire qu'il se mettrait volontiers à la place de l'infirmier. Cécile avait le sens de l'humour, mais il fallait savoir où s'arrêtait la plaisanterie et où commençait la muflerie.

Le jeune couple habitait au deuxième étage, à l'angle du boulevard Baille et de la rue Crillon, un petit appartement de trois pièces en enfilade dans un de ces immeubles typiques qu'on désigne comme le « trois fenêtres marseillais ». La mémoire locale affirme que c'est la récupération de la « partie utile » des mâts pris sur les grands voiliers pour en faire des poutres de toits qui aurait dicté les dimensions et le rythme architectural de ces constructions traditionnelles. Soit environ sept mètres de large, autorisant trois (petites) pièces en façade.

On entrait dans l'appartement directement par la cuisine, sans couloir préalable. Si bien que, dès le palier, les arrivants avaient été accueillis par la bonne odeur du gigot tournant sur sa broche. En raison de la canicule, ce n'était pas exactement un mode de cuisson idéal, mais le parfum du broutard grillé valait tous les sacrifices.

— Mettez-vous à l'aise, dit Nella en s'effaçant pour laisser Cécile et Raoul entrer dans une minuscule salle à manger où la table dressée tenait l'essentiel de la place disponible. Il fallait tourner autour pour gagner la chambre, où le lit conjugal occupait aussi toute la place. Amusé, Raoul songea que si Félix « faisait trois petits » à Nella, même en s'y reprenant à trois fois, il faudrait songer bientôt à déménager. Le reporter posa son panama sur le lit et Cécile en fit de même avec sa capeline, ôtant avec précaution les longues épingles qui l'amarraient à sa chevelure remontée en chignon sur l'arrière de la tête.

La maîtresse de maison avait sorti sa plus jolie vaisselle en l'honneur de ses hôtes. Elle débarrassa les assiettes et couverts prévus pour Adèle et Thomas en disant « ça nous donnera d'air pour poser les plats », et pria les invités de passer directement à table, Félix ayant fait remarquer en riant « qu'on ne leur avait pas encore livré le salon-fumoir pour prendre l'apéritif comme les riches ».

— On va trinquer tout de suite, dit le jeune infirmier en sortant de sa cuisine avec une bouteille de clairette de Die.

« C'est ce que la gentille Nella appelle le champagne », songea Raoul, qui se reprocha aussitôt cette réflexion de nanti. Ces braves gens, qui débutaient dans la vie, n'avaient sans doute pas eu le temps de mettre beaucoup de sous de côté pour « faire du genre » et ils avaient cassé leur tirelire pour faire honneur à leurs invités. Et voilà que « monsieur le journaliste » faisait la fine bouche.

Comme s'il avait lu dans les pensées de Raoul, Félix expliqua :

— C'est pas du champagne, mais ça le vaut presque. Rien à voir avec le pissat d'âne qu'on vous vend sous ce nom chez le marchand de vin. Je suis de la Drôme. Celle-là, c'est mon oncle maternel qui la fait avec ses raisins à lui. Flavien Raspail, vous en avez entendu parler ?

Raoul avoua son ignorance, mais, désignant son verre, il dit :

— Je suis prêt à faire sa connaissance.

— C'est du brut, expliqua le neveu. Il est plus sec. Mon oncle pratique la double fermentation. Et c'est tout du naturel, hé ? Il ajoute pas du sucre, comme en Champagne.

Le bouchon péta et, d'un geste d'habitué, Félix versa aussitôt une petite quantité du liquide mousseux couleur topaze dans chaque verre afin de faire diminuer la pression dans le col de la bouteille. Puis, il finit de les remplir.

Pas une goutte n'était venue déflorer la blancheur de la nappe brodée au point de Venise par Nella.

Debout, Félix invita chacun à saisir son verre et lança d'une voix joyeuse :

— D'abord, à la santé de tous et en particulier de celle de mon amoureuse ! Quand je pense que j'ai failli...

Il ne put aller plus loin. Sa voix s'étrangla et son regard brilla de larmes qui ne demandaient qu'à couler.

Nella s'était levée et, sans un mot, elle enlaça Félix, sa tête posée contre son torse. Pour briser l'émotion qui les gagnait, avec Cécile, Raoul proposa :

— Buvons sans plus tarder, sinon ça va réchauffer et gâter notre plaisir.

— À nos sauveurs ! lança Félix en s'asseyant à la droite de Cécile.

Le silence se fit quand les verres furent portés aux lèvres. C'est encore Raoul qui le brisa avec un gloussement de satisfaction. La clairette était fraîche à point. Elle avait passé la matinée enveloppée dans un sac de jute, couchée sur un bloc de glace qui achevait de fondre dans une cuvette d'émail. Le parfum puissant du muscat blanc, son bouquet porté par le fruit mûr, prenaient possession de la bouche avec ampleur et persistance. Rien à voir avec ces vins sucrés pour dames que le reporter avait parfois bus sous cette appellation.

Il en fit compliment en avouant sa surprise.

Nella, qui avait disparu un instant dans la cuisine, revint avec un petit réchaud à alcool qu'elle posa au centre de la table, le coiffa d'un trépied sur lequel elle installa un poêlon de fonte.

— J'ai fait la *bagna cauda*[1], annonça-t-elle en ramenant un grand plat de terre cuite surchargé de légumes multicolores qu'elle posa à l'endroit de la table initialement prévu pour Adèle et Thomas.

— C'est de saison ! dirent en chœur Cécile et Raoul.

— Si vos petits étaient venus, dit la jeune femme, je ne sais pas où je l'aurais posé, mon plat. Félix, quand il me fait un cadeau, il voit grand, ajouta-t-elle avec un regard tendre à son homme.

— Pardi, plaisanta Cécile. Il voit l'avenir et pense sans doute à vos trois futurs petits. Il faudra voir large, pour les quantités.

Raoul Signoret prit prétexte de cette réflexion pour faire une mise au point qui allait lui permettre d'amener la conversation là où il voulait qu'elle se dirige.

— À propos de nos petits, comme vous dites, chère Nella, je vous ai fait un léger mensonge, tout à l'heure.

Le sourire que la jeune femme arborait en permanence s'estompa.

— Je m'explique. Ça n'est pas grave, poursuivit le reporter, vous allez comprendre : Adèle et Thomas ne

---

1. Sauce chaude à l'anchois et à l'huile d'olive dans laquelle chacun trempe à sa guise des légumes crus.

sont pas allés à un goûter chez leur amie Colette. C'est volontairement que Cécile et moi ne leur avons pas transmis votre invitation. La raison en est simple. Il se trouve que j'enquête actuellement sur l'affaire de la *Villa aux Loups*. La police m'a dit que vous aviez servi chez eux. Si nous en parlons, il y aura forcément des choses que l'on ne peut pas évoquer devant des enfants. Vous serez bien d'accord ?

— Je comprends, dites ! approuva Nella. C'est pas de leur âge.

— Ce n'est donc pas à vous que j'apprendrai ce qui s'est passé, puisque à la suite de votre accident, j'ai su par mon oncle, Eugène Baruteau, qui est commissaire central de la police marseillaise, que vous aviez servi chez les Casals. Vous avez dû suivre l'affaire mieux que personne.

— C'est vrai, mais j'y étais plus, quand c'est arrivé.

— Je le sais aussi. Pourtant, j'aimerais bien parler avec vous – si vous acceptez, bien sûr – de la famille Casals. Car il se trouve qu'à la suite d'articles que j'ai publiés dans *Le Petit Provençal*, le professeur veut me faire des misères.

Pour être plus convaincant, le reporter dramatisa :

— Il me menace d'un procès en diffamation si je ne publie pas un article rectificatif, et j'aimerais bien lui river son clou.

— Ah, celui-là ! s'exclama Félix, sans aller plus loin.

Raoul en déduisit qu'il avait lui aussi des choses à dire. Mais il ne voulut rien brusquer.

— Bien entendu, nous n'en parlons que si vous le voulez bien, dit-il en s'adressant en particulier à Nella. Pourtant c'est Félix qui intervint :

— Avec ça qu'elle va refuser d'aider celui qui lui a sauvé la vie, si elle le peut ! Ça serait bien ingrat de sa part. Et c'est pas son genre.

Le reporter les regarda tour à tour.

— On y va alors ?

— Quand vous voulez.

Pour amorcer le dialogue, Raoul s'adressa en premier à Félix :

— Vous avez dit à l'instant « Ah ! celui-là ! » à propos du professeur Casals. Qu'est-ce qu'il a fait pour mériter ça ?

Le visage avenant de Félix Raspail se durcit.

— Il a fait que j'ai failli lui mettre mon poing dans la gueule.

Il s'excusa pour le mot devant Cécile.

— Tiens donc ! Pourquoi l'avait-il mérité ?

Le jeune homme se mit en pétard :

— Parce que je lui ai pas pardonné d'avoir fait passer Nella pour une voleuse. Il a beau être professeur à la faculté de médecine et *tutti quanti*, ça lui donne pas le droit de se comporter comme un seigneur du Moyen Âge. On est des gens simples, nous, c'est vrai, mais on est autant honnêtes que les autres, ceux qui s'en croyent parce qu'ils ont des sous.

À mesure qu'il poursuivait sa diatribe, le visage du jeune infirmier s'empourprait de colère :

— Mon pauvre père, il m'a élevé mieux qu'eux à respecter les gens. Et Nella, elle trouverait un porte-monnaie sur le trottoir avec vingt francs dedans, elle le mènerait tout de suite au commissariat. Et l'autre, il l'accuse d'avoir *escané*[1] le collier, non mais !

1. Dérobé.

Le reporter ne comprenait pas la raison de la colère rétrospective de Félix Raspail :

— Expliquez-moi. Quelle accusation le professeur Casals portait-il contre votre compagne ?

— Une histoire de collier que Monsieur avait offert à Madame et qu'on ne retrouvait plus. Il a tout de suite pensé que c'était Nella qui l'avait pris. C'est ce qu'il a dit à sa femme.

— Et alors ?

— Ça a pas traîné, avec moi. Je suis été l'attendre à la sortie de son service, à la Conception, et je lui en ai dit deux, devant tout le monde, tout docteur qu'il est. Je suis rien qu'un infirmier, mais il me fait pas peur.

— Ensuite ?

— Deux mois après, ils ont flanqué Nella à la porte.

— Sous quel prétexte ?

Félix ricana :

— Peuh ! Si vous croyez qu'ils ont besoin de prétexte...

Raoul se tourna vers la jeune femme.

— Quelle a été l'attitude de Marguerite Casals ?

Nella eut une moue désolée :

— Elle a rien fait pour me défendre. Remarquez, elle a rien dit contre non plus. Je crois qu'elle le craignait un peu, son mari.

Raoul objecta :

— Tout de même ! Ou elle vous prend pour une voleuse et elle vous charge, ou elle a confiance en vous et prend votre défense.

— Elle a pas dû oser, dit la généreuse Nella.

— Vous vous entendiez bien avec elle ?

— Ah, ça, très bien ! Elle m'avait même donné des habits qu'elle mettait plus. On avait à peu près la même taille.

— Bien, dit Raoul, mais pour une femme qui fait de la charité son fonds de commerce, je la trouve pas trop généreuse sur ce coup-là, non ? Le collier a pu être égaré, ou dérobé par quelqu'un d'autre. Vous n'étiez pas la seule domestique ?

— On était trois, avec la cuisinière et Claudius, le valet de chambre de Monsieur. Sans parler de *mademoiselle Jeanne*. Jeanne Tardieu, la gouvernante. C'est elle qui nous menait. Elle avait été infirmière en Algérie, avant de se placer comme gouvernante. C'est le professeur lui-même qui l'avait engagée pour s'occuper de sa maison. Vous la connaissez ?

— Je ne vois pas comment, car nous ne vivons pas sur la même planète.

— Si vous l'aviez vue ne serait-ce qu'une fois, vous ne pourriez pas la confondre avec une autre.

— Pourquoi ? C'est la sorcière de Blanche-Neige ?

Nella et Félix éclatèrent d'un rire synchrone.

— À cause de la couleur de ses cheveux, dit la jeune femme. Elle n'est pas rousse, cette femme, c'est un incendie de pinède à elle toute seule. Je n'ai jamais vu une couleur pareille : un coucher de soleil ambulant. Les gens se retournent sur elle. À part ça, une très belle plante.

Le jeune infirmier précisa :

— C'est le professeur Casals qui l'avait choisie comme gouvernante de ses enfants. Nella m'a dit qu'elle avait appris que Jeanne Tardieu avait été un temps infirmière à la Conception, salle Malen, dans le service d'urologie.

— Pour le vol du collier, les autres ont été soupçonnés ? demanda Raoul.

— Pas du tout. Que moi, dit Nella.

— C'est donc un règlement de comptes entre Casals et vous, conclut le reporter. Il n'a pas digéré la sortie publique de Félix.

Le couple approuva :

— C'est ce qu'on s'est dit. Mais qu'est-ce que vous voulez qu'on fasse, nous autres, contre ces gens-là ? On est pas de taille.

« L'interrogatoire » était bien amorcé. Il suffisait maintenant de tirer doucement sur le fil, le reste viendrait tout seul.

— Que faites-vous, à présent, chère Antonella ?

La jeune femme rosit.

— Si ça gêne pas votre dame, vous savez, vous pouvez m'appeler Nella.

— Je n'y vois aucun inconvénient, dit Cécile en riant.

— Alors, on pourrait tous s'appeler par nos prénoms, suggéra Raoul, qui cherchait avant tout à mettre à leur aise ces braves gens sans façons.

— Ça, c'est une idée qui me va, monsieur Raoul ! s'exclama Félix, qui revenait de la cuisine tenant à deux mains à l'aide de maniques un grand plat de fer où s'étalait de tout son long, en achevant de grésiller un superbe gigot d'agneau entouré de flageolets.

La pièce arriva sur la table sous les bravos des convives, Nella incluse, qui n'était pas la dernière à admirer le savoir-faire de son homme.

Félix ouvrit le tiroir du buffet et en sortit... une baïonnette !

Devant l'air ahuri du reporter, il précisa :

— C'est un cadeau de mon grand-père.

Il expliqua que le héros de la famille s'était battu avec dans les rangs des *Mobiles* [1] en 1870 et espérait qu'il avait embroché un ou deux Prussiens avant de la lui transmettre.

— Il y a rien de mieux pour faire des tranches régulières, assura-t-il, tout en passant le fer d'un fusil sur le tranchant de l'arme.

— Un neveu d'éleveur de moutons qui découpe la viande avec une baïonnette ! se moqua Nella. La honte ! S'il savait ça, l'oncle, il l'embroche avec !

Tout en regardant Félix découper sa viande au cœur rosé à point, Raoul Signoret ramena la conversation là où l'arrivée triomphale de la pièce rôtie l'avait interrompue.

— Je vous demandais si vous aviez retrouvé du travail...

— Je suis servante[2] à la Conception, maintenant. Salle Fressynge. Grâce à Félix, qui est infirmier au pavillon des Officiers, là où le jeune monsieur Henri est hospitalisé. Félix m'a recommandée au chef du personnel. Il est de la Drôme, comme lui.

— À la Conception ! s'exclama le reporter. Mais alors, vous devez croiser votre ancien maître ?

---

1. Le corps franc du 4e bataillon de la garde mobile des Bouches-du-Rhône, composé essentiellement de Marseillais, qui laissa dans les combats sur la Loire de janvier 1871 les trois quarts de ses effectifs.

2. Servante était l'appellation officielle – à une l'époque où les femmes de ménage n'étaient pas encore des « techniciennes de surface » – de celles que l'on pare aujourd'hui du titre d'« aides-soignantes », bien qu'elles soient chargées des mêmes corvées que jadis...

— Ça m'arrive de temps à autre, dans une galerie. Mais vous allez rire : il fait celui qui me connaît pas.

Une réflexion saugrenue du reporter mit la table en joie.

— Je pensais à tout autre chose qui ne me regarde pas, mais vous devriez y réfléchir : si l'un est de nuit, l'autre de jour, à la Conception, vous êtes comme le soleil et la lune, tous les deux. Alors, vos trois petits, comment vous allez vous y prendre pour les faire ?

— On trouvera bien un moment avant son départ ou après mon arrivée à la maison, répliqua Nella, que la clairette rendait farceuse. Je fais les heures consécutives : six heures-deux heures de l'après-midi. Félix, lui, il prend son service à huit heures du soir, alors vous voyez...

Elle n'en dit pas plus, rougit et cacha sa bouche avec la main pour masquer son rire, mais on ne sut jamais si c'était dû à l'effet du vin pétillant ou la prise de conscience de son effronterie.

Raoul Signoret revint au sujet du jour. À la Conception, le professeur se comportait-il comme beaucoup de ses confrères ? Père-la-morale et col cassé à la ville, mais satrape abusant de son autorité auprès du personnel féminin de l'hôpital ?

Malgré sa rancune, le jeune couple eut l'honnêteté de reconnaître que, de ce côté-là, on ne pouvait rien colporter à propos de l'attitude du sévère professeur Casals. Il était le même en toutes circonstances. Mieux, raconta Nella : on disait qu'il avait saqué l'un de ses plus brillants internes pour avoir eu vent d'une liaison du jeune médecin avec une infirmière mariée, appartenant à son service. Le couple avait été surpris dans la chambre de garde, occupé à une activité qui n'avait à voir que de loin avec sa mission hospitalière.

Ce que Félix commenta à sa façon :

— Vous savez qu'il est parpaillot, le père Casals ?

— Oui, et alors ? demanda Raoul, amusé.

— Ces gens-là, ils rigolent pas avec la bagatelle. La chemise de nuit, ils la mettent avec le col amidonné.

La réflexion fit rire toute la tablée. Mais le reporter en conclut qu'il n'y aurait rien de plus à glaner sur le personnage, que cette image d'un homme intransigeant, mais inattaquable sur le plan des principes.

— Parlez-moi plutôt de Madame, demanda-t-il en se tournant vers la jeune femme.

— C'est pas... C'était pas du tout le même genre, dit Nella. Elle jouait pas à la patronne. Très aimable avec nous, les domestiques. Je l'ai jamais entendue crier après quelqu'un. Même quand j'ai cassé un vase sans le faire exprès. Elle a rien dit à son mari.

— Était-elle aussi charitable qu'on le dit ?

— Ah, ça, oui ! Toujours en train de s'occuper d'associations qu'ils ont entre eux, les protestants. Elle faisait envoyer des colis avec des vêtements pour les pauvres. Elle faisait des visites à ceux qui étaient malades. Elle organisait des tombolas, des fêtes avec des amies. Ça ! On peut rien lui reprocher. Et avec ses filles, c'était pareil : toujours à s'en occuper, à jouer avec elles. Mademoiselle Jeanne, elle, avait presque rien à faire.

— Vous paraissait-elle heureuse ? Je veux dire, son tempérament était-il d'ordinaire gai, joyeux ?

Nella Barone ne répondit pas directement. Après un silence, elle dit :

— Vous savez, elle avait perdu un petit garçon, il y a quelques années. Alors, forcément, ça lui avait un peu changé le caractère. Dans la journée, ça dépendait des moments. Un coup elle était joyeuse, gentille, elle vous parlait, et puis le coup d'après, elle était... Comment expliquer ça ? Vous aviez l'impression qu'elle était pas là. On aurait dit qu'elle était partie ailleurs, vous voyez ? Elle répondait pas quand on lui parlait. Ou alors, à côté. Elle vous répondait, mais en ayant l'air de pas faire attention à ce qu'elle disait. Et puis on aurait dit qu'il y avait des choses qu'elle oubliait. D'autres non.

— Ça lui arrivait souvent ?

— C'était pas régulier. Le plus bizarre, si vous voulez, c'est que des fois, on avait l'impression qu'elle se rappelait plus des choses qui s'étaient passées un peu avant, dans la journée, et pour d'autres choses, elle se les rappelait dans les plus petits détails. Je la trouvais des fois toute seule, comme perdue, dans un coin de l'appartement. On savait pas à quoi elle pensait dans ces moments-là. Et puis après, ça repartait. Comme si de rien n'était. Elle redevenait comme avant.

— Elle avait des soucis... Ou bien elle n'était peut-être tout simplement pas très heureuse en ménage, suggéra le reporter.

— Possible, dit Nella. C'est pas des choses qu'on dit aux domestiques, quand on est patron. En tout cas, entre eux, moi, j'ai jamais rien vu ni entendu. Quand ils se causaient, ils étaient un peu... comment vous dire ?

— Cul serré, lâcha Félix.

— Toujours polis, compléta Nella sans relever la verdeur de l'expression. Vous savez, dans une maison, on finit par tout entendre et tout savoir.

— Venons-en alors à la relation entre Mme Casals et le jeune Champsaur, proposa le reporter. Vous vous êtes doutée de quelque chose ?

— Non plus. Il y avait bien Santuzza, la cuisinière – elle est de Procida, comme moi –, qui disait que c'était *vergognoso*[1], ce jeune qui venait voir une femme mariée quand son mari était pas là. Mais vous savez que monsieur Henri, il donnait des répétitions aux petites de Mme Casals. Aussi bien boulevard Notre-Dame que l'été, à la villa.

— Donc ils se voyaient souvent et officiellement.

— C'est ça. D'ailleurs, monsieur Henri, il arrivait parfois avec un de ses collègues, que je me rappelle plus son nom, mais qu'il était étudiant comme lui.

— Ça ne serait pas Paul Chabert ?

— Chabert ! C'est ça ! C'est lui. Un petit blond avec des lunettes. Souvent, ils venaient travailler à la villa de Mme Champsaur pour être tranquilles et préparer leurs examens. Et après, des fois, ils passaient à la *Villa aux Loups*, dire bonjour. Même le professeur Casals il le connaissait, Chabert.

— Donc personne ne s'offusquait de voir ces jeunes gens fréquenter la maison ?

— De toute façon, le professeur, il le savait et il était d'accord. S'il y en avait eu un qui avait quelque chose à dire, c'était lui non ? Et puis, souvent, il y avait sa mère, à lui, à monsieur Henri, qui venait aussi causer avec Mme Casals. Moi, en tout cas, je les ai jamais vus faire des choses pas propres.

— Je comprends, dit Raoul Signoret. Donc, quand on a dit dans les journaux que, probablement, ils s'étaient suicidés ensemble...

Nella porta ses deux mains à ses joues :

---

1. Pas correct.

— Ça ! Je suis tombée de ma chaise ! Qui aurait cru ? Comment c'est possible, des choses pareilles ?

— C'est bien là toute la question. Mme Casals ne vous a jamais paru être une personne exaltée ?

— Exaltée ?

— Je veux dire nerveuse, emportée, quelqu'un qui serait capable sur un coup de tête d'accomplir des actes extravagants... Vous ne l'avez jamais surprise à parler de suicide avec une amie, ou une connaissance ?

La jeune femme ne répondit pas tout de suite.

— C'est vrai que depuis la mort de son petit garçon, elle était un peu plus...

— Mélancolique ?

— C'est pas ça. Je vous dis, elle avait souvent l'air préoccupée sans pouvoir dire pourquoi. Et puis, il lui arrivait de s'endormir brusquement, même au milieu de la journée. Elle disait que la lumière lui blessait les yeux. Un jour, je me souviens, j'avais servi le café dans le jardin, sous le marronnier, et vous savez comment ça fait sous les arbres, surtout quand il y a un peu de vent qui fait bouger les feuilles : le soleil, il passe à travers, ça fait comme des éclairs. Et Mme Casals, à force de fixer une petite cuillère en vermeil dans un verre d'eau, tout d'un coup, *pof* ! C'est comme si on lui avait coupé le gaz. Elle est tombée endormie d'un coup. Le menton sur la poitrine. Et ça a duré un bon moment. Je me suis effrayée. Le professeur, quand on lui a dit ce qui était arrivé à sa femme, il a dit qu'elle avait été éblouie à trop regarder le brillant de la cuillère et que ça l'avait comme...

Elle appela Félix à l'aide :

— Comment c'est qu'il a dit ?

— *Hinoptisée.*

— C'est ça : *hinoptisée*. M. Casals nous a expliqué qu'il y avait comme ça des personnes plus sensibles que d'autres et qui pouvaient *s'hinoptiser* toutes seules.

La tarte aux pommes qui parachevait ce succulent déjeuner ne parvint pas à tirer le reporter des folles pensées qui faisaient leur sarabande dans sa tête après ce que venait de dire l'innocente Nella Barone.

*

* *

En descendant à pied par le boulevard Baille en direction de la place Castellane, les bras chargés, pour l'un, d'un album des *Aventures de Kit Carson, trappeur de l'Ouest*, destiné à Thomas, pour l'autre, d'une série de *taraillettes*[1] achetées à la foire aux ails[2] de la Saint-Jean par Félix pour les poupées d'Adèle, Cécile et Raoul échangeaient leurs impressions sur ce qu'ils venaient d'apprendre.

— Tu ne vois pas qu'Henri ait hypnotisé Marguerite avant d'abuser d'elle ? Si elle pouvait faire ça toute seule, à plus forte raison si quelqu'un la manipulait, voilà qui apporterait de l'eau au moulin du père Casals. Je vais avoir l'air fin. Ah, me voilà bien coincé !

— Que dit la police ? demanda Cécile.

— Pour l'instant, elle s'en tient à la version du double suicide. Consenti, pour elle. Mais tu peux faire

1. Dînette en terre cuite ou vernissée destinée aux enfants.

2. Aucun Marseillais de l'époque n'aurait eu l'idée d'appeler ça « La foire aux aulx ».

confiance aux avocats de Casals pour agiter *urbi et orbi* l'abus de faiblesse.

— Pourquoi l'aurait-il tuée ?

— S'il l'a endormie avant, c'est par peur qu'au réveil elle aille tout raconter, tiens !

Cécile demeura un instant pensive et silencieuse :

— Ça n'explique pas pour autant son suicide, à lui.

— La panique, ma belle. Le cocher pouvait le reconnaître.

— À qui était le revolver ?

— On l'ignore. La seule chose sûre est que celle retrouvée dans sa main est l'arme qui a tiré les trois balles. Mais on ne sait pas qui des deux l'avait achetée.

— Si tu veux mon avis, dit Cécile, son coup était préparé. Il l'a amenée là-bas pour la tuer. Peut-être lui avait-elle fait du chantage, va savoir. Il s'est vu coincé avec une femme mariée sur les bras… qui ne voulait pas le lâcher.

Cécile sembla réfléchir et s'écria :

— Et s'il l'avait mise enceinte ? Tu imagines, la panique ?

Raoul admit l'hypothèse.

— Possible, après tout !

La jeune femme dit, comme à regret :

— Son grand amour, c'est une histoire de fesses qui a mal tourné, voilà tout.

Raoul joua l'offusqué :

— Cécile ! Un tel langage ne sied pas à une si jolie bouche !

La jeune femme sourit à son homme. Elle continuait cependant à cogiter.

— Il n'y a qu'une chose qui me chiffonne.

— Laquelle ?

— Si ton hypothèse est la bonne, et si Champsaur a hypnotisé la mère Casals, il n'a pas pu faire ça durant le trajet en fiacre. Il a forcément attendu d'être dans la chambre. Le cocher aurait vu quelque chose de bizarre, durant le trajet, et cette femme ne serait pas entrée debout, marchant sans être soutenue et de son plein gré, dans la villa. Donc, le grand point d'interrogation est : qu'est-ce qui a fait venir cette bourgeoise-là, à ce moment-là, et pourquoi s'est-elle enfermée avec lui ?

Raoul opina de la tête :

— Il faut absolument que je me renseigne auprès d'un type sérieux sur les pratiques liées à l'hypnotisme. Je suis complètement ignare, d'autant que j'ai toujours pensé que c'était une mode tout juste digne du music-hall, faite pour gruger les gogos, et non pas de la science en dépit des grosses têtes qui se sont penchées sur la question. Autant dire que nous ne sommes pas sortis de l'auberge…

10.

Où notre héros se voit convoqué par un professeur de chirurgie qui a un tout autre avis que lui sur le drame de la Villa aux Loups...

L'appartement des Casals occupait la moitié de l'entresol gauche du plus bel immeuble du boulevard Notre-Dame. Soit au bas mot trois cent cinquante mètres carrés qui, sur l'arrière, surplombaient un jardin arboré, planté d'érables et de marronniers, le masquant à la vue des habitants des étages supérieurs. Semé de pelouses, ce havre de fraîcheur et de calme s'achevait par une cascade en rocaille couverte de mousses et de capillaires, alimentant un bassin où flottaient des nymphéas. Un de ces jardins secrets, invisibles et insoupçonnables depuis la rue, dont Marseille abonde. On pénétrait dans l'immeuble par une entrée cavalière largement dimensionnée, isolée du trottoir par une porte monumentale à double battant.

L'accès par où pénétraient les voitures à chevaux et les automobiles – le professeur Casals possédait une De Dion-Bouton de type AL-HP[1] – était éclairée par des cariatides de bronze brandissant des torches électriques, placées de chaque côté de la porte d'accès à l'escalier desservant les appartements. Dans le hall, d'autres statues de femmes drapées à l'antique, également pourvues de torches, achevaient d'impressionner l'arrivant par le luxe que ce décorum ostentatoire laissait supposer.

En sonnant à la porte de l'entresol, Raoul Signoret avait autre chose à faire que s'extasier sur ces signes d'opulence. Il était là contraint et forcé, mais surtout ne voulait à aucun prix laisser penser à celui qui l'attendait qu'il était le moins du monde intimidé. Il avait passé l'âge d'affronter une épreuve orale en amadouant l'examinateur.

Un valet de chambre, raide comme un passe-lacet, vint lui ouvrir et, après s'être enquis de l'identité du visiteur et lui avoir demandé de bien vouloir le suivre, il lui fit savoir que « monsieur l'attendait dans le salon-bureau à droite ». Le domestique toqua de sa main gantée à la porte de la pièce désignée, l'entrebâilla, et annonça : « M. Signoret vient d'arriver, monsieur. » Il reçut en écho un ordre bref lancé par une voix désagréable et s'effaça pour laisser passer le journaliste, avant de refermer silencieusement dans son dos.

Il fallut au reporter quelques secondes pour accoutumer ses yeux à la pénombre qui régnait dans la pièce. Les volumes étaient impressionnants. De hautes fenêtres donnaient sur le boulevard, à demi aveuglées par de lourdes tentures de velours retenues par des embrasses. Elles étaient pourvues à mi-hauteur de

1. HP : pour Horse Power (équivalent de nos cv).

vitraux colorés procurant au salon-bureau une ambiance de sacristie. Si bien que l'éclairage électrique était nécessaire en permanence. Il permettait de découvrir des murs presque entièrement équipés de grandes bibliothèques aux portes doubles, munies de grillages, comme de précieux clapiers, pour mettre leur contenu à l'abri des rongeurs. Les étagères paraissaient être essentiellement garnies d'ouvrages et de revues de médecine.

La pièce servait également à l'urologue de salle de consultation privée, comme en attestait la présence d'un grand paravent chinois à quatre panneaux laqués masquant une table d'examen.

Derrière un grand bureau qui aurait convenu à un président du Conseil, se tenaient trois hommes assis, l'air sévère et le buste droit. Le contre-jour les faisait se découper en silhouettes difficiles à identifier.

Le professeur Alexandre Casals semblait passionné par les antiquités, car le vaste plateau de la table de travail, derrière lequel se tenait la « cour », était encombré d'objets hétéroclites de toutes tailles : sous-main de cuir rouge aux bords dorés à l'or fin, statuettes de bronze ou de marbre, coupe-papier de métal doré, balance d'apothicaire en cuivre, clystère en étain dans sa boîte d'origine en acajou, dictionnaire médical ancien consacré à l'urologie, sans doute déniché chez Paul Laffitte, un libraire spécialisé. Un *Bouddha assis* en jade, de très belle facture, et un compas de marine voisinaient avec un objet que le journaliste n'identifia pas. Il portait, sur un socle de bois, une boule de verre contenant une chaînette terminée par un cristal taillé où se reflétait faiblement la lumière du lustre.

« Il ne manque plus que les jurés », songea le journaliste en parcourant la distance qui séparait l'entrée de la pièce de la table de travail. C'était donc bien à un tribunal qu'on l'avait convoqué. Si on pensait l'entendre plaider coupable, on avait pris ses désirs pour des réalités. Au contraire, cette mise en scène d'apparat mettait Raoul sur ses gardes. Il allait devoir assurer sa défense. On sait que la meilleure façon de le faire est souvent d'attaquer le premier. Mais le journaliste fut devancé.

L'homme assis au centre s'était levé Il vint au-devant du visiteur. Il était grand, élancé, sec, le front haut du savant, le cheveu court mais abondant, l'air très « homme du monde ». Sa barbe, taillée en pointe, lui conférait un air professoral. Des lunettes cerclées d'or aggravaient la sévérité naturelle de son regard clair.

Alexandre Casals tendit au journaliste une main sèche comme le timbre de sa voix, et le pria de prendre place sur un des fauteuils Louis XIII qui lui faisaient face. Ensuite, il fit les présentations :

— Mes conseils, Me Lionel de Saint-Chaffrey et Me Isidore Le Monêtier.

« Il a amené du renfort », pensa Raoul.

Le chirurgien attaqua d'emblée de son timbre rêche :

— Monsieur, je n'espère pas d'un procès qu'il dise publiquement qui était Henri Champsaur et ce qu'il a fait, car, si mes renseignements sont bons, ses jours sont comptés. Il échappera probablement au châtiment qu'il mérite. S'il doit aller au diable, que ce soit le plus vite possible. Il y paiera son crime pour l'éternité. Au cas où son état s'améliorerait suffisamment pour qu'on le juge, j'ai demandé à mes conseils de m'assister, car je me porte partie civile, afin d'avoir accès au dossier.

Le reporter demeura silencieux, se contentant de fixer sans ciller le médecin droit dans les yeux jusqu'à ce que celui-ci détourne les siens.

Le duel était engagé.

Les deux avocats auraient pu endosser les costumes de Don Quichotte et Sancho Pança, tant le contraste entre leurs deux natures était frappant. Le premier était un grand sifflet à l'air accablé, le second avait les rondeurs d'une dame-jeanne. Ils encadraient leur client, comme des serre-livres.

Les trois hommes avaient dû préparer ensemble « l'interrogatoire ». Ce constat acheva de mettre Raoul Signoret sur ses gardes.

Soudain, sans autre préambule, Casals attaqua de front :

— Monsieur, je dois vous prévenir que je ne laisserai pas la boue s'ajouter à la boue. Mon honneur, mes titres, ma réputation m'autorisent à vous dire que je ne reconnais à personne le droit de salir la mémoire de ma chère épouse par les moyens habituels d'une presse qui ramasse son information dans les caniveaux. Les détails intimes que vous avez fournis à vos lecteurs, les commentaires dont vous avez accompagné le portrait que vous avez dressé dans les colonnes du *Petit Provençal* de celui qui n'est qu'un vulgaire assassin et un être sans morale, ne correspondent à aucune réalité. Vous semblez – en détaillant les malheurs qui ont frappé sa famille – lui trouver je ne sais quelles circonstances atténuantes.

Chaque orphelin ne devient pas un assassin en puissance, et la perte d'une sœur aînée ne lui fournit aucune excuse. Ce garçon, à qui j'avais accordé ma confiance, n'a pas hésité à semer le malheur dans une famille estimée, dans le seul but d'assouvir ses instincts les plus bas. Il a abusé du cœur compatissant d'une femme généreuse et l'a tuée parce qu'elle se refusait à ses avances répugnantes. C'est un être sans honneur, ni scrupules, qui l'a déshonorée pour couvrir ses turpitudes. Et ce que *vous*, monsieur, avez écrit sur lui est d'une indulgence coupable, qui peut fausser le jugement des honnêtes gens. Ceux qui ont spontanément choisi le camp de la victime et n'ont jamais hésité à désigner le bourreau.

En subissant l'avalanche de cette harangue pompeuse, Raoul Signoret s'inquiétait de savoir s'il arrivait au professeur Casals de respirer de temps à autre. À ce rythme, on s'acheminait vers l'attaque d'apoplexie. Sous peine de mourir étouffé, le chirurgien allait devoir faire une pause.

La tirade avait, en fin de compte, plus amusé qu'offusqué le reporter. Il songeait que, débitée d'un trait, elle prouvait que ces trois-là avaient « répété la pièce » avant sa venue. Le professeur Casals savait son texte au rasoir. Il était destiné à mettre le « patient » en condition d'infériorité.

En effet, après une large inspiration, il repartit de plus belle :

— C'est Mme Casals, la victime. Et Champsaur le bourreau. Il ne faudrait pas inverser les rôles, mon petit monsieur. Vous n'êtes pas l'avocat de la défense face à un tribunal. Je vous demande donc de prendre les choses dans le bon sens.

Raoul Signoret bondit sous l'offense :

— Ma foi, mon grand monsieur, je le prends comme il faut, cita-t-il l'air de rien. Je vous prierai à mon tour de ne pas me confondre avec un autre. Nous ne sommes pas à la faculté, ni à l'hôpital. Je ne suis pas un des vos internes et j'ai passé l'âge d'être de vos étudiants. Si vous le désirez, nous pouvons mettre fin à notre entrevue, dès à présent.

— Pas avant que vous ayez entendu ce que j'ai à vous dire.

— Il me semble que vous m'avez déjà tout dit.

Casals insista :

— Vous m'entendrez jusqu'au bout, s'il vous plaît.

Raoul soutint le regard mauvais que lui décocha le chirurgien.

— Je suis là pour ça, monsieur. Et pour dire que j'estime n'avoir en rien flétri la réputation de votre épouse. J'ai rapporté des faits irréfutables. Les interprétations, il faudra les garder pour la justice, si procès un jour il y a.

Le médecin eut un ricanement bref :

— J'ai deux petites filles, orphelines de mère, à qui je dois des comptes. Elles ont besoin de voir leur maman publiquement réhabilitée, sans attendre que la justice le fasse un jour, si elle le fait. Qu'on reconnaisse haut et fort Champsaur comme un monstre, coupable du plus affreux des crimes prémédités. Et non comme un malheureux étudiant accablé de deuils successifs qui ont altéré son caractère, en même temps que son jugement moral, comme vous semblez le laisser entendre dans votre article.

Raoul se rebiffa :

— Monsieur, je n'ai jamais écrit qu'Henri Champsaur était innocent. Je me suis simplement demandé s'il n'était pas – le reporter appuya sur les mots –, *lui aussi*, une victime. Victime de la vie et des apparences. Son père, qui se suicida, lui avait sans doute ouvert la voie, en lui transmettant ce goût morbide pour une fin qui ne fut point un remède à la ruine ou à un déshonneur quelconque, mais un refuge contre le mal de vivre.

— Allons donc ! grinça le professeur, c'est faire beaucoup d'honneur à ce romantique infantile et attardé, que d'atténuer sa responsabilité derrière le statut d'un névrosé. C'est faire injure à la mémoire de mon épouse.

— Certes, dit le reporter, votre épouse est morte dans des conditions dramatiques, et j'en suis navré pour vous, mais lui ne vaut guère mieux. Si j'ose dire.

Me de Saint-Chaffrey, qui agitait ses fesses maigres sur sa chaise, intervint :

— Vous nous permettrez de penser que Champsaur a eu non pas des remords tardifs, mais un éclair de lucidité qui lui aura fait mesurer la monstruosité de son acte. Et il aura préféré échapper au châtiment qui le guettait.

Casals renchérit :

— Ce qui ajoute la lâcheté à la liste de ses turpitudes. Et vous chercheriez à lui trouver des excuses ?

Raoul Signoret décida de ne pas céder à la provocation en s'énervant. Il dit avec calme, en soutenant le regard du médecin :

— J'ai simplement fait remarquer qu'il paraissait étonnant qu'un mort – ou peu s'en faut – expédiât une lettre deux jours après s'être tiré une balle dans la tête. C'est tout. Je n'ai jamais prétendu non plus qu'il n'avait pas tiré sur votre épouse avant de tenter de mettre fin à ses jours. Je me suis contenté de décrire la scène telle que les enquêteurs l'avaient découverte, et de me poser quelques questions à propos d'anomalies sur lesquelles chacun s'interroge.

Me Le Monêtier, qui ne voulait pas passer pour une potiche posée sur un guéridon, intervint à son tour sur un ton moins sec, mais tout aussi obstiné.

— Pardon, mais vous avez l'air de suggérer que, dès l'instant où l'on peut émettre l'hypothèse que Champsaur n'est pas celui qui a expédié la lettre, il pourrait n'être pas celui qui a assassiné l'épouse du professeur. Et qu'il ne serait pas inutile de reprendre l'enquête à zéro afin de déterminer si quelqu'un ne les a pas tués tous les deux ?

Casals lui coupa la parole en s'adressant au reporter :

— Croyez-vous que je n'aie pas été suffisamment éclaboussé comme ça ? Vous voudriez qu'on recommence à étaler toutes ces horreurs dans les gazettes ? Que la calomnie vienne de nouveau fouailler de son groin répugnant ma vie familiale et privée ?

Raoul Signoret, après quelques secondes de réflexion, lâcha calmement :

— Si pour vous protéger il fallait empêcher la vérité de sortir du puits où elle risque de se noyer, alors oui, je le voudrais.

Il ajouta de toute sa conviction :

— La vérité, il n'y a que ça qui m'intéresse.

Casals s'emporta :

— C'est surtout le scandale qui vous intéresse ! Vous ne vivez que de ça, vous autres journalistes. Et qu'importent les dégâts sur l'honneur et la réputation des gens.

Pour éviter que le ton monte à nouveau, Me de Saint-Chaffrey s'entremit :

— Monsieur Signoret, la lettre reçue par Mme Champsaur contient les aveux signés de l'assassin. Que vous faut-il de plus ?

— Être certain qu'il en est bien l'expéditeur.

L'avocat sortit l'argument qu'il jugeait imparable :

— Les experts-graphologues ont authentifié son écriture.

— Je suis au courant.

— Et ça n'est pas pour vous une preuve suffisante ?

Me Le Monêtier vint au secours de son confrère :

— Qui vous dit qu'il ne l'avait pas confiée à un tiers, à un complice, cette lettre, avec consigne de ne la poster qu'après sa mort, s'il avait décidé de mettre fin à ses jours ?

Le reporter y avait aussi songé. Qui aurait pu être le messager ? Chabert ? C'était peu probable. Il n'aurait pas accepté pareille mission sans tenter de faire revenir son ami sur sa décision.

L'avocat poursuivait sa démonstration :

— Champsaur n'était peut-être pas certain de pouvoir échapper à la justice, et il aura préféré la mort à la prison. Les cas abondent de ces assassins effrayés par la réalité de leur geste, ou par les conséq…

— C'est une hypothèse parmi d'autres, le coupa Raoul. Je suppose que la police y a pensé avant nous, messieurs. Faisons-lui confiance.

Casals reprit la main :

— Je suis bien de votre avis. Vous auriez dû être le premier à appliquer ce bon sens à vos propres écrits. La police fait son travail. Ses convictions semblent bien établies. En conséquence, je vous demande : de quoi vous mêlez-vous ?

— De ce qui regarde aussi l'opinion publique, monsieur le professeur.

À ce mot, Casals explosa :

— Comptons sur cette gueuse pour salir les gens, avec des porte-parole de votre acabit !

Les deux avocats tentaient de calmer leur client, mais c'était peine perdue.

Raoul Signoret évitait lui-même de jeter de l'huile sur le feu, mais l'autre n'avait pas l'habitude d'être contredit. Il n'était pas – ou plus – accessible au raisonnement. Il appartenait à cette sorte d'hommes qui n'admettent pas d'être contestés. Déformation professionnelle, sans doute. Pour tout diagnostic, on était de son avis ou on devenait un ennemi mortel. On appelait ça comment, déjà ? Ah oui : paranoïa. Ses internes, il devait les mettre au garde-à-vous au pied du lit des malades avant de commencer la visite. Et gare à celui qui aurait un jugement personnel sur le traitement à appliquer.

En s'efforçant de conserver son calme, et en mettant les formes, le reporter tenta malgré tout d'argumenter :

— Monsieur, je m'en voudrais d'avoir volontairement porté tort à votre famille par mes écrits. Je pense surtout à vos fillettes, je suis moi-même père de famille et...

Casals lui coupa la parole :

— Venons-en aux faits, je vous prie, je ne vous ai pas convoq... je ne vous ai pas demandé une entrevue pour recueillir vos confidences ou vos regrets, mais pour vous rappeler à vos devoirs d'objectivité et réparer vos carences en la matière.

Une montée d'adrénaline fit trembler de rage le reporter. Dans le regard clair qu'il jeta sur le mandarin, il devait y avoir une petite proportion de plomb fondu, car Casals eut un mouvement de recul du buste comme s'il se mettait sur la défensive. On y lisait : « Puisque tu veux des explications, ma vieille, tu vas les avoir. »

— Professeur, recommença Raoul d'une voix égale qu'il avait bien du mal à contenir, vous avez parfaitement raison, je n'ai pas répondu à l'invitation que vous m'avez adressée – par parenthèse en joignant directement ma hiérarchie, comme on procède pour faire convoquer un mauvais élève par M. le censeur – pour vous parler de ma vie personnelle. Elle n'a aucune sorte d'importance, je suis de votre avis. Mais vous ne refuserez pas de me donner votre version du drame, puisque apparemment, je n'y ai rien compris. Je reconnais volontiers que vous en êtes la troisième victime.

— La seconde, monsieur Signoret, la seconde victime ! À laquelle s'ajoutent les deux orphelines à qui ce misérable a volé leur maman. Vous n'aurez pas l'impudence de compter cet assassin au nombre des victimes…

Le reporter aggrava son cas :

— M. Champsaur est lui-même dans un triste état…

Casals eut un ricanement mauvais :

— Il s'y est bien mis tout seul ! Et faudrait-il le plaindre ? Ce serait un comble !

Raoul Signoret se dit qu'il était inutile d'agiter le chiffon rouge. Il feignit de se ranger aux arguments du mari outragé :

— Pour m'éviter à l'avenir de vous blesser en extrapolant sur les faits tels qu'ils se présentent aux enquêteurs, je vous prierai de bien vouloir profiter de ma présence pour éclairer ma lanterne. Je suis prêt à publier votre opinion dans les colonnes du *Petit Provençal*.

Casals lâcha sèchement :

— Vous auriez pu y songer avant d'écrire vos interprétations de fantaisie. Elles confinent à la diffamation envers la mémoire de mon épouse.

Le reporter ne releva pas. Il préféra jouer la compassion :

— Je déplore la fin tragique de Mme Casals...

Le médecin s'impatienta :

— Je n'ai que faire de vos regrets.

Ce ton dictatorial acheva d'énerver le journaliste et eut raison de ses derniers scrupules.

— Eh bien, professeur, puisqu'il faut aller droit au but, allons-y. Vous ne ferez admettre à personne que votre version des faits suffit à expliquer le drame ayant eu pour cadre la *Villa aux Loups*. Il laisse subsister de telles zones d'ombre, il défie à ce point la raison, qu'il n'est pas un enquêteur qui ne se soit posé la question de la part de responsabilité de votre épouse dans ce qui est arrivé.

Casals poussa une sorte de rugissement.

— Alors, c'est que, comme certains messieurs de la police, vous n'avez rien compris !

— Sans doute. J'attends donc que vous m'éclairiez.

Au lieu d'attaquer de front, l'argumentation du médecin prit un chemin de traverse.

— Je voudrais d'abord vous déclarer solennellement ceci, devant ces messieurs que je prends à témoin : j'affirme, comme je l'ai déjà fait face aux enquêteurs, ma foi complète envers celle qui n'est plus. Dix années de mariage, suivant deux années de fiançailles, me permettent de répondre de la moralité de mon épouse, en dépit de ce que vous dénommez des « zones d'ombre ». Marguerite ne souffre pas le doute. Toute sa vie en témoigne. Si vous l'aviez connue ou approchée, vous comprendriez combien les soupçons que vous formez à propos de sa conduite relèvent de l'insulte pure et simple à sa réputation.

En écoutant le professeur assurer la défense *post mortem* de son irréprochable compagne, Raoul Signoret ne pouvait s'empêcher de repenser au constat irréfutable de ces deux amants retrouvés morts par balle, dans une villa bouclée à double tour par leurs soins, devant un témoin. Ça, personne au monde ne pouvait le contester !

Casals, l'impérieux Casals, le *magister* tyrannique, achevait de peindre le tableau d'une sainte :

— Marguerite était la bonté, la pureté, la naïveté même. Elle ignorait le mal, et c'était l'esprit le moins romanesque que j'aie connu. Son seul tort aura été de se montrer trop accueillante, trop bonne envers un dévoyé. Mon épouse n'a jamais pu voir un enfant souffrir. Ainsi, quand Mme Champsaur a perdu Lisette, sa fille, Marguerite a vu Henri devenir si sombre, si malheureux, qu'elle n'a écouté que son cœur généreux. Nous avions nous-mêmes perdu un petit garçon. Marguerite savait le chagrin que représente la perte d'un être cher. Ce double deuil les avait rapprochés. Elle a pris le jeune Champsaur sous son aile, comme aurait fait une grande sœur. Sans arrière-pensées. Par pure compassion. Et lui, au lieu de lui en être reconnaissant, a abusé de sa bonté. Agir en suscitant la pitié, tenter de se faire aimer en se faisant plaindre, certains pervers y excellent.

Le chirurgien secoua la tête, le regard fixe, sans qu'on puisse y discerner l'accablement de la colère.

— En lui demandant de venir surveiller le travail scolaire de nos deux filles, la chère femme pensait que ça le distrairait. C'est ainsi qu'il fut introduit chez nous. D'ailleurs, à l'époque, non seulement je ne m'y suis pas opposé, mais lui ai-je témoigné ma sympathie. Vous voyez comme il m'en aura remercié !

Alexandre Casals mit sa tête dans ses mains et demeura un moment silencieux.

Une petite lampe s'était allumée dans la tête de Raoul Signoret. À quoi rimait ce brusque changement de ton ? Cela faisait-il partie du « scénario » élaboré avec ses deux conseils, ou le professeur cédait-il enfin à un moment de faiblesse qui le rendait plus humain ? Comprenant qu'en adoptant ce ton cassant avec le journaliste il n'obtiendrait rien, surtout pas de l'amener à ses vues, avait-il pris un virage en épingle à cheveux et essayait-il, à présent, de jouer la carte de l'émotion et de l'apitoiement ?

Le reporter décida d'attendre et voir. Si c'était une comédie, la vraie nature d'*Herr Professor* ne tarderait pas à (re)pointer son vilain museau.

Pour voir, comme on pratique au jeu de poker, Raoul Signoret profita du silence établi et poussa une première carte :

— Je ne voudrais pas prolonger cet entretien qui ranime de bien tristes moments, professeur, mais j'aimerais vous entendre répondre à une ou deux questions. Pensez-vous que malgré ses principes moraux, Mme Casals ait pu être séduite par Henri Champsaur ? Auquel cas...

Le médecin donna l'impression d'avoir été parcouru par une décharge électrique. Il cria :

— Séduite ? Vous plaisantez !

— Ne prenez pas ce mot à la lettre, monsieur, ce n'est pas à un savant de votre trempe que j'apprendrai que le mot latin *seductio* implique l'idée de fascination, d'ensorcellement. Mme Casals a peut-être...

M[e] Le Monêtier ne laissa pas le journaliste aller plus loin :

— Monsieur, pardonnez-moi, mais cette idée est ridicule.

— C'est une sottise, dirai-je, ajouta de Saint-Chaffrey.

Raoul ne se laissa pas impressionner. Avec une lueur ironique, il regarda les deux hommes :

— Au chapitre des sottises, on en entend d'un tout autre calibre dans les prétoires, à l'heure des plaidoiries.

Vexé, le grand sifflet d'avocat ferma son clapet.

À l'étonnement du reporter, Casals reprit d'un ton plus calme.

— M. Signoret n'a peut être pas tout à fait tort, maître, quand il parle d'ensorcellement. Il y a d'autres moyens d'ensorceler une femme qu'en faisant le joli cœur. Il suffit de savoir exciter sa bonté d'âme naturelle.

Le chirurgien fit une pause. Manifestement, il attendait que le journaliste demandât quels étaient ces moyens. Raoul se garda bien de le faire, laissant l'adversaire se découvrir. Ce que Casals fit en posant lui-même la question :

— Vous allez me demander quels sont ces moyens ? Eh bien, je vais vous les dire : en la droguant, en lui faisant absorber des substances qui vont changer son degré de conscience, de façon à abuser d'elle sans qu'elle s'en offusque. Ou en modifiant son état de conscience. Vous savez bien que certains magnétiseurs y excellent.

Le jeune Henri aurait-il réussi à faire absorber un narcotique, voire à chloroformer Marguerite Casals, avant de...

— Mais Champsaur n'était pas magnétiseur, que je sache, objecta le reporter.

Casals ne répondit pas sur-le-champ. Il finit par lâcher, comme à regret, mais sans insister :

— Qu'en savons-nous ? Qui vous rend si sûr ? N'aurait-il pas plongé ma malheureuse épouse dans un état hypnotique pour mieux en faire le jouet de son caprice ? Ça n'est pas du tout à exclure. Ces messieurs de la police sont aussi de cet avis. Champsaur nous avait confié un jour, devant des amis, qui ont témoigné auprès des enquêteurs, son goût pour l'hypnose. Il avouait qu'il aurait bien voulu tenter l'expérience, si quelqu'un voulait s'y soumettre. Vous pensez bien qu'aucun d'entre nous n'avait voulu se prêter à ces enfantillages, dignes tout au plus du music-hall. Mais vous savez qu'il existe des sujets plus faciles à suggestionner que d'autres. Marguerite avait une nature très fragile. Surtout depuis notre deuil. Elle souffrait d'accès de somnambulisme naturel. Qui sait si ce monstre n'aura pas mis à profit cette faiblesse pour s'emparer d'un être sans défense ?

Il revint bientôt au panégyrique sans nuances de sa sainte épouse :

— Jamais Mme Casals n'aurait pu tomber amoureuse d'un jeune homme qui faisait litière aussi cyniquement des lois de l'hospitalité et du sentiment de l'honneur. En outre, des témoins – je pourrais en produire une bonne dizaine – pourront vous confirmer qu'il arrivait à mon épouse d'être exaspérée par l'attitude de Champsaur. Il croyait être intéressant en maniant le paradoxe à tout propos, ou en exhibant sa culture littéraire comme un gosse son costume du dimanche.

Il ajouta pour faire bonne mesure :

— Des amis invités à la maison pourraient vous confirmer avoir entendu Marguerite dire au sujet des façons de Champsaur qu'elle était lasse de ses visites incessantes. « Sa vue même m'insupporte », avait-elle avoué. Elle l'avait un jour qualifié d'« exalté », si ma mémoire est bonne. Peut-être même de détraqué.

— Avez-vous entendu Champsaur évoquer l'idée du suicide ?

— Mais bien sûr ! Et pas qu'une fois. Ça frisait l'obsession. Bien entendu, il s'abritait toujours derrière de grands auteurs, autant pour justifier ses élucubrations que pour les cautionner par de grands textes. Un jour il nous avait infligé un poème de Rousseau, je crois. *Les Amants d'Isigny*, ou je ne sais quoi...

— J'ignore de quoi vous parlez, dit machinalement le reporter, qui ne tenait pas à subir une explication de texte.

— Peu importe. C'était l'histoire magnifiée de deux amants morts ensemble. Il en avait apporté le texte à Marguerite, recopié de sa main, comme s'il lui faisait un cadeau de prix, et le lui avait offert ! Pensez-vous qu'une mère de famille n'avait pas autre chose à lire que ces vers morbides ? Savez-vous ce que ce misérable avait eu l'audace de dire ? « Ce serait une grande beauté de mourir comme cela. On deviendrait objet d'admiration. » Toutes les personnes présentes s'étaient moquées de lui ou s'en étaient offusquées.

Casals ajouta avec un mépris haineux qui lui tordait la bouche :

— Lorsqu'elles seront en âge de comprendre à qui elles doivent le malheur qui s'est abattu sur nous, je suis certain que mes filles apprécieront à sa juste valeur cet « objet d'admiration » !

Il prit un temps avant d'ajouter sans émotion apparente :

— Je ne pouvais imaginer que ma pauvre Marguerite serait un jour la victime des obsessions de cette cervelle malade !

— Et pourtant, elle continuait à le recevoir.

Le chirurgien soupira en ouvrant les mains dans un geste d'impuissance.

— Encore un effet de son cœur charitable. On ne se refait pas... Avec cette double vue des femmes, elle avait deviné qu'il souffrait et s'était fait un devoir de le soulager.

Le journaliste en avait assez de ce jeu dont il ne voyait ni les raisons, ni le but. Si l'autre croyait qu'il allait revoir sa copie parce qu'on l'avait sermonné comme un cancre rétif, en jouant tour à tour de la menace et de la compassion, il prenait ses désirs pour des réalités. Le reporter savait bien que ce n'était pas là la vraie nature d'Alexandre Casals.

— À votre avis, comment expliquer que madame votre épouse ait accepté de venir à la *Villa aux Loups* en compagnie de ce jeune homme et d'y demeurer plus d'une heure, en tête à tête, avant le drame ?

Le chirurgien avait sa réponse toute prête :

— Cela ne peut se concevoir que parce que son esprit a été empoisonné. Elle a été privée de conscience, de volonté, veux-je dire pour être clair.

Pour achever d'être convaincant, le professeur précisa :

— À deux heures de sa mort, Marguerite laissait inachevée une lettre à une de ses parentes, parlant d'un ton léger de mille petits incidents de sa vie quotidienne, d'un déjeuner qu'elle venait de faire avec ses filles.

La question fusa avant même que Raoul l'ait formulée dans sa tête :

— Vous-même n'y assistiez pas ?

— Pourquoi me demandez-vous ça ?

— Vous auriez pu observer quelque chose dans l'attitude de Mme Casals qui...

Le médecin le coupa sèchement :

— À cette heure-là, j'étais en salle d'opération.

— Votre épouse avait-elle un jour devant vous évoqué l'idée de suicide ?

Casals glapit :

— La question ne se pose pas, monsieur le journaliste ! Marguerite était croyante et pratiquante.

Puis il reprit comme s'il n'avait pas été interrompu :

— Elle venait d'envoyer nos fillettes jouer dans le jardin, là, derrière (il tourna le buste vers les fenêtres derrière le bureau), en compagnie de Suzon, notre nouvelle petite bonne, quand Champsaur est venu l'enlever. Cette femme pourra en témoigner le jour venu. Est-ce là l'attitude d'une femme et mère dévoyée qui s'apprête à rejoindre son amant ? À plus forte raison pour aller se suicider avec lui ? Cette lettre retrouvée sur l'écritoire familiale, en cours de rédaction, proteste contre l'infamie des accusations portées contre Marguerite.

Ce fut plus fort que lui, Raoul Signoret posa la question qui fâche pour faire sortir le loup du bois :

— Savez-vous si Henri Champsaur a eu des rapports intimes avec votre épouse ?

Casals lança sur le reporter un regard venimeux :

— En quoi cela vous concerne-t-il ? Si elle en a eu, ce fut dans un état d'inconscience ou morte, comment faut-il vous le dire ? Vous la voyez aller s'enfermer dans la villa en toute lucidité pour se donner à son assassin ?

Le professeur se leva, furieux, et vint parler de près au reporter, ivre de rage :

— Est-ce que je me préoccupe, moi, de savoir où et avec qui se trouve Mme Signoret à cette heure ?

Devant la bassesse de l'argumentation, le reporter vit rouge. Il prit une large inspiration pour faire baisser la pression qui venait de monter brusquement sous l'offense et lâcha à mi-voix pour que les mots portent mieux :

— Jusqu'à plus informé, le corps dénudé de Mme Signoret n'a pas encore été retrouvé, le crâne percé de deux balles, dans une villa isolée m'appartenant, en compagnie d'un jeune homme agonisant qui aurait l'âge d'être votre fils. Si ça devait se produire, vous ne manqueriez pas de l'apprendre par les journaux.

Casals se rebiffa comme un diable arrosé d'eau bénite :

— Je vous ferai payer cette insolence. Car j'ai le bras long, n'ayez crainte. Votre avenir ne vaut pas cher, dans le journalisme ou ailleurs. Je m'en occupe personnellement. Vous aurez de mes nouvelles.

Raoul, toujours assis, ne bronchait pas. Il regardait ironiquement le chirurgien écumer, tout en rangeant son porte-mines dans l'étui élastique prévu pour ça sur le côté de son carnet de notes. En se levant, il dit avec le plus grand calme :

— Vous aurez de mes nouvelles également, professeur. Vous pourrez les faire lire prochainement par vos avocats dans les colonnes du *Petit Provençal*.

11.

Où l'on retourne à La Panouse pour y découvrir une clef perdue qui pourrait bien être celle qui ferme l'énigme à toute explication logique.

Les volets du premier étage de la *Villa aux Loups* étaient clos, il fallait s'y attendre, ainsi que la porte d'entrée, sur laquelle la police avait apposé ses scellés de cire rutilante. Mais le soleil implacable les avait ramollis, au point de les faire dégouliner sur le bois en deux traînées sanglantes, comme si on avait voulu par ce signe inquiétant rappeler aux curieux le double drame qui avait mis les riverains de La Panouse en révolution. Le panneau et la plaque de serrure portaient les traces visibles des coups de masse assénés par les voisins après les coups de feu. Depuis, on avait tant bien que mal rafistolé la serrure déglinguée avec du gros fil de fer, afin de maintenir la lourde porte de bois en place contre son chambranle.

Le reporter du *Petit Provençal* était revenu sur les lieux bien plus discrètement que lors de sa première visite aux Monetti et aux Bujard. Il avait laissé sa bicyclette pliante dans sa remise et pris le tramway jusqu'au Redon. Ensuite, il était remonté à pied en direction de La Panouse, mais en évitant l'avenue. Un piéton pouvait très facilement atteindre le fond du vallon en empruntant les nombreux chemins qui zigzaguaient dans les collines du massif dominant la route de Cassis. Ils révélaient un maillage de drailles tracées depuis des siècles par les forestiers, les chasseurs ou les bergers.

La *Villa aux Loups* pouvait être atteinte sans que l'on croise âme qui vive. Notamment par un sentier pierreux qui débouchait derrière la maison et venait buter sur le mur de clôture qui le séparait de la colline plantée de pins.

Entrer dans le jardin fut un jeu d'enfant pour le journaliste. Comme on pouvait s'y attendre, le portail à double battant en fer forgé, muni de barreaux dans sa moitié supérieure, n'avait pas de serrure et n'était maintenu fermé que par un simple loquet. Il suffisait de passer la main entre deux barreaux pour le soulever et le dégager du mentonnet. Raoul prit soin d'ouvrir lentement le vantail mobile afin de limiter le grincement des gonds métalliques, qui n'avaient pas dû voir une goutte d'huile depuis le Second Empire.

En venant ici, le chroniqueur judiciaire du *Petit Provençal* n'espérait pas s'offrir une visite de la « maison du crime », comme les habitants du quartier avaient déjà rebaptisé la villa du professeur Casals. Mais Raoul Signoret n'avait pu s'empêcher d'aller fouiner autour de cette résidence estivale qu'il lui semblait déjà connaître. Il aimait humer l'air des lieux de l'enquête en cours et s'imprégner de leur disposition. Dans le seul but de s'en servir lors d'articles à venir. Il pourrait ainsi les truffer de « choses vues », à la manière du grand Hugo, son idole, quand ce dernier jouait au reporter d'élite.

Le jardin – en fait mille cinq cents mètres carrés pris sur la pinède – était resté à l'état de nature. On l'avait agrémenté de quelques arbres fruitiers, mais le jardinage ne semblait pas être la passion dominante de la famille Casals. Tout indiquait que la maison n'avait pas été occupée, au moins en continu, depuis l'été précédent. Une allée d'iris jaunâtres et desséchés, parallèle à la façade, faisait triste mine, et les herbes folles avaient reconquis partout leur domaine. Seul le pampre d'une vigne aux grappes encore minuscules grimpant sur une gloriette métallique, un abricotier assoiffé portant encore quelques-uns de ses fruits d'or desséchés sur la branche, et un buisson de roses pompon blanches disaient que la vie n'avait pas totalement disparu de ce coin de nature délaissé une grande partie de l'année.

Raoul Signoret fit lentement le tour de la bâtisse et se retrouva à l'ombre de la face nord. La haie de buis qui la longeait, faute d'avoir été taillée, ne ménageait plus qu'un étroit passage entre ses rameaux robustes et le crépi du mur. Les pointes lui griffèrent les jambes au passage à travers le tissu léger du pantalon d'été.

Le reporter parvint devant la porte étroite en bois brut, seule ouverture accessible dans cette façade aveugle. Il aperçut la grosse chaîne dont avait parlé le cocher Brouquier aux enquêteurs, lorsqu'il avait dit comment, après avoir entendu les coups de feu, il avait tenté de pénétrer par là dans la maison.

La chaîne qui servait de fermeture était toujours en place et, comme l'avait fait le voiturier, le journaliste profita du ballant des anneaux, solidarisés par un gros cadenas, pour tirer la porte vers lui. Cela suffit pour l'entrouvrir sur une bonne dizaine de centimètres de largeur. Raoul jeta un œil à l'intérieur et vit un couloir au bout duquel on distinguait les marches montant à l'étage. Le cadenas était un modèle ancien, grand comme la paume, lourd de tout le poids du métal épais dont il était fait. La serrure était protégée par une pièce métallique mobile qui en cachait l'orifice.

Machinalement, le reporter manipula cette antiquité métallique qui semblait le fixer de son œil unique, comme s'il voulait y découvrir on ne sait quel détail. Il tenta, sans grand espoir, de faire jouer la partie mobile, au cas où on aurait oublié de verrouiller l'engin, mais ce fut en pure perte et il le relâcha bientôt.

Il n'en saurait pas plus sur les lieux du drame.

Sur le point de partir, Raoul fit un demi-tour sur lui-même et se retrouva face à la haie de buis. Au même instant, il perçut les bêlements d'un troupeau de chèvres et le tintement de leurs clochettes qui se rapprochaient, tandis qu'une grosse voix d'homme disait des choses que seul un chien peut comprendre. Le berger devait ramener ses bêtes vers leur enclos, repues de ces herbes odorantes qui allaient donner à leur lait un goût si particulier.

Il y avait encore des exploitations agricoles dans le coin, entre les résidences des gens de la ville, car des senteurs de porcheries venaient jouer les solistes dans l'harmonie des parfums mêlés de la garrigue surchauffée, et par moments la voix enrouée des coqs passait à travers le crin-crin obsédant des cigales forcenées.

À quoi peuvent bien servir ces bestioles ? songea le reporter, comme chaque été.

Il demeura immobile, plaqué contre le mur qui le rendait invisible depuis l'avenue. Il préférait attendre à l'ombre que le troupeau chevrotant s'éloigne pour sortir du jardin. Il craignait qu'on le prît pour un maraudeur ou un visiteur indélicat animé d'une curiosité malsaine.

Par malchance, le berger avait dû faire une rencontre, car, depuis sa cachette, le journaliste entendit une seconde voix et une conversation s'ébaucher. Bien qu'il fût impossible d'en saisir le sens dans le vacarme ambiant, Raoul devina sans peine quel devait en être le sujet. Le petit troupeau, regroupé par le chien, avait dû lui aussi faire halte, car les bêlements étaient tout proches et ne s'éloignaient plus.

Il ne restait au journaliste changé en statue de sel qu'à prendre son mal en patience, en espérant que les deux bavards fussent du même avis sur l'affaire, ce qui abrégerait leur conversation.

À cet instant, Raoul Signoret ne se doutait pas que l'interlocuteur du berger n'était autre que Francis Monetti, intarissable bavard. Un homme qui aurait fait la conversation aux pierres du chemin.

Contraint à l'inactivité, le reporter en était réduit à explorer des yeux le paysage. Son regard se porta sur le fond du jardin. Contre le mur d'enceinte qui séparait la propriété de la pinède poussait un bel amandier, dont les fruits d'un vert tendre, arrivés à maturité, se détachaient sur le feuillage plus terne. L'arbre passait largement sa tête ébouriffée par-dessus le mur, ce qui devait faire le bonheur des promeneurs amateurs d'amandes sans avoir à les payer.

Une petite échelle simple, en forme de triangle isocèle, était posée contre son tronc. Le barreau terminal arrivait dans la fourche maîtresse de l'arbre, à la hauteur du faîte du mur, ce qui donna au reporter une idée. La conversation des deux *rababéous*[1], plantés comme des santons devant la villa, menaçant de s'éterniser, il prit la décision de sortir par cette voie de la nasse où il s'impatientait, voie peu recommandée aux rhumatisants, mais qui, pour un sportif de sa trempe, ne serait qu'une formalité. Un chemin venant de la colline, à droite de la villa, lui permettrait de rejoindre l avenue comme un simple promeneur. C'était là que le cocher Brouquier avait mis sa jument et son fiacre à l'ombre, le jour du drame, en attendant le retour de ses clients.

Grimper les sept barreaux de bois, s'accrocher aux branches de l'amandier pour se rétablir sur le faîte du mur, fut un jeu d'enfant qui rappela au reporter le temps où, dans le jardin de sa grand-mère paternelle, à Mazargues, il se prenait pour le fils de Robin des Bois.

Il ne restait plus qu'à sauter dans les buissons en faisant le moins de bruit possible pour ne pas attirer l'attention des émules du commissaire Lecoq [2] qui n'en finissaient pas d'épiloguer sur le mystère de la *Villa aux Loups*. Il n'y avait guère plus de deux mètres à franchir, mais le sol en bordure du mur était caillouteux, et, pour se recevoir sans risque de se tordre une cheville, il fallait se servir de ses jambes comme amortisseurs. Rompu aux exercices de souplesse

1. Qualifie les gens qui répètent sans cesse les mêmes choses.
2. Héros d'Émile Gaboriau (1832-1873), considéré comme le « père » du roman policier français.

imposés par la pratique assidue de la boxe française, Raoul Signoret savait comment s'y prendre. À peine la semelle de ses chaussures d'été avait-elle pris contact avec la terre ferme qu'il compensait, par un repli des jambes, le poids que la pesanteur venait d'imposer à son corps. Son canotier tomba sur le sol devant lui. Pour le récupérer, le reporter se retrouva à croupetons parmi les buissons d'argéras et les chênes verts, nez à nez avec un objet qu'il ne s'attendait pas à découvrir là.

C'était une clef en fer. Une clef ordinaire, d'une taille ordinaire, dotée d'un panneton ordinaire. Ce n'est pas cette banalité qui attira l'attention du journaliste, mais l'état de l'objet. Il n'était ni couvert de rouille, ni recouvert de terre ou de débris végétaux. Il était là depuis peu de temps, compte tenu de l'abondance des pluies tombées fin mai, juste avant l'arrivée brutale de l'été marseillais.

Raoul Signoret avait encore la clef en main quand, se tournant vers la droite, il se vit l'objet d'un regard noir et menaçant qu'accompagnait un grondement sourd. Impatienté lui aussi par l'interminable bavardage de son maître, rassuré par l'impassibilité du troupeau, le chien du berger était venu faire un petit tour dans la pinède. Au moment où il tournait le coin du mur de clôture, il avait été surpris par la vision d'un grand escogriffe vêtu de clair sautant depuis le mur de la propriété et, bien que sa fonction essentielle fût la garde d'un petit groupe de chèvres stupides, son instinct lui avait fait spontanément prendre la défense du bien d'autrui. Il s'était mis en posture d'attaque et, babines retroussées, son poil ferrugineux encore plus hérissé qu'à l'ordinaire, il s'efforçait d'impressionner l'intrus auquel il devait cette brusque montée d'adrénaline au moment où, ayant pratiquement fini sa journée, il s'octroyait une petite promenade de détente. Cela avait mis la bête de fort méchante humeur, d'autant que l'homme, figé, restait planté là au lieu de prendre ses jambes à son cou, ce qui aurait donné à la bête hirsute le plaisir de planter ses crocs redoutables dans le fondement du fuyard.

En se gardant de tout geste brutal pouvant être pris par la bête pour une agression, Raoul Signoret mit la clef dans la poche de son pantalon.

Une chevrette blanche, écartée de ses congénères, venait d'apparaître à son tour. Le chien, accaparé par le rôdeur qu'il venait de débusquer, ne l'avait pas encore repérée derrière lui.

L'homme et l'animal s'observaient en chiens de faïence et cela eût pu durer longtemps, si une voix bourrue n'était venue délivrer le reporter de sa délicate position. Question discrétion, c'était fichu :

— Pistachié, viens ici ! Où il est encore passé, ce couillon de la lune ?

À sa casquette, qui en avait connu de rudes côté météorologie, et à son long bâton, le reporter identifia sa fonction avant même que l'homme ait fini d'apparaître à l'angle du mur. Le berger s'adressa d'abord à son chien.

— Oh, *bagalenti* ! Et les chèvres ? C'est moi qui les garde ?

Il montra la chevrette fugueuse d'un doigt noueux.

Pistachié, qui semblait vouloir rattraper sa bévue, fila ventre à terre ramenant avec lui la biquette égarée en lui mordillant les pattes arrière. Alors, relevant la tête, le berger fixa d'un œil mauvais le journaliste, toujours figé.

— Qu'esse vous faites là, vous ?

Raoul prit son air le plus innocent pour répliquer :

— Je cherchais des champignons.

Le berger ricana avec ironie :

— Avec *le* costume et *à* cette saison ? Vous arrivez de la ville, vous, au moins !

Il se fit menaçant, passant au tutoiement :

— Tu serais pas plutôt venu pour te rincer l'œil, comme les autres ? C'est que... Ça a défilé depuis des jours, *sas*[1] !

L'homme fit encore un pas en direction du journaliste.

— Tu sais pas qu'y a rien à voir ? gronda sa grosse voix. Malades, que vous êtes tous, à la ville ! Tu crois pas qu'ils vont ressusciter, non ? Allez, fiche le camp. Des gens comme toi, on en a assez vu par ici. Je t'en foutrai des champignons... Un coup de fusil, vouais !

Le reporter retrouva son sens de l'humour :

— Vous ne pensez pas qu'il y en a eu suffisamment par ici ?

— En tous cas, répliqua le berger, tu aurais pris un coup de dent, tu l'aurais pas volé. On a pas idée se cacher derrière les murs des maisons quand on a la conscience tranquille. Qu'esse tu cherchais à *escaner*[2], *maùfatan*[3] !

— Je croyais la pinède à tout le monde, répliqua Raoul. On a dû mal me renseigner.

---

1. « Tu sais ! »
2. Voler.
3. Malfaisant.

Il s'avança, s'efforçant de prendre un air aimable, et se présenta :

— Raoul Signoret, reporter au *Petit Provençal.*

C'est à cet instant qu'apparut son sauveur, sous la forme d'un homme de petite taille, portant une serfouette sur l'épaule, en tricot de peau et pantalon bleu de Shanghai, coiffé d'un chapeau de jardinier. C'était Francis Monetti !

— Ça alors ! Monsieur Raoul ! Vous êtes revenu ? Pourquoi vous l'avez pas dit, ma femm...

— Je ne voulais pas déranger.

— Qué déranger, Alors ! *Aquelo empego*[1] *!*

Monetti se tourna vers le berger :

— Chaumery, vous inquiétez pas. C'est M. Signoret, du *Petit Provençal.*

L'autre n'avait pas l'air impressionné :

— Le journaliste, voyons !

Le berger ne se tint pas pour battu :

— Le journal, je m'en fous bien pas mal, je sais pas lire.

Et il tourna les talons, plantant là les deux autres pour rejoindre Pistachié et ses chèvres.

— Vous vexez pas, monsieur Signoret, dit l'homme à la serfouette. Il fait souvent le *mourre*[2] à force de vivre seul, peuchère, mais c'est pas le mauvais bougre. Quand on sait le prendre, y a pas plus serviable.

Tout en parlant, les deux hommes avaient regagné le devant de la *Villa aux Loups.* Cela eut pour effet de remonter la pendule bavarde de Monetti.

Il échangea son masque jovial contre un air de circonstance.

---

1. « Celle-là, elle en bouche un coin. »
2. Équivalent de « faire la gueule ».

— Dire que c'est là que ça s'est passé, ce *chaple*[1] ! Qui aurait pensé une chose pareille... Avec des gens comme ça ! Si comme il faut !

Le reporter entra dans le jeu :

— Oh, vous savez ! Il ne faut plus s'étonner de rien ! Dans mon métier, on en voit tous les jours, et de pires...

Sur ces banalités, la conversation était relancée. Il n'y avait plus qu'à s'y résigner. Monetti repassa méticuleusement le récit du drame et de sa découverte. Raoul ne savait plus comment s'en *dépéguer*[2], comme aurait dit le berger.

Le petit homme tendait une main largement ouverte vers la villa, et, comme si cela lui donnait une importance particulière, précisait :

— La maison, c'est moi qui l'ai agrandie après la mort du père de M. Casals, le professeur. Enfin... le pauvre veuf, quoi !

Les deux hommes avaient commencé à descendre l'avenue.

— À propos, monsieur Monetti, vous souvenez-vous avoir vu le jeune Henri et Mme Casals venir ensemble souvent à la villa ?

Le retraité fit une moue :

— À bien réfléchir, je crois que c'est la première fois qu'ils venaient tous les deux, seuls, en fiacre. Et encore, je les ai pas reconnus au passage. C'est quand le cocher me les a décrits que j'ai pensé à eux. D'habitude, il y avait toujours la mère d'Henri ou les petites.

---

1. Massacre. Au sens figuré : malheur.
2. Décoller.

Donc les escapades du couple n'étaient pas fréquentes, en déduisit Raoul. Tout au plus récentes et le retraité ne les avait pas encore repérées.

Le reporter regarda l'outil que Monetti portait sur l'épaule.

— Vous alliez biner avec ce cagnard ?

L'ex-maçon rigola :

— Risque pas ! J'ai des salades à repiquer, mais je le ferai ce soir, à la fraîche. J'étais en train d'aiguiser ma serfouette, dans l'appentis au fond du jardin, quand j'ai entendu les chèvres. Je suis sorti dire bonjour à Chaumery.

Il s'arrêta de marcher et proposa au journaliste :

— Vous voulez pas venir un moment à la maison ? On sera mieux pour causer. Et ma femme sera ravie de vous revoir.

— Ça serait avec plaisir, mentit le reporter, mais sans vous vexer, je suis un peu pressé aujourd'hui, et il me faut continuer mon enquête auprès de la police avec qui j'ai rendez-vous dans la soirée.

— Alors, j'insiste pas, céda Monetti. Le travail d'abord.

Le journaliste ajouta un petit mensonge qui n'aggravait guère son cas :

— Ne vous dérangez pas plus. Je récupère ma bicyclette, que j'ai laissée un peu plus bas, dans une traverse.

Il remercia chaleureusement l'ex-entrepreneur maçon pour sa serviabilité. Il le vit entrer chez lui avec soulagement.

Tout en marchant, Raoul mit sa main dans la poche droite de son pantalon pour y prendre un mouchoir et s'éponger la nuque.

Il sentit sous ses doigts une pièce métallique à laquelle il ne pensait plus.

C'était la clef trouvée dans les buissons sous le mur nord de la *Villa aux Loups*.

Raoul Signoret se promit de revenir une troisième fois, un jour prochain, à La Panouse, histoire de vérifier si cette clef, qu'il tournait machinalement entre ses doigts, n'irait pas dans certaine serrure qui tout à l'heure lui avait fait de l'œil...

12.

Où notre héros compare ses propres informations avec celles recueillies par la police sans pour autant y voir plus clair.

— Vous avez vu ça, mon cher Bourillon, on nous installe un *Bowling,* rue du Jeune Anacharsis. On avait le *Racing,* le *Rowing,* le *Yachting,* le *Skating,* manquait plus que le *Bowling*. Qu'est-ce que c'est que cette manie ?

— Vous oubliez *L'English Optician,* à côté des *Nouvelles Galeries,* mon vieux Gu, et le ridiculissime *Afternoon Tea Lunch* perché sur la passerelle du Transbordeur, répondit le rédacteur aux nouvelles portuaires.

— En tout cas, promit Escarguel, *bowling* ou pas, je continuerai à dire *lei bochos*[1].

Comme d'habitude, la salle de rédaction du *Petit Provençal* bourdonnait des échanges entre confrères à propos des dernières nouvelles tombées dans la nuit par fil spécial ou expédiées par les correspondants de quartiers.

1. Les boules.

— Tout ça, expliqua Bourillon, c'est à cause de notre grand ami Doudou.

— Doudou ?

— Edouard VII, le roi d'Angleterre, le père de l'Entente cordiale, qui nous permet de serrer sur nos cœurs des gens avec qui nous nous en sommes mis plein la figure depuis des siècles. Il aime la France comme un fou, Gros Doudou.

Valadier, qui passait par là, ajouta son commentaire :

— Enfin, ce qu'il aimait surtout, le gros Doudou, avant de grimper ses cent kilos sur le trône, ce sont les bordels chics de Paris, où il a passé plus de temps qu'à Windsor.

— Qu'esse tu voulais qu'il fasse avec une mère accrochée à son trône pendant soixante-trois ans[1]. Fallait bien qu'il passe le temps, cet homme, renchérit de Rocca qui partait retenir des places pour sa femme et sa belle-mère à l'occasion de l'inauguration du casino de l'Eldorado flambant neuf, avec ses trois mille places (dont mille deux cents assises). On y donnait le soir même *Qui qu'a vu Miquette ?*, avec la piquante Napolinette et son comparse, Hamilton, le joyeux comique du Palais-Royal, qui avait créé *Le Papa de Francine* et *La Marraine de Charly*.

— Moi, confia en passant Espitalier, le critique musical et dramatique du journal, j'ai vu hier soir la tragédie *Les Funérailles d'Homère*, de notre Sophocle local : Elzéar Rougier. C'était au théâtre en plein air *Athéna Niké*[2], que notre excellent confrère Barlatier,

1. La reine Victoria a régné de 1837 à 1901. Son fils est devenu roi d'Angleterre à soixante ans.

2. Patron de presse et mécène, Paul Barlatier fit édifier à ses

du *Sémaphore*, a fait édifier dans sa propriété près de La Rose.

— Et alors ? demanda le chœur antique des reporters.

— C'était un enterrement longuet, malgré tout le talent de De Max[1] et Lugné-Poe. Je ne savais pas qu'Homère avait tant d'amis. Et si bavards.

Il ajouta, perfide :

— Il paraît que Barlatier lui-même a commis une *Mort d'Adonis* assez redoutable. On va la donner demain. Je vous dirai, après épreuve.

— C'est beau, la conscience professionnelle ! plaisanta Gouiran, du secrétariat de rédaction.

— Moi, dit Bourillon, je me contenterai d'aller entendre les trente-six harmonies qui jouent ensemble ce soir en plein air au Palais Longchamp. Deux mille musiciens à la fois, ça ne se rate pas.

— En tout cas, je plains les voisins, ricana de Rocca en saluant ses confrères.

Le seul qui ne participait pas à ces joyeux échanges était Raoul Signoret. Il s'était isolé au fond de la salle, et parlait au téléphone avec Eugène Baruteau à propos du déjeuner dominical passé chez Nella Barone et Félix Raspail et des confidences recueillies de la bouche de l'ex-petite bonne à propos de l'état de santé de Marguerite Casals, qui semblait affectée de crises de somnambulisme naturel.

---

frais un théâtre à l'antique (en béton armé) où il organisa de 1908 à 1914 des festivals d'été auxquels participa la troupe de la Comédie-Française et qui attirèrent un public choisi.

1. Édouard de Max, l'un des plus grands tragédiens de la Belle Époque.

— Ce que m'a confié cette petite sur sa patronne, elle n'a pas pu l'inventer, mon oncle ! Elle a servi chez ces gens-là pendant plus de deux ans. Si ce que raconte cette jeune femme, est vrai, Casals aura le dernier mot. Si sa femme était aussi sensible au phénomène d'hypnotisme, le jeune Champsaur a très bien pu l'endormir – au vrai sens du terme – pour arriver à ses fins. Ce n'est qu'après, en réalisant qu'il avait fait une grosse connerie, qu'il l'a tuée avant de se suicider.

Le policier approuvait :

— Le fait qu'il ait avec lui un *rabatin*[1] plaiderait en faveur de cette thèse. Nous faisons le tour des armuriers pour savoir où et quand il l'aurait acheté. Mais pourquoi aller chercher cette histoire de sommeil hypnotique ? Que Casals l'évoque, c'est normal. C'est pour sauver l'honneur. Mais toi ! Pourquoi aurait-il fait ça ?

Raoul réfléchit, puis dit :

— La version compassionnelle serait : pour qu'elle ne se rende compte de rien. La version cynique : parce qu'elle n'était pas forcément consentante.

On entendit Baruteau souffler d'impatience au bout du fil :

— Raoul... Écoute un peu ton pauvre oncle. Cette femme n'a pas été enlevée. Elle a raison, Cécile. Elle te l'a dit et répété : Marguerite Casals y est allée de son plein gré. Elle savait où elle allait. Champsaur a bien été obligé d'indiquer devant elle l'adresse de destination au cocher. Elle l'a forcément entendue. D'autant que c'était la sienne. Et elle lui a donné les

1. Revolver.

clefs de la baraque ! Brouquier a bien vu qu'elle était consciente. Elle n'avançait pas les yeux clos, les bras tendus, en marchant au bord de la capote du fiacre. Elle lui parlait normalement, à son client. Tu ne me lèveras pas de la tête qu'elle savait ce qu'elle allait faire à la *Villa aux Loups*.

Baruteau lâcha les suppositions pour revenir au concret :

— Je tiens à ta disposition une copie de la lettre envoyée à sa mère...

Raoul l'interrompit :

— Alors qu'il était dans le coma depuis l'avant-veille... Au fait, vous en avez parlé dans le tuyau de l'oreille de vos adjoints, pas foutus de voir que la date d'expédition ne pouvait pas coller ?

— Bien sûr ! Je leur en ai tellement parlé de près que j'en ai trois en arrêt de travail pour surdité temporaire.

— Alors ?

— Pour l'instant, on n'a guère avancé. Sur la lettre elle-même, il n'y a trace que des empreintes de Champsaur, et sur l'enveloppe, pas la moindre empreinte. On croirait qu'elle a été manipulée avec des gants.

— Ça n'est pas impossible, dit Raoul.

— Viens la prendre quand tu veux. J'en ai fait une phototypie avant d'expédier l'original au procureur.

— Je vais passer dès que j'ai un moment.

Le reporter voyait dans cette invite l'occasion de montrer le fameux texte à Paul Chabert.

— Tu verras de tes yeux les termes employés. Champsaur explique assez clairement qu'il va se suicider avec sa bien-aimée et qu'il a son accord.

Raoul s'abstint de dire à son oncle qu'il savait à quoi s'en tenir après lecture faite chez la mère d'Henri. Il se contenta de répliquer :

— Donc, pour vous, mon oncle, ces deux-là avaient fait le projet de s'offrir une petite récréation avant de se tuer ? Ça vous suffit comme explication ?

— Mais oui, *testard* ! Ne va pas chercher midi à quatorze heures. Ceci expliquerait la tenue dans laquelle cette femme a été retrouvée. Je veux bien qu'il fasse chaud en ce moment, mais se mettre à l'aise à ce point devant un jeune homme...

Le rire du journaliste coupa un instant l'argumentation du policier, qui reprit :

— Pourtant, ils n'auront pas eu le temps ou l'occasion d'aller jusqu'au bout. Peut-être l'étudiant a-t-il eu une panne d'ascenseur.

— Allons, bon ! Voilà autre chose ! s'écria le reporter cueilli à froid.

Baruteau baissa la voix comme s'il parlait à l'oreille de son neveu :

— On vient de m'apporter les résultats des analyses opérées dans les orifices naturels de feu Mme Casals. Eh bien, tu ne vas pas le croire, on n'a relevé aucune trace résiduelle d'une éventuelle partie de quatre jambons accrochés au même clou.

— Pas possible !

— Rien, je te dis. À se demander ce qu'ils ont pu faire dans cette chambre pendant plus d'une heure...

— Henri Champsaur avait peut-être apporté son jeu de petits chevaux ou de nain jaune, risqua le reporter.

Baruteau entra dans la plaisanterie :

— Tu te mettrais dans cette tenue, toi, pour y jouer, si tu étais la femme d'un professeur de chirurgie ?

Le ton du policier redevint sérieux :

— En revanche, Marguerite Casals était enceinte de deux mois. Ce qui pourrait expliquer qu'en prenant connaissance du résultat désastreux de leurs galipettes antérieures, le jeune homme ait été refroidi. Il est passé directement à la seconde partie de la séance récréative et a réglé le programme définitivement.

— Attendez, objecta Raoul. Qui nous dit qu'il n'est pas du mari, ce petit ?

— Ah, sûr..., admit le policier, y avait pas le nom de Champsaur écrit dessus !

— Vos enquêteurs ont parlé de tout ça avec Casals ?

— Tu crois qu'ils t'ont attendu ?

— Et qu'est-ce qu'il avance comme explication, le professeur ? C'est un coup du Saint-Esprit ?

Raoul entendit le rire de son oncle dans le cornet d'ébonite.

— Il affirme *mordicus* que Mme Casals accomplissait sans rechigner son devoir conjugal.

La réflexion bouffonne de Félix Raspail à propos de « la chemise de nuit à col amidonné » du professeur s'imposa à la mémoire du reporter. Tout en bloquant le rire qui montait, il répliqua :

— Il ne va pas dire le contraire. Il veut sauver les apparences. Ça peut se comprendre.

Baruteau poursuivit :

— Il dit autre chose aussi, qui devrait nous faire réfléchir avant de foncer droit devant. Son scénario n'est pas à écarter sans examen approfondi. Champsaur drogue ou endort Marguerite et la supprime pendant qu'elle est dans les alléluias. Elle n'est pas *tombée*, peut-être, mais on l'a *poussée*, si j'ose ce mauvais jeu de mots. Logique avec lui-même, Casals démontre que sa femme était inconsciente quand l'autre a maquillé l'assassinat en suicide, puisque le corset de Marguerite était dégrafé dans le dos et non pas délacé sur le devant. C'est plus facile à ôter sur un corps inerte. Le jeune homme l'aurait donc déshabillée pendant qu'elle n'avait plus sa conscience. Peut-être par voyeurisme, va savoir... Avant de la tuer.

Raoul soupira de lassitude et d'énervement

— Ça me ferait suer que ce Trissotin ait raison. Zut ! Flûte ! et crotte de bique ! Cette version tient le coup.

Le reporter demeura silencieux quelques secondes avant de dire, comme s'il réfléchissait à haute voix :

— Ce qui ne colle pas, c'est qu'il n'y ait pas eu trace d'une éventuelle galipette préalable. Qu'est-ce qu'ils sont donc allés s'enfermer comme ça, en plein après-midi, juste pour se tuer ? Vous êtes sûr de votre légiste ?

Baruteau ne put se retenir de chambrer son neveu.

— Je n'en connais pas de meilleur dans tout Marseille. Il te repère un spermatozoïde à vingt mètres. Et sans lunettes !

Raoul feignit d'être offusqué :

— Ah, c'est malin, je vous jure ! Mettez-vous en frais pour aider la police à moins patauger. *Faï de ben a Bertrand*[1]...

Redevenant sérieux, le policier émit ses doutes

— Je ne le sens pas comme toi, ce coup-là. C'est ton affaire d'hypnotisme qui m'embrouille la compre-

1. Vieux dicton provençal qui servait à reprocher à quelqu'un son ingratitude. Il se traduirait par : « Fais du bien à Bertrand, il te le rend en ch... » (Au lecteur de trouver la rime.)

nette. Tu te vois t'exciter sur une femme qui aurait autant de réactions qu'une arapède ? La preuve : il semblerait qu'il n'y soit pas arrivé.

Raoul Signoret n'en démordait pas :

— Souvenez-vous de ce que m'a raconté l'ex-petite bonne. Elle en a été témoin. Il est advenu à cette pauvre femme de tomber en état somnambulique rien qu'en regardant une petite cuillère à café sur quoi frappait le soleil !

Le reporter entendit le gros rire du policier au bout du fil :

— Sûr que s'il lui a montré ses bijoux de famille sans prévenir, elle a pu tomber en extase !

Baruteau n'était toujours pas convaincu et s'entêtait :

— Ça t'exciterait de faire l'amour à une huître de Pomègues ?

Le reporter en avait vu d'autres.

— Oh, ça ! Tous les goûts sont dans la nature… On en a connu qui vont les déterrer de nuit à Saint-Pierre[1], leurs partenaires.

Baruteau, à bout d'arguments, changea de sujet :

— Si on laisse de côté le coup de l'hypnose, tu verrais ça comment, ô Tirésias des temps modernes ?

— Sauf explication lumineuse qui éborgnerait mon troisième œil, Henri Champsaur, sous un prétexte quelconque, demande à Marguerite de l'autoriser à l'accompagner jusqu'à la *Villa aux Loups*. Des voisins, que j'ai interrogés, m'ont dit qu'elle venait de temps en temps, seule ou accompagnée de dames patronnesses de son obédience, prendre des affaires

1. Il s'agit ici du cimetière, le plus important de Marseille.

ou du linge pour loter ses fêtes de charité. Elle distribuait beaucoup à ses coreligionnaires dans le besoin.

— C'est vrai, admit Baruteau. On a retrouvé une pile de linge sortie d'une armoire et on s'est demandé ce qu'elle fichait-là.

Cela donna du grain à moudre au reporter :

— Champsaur a pu dire à Marguerite : « Je viens avec vous, je vous aiderai à porter les paquets. » Ou bien : « J'ai quelque chose à récupérer moi aussi pour ma mère. Ça serait l'occasion. » Bref, une raison plausible. Pourquoi aurait-elle refusé ? Elle le connaît bien. Il vient fréquemment chez eux, il s'occupe des petites filles. Jusque-là, rien que de très ordinaire. « Passez donc me prendre à 2 heures, Henri. Nous bavarderons ensemble durant le trajet. » C'est pour cette raison que le cocher les a vus comme un couple de gens normaux. Ils se parlent, peut-être plaisantent-ils. Mais le jeune homme a une idée derrière la tête. Et sans doute ailleurs. Arrivés sur place, le fougueux lui sort le grand jeu. « Soyez à moi, je suis à vous. » Son copain Chabert m'a dit et redit qu'il était fou d'elle. Supposons qu'elle ait refusé. « Si vous ne voulez pas être mienne, Marguerite, je me tue sous vos yeux. » Et il sort le calibre qu'il a acheté quelques jours auparavant après avoir dit à Chabert : « La vie sans elle ne vaut pas d'être vécue. Je sais ce qu'il me reste à faire. » C'est comme ça qu'on dit dans les romans dont il se farcit la cervelle. Elle, dans un élan sublime, s'écrie : « Ne faites pas ça, Henri. Tuez-moi plutôt, car c'est moi la fautive, je n'aurais jamais dû me faire aimer de vous. » Et elle ajoute : « Vous avez pris pour de l'amour ce qui ne pouvait être entre nous que l'affection d'une grande sœur pour son jeune frère. » Et l'autre, dans l'état d'excitation où il se trouve, se croyant tout près du but, comprend que c'est foutu. La dame a des principes en zinc galvanisé et il n'y aura rien à faire. Alors, sous prétexte de lui faire boire quelque chose, il lui refile une saloperie qui l'endort. D'où le corset délacé dans le dos, il a raison, le cocu. Champsaur ne devait plus pouvoir tenir. Mais il est tellement excité qu'il se retrouve avec le manomètre à zéro. Il reprend toute sa tête, devient *jobastre,* sort le pétard qui lui avait servi à faire son chantage, et tire dans ce corps si longtemps convoité. Enfin, réalisant ce qu'il vient de faire, il se met une balle dans le crâne pour la rejoindre.

Baruteau rigola franchement :

— Alors là, attends ! Je téléphone illico au directeur du théâtre du Gymnase. C'est un ami. Ne change pas une virgule à ton texte. Il te le prend tout de suite. Enfoncé, le père Dumas et son *Anthony* ! Marseille tient son nouvel Edmond Rostand. Deux cents représentations, rien que la première année ! Si on fait pas un tabac avec ça, je me fais moine.

— Vous voulez dire un moine paillard, lança le neveu.

Le reporter joua ensuite la grande scène de l'incompris :

— C'est vraiment chic de votre part, mon oncle ! Payez-vous ma margoulette. Pendant que je me décarcasse, la police marseillaise préfère jouer aux boules et voilà ce que je récolte. Des sarcasmes.

Le policier ne parvenait pas à reprendre son sérieux :

— Et la séance d'hypnose, avec tout ça ? Tu la places dans quelle scène ?

Raoul se rebiffa :

— Je parie que vos estafiers ne sont même pas allés fourrer leur gros pif dans la bibliothèque du jeune homme. Qui sait si elle ne contiendrait pas quelque manuel pour s'exercer aux passes magnétiques ?

Baruteau redevint flic.

— Là, tu n'as pas tort. Je vais envoyer quelqu'un chez sa mère fouiller dans les cahiers du jour de son défunt fils.

— Attendez, il est mort et vous ne me dites rien ?

— Non, pas encore. Mais c'est tout comme. Il est aussi vif qu'une clovisse pas fraîche. On va tenter l'opération dernier recours en espérant extraire la balle. On le trépane mardi prochain. S'il n'y reste pas, rien ne nous dit qu'à la sortie il ne va pas avoir autant de conversation qu'un limaçon, mais il faut tenter le coup. Par ailleurs, tu as raison. On va aller revoir la maman et regarder de près si l'impulsif fiston n'aurait pas donné dans l'ésotérisme et la passe magnétique. Ne serait-ce que pour être sûrs que ce n'est pas un assassin ordinaire qui nous la joue « romantique agité » pour sauver les meubles.

— Ah, tout de même ! dit Raoul. Il faut tout vous dire, alors ! Il était temps qu'on m'aide. Je fais tout, tout seul. À propos, mon oncle, vous ne connaîtriez pas quelqu'un de sérieux qui soit un peu spécialisé dans ces choses-là ?

— Quoi donc ? L'assassinat des femmes mariées dans les villas isolées ?

— Ces trucs où interviennent le sommeil hypnotique, l'autosuggestion, le somnambulisme...

— Tu tombes à pic, j'ai ton affaire, dit Baruteau. C'est dans le journal du jour, placé devant moi, et c'est le tien, justement. Écoute-moi ça : « Vous qui êtes dans la peine, adressez-vous à Mme Roy, la voyante somnambule, la grande savante qui vous renseignera et vous fera réussir sur tout par ses secrets de magie. Conjure la fatalité, enlève le mauvais sort, guérit les maladies et vous débarrasse de vos ennuis. Allez-y en confiance. 30, rue Paradis[1]. » C'est tout à fait ce qu'il te faut.

— Ah, c'est malin ! fit le neveu.

— Eh bien quoi ? Tu ne vas pas faire la fine bouche ! Une voyante somnambule. Ça ne se trouve pas tous les jours. Et nous en avons une à Marseille ! On ne dit pas si elle ressuscite les morts, mais elle pourrait au moins te donner des tuyaux sur la façon dont on s'y prend pour mettre les dames en état de collaboration passive.

— Bon, maintenant que vous m'avez fait mourir de rire, mon oncle, si on causait deux minutes sérieusement ?

— Tu y tiens, hein ? À ton histoire d'hypnose ?

Pour achever de se convaincre et de persuader son oncle, Raoul argumenta :

— Après tout, la séduction, c'est aussi une forme d'hypnotisme, non ? Combien de fois ne me suis-je pas dit en voyant des couples désassortis sur le plan physique : « Mais qu'est-ce qui a pu lui plaire un jour, chez lui ou chez elle ? »

— Oh, que c'est beau ça ! persifla Baruteau, décidément en verve. Vite, un morceau de marbre, un burin et un marteau, que je le fasse graver à l'édification des générations futures. Comment dis-tu, déjà ?

---

1. Cette « réclame » authentique passait régulièrement dans la presse marseillaise de l'époque.

Raoul ne répliqua pas :

— On dit bien que l'amour est aveugle, non ?

— Et aussi qu'il faut faire des folies, convint le policier. On en tient peut-être une preuve supplémentaire avec cette affaire tordue.

— J'aimerais, dit le reporter, savoir combien de temps il faut pour mettre un patient en état hypnotique. Il y a bien *Rhénato*[1], qui passe à *L'Alcazar* en ce moment, mais je crains que ça soit un peu léger pour éclairer ma lanterne.

Le policier approuva :

— D'autant qu'il travaille sûrement avec des comparses. Il ne paraît guère crédible qu'il arrive à se rendre maître de gens prétendument endormis, à qui il fait accomplir toutes sortes d'excentricités pour faire rigoler le public à leurs dépens, rien qu'en leur disant « Dormez, je le veux ! ». Ça devrait tomber sous le coup de la loi, ces trucs-là.

— Mais la loi, c'est vous, mon oncle !

— Bon sang, mais tu as raison, mon Raoul ! Je vais y aller, me proposer comme volontaire, et au moment où il me fait des passes devant les yeux, au lieu de me mettre à ronfler, crac ! je lui mets les *cadènes*[2].

— Non, sérieux, mon oncle, vous n'avez personne à me recommander ?

Baruteau alla fouiller dans sa vaste mémoire, plus sûre, à son avis autorisé, que les archives de la police marseillaise.

Au bout d'un moment, il lâcha un nom : Théodore Fourcade.

---

1. Célèbre magnétiseur et magicien qui se produisait dans tous les music-halls d'Europe.

2. Les menottes (du provençal *cadeno*, chaîne).

— Connais pas.

— Nous étions ensemble à l'école communale de la rue du Racati. Il était plus intelligent que moi : il est devenu neurologue et moi flic. C'est la vie. Je vais lui téléphoner pour lui annoncer ta venue. Le docteur Fourcade dirige la maison de santé de Sainte-Marthe, au château Bertrandon. C'est un spécialiste des fadas de tous calibres, mais plus sérieusement, je sais qu'il s'intéresse de près à tout ce qui relève de l'hypnose, ses pompes et ses œuvres. Il ne refusera pas de t'apprendre comment séduire les dames avec quelques passes magnétiques bien envoyées !

— S'il s'agit seulement de séduction, dit Raoul Signoret, j'ai tout ce qu'il faut sur moi.

— Petit prétentieux, répliqua son oncle en riant, avant de raccrocher.

13.

Où l'on voit notre héros recevoir à ses entiers dépens sa première leçon sur l'hypnotisme et le sommeil somnambulique.

Le qualificatif de *château* était un peu « large aux épaules » pour cette bastide plantée en pleine nature, non loin du village de Sainte-Marthe. Mais le vaste parc planté de cèdres et de magnolias qui l'entourait était un autre monde, loin de la fourmilière marseillaise.

Ce n'est pas sans raison que le château Bertrandon – il portait le nom du propriétaire, un négociant enrichi dans le commerce des oléagineux – était devenu depuis 1876 une maison de santé mentale. Le calme de l'endroit ne pouvait qu'être favorable aux pensionnaires. Le docteur Théodore Fourcade y avait succédé aux « pères fondateurs », les docteurs Reboul-Lachau et Chomard. Si le neurologue obtenait moins souvent qu'espéré des réponses positives aux traitements prescrits à ses patients – souvent placés de force par leurs familles –, du moins s'efforçait-il de leur procurer un environnement médical et naturel propre à soulager une partie des maux qui les tourmentaient. Nul recours aux camisoles ni aux méthodes coercitives chez le docteur Fourcade. Mais l'établissement privé était payant. Donc réservé aux nantis. Les autres, ceux dont les familles n'avaient pas les moyens – ou le souci – de leur offrir ce séjour de privilégiés, continuaient à s'entasser à l'asile Saint-Pierre, sur des lits de fer scellés aux murs, dans des cellules aux fenêtres barreaudées, dotées de latrines au ras du sol, tout juste dignes de la prison Chave. Et à être « calmés » par les coups des infirmiers.

Au château Bertrandon, les « fous » – discrètement surveillés par un personnel attentif – étaient libres de circuler à leur guise. Le parc leur était accessible durant le jour. Le coup d'œil infaillible du couple de concierges – les Domergue – valait toutes les serrures de sûreté. Ces braves gens étaient dévoués au médecin comme des esclaves consentants, depuis qu'il s'était occupé de leur petit dernier, Firmin, « qui avait pas toute sa tête ».

À présent, Firmin avait en charge l'entretien du parc. Il devait une partie de sa beauté aux soins appliqués de l'infirme mental, malgré un handicap supplémentaire : le garçon était « borgne d'un œil », comme disait son père.

Si parfois un pensionnaire s'égarait dans les alentours, il y avait toujours un paysan du coin pour le ramener au bercail sur sa charrette. Le docteur Fourcade, sorte de Vincent-de-Paul laïque, avait réussi à les persuader que les *fadas* étaient des gens comme les autres, si on s'appliquait à les traiter comme tels.

À peine Raoul Signoret eut-il franchi la porte d'entrée du château Bertrandon qu'Hélène – bouille ronde et courtes pattes – courut vers lui les bras tendus, prêts à l'accolade. Elle débita d'un trait, d'une voix forte, dans l'oreille du reporter, cet alexandrin inattendu : « Bonjour-papa-mon-amour-comment-tu-t'appelles ? »

Puis elle enlaça fougueusement l'arrivant.

— Hélène, laisse le monsieur tranquille, ma chérie ! dit la voix chaleureuse du père Domergue.

— Quel comité d'accueil ! lança Raoul en se dégageant sans brusquerie de l'étreinte. Mais laissez : elle a le droit de savoir.

Se tournant vers la pensionnaire – une jeune femme à qui il était difficile de donner un âge précis, mais qui ne devait guère avoir dépassé la trentaine –, il lui dit :

— Je m'appelle Raoul. Et toi ?

— Mélugine.

— Oh ! Mélusine ? C'est joli ! C'est un nom de fée, ça ! C'est pour ça que tu as la belle robe bleue. Je comprends, maintenant !

— Un infirmier lui a lu un bout de conte, expliqua le concierge, il y avait ce nom dedans et ça lui a plu. Mais elle dit *Mélugine*. Des fois, *Mélunine*. Faites pas trop cas.

— Ne vous tracassez pas pour si peu, dit Raoul en souriant au brave homme.

Le concierge, s'aidant du geste, dit à la jeune femme :

— Allez, Hélène ! Va dire au docteur qu'il a de la visite.

L'autre partit au galop vers la bastide, tel le messager porteur d'un pli urgent pour le roi Arthur.

*
* *

Si on avait pu donner à la Bonté un visage d'homme, le sculpteur aurait pris celui du docteur Théodore Fourcade pour modèle. En entrant dans le bureau où le praticien l'attendait, Raoul Signoret ne put s'empêcher de penser qu'il avait face à lui l'antithèse physique du professeur Casals. Dans le regard de l'aliéniste, il y avait toute la compassion du monde. Son visage plein, à peine souligné par une courte barbe plus sel que poivre, son crâne chauve, son pince-nez sans monture aux verres ovales, son léger embonpoint sous le costume de lin ivoire, son perpétuel sourire, tout était rassurant chez le bonhomme. Il devait calmer ses patients rien qu'en les regardant. Sa spécialité était des plus ingrates, les résultats obtenus infimes, la reconnaissance publique peu assurée, mais le docteur Théodore Fourcade s'en moquait bien. Il s'y consacrait par vocation, sans souci de renommée, conscient des limites de sa science. Ne pouvant promettre la guérison, il partageait du mieux qu'il pouvait les souffrances des malheureux à lui confiés. Il savait par expérience que les maux de l'esprit sont souvent plus douloureux que ceux du corps, et il faisait tout son possible pour en limiter les ravages.

— Donnez-moi d'abord des nouvelles de mon vieil ami Eugène, dit le docteur Fourcade en venant, main tendue, au-devant de Raoul Signoret. Quel lâcheur, celui-là ! Au moins trente ans qu'on ne s'est vus ! Il faut dire que nous ne traitons pas les mêmes patients…

— Il vous mande ses amitiés les plus affectueuses, répondit le reporter. Il m'a même chargé de vous inviter au vin d'honneur offert à l'occasion de sa nomination au grade de commissaire central. Ça se passe à l'Évêché mercredi en huit, à six heures du soir. C'est encore en chantier, mais mon oncle va avoir un bureau de prélat. Il s'y installe bientôt.

— Vous lui direz que je viendrai, à la seule condition qu'il reçoive en soutane violette.

Sur le même ton complice, le reporter répondit :

— Écoutez, docteur, il a déjà le tour de taille épiscopal, il ne faudrait pas tout exiger à la fois.

— Je viendrai, assura le médecin. Même s'il arrive déguisé en enfant de Marie. Les occasions de se revoir sont si rares ! Nous étions copains cinq sous, à l'école. Et s'il faut encore patienter trente ans, je ne suis pas sûr d'y être.

Le docteur Fourcade prit familièrement le bras de Raoul pour le faire entrer dans son bureau.

— Votre oncle vous a-t-il raconté qu'à l'école maternelle du Racati, nous étions tous les deux amoureux d'une paire de jumelles ? Madeleine et Paulette. On en avait choisi une chacun, mais elles étaient comme deux gouttes d'eau, et on n'était jamais sûrs que c'était la bonne.

— J'ignorais cet épisode précoce de la vie dissolue de mon oncle, dit Raoul. Vous faites bien de m'en parler. Il va m'entendre.

— Attendez le plus beau, alors ! Eugène, qui en avait assez et voulait être sûr d'avoir « la sienne » et non « la mienne », n'a rien trouvé de mieux, un jour, que de chiper une paire de ciseaux à broder à sa mère et couper une tresse à Madeleine. À moins que ce soit à Paulette, je ne sais plus et il y a prescription. Oh, le drame ! Il a eu beau expliquer que c'était pour la distinguer de sa sœur, il a pris une fessée mémorable de la directrice, je ne vous dis que ça. Et je crois que le soir, le père Baruteau lui a mis une seconde tournée.

Raoul, qui riait aux larmes, dit entre deux hoquets :

— Merci de ces précieux renseignements, docteur. La prochaine fois qu'il me cherche, je vais avoir des munitions.

— Bien ! dit Théodore Fourcade. En attendant de lire sous votre plume dans *Le Petit Provençal* le premier épisode du grand roman-feuilleton « La vie et les amours d'Eugène Baruteau, commissaire à l'Évêché », je crois que vous étiez venu me voir pour tout autre chose, non ?

— Mon oncle a dû vous le dire : je suis en ce moment sur l'affaire de la *Villa aux Loups*, où l'on a retrouvé morte, enfermée dans sa maison d'été de La Panouse, l'épouse de votre confrère Casals, dans une tenue plus que légère, en compagnie de son jeune amant.

— J'ai suivi de loin, dit poliment Fourcade, car ma charge ne me laisse guère le temps de me délecter des affaires croustillantes. Le mari a fait établir un constat d'adultère, je suppose ?

Le médecin avait besoin d'une séance de rattrapage. En apparence, il ignorait à peu près tout. Ce qui devait faire de lui un cas unique à Marseille.

— C'est-à-dire, expliqua le reporter, qu'il n'en a pas eu l'occasion. Mme Casals avait deux balles dans le crâne, probablement tirées par son coquin, d'après la police. Celui-ci aussi en avait une, près du temporal gauche, qui ne l'a pas encore tué. Elle l'a plongé dans un état qui le rend peu coopératif avec les enquêteurs. Il est dans le coma au pavillon des Officiers, à la Conception.

— Diable ! dit le médecin. Mais Eugénie m'a parlé d'hypnose. Elle a quelque chose à voir là-dedans ?

— C'est moi qui ai besoin d'être éclairé à la lumière de votre science. Au goût du mari, j'ai fait dans *Le Petit Provençal* un portrait insuffisamment noirci de celui qu'il désigne comme « l'assassin de sa femme ». Le professeur Casals voudrait donc voir proclamée, par l'intermédiaire de la presse, l'innocence de sa femme face aux soupçons d'adultère qui pèsent sur elle. Il assure que si on l'a retrouvée dans l'état où je vous l'ai décrite, c'est parce qu'avant d'abuser d'elle, le jeune homme l'avait droguée, peut-être bien hypnotisée, car elle souffrait de somnambulisme spontané. Bref, qu'elle se trouvait dans un état de conscience modifié. Si son épouse est tombée, assure le professeur Casals, ce ne peut être – je vous cite ses propres mots – « qu'inconsciente ou morte ». Ma première question sera donc simple : peut-on abuser d'une femme sous hypnose, et, dans ce cas, quel est le temps minimum nécessaire à la mettre « en condition », si j'ose dire ?

Théodore Fourcade appuya son dos au dossier de son fauteuil, et, après avoir brièvement réfléchi, répondit :

— Qu'il soit possible d'abuser d'une femme après l'avoir hypnotisée, rien de plus facile. Les exemples abondent dans la littérature médicale et dans les archives judiciaires.

Le médecin se leva, ouvrit la porte vitrée d'une bibliothèque, s'empara d'un livre et revint s'asseoir. Sur la couverture, le reporter eut le temps de déchiffrer le titre : *L'Hypnotisme et les états analogues au point de vue médico-légal*, par le Dr Georges Gilles de la Tourette.

— Vous tombez bien, si l'on peut dire. Gilles de la Tourette évoque le cas d'une fille violée pendant un sommeil hypnotique provoqué. Et ça s'est passé à Marseille ! Un guérisseur par le magnétisme, qu'elle allait consulter trois fois par semaine sur les conseils de sa grande sœur, abusait d'elle après l'avoir endormie. C'est en se retrouvant enceinte alors qu'elle n'avait jamais eu de rapports conscients avec un homme qu'elle a découvert le pot aux roses.

Raoul Signoret eut un rire amusé :

— Dites donc, ça doit donner des idées à certaines, ça, non ? Quelle belle excuse ! « Mais non, mon chéri, tu te fais des idées, je ne t'ai pas fait cocu, on m'a fait ça pendant que je dormais, je ne me suis rendu compte de rien ! »

Le médecin sourit, mais ne persista pas moins à justifier le phénomène :

— Pourtant, le tribunal a reconnu le bien-fondé de la chose : c'est-à-dire que cette jeune fille avait pu être « déflorée et rendue mère contrairement à sa volonté ». Tenez, c'est écrit là, page 327.

Raoul parcourut le passage indiqué. Le reporter n'avait pas l'air pleinement convaincu.

— C'est la version hypnotique du coup du Saint-Esprit, qu'on nous raconte là !

Fourcade sourit à nouveau.

— Je vous assure : c'est très sérieux. Gilles de la Tourette n'avait rien d'un plaisantin. C'était le disciple préféré du grand Charcot, le père de la neurologie moderne, qui, lui aussi, recourait à l'hypnose pour soigner les hystériques. Tenez, en voilà un autre exemple.

Le neurologue redonna le livre au reporter, ouvert à la page 358. Il y était question d'un dentiste de Rouen qui n'utilisait pas que sa roulette.

— Il est d'autant plus facile d'utiliser l'hypnose à des fins criminelles que, la plupart du temps, le patient est très confiant envers celui qui l'endort. Et qu'au réveil il a tout oublié.

Le reporter était étonné au point qu'il faillit dire : « Vous êtes sûr ? » Il se contenta de répéter :

— Tout oublié ?

Fourcade approuva de la tête :

— Si le crime est commis pendant le somnambulisme, le souvenir peut parfois renaître lors d'une autre séance d'hypnose. Mais c'est rarissime. Encore faudrait-il que le praticien pose les bonnes questions. S'il ignore tout du drame, comment voulez-vous qu'il fasse aborder le sujet à son patient ?

Raoul était troublé :

— Si j'ai bien compris, les gens à qui survient pareille mésaventure ne racontent rien après ? Serait-ce parce qu'ils en sont humiliés, fût-ce inconsciemment ?

Fourcade rit franchement :

— Non, non ! Ils ne s'en souviennent pas, vous dis-je ! C'est même à ça qu'on reconnaît le véritable sommeil hypnotique par rapport au sommeil ordinaire. Je répète : revenu à l'état de veille, le sujet qui a été hypnotisé a tout oublié de ce qu'il a dit, fait, *ou de ce qu'on lui a fait faire*. À l'état de veille, il n'évoquera jamais la chose. Elle est effacée de son état conscient.

— Donc, dans le cas qui m'occupe, si Marguerite Casals n'avait pas été tuée et si son jeune amant l'avait hypnotisée, elle ne se serait souvenue en rien d'un éventuel rapport sexuel ?

— Absolument !

Dans la tête du reporter, les idées se bousculaient. Voilà qui apportait encore de l'eau au moulin de Casals. Se pourrait-il qu'Henri Champsaur ait pris l'habitude de plonger Marguerite Casals en état hypnotique, et qu'elle ait tout ignoré de ses manigances ? Dans cette hypothèse, si elle oubliait tout au réveil, l'escapade à la *Villa aux Loups* n'était peut-être pas la première… Non, ça ne tenait pas debout. Il y avait le trajet durant lequel elle était consciente. Le jeune homme ne pouvait pas à chaque fois lui faire le coup de l'accompagnateur bénévole, pour l'embarquer à l'arrivée.

Raoul Signoret s'efforçait de n'en rien laisser paraître, mais il était bien ennuyé. Venu pour s'entendre dire qu'une chose était impossible, il venait de lui être affirmé par un spécialiste qu'elle était tout à fait réalisable. On pouvait posséder une femme sans qu'elle songe à s'y opposer. Il suffisait de la plonger dans un sommeil hypnotique.

— Vous avez l'air bien pensif, mon jeune ami.

L'interpellation du docteur Fourcade tira le reporter de sa rêverie.

— Je suis troublé, en effet, avoua Raoul.

— Bien entendu, précisa le médecin, je parle ici d'hypnose scientifique. Et non d'hypnose de music-hall, qui nous fait tant de mal.

— Pourquoi n'empêche-t-on pas ces charlatans de tréteaux ou de cabinets de nuire ?

— L'arsenal légal existe, mon cher, mais il n'est pas appliqué. Un arrêt de la cour de Lyon de 1859, confirmé par la Cour de cassation en 1867, a condamné un de ces escrocs pour exercice illégal de la médecine. Vous avez entendu parler de la fameuse Mme Roy, prétendument voyante somnambule ?

— Mon oncle me conseillait justement d'aller la consulter pour mon affaire. J'ai préféré vous voir avant.

— Je crois que c'est plus prudent, si vous voulez qu'on prenne vos articles au sérieux. Il n'empêche : voilà des années qu'en dépit des articles 35 et 36 du Code pénal la « voyante somnambule » continue à sévir avec pignon sur rue. Un certain Dr Gigal, qui avait ouvert un cours de magnétisme pratique à Marseille, a été condamné à mille francs-or d'amende pour avoir usurpé le titre de « docteur ». Je me souviens de son système défense. « "Dr", affirmait-il avec aplomb, ne veut pas dire *docteur,* mais *directeur,* monsieur le juge ! » Pas mal trouvé, hein ? Mais chaque condamnation ne fait que leur apporter un surcroît de clientèle.

Le reporter revint aux questions qui lui taraudaient l'esprit :

— Combien de temps faut-il pour plonger quelqu'un en sommeil hypnotique ?

— Ça dépend du sujet, naturellement. Certains résisteront longtemps. Quelques-uns, très rares, demeurent impossibles à endormir. D'autres cèdent au bout de quelques minutes à la volonté de l'hypnotiseur. Et ce, dès la première séance. En général, il en faut plusieurs, car on dirait que le patient a besoin de s'habituer à son magnétiseur. Quand c'est fait, ça va tout seul aux séances suivantes. Parfois, une poignée de secondes suffisent quand hypnotiseur et hypnotisé travaillent ensemble régulièrement. Certains sujets, particulièrement réceptifs, s'endorment quasi instantanément. À la demande, si je puis dire. À La Salpêtrière, Charcot endormait ses malades avec un simple coup de gong, un éclair lumineux inopiné, ou en débouchant sous leur nez un flacon contenant une substance à odeur forte. Il est vrai qu'il les manipulait tous les jours. Plus on pratique avec la même personne, plus elle devient sensible aux injonctions de celui qui l'hypnotise, un peu comme si s'établissait une relation de confiance entre le praticien et son sujet. À ce stade, deux-trois secondes suffisent.

Le reporter, ébahi, ne sut dire que « ça, alors ! ».

Ce qu'il venait d'entendre confirmait donc l'hypothèse. Henri Champsaur avait parfaitement pu habituer Marguerite Casals à plonger dans un sommeil hypnotique en un rien de temps, et abuser d'elle sans qu'elle s'en souvienne.

— Enfin, compléta le neurologue, vous savez qu'il existe des somnambules naturels. Ils s'endorment tout seuls. On connaît quantité d'exemples, rapportés par les ouvrages spécialisés.

Raoul repensa à la petite cuillère en vermeil.

— Attention ! prévint Fourcade. Il ne s'agit pas de quelqu'un piquant du nez sur son fauteuil après un bon repas. Je parle d'un véritable sommeil hypnotique, avec modification de la conscience. Chez certains, ça peut durer des heures, voire des jours. Le docteur Beaunis cite le cas extrême de patients chez qui c'est l'état de veille qui est l'exception. Ceux-là passent en état somnambulique plusieurs fois par jour. Parfois, on ne s'en rend compte que par un changement d'humeur, ou d'attitude, sans autre manifestation. Ou bien parce qu'ils « oublient » certains moments, certains actes de leur journée, alors qu'ils se souviennent parfaitement des autres.

Raoul Signoret remplissait des pages de notes. Et il repensait à Marguerite Casals, qu'Antonella Barone avait décrite sujette à ces « absences », comme venait de le faire le neurologue.

— Je ne vais pas vous faire un cours, dit celui-ci, mais vous savez qu'il existe plusieurs niveaux de conscience. Nous-mêmes connaissons des moments de « rêvasserie » durant notre état de veille, qui n'est au fond qu'un très léger état hypnotique dont on se sort aisément. Notre premier hypnotiseur, c'était notre maman quand elle nous berçait. Les vrais états hypnotiques, c'est Charcot qui les a établis. En gros, on distingue trois étages, trois états, qui vont du plus léger au plus profond. Premier étage : la léthargie, qui fait de vous un chiffon inconscient. Ensuite, en descendant au « rez-de-chaussée », on trouve la catalepsie, où le sujet peut devenir suggestible et réagir à des questions, à des ordres.

Le praticien, mué en pédagogue, ouvrit une parenthèse :

— Le plus connu des états léthargiques est l'extase, chez les grands mystiques, qui est une manifestation cataleptique de l'hystérie. Et enfin, au « fond de la cave », si je puis dire, vous trouvez l'état somnambulique, où le cerveau obéit aveuglément aux suggestions du magnétiseur. Le paradoxe étant que plus le sommeil semble profond, plus le sujet absent, plus le contact est aisé à établir et plus l'obéissance est grande. Un peu comme si on avait ouvert les portes d'un autre monde où le cerveau fonctionne différemment. Et sans communication entre les différents « étages ». À l'état de veille, vous pouvez faire une chose tout en pensant à une autre. Aller chez votre boucher, tout en écrivant dans votre tête le début de votre prochain article. Tout ça fonctionne en même temps, sans pour autant provoquer en vous de confusion : vous ne vous êtes pas trompé de magasin, et vous avez mémorisé les premières lignes de votre article. Si ça se trouve, vous avez pu faire un brin de causette entre les deux, avec un ami rencontré en chemin, sans oublier où vous deviez aller. Et vous vous souvenez de tout ! Vous pouvez le raconter dans n'importe quel ordre et à n'importe quel moment. Chez le sujet endormi par hypnose, il n'en va pas de même. Son esprit continue à veiller, c'est-à-dire qu'il sait qui il est, ce qu'il fait dans la vie ordinaire, il ne change pas de personnalité, se souvient de ses proches, évoque ses soucis, ses joies, mais pendant ce temps, c'est comme si un deuxième cerveau se mettait à fonctionner en lui, indépendamment du premier. Qu'il soit bien entendu que ceci n'advient que lorsqu'on est en état somnambulique. Le sujet répond aux questions, obéit aux sollicitations, accomplit les ordres, sans réticences. Il peut se déplacer dans le noir absolu sans y voir, du moins avec les yeux.

— Comment ça, voir sans les yeux ?

— Bien sûr ! s'exclama le neurologue. Réfléchissez. Le somnambule qui marche les yeux fermés, la nuit, au bord des toits sans se casser la figure, il faut bien qu'il « voie » là où il va. Mais ce n'est certainement pas avec les yeux.

— C'est vrai, convint le reporter, subjugué. Mais comment se peut-il ?

Fourcade eut un geste vague des deux bras :

— On ne se l'explique pas. Peut-être, un jour, l'état d'avancée de la science nous fournira-t-il les clefs de cette énigme. Certains auteurs pensent qu'en état somnambulique, ces gens-là se trouvent dotés d'une hyperesthésie[1] tactile. Pour l'instant, nous ne faisons que constater le phénomène.

1. Sensibilité exagérée du toucher.

— Tout cela est bougrement mystérieux, dit le reporter.

Fourcade répliqua sans élever le ton :

— Il n'y a pas de mystères, mon cher, il n'y a que de grandes ignorances.

Il ajouta incidemment :

— Ce qui permet à la religion de mettre son grain de sel partout. Tant que nous ne pourrons pas donner d'explication scientifique à un phénomène, il y aura toujours une soutane pour brandir le mot « mystère », et mettre le doigt de Dieu dans l'œil des crédules.

Raoul approuva de la tête.

Le neurologue interrompit sa leçon particulière.

— Mais je parle, je parle, et je ne vous ai pas proposé quelque chose à boire. Une limonade vous conviendrait-elle ?

Par politesse, le journaliste acquiesça.

Fourcade décrocha un téléphone intérieur et commanda les limonades. Elles arrivèrent en un temps record, apportées par un patient s'acquittant de sa tâche comme s'il portait le saint-sacrement.

— Si je résume, dit Raoul Signoret après une première gorgée, l'hypnotisé n'a plus de volonté propre.

— Il arrive à certains sujets de regimber. D'hésiter à exécuter un commandement, à obéir à une injonction. Mais un magnétiseur expérimenté – et patient – parvient toujours à s'imposer. À partir de là, le sujet n'est plus qu'un automate, sans volonté propre effectivement. Il peut comprendre, recevoir, accepter, exécuter tout ce que lui commande l'hypnotiseur. Y compris des actes qui iraient contre ses principes et sa morale consciente.

Fourcade fit une légère pause, comme s'il pesait ce qu'il avait à dire, puis enchaîna :

— Et ce cerveau-là, celui qui a exécuté les ordres de l'hypnotiseur, ne raconte rien à « l'autre cerveau », celui qui fonctionne à l'état de veille. Un peu comme si le réveil l'avait « débranché ».

— On peut donc parler de complète irresponsabilité de leurs actes, chez les somnambules ?

— Vous l'avez dit. C'est à nous de démasquer les tricheurs, autrement, un vrai somnambule est l'innocence même. Aurait-il assassiné quelqu'un durant son état hypnotique.

— Dans l'affaire qui me préoccupe, dit Raoul, l'ennui est que s'il devait y avoir un somnambule, ce serait la victime, pas l'assassin.

— C'est vrai, reconnut Fourcade. Il n'empêche que le principe demeure. Si Marguerite Casals n'avait pas connu cette fin tragique, ayant fauté en état de somnambulisme et contre sa volonté consciente, elle n'aurait pas pu être considérée comme adultère. La loi ne châtie pas l'inconscient. En outre, elle ne se serait souvenue de rien. Elle n'aurait pas risqué de se trahir ! Ni de dénoncer son amant. On peut faire signer à un somnambule un acquit, un blanc-seing, une donation testamentaire, une lettre de dénonciation... ou une lettre d'amour, ce qui serait plus sympathique. Puis, au réveil, comme avec un coup de gomme, on efface tout ! Absolument tout. On ne connaît pas d'exception à ce phénomène. L'oubli complet au réveil est même ce qui, pour nous, caractérise le somnambulisme vrai, non simulé.

Le médecin ajouta, comme pour lui-même :

— Un esprit malveillant qui connaît cette particularité peut en profiter, user et abuser de sa victime, en étant certain qu'elle n'ira pas le dénoncer puisqu'elle ignore ce qui a pu se passer durant le temps où elle était – comment dire ? « ailleurs ». Le docteur Beaunis, de Nancy, qui est souvent en désaccord avec le grand Charcot, a une très jolie formule pour évoquer cette sujétion de l'hypnotisé au magnétiseur : « Il est comme le bâton dans la main du pèlerin. » Il va là où on lui dit d'aller.

— Je n'arrive pas à y croire, répéta Raoul.

Théodore Fourcade regarda le reporter avec un sourire amusé.

— Voulez-vous que nous tentions une petite expérience ?

— Laquelle ?

— Si vous êtes d'accord, je vous plonge en sommeil hypnotique, et nous verrons bien ce qui se passe.

— Je préfère être franc, docteur, je n'y crois pas du tout. C'est de la suggestion, voilà tout.

— C'est votre droit. Voulez-vous quand même tenter l'expérience ?

— Bien sûr ! Mais je vous préviens, quand j'étais enfant, ma mère n'est jamais parvenue à m'endormir en me berçant ou en me chantant quelque chose.

Le médecin eut un sourire malicieux :

— Mais vous n'êtes plus un enfant, monsieur Signoret. Et je chante faux.

Théodore Fourcade prit une chaise et vint s'asseoir face à Raoul. Il ôta son pince-nez qui pendit au bout d'un ruban attaché au revers de sa veste, saisit les deux mains du journaliste dans les siennes, et commença à parler sur un ton égal. Il avait une voix profonde à la fois douce et sonore, un timbre de baryton : le préféré de Raoul Signoret.

— Vous allez me fixer, là, entre les deux yeux. Tâchez de ciller le moins possible. Vous allez sentir peu à peu vos paupières devenir lourdes, vous ressentirez peut-être comme une onde d'eau tiède vous parcourir. Ne résistez pas, laissez-vous aller, vous ne risquez rien.

La main droite du praticien vint coiffer le crâne du journaliste, sans trop appuyer.

— Bientôt, vous ne parviendrez plus à déplacer vos pieds sur le plancher du bureau. Ne vous inquiétez pas, ça reviendra. Il est possible qu'un léger fourmillement se produise au bout de vos doigts. C'est normal. De même que sera normale la sensation de chaleur que vous allez éprouver au niveau de la nuque.

Le reporter sentait un fou rire monter qu'il s'efforçait de contenir, soucieux de ne pas vexer le médecin. Gardant ses yeux grands ouverts à s'en faire mal dardés sur le point indiqué par Fourcade, il pensait : « Cause toujours, mon bonhomme… »

Et l'autre continuait, imperturbable :

— À présent, vos paupières sont lourdes, lourdes… Vous allez vous endormir, maintenant, tout doux, tout doucement…

*
* *

Les fleurs du magnolia étaient superbes. L'arbre en était couvert et ses branches les offraient comme d'immenses corolles blanches. Raoul Signoret en avait rarement contemplé d'aussi belles.

— C'est le plus bel arbre du parc, dit une voix dans son dos. Je vois que vous l'admirez aussi.

Le reporter fit demi-tour sur lui-même et se trouva nez à nez avec le docteur Fourcade, mains dans le dos, dont le regard malicieux guettait les réactions de son patient.

— Qu'est-ce que je fais là ? demanda le journaliste.

— Vous visitez le parc, répondit le médecin qui avait de la peine à ne pas rire devant l'air ahuri de Raoul. Il est beau, hein ? C'est un de mes jeunes patients qui en prend soin.

— Je sais, articula avec peine le reporter. Mais, nous étions dans votre bureau, non ?

L'air faussement négligent, Fourcade tira sa montre au bout de sa chaîne et feignit de la consulter.

— C'était vrai voici une heure trois quarts. Mais vous êtes descendu dans le parc...

— Quand ça ?

— Quand je vous l'ai demandé. J'avoue que j'ai dû un peu insister. Mais vous avez fini par obtempérer, comme disait mon adjudant.

— Je suis descendu ici ?

— La preuve. Sans prendre la peine de me dire au revoir.

— Vous voulez dire que...

— Que pour un incroyant, vous n'avez pas fait trop de difficultés à vous convertir.

— Vous m'avez hypnotisé sans que je m'en rende compte ?

— Je vous ai plongé en état somnambulique.

— Allez, vous blaguez, docteur ! Il y avait quelque chose dans votre limonade et vous m'avez fait une farce...

— Pas du tout. Je ne me permettrais pas de me conduire comme un charlatan avec un éminent représentant de la presse marseillaise, de surcroît neveu de mon meilleur ami.

L'air malicieux, le neurologue ajouta :

— Mais avant de partir, j'aimerais que vous me rendiez le coupe-papier qui était sur mon bureau, et que je vois, là, dépassant de votre poche de poitrine.

Raoul baissa les yeux et vit une lame en cuivre dépasser de la poche désignée.

— C'est moi qui l'ai pris ? dit-il, de plus en plus incrédule.

Le docteur émit un petit rire bref :

— Je dois reconnaître que vous avez résisté un bon moment avant de me le voler. Ce qui signe votre honnêteté foncière.

Fourcade se recula un peu pour regarder le sommet du crâne du reporter.

— Mais, n'aviez-vous pas un panama en arrivant ?

— Oui, en effet, répondit Raoul, en portant la main à sa tête.

— Vous préférez donc mon canotier, à présent ? Je crains qu'il ne soit pas à votre pointure. Il vous couvre à peine l'occiput.

L'ahurissement du journaliste allait croissant. Il ôta le couvre-chef en paille du docteur Fourcade et le garda à la main comme s'il ne savait comment s'en débarrasser.

Le neurologue, qui avait jusqu'ici gardé une main dans le dos, tendit son panama à Raoul et fit l'échange.

À présent, le médecin se moquait ouvertement du sceptique. Il acheva son numéro en lui disant :

— N'oubliez pas d'honorer le papier que vous avez mis dans la poche droite de votre veston !

Raoul en retira un feuillet où il lut, de sa belle écriture penchée :

Je soussigné Raoul Signoret, reporter au Petit Provençal, *demeurant 2, place de Lenche à Marseille, m'engage par la présente à verser au docteur Théodore Jean Baptiste Fourcade, médecin-directeur de la maison de santé du château Bertrandon à Sainte-Marthe, la somme de 8 000 francs-or, représentant ma participation à la construction d'un nouveau pavillon destiné à recevoir les équipements d'un laboratoire consacré à l'étude scientifique de l'hypnose.*

Le rire du reporter se mêla à celui du médecin.

— Docteur, il faudra nous revoir très vite.

— À votre disposition, répondit Fourcade qui, après avoir cordialement serré la main du journaliste, s'éloigna d'un pas paisible vers la bastide dont la façade ocre reflétait les couleurs du couchant.

Il se retourna et lança, blagueur :

— Hé ! Déchirez le papier, tout de même, c'est plus prudent !

14.

Où l'on se demande ce que l'hypnose viendrait faire dans l'histoire, sinon embrouiller un peu plus les choses...

Mué en cicérone, le commissaire central Eugène Baruteau avait servi de guide à tous les invités au vin d'honneur dans les locaux du futur commissariat central de Marseille. Il allait s'y installer d'ici quelques semaines. En même temps, le grand policier fêtait sa nomination récente au poste le plus élevé de la police marseillaise.

Il y avait là une bonne centaine de personnes, composée pour moitié d'amis, de parents, de proches, de relations du nouveau promu, et, pour l'autre moitié, de collaborateurs, doublement intéressés puisqu'ils allaient enfin quitter les locaux étroits et surchargés de l'ancien commissariat central, rue de la Prison, pour les vastes bureaux aménagés par l'architecte Octave Lambert, dans ce qui avait été, jusqu'à ces dernières années précédant la loi de séparation de l'Église et de l'État, le palais épiscopal, résidence de l'évêque de Marseille.

On apercevait même, à l'écart, un petit groupe de messieurs discrets, qui ne se mêlaient pas aux autres invités. Ils échangeaient, à mi-voix, des propos feutrés, le plus souvent proférés en dialectes corse ou italien. C'étaient aussi des « relations » du commissaire central. Des gens rencontrés durant sa longue carrière, bien qu'ils appartinssent au camp « d'en face ». Ce qui n'empêchait pas une mutuelle considération. D'autant que certains d'entre eux ne répugnaient pas forcément à se muer en auxiliaires bénévoles de la police, lorsque cette trahison à leur code d'honneur si particulier pouvait être profitable à leurs affaires. Ils étaient venus sur invitation personnelle d'Eugène Baruteau se familiariser avec des locaux dont ils risquaient, un jour ou l'autre, d'être des locataires provisoires...

Bien entendu, Cécile et Raoul Signoret, ainsi que Thérésou, l'épouse du commissaire central, et Adrienne Signoret, sa sœur, étaient au premier rang, tous vêtus comme des gravures de mode, accompagnés par les enfants du reporter, qui avaient mis leurs « habits du dimanche » pour honorer la fête de « Tonton Eugène ».

Il ne s'agissait pas encore de l'inauguration, mais d'une sorte de visite privée, réservée à quelques privilégiés et à la presse. Ce qui avait dispensé cette réunion, détendue et conviviale, de tout caractère protocolaire, épargnant à l'assistance les interminables et soporifiques « discours officiels » du préfet, du maire... et du nouveau commissaire central ! Ces litanies de formules toutes faites, toutes semblables, où la vacuité de pensée le dispute à la vanité puérile de propos triomphalistes, que personne n'écoute jamais. Excepté les journalistes, obligés de prendre des notes. Alors qu'il leur aurait suffi de recopier – en les adaptant – les discours précédents, prononcés lors de l'inauguration d'une halle aux poissons ou d'un dispensaire de soins aux malades vénériens.

Pour accueillir – en les rassemblant sous un même toit – tous les services de police de la ville – à l'exception de la flambant neuve brigade mobile, basée gare Saint-Charles –, on avait profondément modifié l'apparence extérieure de l'ancien palais épiscopal, en rehaussant les deux ailes à la hauteur du troisième étage du bâtiment principal. Mais c'est surtout l'intérieur qui avait été profondément remanié. Outre le bureau directorial, que Raoul avait déjà visité en compagnie de son oncle, le second étage, où se situait l'ancien appartement de l'évêque de Marseille, devenait le logement privé du patron, jouxtant le central téléphonique, la salle de presse et le cabinet du chef de la Sûreté. Dans l'aile nord avait été aménagée une vaste salle, où les gardiens de la paix allaient recevoir leur instruction théorique. En particulier les fameuses « épreuves d'orthographe », destinées par le nouveau règlement à leur donner « une instruction élémentaire qui les rende aptes à rédiger un rapport assez correctement pour que leur littérature ne prête pas à plaisanteries[1] ».

Le premier étage était tout entier réservé aux services des adjoints du commissaire central, les divisionnaires Jean Duchon et Christophe Doris, tandis qu'au rez-de-chaussée avaient été prévus le poste de police et les *violons*[2], l'ancienne chapelle devenant la

1. Voir le texte complet de ces consignes dans *L'Inconnu du Grand Hôtel*, tome 9 des « Nouveaux Mystères de Marseille ».

2. Prison contiguë à un poste de police, où l'on enferme les personnes arrêtées en attendant de les interroger.

salle de réunion réservée aux gardiens de la paix. Enfin, les divers pavillons flanquant l'ancien palais recevaient les équipements destinés aux écuries, au gymnase et à la salle de jiu-jitsu, aussitôt rebaptisée « salle de répétition du passage à tabac ». Le nouveau commissariat central avait – avant même son inauguration – reçu le surnom d'*Évêché*, qui devait lui rester à jamais attaché.

Mais la République n'avait pas eu encore les crédits nécessaires à une réfection complète des locaux. Si bien que le nouveau patron de la police marseillaise officiait dans un décor sulpicien, peu en accord avec les pratiques coercitives propres à sa fonction, ni avec ses convictions religieuses, ou plutôt leur absence...

— Quand j'engueulerai mes subordonnés, confiait Eugène Baruteau, je vais devoir baisser la voix comme si j'étais à la chapelle. On n'interrogera plus les suspects : on les confessera !

— Vous allez vous y faire, répliqua Raoul en riant. Vous allez vivre dans le luxe, tel un pape Borgia.

— Le bon côté de l'affaire est que nous allons être débarrassés d'Andrieux[1], disait le policier. Un réactionnaire, qui prêchait ouvertement contre « la République sans Dieu ». Un évêque ultramontain, ce n'est pas ce qu'il fallait à Marseille. Ça lui a valu le chapeau de cardinal, mais il écoutait trop volontiers les sirènes de l'Action française. À présent, ce sont les Bordelais qui vont se l'*empéguer*. Bon vent !

— Et son remplaçant, il est comment ?

1. 1849-1935. Né à Seysses, Haute-Garonne, mort à Bordeaux. Il fut évêque de Marseille de 1901 à avril 1909. Il eut à gérer la période difficile des lois d'expulsion des congrégations (1901) et de séparation (1905).

— Joseph Fabre[1] ? Une bonne pâte. C'est l'ancien recteur de la Bonne-Mère. Il connaît bien ses ouailles et la ville.

Raoul jeta un coup d'œil par les baies vitrées.

— Vous aurez une vue splendide sur la passe du port.

— Mais la réalité du métier va me manquer. Je suis un vieux flic de terrain, moi. Je vais passer mon temps dans les paperasses et ne plus voir les choses que d'en haut.

— C'est la vocation du décor qui veut ça, répliqua Raoul en montrant les fresques du plafond, où saints et saintes tournoyaient parmi les nuées, entourés d'angelots.

— Et dire, regretta Baruteau – qui contemplait les bulbes et absidioles boursouflant la cathédrale – que pour construire cette enflure on a saccagé les voûtes romanes de la Vieille Major ! Il n'en reste plus qu'un moignon, peuchère ! Et dans quel état[2] !

— Vous savez bien que dans cette ville de boutiquiers, comme disait George Sand, c'est d'abord le mauvais goût qui domine. Vous voulez me dire pourquoi nous persistons à lui être si attachés ?

Baruteau sourit :

— Tu sais bien qu'elle a d'autres vertus. Je n'ai rien contre les braves gens qui vivent là-haut, mais tu me verrais finir commissaire central à Dunkerque ?

---

1. 1844-1923. Né à La Ciotat, mort à Marseille. Évêque de Marseille de 1909 à1923. Il aida sensiblement à la détente entre l'Église et la République.

2. Ça ne s'est toujours pas arrangé...

Quand le buffet fut largement pillé et les invités clairsemés, ne resta plus que la « garde rapprochée » d'Eugène Baruteau. Parmi elle, le docteur Théodore Fourcade qui, comme promis à Raoul Signoret, avait mis fin « à près de trente années de séparation de la Police et de la Neurologie » en retrouvant son ami d'enfance.

Dès qu'il le put, c'est-à-dire dès qu'il fut possible de solliciter « un entretien particulier » au (futur) maître des lieux sans être impoli vis-à-vis des autres invités, qui commençaient à prendre congé, le reporter demanda à parler sans témoins à son oncle.

— Une seconde, dit le policier. Je dis au revoir – et non adieu ! – à mon vieil ami Théo et je suis à toi.

Les deux hommes s'accolèrent, se promettant de se retrouver sous peu devant une bouillabaisse chez Basso[1].

— On se revoit quand vous voulez, lança le neurologue au journaliste.

À l'attention de Baruteau, il expliqua :

— Ton neveu a besoin de précisions à propos de l'hypnose.

— Encore ? C'est une obsession ! Ça t'a pas suffi, l'autre jour ?

— J'ai besoin d'éclaircissements, éluda Raoul.

La raillerie était facile :

— Monsieur espère y voir clair en fermant les yeux... Un comble !

— Laisse-le donc, ce garçon, dit le docteur Fourcade. Pour une fois qu'un journaliste ne prétend pas tout savoir !

1. À l'époque, le plus célèbre des restaurants « à poissons » du Vieux-Port.

Il se tourna vers le reporter :

— La difficulté sera de trouver le temps et le calme nécessaires. J'ai un emploi du temps de président du Conseil. En outre, il me faut monter à Paris pour un congrès de neurologie.

— Quand ça ? demanda Baruteau. Ça ne serait pas par hasard mercredi en huit ?

Fourcade ouvrit des yeux ronds :

— Ça alors ! Tu es voyant extra-lucide, toi ! J'y vais précisément ce jour-là !

— Pas possible ! s'écria à son tour le policier. J'y vais aussi !

Il regarda son neveu :

— Enfin, je devrais dire « nous y allons », avec Raoul et ma nièce.

— Pour quoi faire ? demanda machinalement le médecin.

— Non, toi d'abord.

— J'assiste à trois jours de rencontres entre neurologues à l'hôpital de La Salpêtrière.

— Et moi, dit Baruteau, avec les onze collègues qui m'ont aidé à remettre de l'ordre dans la pétaudière policière en la modernisant et en créant les brigades mobiles, je reçois, au Quai des Orfèvres, des mains d'Hennion, notre patron à tous, la médaille en cuivre galvanisé du « policier méritant », pour avoir accompli l'exploit de remettre les flics au travail. Raoul et sa femme m'accompagnent.

— Eh bien, alors ! s'exclama le médecin, puisque le Grand Manitou a organisé nos emplois du temps respectifs en les faisant coïncider, montons-y ensemble, à Paris ! Nous joindrons l'utile à l'agréable, et nous aurons tout le temps de causer du bon vieux temps – et du reste.

Eugène Baruteau ne se le fit pas dire deux fois.

Devant un reliquat d'assistance médusée, les deux vieux amis, qui avaient retrouvé une âme de collégiens, entonnèrent avec ensemble, mais dans une tonalité divergente, le duo fameux qui clôt le premier acte de *Manon*, de Jules Massenet :

Nous irons-zà-Paris, tous les deux,
Tous les deux,
Et nos cœurs-z'amoureux
L'un à l'autre enchaînés
Pour jamais réunis
N'y vivront que des jours bénis...

*
* *

Quand il fut seul avec son oncle, dans une pièce annexe du futur bureau du commissaire central, Raoul attaqua d'entrée :

— Je l'ai sans doute un peu cherché, mais j'ai comme l'impression que votre successeur à la Sûreté m'en veut. Il m'a évité comme la peste, ce soir. Et si ses yeux avaient été de calibre 12 chargés à chevrotines, j'aurais eu ma dose.

Baruteau avait spontanément repris une allure et un ton d'enquêteur de terrain :

— Mets-toi à la place de Grandjean. Tu es venu piétiner ses plates-bandes et mettre le je-m'en-foutisme de ses hommes en lumière, alors qu'il vient juste de prendre ses fonctions. C'est dur à avaler. Ils ont une lettre prétendument écrite par un type qui demande pardon à sa mère parce qu'il court se suicider, et ils ne s'étonnent pas plus que ça que le type en question ait posté sa lettre deux jours après être tombé dans le coma ! Il a fallu que tu t'en rendes compte à leur place, ces myopes ! Ensuite, ils n'ont pas cherché à savoir pourquoi la prétendue lettre d'adieu du jeune Champsaur avait été écrite sur une feuille à petits carreaux détachée d'un cahier. D'où provenait cette feuille ? Apparemment ça ne les tracassait pas plus que ça. Et où il est passé ce cahier ? Personne ne l'a revu. Il n'est plus dans les affaires du jeune homme. Tu voudrais qu'il te dise merci, Grandjean ? Pas étonnant qu'il soit vexé. Dès sa prise de fonction, il fait preuve d'une remarquable incompétence.

— En vérité, il se sent morveux, dit le reporter. Pas très *fair play,* comme on dit chez votre ami Edouard VII. Il faut en trouver un meilleur.

— Écoute, Raoul, j'ai beau être son supérieur rachitique, pour l'instant, je me suis contenté d'un bon coup de clairon. Ce n'est pas le moment de demander sa tête, tant qu'on n'a pas tout tiré au clair et recoupé les informations se rapportant à l'affaire. Je ne me vois pas repartir de zéro avec une nouvelle équipe. Casals piaffe. Et il a des relations. En plus de Clemenceau, je n'ai pas envie de voir un ponte de la faculté de médecine aller se plaindre de ma police en haut lieu. Les deux sur le dos, mes vertèbres lombaires ne tiendraient pas le coup.

En écoutant son oncle argumenter, le reporter songeait à cette clef retrouvée en sautant le mur de la *Villa aux Loups*. Manquerait plus qu'elle ouvrît le fameux cadenas, et qu'on puisse en déduire qu'une troisième personne était présente au moment où les détonations réveillaient en sursaut le cocher Brouquier. Ce coup-ci, le reporter se ferait un « ami pour la vie » du nouveau chef de la Sûreté marseillaise...

En attendant, Raoul Signoret résolut de garder pour lui cette perspective, au moins jusqu'à une prochaine visite à la *Villa aux Loups*, où il lui fallait la vérifier.

— Allez, fais pas cette tête ! dit Baruteau en prenant son neveu par l'épaule. Je te connais : avec tes calculs, tu finiras par lui boucher le canal de l'urètre, au professeur d'urologie.

La saillie fit rire le reporter :

— Vous êtes en pleine forme, mon oncle. Je n'y pensais plus, à ce dindon. Il parle toujours de suggestion sur un esprit affaibli par le deuil, pour justifier la présence de son épouse accompagnée du jeune Champsaur à la *Villa aux Loups* ?

— Toujours. Tu ne lui fais pas lâcher un os comme ça.

Le reporter demeura un instant pensif, avant de lâcher, comme à regret :

— Qui nous dit que ça n'a pas *aussi* joué un rôle ?

— Mais quand ? *Testard* ! Et pour quelle raison ?

— C'est ce qu'il nous faut établir, mon oncle. Il ne faut plus lâcher aucune piste. Y compris celle d'un hypnotiseur qui manipulerait tout ça en coulisses.

— Dans quel but ?

— *That is the question.*

— C'est Edouard VII qui a dit ça ? plaisanta Baruteau.

Il redevint brusquement sérieux :

— À propos d'hypnose, tu m'y fais penser. Les gens de la Sûreté m'ont remis le rapport consécutif à la petite visite faite dans la bibliothèque du jeune

Champsaur, dans l'appartement maternel du boulevard Notre-Dame.

— Alors ?

Le policier sortit de la poche de son veston un papier plié en deux sur lequel figurait une petite liste de titres d'ouvrages.

— Tu avais raison : ils y ont trouvé plusieurs titres se rapportant à des études sur l'hypnose. Nous les avons saisis à tout hasard. Je lis : *Hypnose scientifique*, par le Dr Crocq, *Hypnotisme et double conscience*, deux tomes, par le Dr Azam, *Hypnotisme et Stigmatisation*, d'un dénommé Imbert, enfin *L'Hypnose par l'image*, d'un certain Filiatre.

— Ah, vous voyez ! s'exclama le neveu. Vous y venez aussi !

— Doucement, ne nous emballons pas. L'hypnose, comme ces balivernes de tables tournantes et d'élucubrations occultistes, est un phénomène de mode, propre à notre époque déboussolée. Qu'un jeune homme un peu excité du bulbe ait trois ou quatre ouvrages traitant de la question n'en fait pas pour autant un manipulateur criminel.

— Mais ça pouvait l'y aider, objecta le reporter.

— Si tu veux. Mais tu sais, on a trouvé bien d'autres titres sur ses rayonnages. Notamment une sorte de journal exalté et confus, où le jeune Champsaur notait des états d'âme qui prouvent que nous avons affaire à un type qui aura vécu plus souvent dans les rêves et les chimères que dans la réalité du monde. Un intellectuel forcené. Idéaliste, certes, mais doté d'un mode de pensée pour le moins inquiétant. J'ai relevé une phrase – bien foutue, d'ailleurs – mais qui prouve que c'était – pardon, que *c'est* – un grand malade de la tête. Écoute ça : « Dieu créa le monde, et, le voyant si imparfait, donna à l'homme l'espérance. » Pas mal, hein ? On dirait une phrase de philosophe. Ou encore : « Les roses de notre esprit naissent du fumier de la vie. » Là, je n'ai pas tout compris, mais tu réalises que, s'il est touffu, nous avons affaire à un penseur de gros calibre. Alors, moi qui suis un être simple, je me dis que ce type, finalement désarmé devant les réalités de la vie, qui voit une femme jeune et belle lui tomber dans les bras, ça a pas dû rétablir son équilibre. Ce garçon est un névrosé *first class*. Mon ami Théo te l'aurait dit au premier coup d'œil. Avec ce genre de gazier, il faut s'attendre à tout.

— C'est bien mon avis, dit Raoul. Avec lui, tout peut arriver. C'est pourquoi il ne faut négliger aucune piste. J'y inclus la suggestion hypnotique, histoire de ne rien laisser de côté.

— Alors, nous voilà à peu près d'accord, dit Baruteau. Être malade de lectures à ce point, fanatique du papier noirci, n'abordant la vie que par l'intermédiaire des livres, ça ne doit pas arranger votre état nerveux, quand une femme débarque, dont vous tombez illico amoureux, avec les mêmes excès que vous mettez à rêver d'idéal absolu. Tu te souviens de ce que t'a dit son ami Chabert à propos des textes qu'il apprenait par cœur ? De ses poches bourrées d'extraits de poèmes ? Casals lui-même a dit aux enquêteurs de la Sûreté que Champsaur finissait par leur pomper l'air, à sa femme et à lui, avec ses citations. D'autant que, s'il était éclectique dans ses lectures, il se rattachait fortement à la littérature décadente, qui est aussi une marque de notre époque. Ses étagères sont farcies de tout ce qu'ont publié de plus noir les camarades Baudelaire et Verlaine, mais aussi Huysmans, Barbey d'Aurevilly, Jean Lorrain, Laforgue, Villiers de l'Isle Adam, Hoffmann, Walpole, Edgar Poe, Tristan Corbière, Papus[1] et Stanislas de Gaïta[2], j'en passe, et non de moindres joyeux drilles. On y trouve même les élucubrations du Sâr Péladan[3] ! Tout ça pour te suggérer de ne pas tirer trop vite de conclusions sur la présence, dans cette montagne de papier, de trois ouvrages traitant de l'hypnose. Il lisait tout ce qui lui tombait sous la main, ce type.

Après un long temps de silence, durant lequel chacun semblait réfléchir à de nouveaux arguments, le policier reprit la parole :

— À dire vrai, je crois peu à la séduction par le moyen de l'hypnotisme. Je ne nie pas la réalité du phénomène. Théo Fourcade t'en a, si je t'en crois, administré une sacrée preuve. Des scientifiques, refusant de la laisser aux seules mains des saltimbanques, lui ont redonné sa place dans leurs laboratoires et leurs services hospitaliers. Mais il me semble peu probable que la suggestion mentale exercée par une volonté forte sur un cerveau plus faible puisse s'exercer hors des cabinets médicaux, et se pratiquer dans la vie ordinaire comme le jeu de croquet ou le colin-maillard. Il m'étonnerait qu'il y ait des secrets nou-

1. Pseudonyme du Dr Gérard Encausse (1865-1916), occultiste fondateur de l'ordre martiniste, auquel adhéra un temps Maurice Barrès.

2. Poète et occultiste (1861-1897). Fondateur avec Péladan (qui fit dissidence) de l'ordre kabbalistique de la Rose-Croix.

3. Joseph-Aimé Péladan (1858-1918). Écrivain-occultiste qui s'était rebaptisé Sâr Médorack Joséphin Péladan, « pape » d'une « église » dont il était le seul membre. Ses démêlés avec l'ordre de la Rose-Croix firent les délices de la Belle Époque.

veaux pour séduire les femmes. Sinon, depuis des millénaires, des millions d'amants les auraient découverts avant les savants. La vraie hypnose, c'est l'amour, non ? C'est toi qui me l'as dit.

Raoul, résigné, approuva d'un signe de tête.

À son tour, le policier demeura silencieux. Il n'avait rien de plus à ajouter à cette argumentation fondée sur le bon sens.

Mais peut-être la vie – et surtout la mort – n'ont-elles que faire du bon sens ?

15.

Où l'on « monte à Paris » en wagon PLM de 1re classe, en compagnie d'un neurologue qui nous éclaire sur les mécanismes mystérieux du cerveau humain.

Sur le quai, debout devant le wagon de 1re classe de l'express du PLM, Raoul Signoret, un pli d'inquiétude barrant son front, guettait l'arrivée de son oncle.

Moins d'une minute avant le départ, suant, soufflant comme la locomotive 221PLM-C35 dont le mécanicien et le chauffeur faisaient monter la pression dans l'énorme chaudière, Eugène Baruteau apparut enfin, trottant derrière son porteur courbé par le poids de la valise juchée sur son épaule.

Le reporter se précipita vers le policier pour l'aider à hisser son quintal sur les deux hautes marches de la voiture.

Sur les fauteuils recouverts de velours grenat du compartiment 35, le docteur Théodore Fourcade, déjà installé, attendait le retardataire en feuilletant le numéro du jour du *Petit Provençal*. De son côté, Cécile, assise en face du médecin, poursuivait la lecture – adéquate – de *La Bête humaine,* d'Émile Zola, où le personnage principal, la Lison, est une locomotive, que Lantier aime plus qu'une femme.

— Rien de grave, mon oncle ? s'informa le reporter.

— Pour moi, non. Mais figure-toi que j'ai joué de malchance. *Primo,* le fiacre commandé la veille avait du retard et, comme j'ai houspillé le cocher, en voulant rattraper sa négligence, cette *favouille* est allée un peu trop vite, et au carrefour de la rue Saint-Savournin et du cours Devilliers[1], il a accroché un tombereau de la voirie qui ne lui avait rien fait. Je te laisse deviner la suite. Il m'a fallu arbitrer le pugilat qui débutait et annuler le premier round en gueulant plus fort que les deux combattants réunis. Je les ai menacés des geôles du château d'If à perpétuité si je ratais mon train. Il faut dire qu'une carte de commissaire central, ça aide à ramener le calme.

Après avoir embrassé sa nièce et salué chaleureusement son ami d'enfance, le policer s'échoua comme un éléphant de mer en sueur sur la banquette en face de Raoul.

Le coup de sifflet du chef de gare – auquel répondit celui de la 221PLM-C35, annonçant le départ imminent de l'express pour Paris – vrilla les tympans des voyageurs. Le mécanicien libéra la vapeur dans les quatre cylindres du monstre de métal noir. Pour vaincre l'inertie des cinquante-quatre tonnes de la locomotive, les bielles géantes exercèrent une telle poussée sur les roues motrices plus hautes qu'un homme debout, que celles-ci patinèrent sur quelques mètres, comme si la machine rugissait de plaisir à l'idée de

1. Aujourd'hui cours Franklin-Roosevelt.

partir avaler les huit cent soixante-trois kilomètres de voies ferrées qui l'attendaient.

La 221PLM-C35 lâcha ses premiers jets de vapeur et de fumée noire tel un signe d'adieu à sa gare de départ.

— Ouf ! J'ai bien cru que vous alliez partir sans moi, mes enfants ! soupira Baruteau. C'est plus de mon âge de me lever à cinq heures et demie du matin pour courir à la gare.

— Si tu veux aller voir les danseuses du Moulin Rouge, dit le docteur Fourcade, il faut t'en donner la peine. Car à moi, tu ne me la feras pas : la cérémonie au Quai des Orfèvres est un prétexte. C'est pour aller reluquer les cuisses blanches et les jarretières des danseuses du cancan que tu montes à Paris. La médaille de Clemenceau, tu t'en fous pas mal. Je me trompe ?

— Tu m'as démasqué ! répondit Baruteau, lançant son rire sonore. Pas un mot à Thérésou, elle est d'une jalousie féroce ! Aussi ! Quelle idée de fixer la cérémonie à neuf heures du matin ? Ils sont fous ces Parisiens ! Ça nous oblige à monter la veille. Et la note d'hôtel, ça sera pour ma pomme.

— De quelque manière qu'on s'y prenne, remarqua Cécile – qui venait d'achever le chapitre 7 de *La Bête humaine* au cours duquel la Lison est stoppée par la neige – quelle que soit l'heure de la remise de médailles, quand on doit faire le trajet Paris-Marseille, il faut partir la veille au matin, puisqu'on met quatorze heures[1].

— « Objection, Votre Honneur ! » comme on dit chez notre ami Edouard VII, lança le policier. S'ils

1. Il partait de Marseille-Saint-Charles à 5 h 55, et arrivait à Paris-Gare de Lyon à 19 h 55.

avaient fixé la cérémonie à deux heures de l'après-midi, je pouvais partir la veille au soir seulement, prendre un train de nuit, et me payer un bon roupillon en wagon-lit de l'Estaque à Villeneuve-Saint-Georges. J'arrivais frais comme une rose gare de Lyon. J'aurais été le plus remarqué des douze commissaires centraux décorés[1], par ma superbe et mon allant. D'autant que le train de nuit ne met qu'un peu plus de dix heures, en raison du nombre moindre d'arrêts.

— Tu te l'offriras après le déjeuner au wagon-restaurant, ton roupillon, intervint le docteur Fourcade. Du côté des monts du Beaujolais. Qu'est-ce que c'est, quatorze heures de voyage, quand les diligences de nos grands-pères mettaient trois jours pour faire Marseille-Lyon ! Et je te passe la poussière qu'ils devaient avaler.

— Je ne sais pas si les escarbilles constituent un progrès, bougonna Baruteau qui s'était levé du pied gauche.

Il n'avait pas plus tôt prononcé ces mots qu'il leva les bras au ciel en bondissant de son siège.

— Tous aux abris ! Fermez les écoutilles ! On va traverser le tunnel de la Nerthe[2] !

---

1. Rappelons que les brigades mobiles, voulues par Clemenceau et créées par Célestin Hennion (1862-1915), directeur de la Sûreté générale, concernaient douze villes de France. (Voir *L'Inconnu du Grand Hôtel*, tome 9 des « Nouveaux Mystères de Marseille ».)

2. Inauguré en 1848. Percé sous le massif de la Nerthe qui sépare le littoral nord de Marseille, à hauteur de l'Estaque, de la plaine de l'étang de Berre, il débouche près du village du Pas-des-Lanciers. Il était alors le plus long d'Europe, avec ses quatre mille six cent trente-huit mètres.

Raoul et son oncle se précipitèrent pour tirer sur les courroies de cuir qui permettaient de relever et fermer la fenêtre du compartiment. La nuit tomba d'un coup sur les voyageurs, trouée par les veilleuses placées au plafond et au-dessus de la porte d'accès coulissante. Elles permettaient aux passagers de voir à travers la vitre ce à quoi ils avaient échappé. Les volutes noires de la fumée, prisonnières des voûtes du tunnel, donnaient l'impression de vouloir engloutir le convoi en lui faisant traverser une succursale de l'enfer.

Au bout de l'angoissante et obscure trouée, la lumière du jour revint aussi brutalement qu'elle avait disparu, révélant la plaine entre Vitrolles et Marignane, et l'immense étendue d'eau scintillante de l'étang de Berre que le train longeait sous la clarté du soleil levant.

Eugène Baruteau regarda une à une les marques de réservation suspendues aux filets à bagages qui surmontaient les sièges. Il en compta quatre.

— Chouette ! J'ai l'impression que nous allons être seuls dans le compartiment. Personne d'autre ne semble avoir réservé. Six places rien que pour nous ! Et si, aux arrêts, des importuns se présentaient, prétendant nous envahir, je sors ma carte de commissaire central et je dis que le compartiment est réquisitionné.

— Et s'ils insistent encore, renchérit le docteur Fourcade, j'excipe de mon titre de médecin pour affirmer que vous avez tous les trois la fièvre aphteuse et que je vous conduis à l'école vétérinaire de Maisons-Alfort !

— Voilà l'avantage de voyager comme les riches ! plaisanta à son tour Raoul Signoret.

— Dans ma jeunesse, répliqua Baruteau, je me suis suffisamment brisé l'échine et le reste sur les banquettes en bois des troisièmes classes, pour avoir droit, l'âge et le mérite venus, à un peu de confort.

Le policier cala sa forte carcasse contre le coin fenêtre et sourit à ses trois compagnons de voyage.

— Si personne ne vient nous embêter, on va être comme à la maison et je vais pouvoir faire bisquer mon neveu préféré.

Il jeta un coup d'œil malicieux à Raoul.

— Alors, qu'est-ce qu'on m'a dit, l'autre jour, durant le pot à l'Évêché ? On joue les kleptomanes ? On prend prétexte d'une *interviouve* pour *escaner* des objets chez les gens et tenter de fuir en emportant leur chapeau ?

Raoul entra dans le jeu :

— Ce dont le plaignant ne s'est pas vanté, monsieur le juge, c'est d'avoir profité de mon état de faiblesse pour espérer me soutirer huit mille francs.

— En tout cas, il t'a bien eu, mon ami Théo, tu fais moins le mariolle !

— Ça ! Je reconnais n'y avoir vu que du bleu, répliqua le reporter avec sa loyauté habituelle. Si ça ne m'était pas personnellement arrivé, je n'y aurais jamais cru. Je peux témoigner n'avoir pas le moindre souvenir de ce que j'ai fait, dit, pensé, durant tout le temps où j'étais *ailleurs*. C'est assez terrifiant, quand on y songe. Voilà une... Comment doit-on dire ? Science ? Technique ? Manipulation ?

— Disons « technique scientifique destinée à provoquer une modification de l'état de conscience, grâce à un sommeil artificiel déclenché par la suggestion », proposa le docteur Fourcade.

Eugène Baruteau avait déjà fermé les yeux. Mais c'était pour mieux écouter.

— Tu n'as pas plus court ? demanda-t-il à son ami. Une pareille définition, mon neveu ne peut pas en faire un titre de journal !

— Appelons-la comme on voudra, reprit Raoul. Pour dire simplement, voilà donc une *chose* qui vous transforme en une sorte d'automate privé de volonté propre. Plus fort encore que le *perinde ac cadaver*[1] des jésuites. Vous devenez une créature entre les mains de celui qui vous manipule.

Le reporter fixa le médecin :

— Ça m'a donné à ruminer. Vous pensez bien que la question me travaille depuis le tour que vous m'avez joué au château Bertrandon, docteur. Aussi vais-je vous la poser, puisque nous sommes entre nous...

— Nous y voilà ! s'exclama Cécile qui, le nez dans son roman, ne perdait rien de l'échange. Je savais bien qu'il allait emporter du travail en vacances !

Elle prit à témoin son oncle, que les trois autres croyaient déjà endormi et qui venait d'ouvrir les deux yeux.

— Monsieur m'avait présenté ça comme un voyage d'agrément, une sorte de bon-cadeau de *La Samaritaine* aux clientes méritantes « Tu devrais nous accompagner à Paris, ma chérie, pour assister à la décoration de l'oncle Eugène, ça lui ferait plaisir et nous en profiterions pour goûter aux merveilles de la Ville Lumière ! C'est l'occasion rêvée. » Tu parles ! C'était un piège. Il commence par m'enfermer pen-

1. Littéralement : « obéir comme un cadavre ». Formule attribuée à Ignace de Loyola pour caractériser l'obéissance religieuse.

dant quatorze heures dans un lieu clos pour écouter une leçon particulière sur l'hypnose, ses pompes et ses œuvres, de l'abbé Faria à nos jours ! Et dire que, pour le suivre, j'ai abandonné mes enfants comme une mère indigne !

— Bien trop heureux d'être gâtés par leur grand-mère, répliqua Raoul. Tu vas voir qu'ils vont en profiter pour l'entraîner au cinématographe.

Le docteur Fourcade, peu familier des plaisanteries habituelles de la tribu, se demandait s'il fallait prendre ou non cette fausse scène de ménage au sérieux. Il fut rassuré quand Cécile Signoret lui demanda :

— Docteur, vous serait-il possible d'endormir cet individu durant les treize heures cinquante à venir, afin que je puisse lire en paix ?

C'était aussi une façon détournée de faire comprendre à son homme et au praticien qu'ils pouvaient profiter de l'occasion unique d'une période hors du temps et de ses sujétions permanentes pour faire le point sur une enquête dont les époux avaient eux-mêmes longuement débattu.

La jeune femme regarda Raoul avec un clin d'œil complice :

— Allez ! Pose-les, tes questions, sinon, tel que je te connais, tu vas me faire une grossesse nerveuse.

— Bien, dit le reporter en s'adressant au docteur Fourcade. Profitons de la mansuétude de la maîtresse et des bonnes dispositions du surveillant général qui ne va pas tarder à s'offrir son premier *pénéqué* de la journée pour revenir à ce qui me préoccupe. Je vous ai dit, lors de notre rencontre, que le professeur Casals soupçonnait fortement le jeune homme qui l'a fait cocu d'avoir suggestionné son épouse et, profitant de son somnambulisme naturel, d'avoir abusé d'elle avant de la tuer. La découverte par la police dans la bibliothèque du jeune homme de plusieurs ouvrages consacrés au somnambulisme apporte de l'eau au moulin de cette thèse. L'un d'eux, paraît-il, est un véritable manuel pratique, accompagné de photographies de patients montrant les façons de s'y prendre.

— Je vois, dit le docteur Fourcade, c'est probablement le livre de Filiatre, *L'Hypnotisme par l'image, enseignement facile et rapide*. Ce n'est pas avec un tel mode d'emploi qu'on devient un véritable hypnotiseur. L'ouvrage manque nettement de sérieux. Mais parfois, c'est vrai, ça peut donner des idées à certains...

Baruteau était comme le chat de la fable[1]. On le croyait somnolent, il n'en perdait pas une miette, toujours prêt à lancer la patte. Il ouvrit un œil et dit, avant de le refermer :

— Nous l'avons saisi. Grandjean me l'a montré hier. C'est plein de photographies détaillant les réactions des patients en état de sommeil somnambulique.

— Venons-en alors aux questions qui me taraudent, proposa Raoul Signoret. Est-il possible de pratiquer – comment appellerai-je ça ? – une suggestion *différée dans le temps* ? Je veux dire : peut-on suggérer un acte à une personne hypnotisée, en lui ordonnant de ne l'accomplir que plus tard, dans certaines circonstances ? Bref, existe-t-il une suggestion « à échéance » ? Si je puis dire.

Le docteur Fourcade leva les bras au ciel. Le reporter se méprit sur le sens de cette réaction :

1. La Fontaine, « Le chat, la belette et le petit lapin », *Fables*.

— J'ai dû dire des bêtises, sans doute...

— Pas du tout ! Votre question est très pertinente. Je crains seulement que quatorze heures de voyage soient insuffisantes à épuiser les réponses. Je vais donc m'efforcer d'être succinct en évitant les considérations subalternes, tout en restant clair pour le profane que vous êtes.

Le neurologue s'interrompit pour jeter un coup d'œil à son ami Eugène, dont les ronflements asynchrones du staccato des roues sur les rails accompagnaient la course du train vers Lyon et ne laissaient plus douter de la qualité de son sommeil naturel.

Il poursuivit à l'attention du reporter :

— Je vais vous donner un exemple personnel. Au château Bertrandon, je pratique depuis plusieurs années des séances d'hypnose régulières avec une des mes pensionnaires souffrant d'hystérie. C'est une femme d'un bon milieu, qui adore musique et littérature. Nous échangeons souvent sur nos goûts respectifs. Sans la prévenir, sous hypnose, je lui ai fait la suggestion suivante : « Dans dix jours, à cinq heures de l'après-midi, vous ouvrirez *La Chartreuse de Parme* à la page 32. » Je l'ai ensuite réveillée et nous avons parlé d'autre chose. Je n'ai, bien sûr, entre-temps, fait aucune allusion à cette suggestion. Je me suis contenté d'attendre. C'est elle-même qui, lors d'une consultation au lendemain de la date en question, alors que j'avais un entretien dans le cadre de son suivi psychologique habituel, m'a dit spontanément : « Hier, je ne sais pas ce qui m'a pris. J'étais à la bibliothèque, en train de lire un roman de Pierre Loti, je me suis brusquement interrompue pour aller prendre *La Chartreuse de Parme* sur un rayonnage, comme si je ne pouvais pas attendre une minute de plus. Le plus drôle, a-t-elle ajouté, c'est que je l'ai ouvert à une page au hasard, sans prendre le volume depuis le début. Et puis, je l'ai replacé et je suis retournée à Pierre Loti. »

La bouille ronde du médecin s'éclaira d'un sourire.

— Je n'ai pas posé de question au sujet de l'heure où s'était produit le phénomène, ni à propos du numéro de la page ouverte « au hasard », parce que je pensais savoir les réponses. On dirait que, sous hypnose, se révèle un mécanisme disposé dans l'inconscient – semblable à une sorte de mécanisme d'horlogerie mentale – pour produire à heure fixe un mouvement ordonné.

— Quelqu'un au courant de ces phénomènes pourrait donc s'en servir dans une intention perverse, suggéra le reporter.

Fourcade opina d'un signe de tête :

— Les exemples abondent, dans la littérature traitant de l'hypnose, de cette persuasion par la suggestion. Le fait que les vrais somnambules oublient tout au réveil fait de ces sujets aveugles des complices idéaux pour ces pervers calculateurs.

— Si je vous ai bien suivi, docteur, intervint Cécile Signoret qui avait abandonné Lantier et sa Lison coincés par la neige, le jeune Champsaur, en supposant qu'il fût familier des techniques propres à l'hypnose et de son sommeil provoqué, aurait très bien pu – à l'occasion d'un tête-à-tête – endormir sa maîtresse, lui suggérer de venir la rejoindre tel jour prochain, à telle heure, à tel endroit ? Et elle aurait obtempéré ?

— C'est exact. J'ajoute qu'au réveil, ladite maîtresse aurait provisoirement tout oublié de la suggestion – comme votre époux l'autre jour – puis, au jour et à l'heure suggérés sous hypnose, accompli l'ordre à exécuter, comme si une force irrésistible se réveillait en elle, par on ne sait quel mystérieux mécanisme.

Dans le regard du journaliste, l'incrédulité se lisait nettement mais après ce qui lui était advenu, il ne prit pas le risque d'émettre le moindre doute. Le docteur Fourcade n'était pourtant pas dupe :

— Je vous sens sceptique...

— Moi ? Pas du tout, mentit Raoul Signoret.

— D'ailleurs, si le sujet vous intéresse, reprit le médecin, et que vous vouliez le creuser, je vous conseille de lire notamment *Hypnose et somnambulisme provoqué*, de mon maître Henri Beaunis. Lisez aussi l'ouvrage de Bernheim, *La Suggestion dans l'état hypnotique*. Vous y trouverez des dizaines d'exemples de ce type de suggestions se réalisant à l'heure dite. Je pense me souvenir que le record établi est de cent soixante-douze jours d'intervalle !

— Beaunis, dites-vous ? s'étonna Raoul Signoret. Je vous croyais disciple de Charcot ?

— Oh, pas du tout ! s'écria Théodore Fourcade.

— Je crois que j'ai encore gaffé, dit le reporter, penaud.

— Non plus, mais on ne saurait vous en vouloir. Entendons-nous bien : je tire mon chapeau à Jean-Martin Charcot, ce fut un génie. Il a ouvert la voie, on lui doit des études majeures et des découvertes magistrales. Ses leçons publiques du mardi où il hypnotisait à tour de bras devant un parterre de célébrités venues de l'Europe entière[1] tenait plus du

1. Voir le tableau de André Brouillet *Une Leçon à la Salpêtrière*, où l'on voit Charcot et la célèbre Blanche Wittmann, sur-

music-hall scientifique que de l'expérience sereine de laboratoire, mais ne jetons pas la pierre à ce grand savant. Les grands hommes ont tous une faiblesse. Le plus beau mérite de Charcot aura été de réhabiliter l'hypnose au rang de sujet d'étude scientifique, malgré l'opposition des trissotins de l'Académie de médecine. Mais il a eu tort de ne la considérer que comme un état pathologique propre aux seuls hystériques.

Le médecin regarda le journaliste avec un éclair de malice dans l'œil :

— Vous n'êtes pas hystérique, n'est-ce pas ?

— Euh, je ne...

— Et pourtant, vous êtes sensible aux effets de l'hypnose. Donc, je préfère les théories des animateurs de l'école dite de Nancy, autour des travaux des docteurs Ambroise Liébault et Henri Beaunis, du professeur Hippolyte Bernheim et du juriste Jules Liégeois. On l'appelle aussi école de la suggestion, car elle est partisane d'une hypnose autoritaire, fondée sur des suggestions directes. Le fameux « Dormez, je le veux ! », des magnétiseurs de cafés-concerts. Pour faire simple : Bernheim pense que l'hypnose est un sommeil produit par la suggestion. Celle-ci fait accepter par le cerveau du patient une idée conçue par le manipulateur. Le sommeil hypnotique n'est donc pas un état pathologique, comme l'affirmait Charcot. Et avec un peu de savoir-faire, on peut hypnotiser n'importe qui. Inutile de vous dire qu'École de la Salpêtrière et École de Nancy s'excommunient mutuellement, les premiers reprochant aux seconds de vouloir

---

nommée « la reine des hystériques ». Freud est venu participer à ces leçons publiques.

déboulonner la statue du Commandeur. N'entrons pas dans ces querelles byzantines. Elles ne concernent que les spécialistes.

— Ce qui m'a trompé, dit Raoul, c'est de vous voir aller assister à un congrès de neuropsychologie à La Salpêtrière.

— Ah, mais c'est parce qu'il n'est bon bec que de Paris, mon cher ! C'est là que tout se passe. Bien que les travaux des Nancéens prouvent qu'on n'est pas plus manchot en Lorraine que sur les bords de Seine. Cela dit, je respecte mes collègues parisiens parmi lesquels j'ai de bons amis. Mais vous, amateur par profession de mystères et de phénomènes étranges, devriez être plutôt du côté de Nancy, où les médecins ont su faire appel aux compétences du juriste Jules Liégeois. Celui-ci a beaucoup travaillé sur les suggestions criminelles. Saviez-vous qu'il est parvenu, en leur fournissant des armes inoffensives comme des poignards en carton, à suggérer à des sujets hypnotisés de commettre des simulacres de meurtres ? On ne le crie pas trop sur les toits... D'autant qu'on n'est jamais sûr de ce qui reste dans le cerveau de celui ou celle à qui on a suggéré l'idée de commettre un crime expérimental. M. Pasteur se gardait bien de lâcher dans les rues les chiens enragés de son laboratoire. Ces suggestions-là ne doivent pas être faites à la légère ! Car ça pourrait donner des idées à certains...

— Et surtout à leurs avocats, suggéra Cécile.

— Liégeois, poursuivit le docteur Fourcade, assure donc qu'il est possible d'amener des personnes à commettre des crimes sous hypnose.

— L'ennui, objecta Raoul, est que dans l'affaire qui me préoccupe, ce n'est pas l'hypnotisée qui serait la criminelle, mais plutôt l'hypnotiseur...

Le médecin resta un instant silencieux avant de répliquer :

— Qu'en savez-vous ?

— Comment ça, ce que j'en sais ?

— Si je n'ai pas sauté un épisode de votre enquête, la police soupçonnerait le jeune Champsaur d'avoir hypnotisé la femme du professeur Casals, afin d'abuser d'elle avant de la supprimer.

— C'est du moins la version du mari, précisa Raoul. La police l'a faite sienne. Et j'ai bien peur d'avoir à l'adopter à mon tour.

— Je ne sais pas si vous avez raison, dit Fourcade.

Le reporter fut cueilli à froid.

— Expliquez-vous, je vous prie.

— Qui vous dit qu'il n'a pas été hypnotisé lui-même, ce jeune homme ? Que quelqu'un ne l'a pas suggestionné pour qu'il tue Mme Casals ?

— Vous voudriez suggérer que Marguerite Casals aurait pu avoir été hypnotisée pour attirer le jeune homme dans la *Villa aux Loups*, et Henri Champsaur, hypnotisé pour la tuer ?

— Théoriquement, ça n'est pas impossible.

Le reporter était comme assommé.

Cécile, qui avait refermé *La Bête humaine* après avoir marqué la page, intervint :

— Docteur, ne croyez-vous pas qu'il avait assez d'un hypnotisé sur le dos ?

Le visage replet du docteur Théodore Fourcade se fendit d'un large sourire.

— Allez, je vous taquine... J'ai lancé une hypothèse un peu farfelue, je le confesse. Mais en théorie, je le répète, il ne serait pas impossible, grâce à la suggestion hypnotique, de « fabriquer » à la fois l'assassin et sa victime.

Cécile intervint :

— Au fond, la suggestion domine toute l'histoire de l'humanité. Le serpent suggère à Ève de croquer la pomme en dépit de l'interdiction divine, et elle finit non seulement par céder, mais par suggestionner à son tour son compagnon.

— Bien dit, chère madame ! s'exclama le docteur Fourcade. Je m'en servirai lors de mes conférences.

À cet instant, Eugène Baruteau, qui, depuis un moment déjà, ne jouait plus sa partie de basse dans la partition percussive du wagon sur les rails, émergea de son somme et s'ébroua comme un phoque sortant de l'eau. Il consulta sa montre.

— Midi passé ! Vous ne pensez pas qu'il serait l'heure de se diriger vers le wagon-restaurant ?

Théodore Fourcade, Cécile et Raoul éclatèrent de rire. Le reporter prit les deux autres à témoin :

— Je suis certain qu'avant de s'endormir, il s'était programmé par suggestion pour se réveiller à l'heure pile du déjeuner !

16.

Où l'on découvre à Paris, dans une librairie spécialisée, un étrange objet que l'on a déjà vu à Marseille. Mais où ?

La cérémonie de remise de décoration au Quai des Orfèvres avait été aussi redoutable qu'Eugène Baruteau le pressentait. Avec les onze autres commissaires centraux des villes concernées[1] par la réforme en profondeur des méthodes et moyens d'investigation de la police – la création des brigades mobiles de police judiciaire, qu'on n'appelait plus que les « Brigades du Tigre » –, il avait dû subir debout, dans une position proche du garde-à-vous, l'interminable discours autosatisfait du directeur de la Sûreté générale. Célestin Hennion n'entendait pas laisser au seul Clemenceau le titre honorifique de « père de la police française moderne ». Pour être juste, il en avait été l'instigateur, mais qui s'était appuyé la corvée ? Baruteau et ses onze collègues, qui étaient « allés au charbon » sur le

1. Paris, Marseille, Lyon, Bordeaux, Toulouse, Nancy, Rennes, Lille, Dijon, Châlons-sur-Marne, Tours, Limoges.

terrain. Cela valait bien la médaille promise et, détail non négligeable, la prime exceptionnelle de cinq cents francs-or, prise sur la cassette occulte du ministère de l'Intérieur.

Le récipiendaire marseillais s'était aussitôt promis d'en consacrer le montant, jusqu'au dernier centime, à un déjeuner chez *Maxim's*, auquel Raoul et Cécile étaient conviés pour le jour même.

Ensuite, le programme de l'après-midi et de la soirée voyait le trio diverger dans ses choix. Baruteau, après une sieste réparatrice à l'hôtel de la Tesse, 17, rue Jacob, où tous trois étaient descendus, devait retrouver pour une réunion « à col déboutonné » quelques-uns de ses collègues, connus au temps de l'école de police et retrouvés pour l'occasion. Le programme de cette « réunion de travail » officieuse avait été gardé secret par le policier. Raoul et Cécile avaient joué la discrétion, tout en songeant que les occasions de se distraire à toute heure du jour ne manquaient pas à Paris... Il ne paraissait pas indispensable d'en informer Tante Thérésou.

La soirée du commissaire médaillé serait consacrée à *Cyrano de Bergerac*, au théâtre de la Porte-Saint-Martin, où Coquelin reprenait triomphalement le rôle qu'il avait créé dix ans plus tôt dans cette même salle. On y jouait à guichets fermés dès que l'œuvre était remise à l'affiche. « Une rente viagère, cette pièce », disait Coquelin fils, directeur en titre du théâtre de son père, en délicatesse avec la Comédie-Française. « Dès que les recettes baissent, il suffit de programmer *Cyrano*, et on refuse du monde tous les soirs. »

Grâce aux relations de deux de ses collègues parisiens, les commissaires centraux Del Pappas et Gouiran, des places s'étaient miraculeusement libérées pour le soir même.

— Je l'avais loupé à Marseille, quand il est venu jouer au Gymnase, je ne vais pas le manquer cette fois, s'était juré le policier. On ne sait jamais. Il n'est plus très jeune, le père Coquelin[1], et je ne voudrais pas faire partie de ceux qui ne l'auront jamais vu et entendu dans ce rôle qui marque le sommet de son art.

De leur côté, Cécile et Raoul s'étaient promis, après un tour au Louvre pour voir *La Joconde* « en vrai », de profiter du beau temps pour flâner dans Paris. Raoul voulait à l'occasion passer à la Librairie de l'Art indépendant, fort pourvue en ouvrages hors du commun, traitant aussi bien d'occultisme et de théosophie que de musique ou de poésie. Le journaliste pensait pouvoir y trouver les ouvrages sur l'hypnose recommandés par le docteur Fourcade.

La soirée s'achèverait, pour le couple – pour la première fois depuis des années « en amoureux » –, au *Caf'Conç des Ambassadeurs*, où Yvette Guilbert, longtemps éloignée de la scène par la maladie, faisait un retour pour quelques concerts, en reprenant le répertoire « osé » qui avait fait son succès au temps du *Divan japonais*. Elle y demeurait inégalable.

En attendant, il fallait subir le panégyrique des mérites du patron des flics français (après Clemenceau !). Célestin Hennion n'avait laissé à personne d'autre que lui-même le soin de le prononcer. On y découvrait l'histoire émouvante d'un simple inspec-

1. Soixante-sept ans en 1908. Il mourra l'année suivante.

teur de deuxième classe à la brigade des chemins de fer, gravissant par ses seules vertus les échelons qui, en vingt années d'un travail acharné, l'avaient conduit au sommet[1]. Il ne fit grâce à ses auditeurs d'aucun de ses succès dans la lutte contre les anarchistes et les boulangistes, la façon magistrale dont il avait déjoué l'attentat contre la tsarine Alexandra et Alphonse XIII d'Espagne, ainsi que la tentative de coup d'État de Paul Déroulède.

*
* *

— Ouf ! Mes pauvres reins ! Ils sont en compote, soupira Eugène Baruteau en sortant du 36, quai des Orfèvres. Deux heures debout, ça n'est plus de mon âge. J'ai cru qu'Hennion avait en poche les billets d'écrou pour nous garder dans les geôles de la Grande Maison. Elle est pas belle, la police française, dans la bouche de ses chefs ?

— Les flics de Chicago pourraient en prendre de la graine, chef, répondit Raoul.

Le trio familial entama une promenade le long des quais de la Seine, en direction du Champ-de-Mars, attiré par les éventaires des bouquinistes. En cette fin de matinée, la température avoisinait les 28 degrés, ce qui n'était pas fait pour dépayser trois Méridionaux en goguette.

1. Pas tout à fait : en 1913, il succédera au fameux Louis Lépine avec rang de préfet. À ce poste, il créera les trois ordres de police : judiciaire, renseignement, forces de l'ordre.

— Je ne savais pas qu'ils avaient parfois du beau temps, ici aussi, blagua le policier.

— Je crois savoir que, début juillet, ils ont droit à deux ou trois jours de soleil, répliqua Raoul. On tombe bien.

À l'horizon se profilait la haute silhouette de la tour Eiffel, dont la petite tête emmanchée d'un long cou se détachait par-dessus les toits des immeubles bordant les quais.

Les touristes d'un jour décidèrent de s'offrir une montée en ascenseur dans celle que Huysmans, farouche contempteur du monument, avait cruellement qualifiée de « suppositoire percé de trous », comparant sa couleur « à du jus froid de viande ». Ils firent halte au second étage, l'altitude idéale[1], d'après l'article lu dans *Le Petit Journal*, pour voir tout Paris d'en haut sans en perdre une miette.

— Impressionnant, il faut le reconnaître, dit Raoul Signoret, tandis que Cécile, surmontant son vertige, « s'en mettait plein les yeux ». Ne le dites à personne du côté du Lacydon, mon oncle, mais c'est tout de même autre chose que notre pont à Transbordeur et ses malheureux quatre-vingt-quatre mètres.

Eugène Baruteau, dont la mauvaise foi était l'un des charmes, ne s'avoua pas battu :

— Pour la hauteur, je ne dis pas. Mais notre pont à nous est beaucoup plus large. Et de loin ! En outre, je te ferais remarquer que M. Eiffel, qui vante l'audace de sa construction, a mis les quatre pieds de

1. Cent quinze mètres. Hauteur optimale. « Le premier étage n'offre qu'une vue partielle de la capitale, le troisième une perspective trop lointaine où les détails se perdent », selon les guides de l'époque.

sa tour sur le même quai ! Alors que le pont de l'ingénieur Arnodin *enjambe* notre Vieux-Port ! Eiffel n'a pas osé faire la même chose sur la Seine !

— Dieu garde ! s'écria Raoul. Noé Greb aurait été capable de plonger depuis le troisième étage !

Les autres visiteurs de la tour – probablement des indigènes – observaient avec des mines d'ethnologues cette étrange tribu exotique à l'accent chantant, s'interrogeant avec une curiosité inquiète sur les raisons d'une si soudaine hilarité. Ils cherchaient – mais en vain – dans le paysage urbain qui s'étendait sous leurs yeux ce qui pouvait bien leur avoir échappé.

*
* *

Le déjeuner chez *Maxim's* fut parfait. L'intégralité de la prime y passa. Il fallut même que le reporter y allât d'une petite rallonge personnelle, son oncle, dans l'euphorie du moment, ayant eu l'imprudence de commander une bouteille de champagne avec le dessert. Au goût du policier, le cuissot de chevreuil sauce grand-veneur, malgré sa pompe, ne valait pas la cuisine simple et savoureuse de Thérésou, mais Eugène Baruteau avait décidé d'être heureux. Il le fut, entouré de deux êtres qu'il chérissait tendrement et qu'il pouvait gâter sans (trop) compter. Son seul regret fut d'avoir déjeuné comme s'il était placé en garde-à-vue, sous l'œil soupçonneux d'un maître d'hôtel en embuscade derrière son épaule, qui semblait craindre que ce client à la voix sonore emportât les couverts d'argent ou le sucrier en cristal monté sur pied d'étain au moment de régler sa note.

La suite du programme vit le trio se scinder comme prévu. Le policier partit vers une sieste qu'il s'abstint de qualifier, avant de rejoindre ses compagnons de jeunesse et de finir en beauté avec la « tirade des nez » qu'il se récitait *in petto* en même temps que, sur scène, Coquelin la trompetait.

De son côté, le couple, qui avait trouvé la Joconde « un peu pâlotte », ne la connaissant jusqu'ici que par les gravures sépia des journaux illustrés, prenait ensuite le chemin de la Chaussée d'Antin, où Raoul savait pouvoir dénicher les ouvrages qui lui dévoileraient les mécanismes mystérieux mis en mouvement par l'hypnotisme.

— Fourcade affirme, expliquait Raoul à Cécile, que l'hypnose modifie la mémoire mais n'affecte pas la capacité de raisonner. Tu perds la boule, mais tu continues à savoir qui tu es, ce que tu fais dans la vie. Je n'arrive pas à admettre qu'une personne soit à la fois « ni tout à fait la même, ni tout à fait une autre », comme dit si bien Verlaine. Je l'admets de la part d'un poète, mais j'ai des difficultés à l'avaler si c'est un savant qui me tend la bouchée !

— Tu crois que Paul se faisait hypnotiser par Arthur ? demanda Cécile avec malice.

— À moins du contraire, suggéra le reporter. Car pour avoir envie de coucher avec Verlaine…

Raoul demeurait troublé par l'assurance du professeur Casals affirmant *mordicus* que sa femme était « sous influence ». Avait-il tout à fait tort ? Qui sait si la malheureuse n'avait pas été manipulée de bout en bout dans cette sombre affaire ? « On peut jouer d'une âme, comme on joue d'un instrument », avait affirmé le docteur Fourcade.

Le couple arrivait à cet instant devant l'entrée de la Librairie de l'Art indépendant. Son fondateur, Edmond Bailly, en avait fait un des hauts lieux du symbolisme littéraire, attirant d'authentiques créateurs, mais aussi les tenants de toutes les théories fumeuses qui occupaient les conversations mondaines dans les salons où l'on se piquait d'occultisme, de théosophie, de nécromancie. D'habiles charlatans au regard inspiré faisaient frissonner les belles épaules découvertes des dames en robes longues et ricaner sous cape les messieurs en habit, en évoquant les *périsprits*, les dialogues avec l'au-delà par le moyen de tables parlantes[1] et la réincarnation.

Le local de la librairie était à l'image de son fondateur, aussi dénué d'aptitudes commerciales que doté de rares acuités intellectuelles. On croisait dans ce local proche de la Concorde de jeunes auteurs ambitieux et de grandes plumes confirmées. La largesse de vues de Bailly et sa curiosité pour toutes les formes nouvelles de l'art avaient attiré dans sa boutique capharnaüm – qui était aussi maison d'édition – aussi bien Stéphane Mallarmé qu'Odilon Redon, Pierre Louÿs, Villiers de l'Isle Adam, Félicien Rops ou Toulouse-Lautrec, et même la cantatrice Emma Calvé, férue d'occultisme. Bailly avait été l'éditeur de la première œuvre notoire du jeune Debussy, de retour de Rome : *La Damoiselle élue*. Ce qui lui avait valu d'entendre naître, entouré d'un cercle privilégié, sur le piano installé dans l'arrière-salle de la librairie et sous les doigts mêmes du compositeur, ce qui allait

1. C'était alors le terme usité, plutôt que celui de « tables tournantes ». (Voir *Le Spectre de la rue Saint-Jacques*, tome 5 des « Nouveaux Mystères de Marseille ».)

devenir le premier opéra français du XXe siècle : *Pelléas et Mélisande*.

La boutique se présentait comme une sorte de bazar littéraire où l'on pouvait acheter livres et partitions, mais aussi objets, dont l'usage était souvent aussi mystérieux que la provenance. Le catalogue maison comptait, au milieu d'inconnus, les noms confirmés ou prometteurs d'Henri de Régnier, André Gide, Paul Claudel, Paul Fort, Oscar Wilde, André Suarès, mais aussi un rayon fort garni d'ouvrages sur le bouddhisme, le yoga, les doctrines occultistes, la magie noire ou blanche, la traduction française du *bagavad-gîta*, la collection complète des ouvrages théosophiques d'Helena Blavatsky, grande prêtresse de sa « doctrine secrète, synthèse de la science, de la religion et de la philosophie ». La pléthorique production de Jules Bois, venu de Marseille pour prendre salons et journaux parisiens d'assaut, voisinait avec celle de son pire ennemi, le docteur Encausse, dit Papus.

Bois était l'amant du moment d'Emma Calvé, qui, à l'image de Carmen qu'elle incarnait si bien, en changeait souvent. Il avait écrit *Les Noces de Sathan*, dont le *h* vous posait le sataniste d'élite.

Cécile et Raoul firent halte devant la table où était présenté, sans ordre apparent, tout ce qui avait été publié en France à propos de l'hypnose et des hypnotiseurs. Plusieurs titres étaient déjà familiers au journaliste. Il avait déjà en main ceux des docteurs Beaunis, Crocq et Gilles de la Tourette, délaissant *Hypnotisme et Stigmatisation*, du très catholique docteur Imbert, moins scientifique que mystico-religieux, quand il tomba en arrêt devant l'ouvrage *L'Hypno-*

tisme par l'image, déconseillé par Théodore Fourcade car il tenait plutôt du manuel du bricoleur.

Ce n'est pas la couverture grisâtre et peu avenante de ce petit livre qui avait changé le reporter en statue de sel, mais un étrange objet, posé sur un présentoir de bois qui le maintenait à la verticale, à côté du volume. La *chose* était accompagnée d'un prospectus destiné à sa réclame. Il s'agissait d'une boule de verre, haute d'une vingtaine de centimètres, surmontée d'une sorte de capsule de métal doré, dotée d'un couvercle et pourvue d'un « pied » de forme ronde, lui aussi en verre. Il devait permettre de saisir l'objet en le tenant à la manière d'un bilboquet. À l'intérieur de la boule, on voyait pendre une courte chaînette de métal doré à laquelle était suspendu un morceau de cristal de roche taillé à facettes, au centre de la boule de verre.

Raoul Signoret se saisit du prospectus où figurait un croquis de l'objet et lut à mi-voix :

Boule hypnotique Fournier
Pour toute commande, adresser lettres et mandats
à la librairie A. Filiatre
Villa Bellevue – Cosnes-sur-L'œil (Allier)
Expédiée franco par envoi recommandé pour la France
et tous les pays
contre 5 francs en un mandat-poste.

— Qu'as-tu vu pour faire cette tête d'illuminé ? plaisanta Cécile en voyant son homme sidéré. C'est l'ambiance de la librairie qui te *dévarie* ?

Le reporter parcourait l'argumentation du prospectus, et en était si absorbé qu'il n'avait pas entendu la question de son épouse.

J'ai chargé M. Fournier, fabricant d'instruments de précision, de construire et de mettre en vente, par l'intermédiaire de la Librairie A. Filiatre, un appareil utile à l'hypnotiseur, pour obtenir sans fatigue le sommeil hypnotique sur les sujets difficiles.

Je la recommande à toutes les personnes s'occupant d'hypnotisme et particulièrement aux débutants. Elle remplace avec avantage la fixation des yeux de l'hypnotiseur. De plus, elle repose l'opérateur puisqu'elle peut remplacer le regard dans toutes les expériences où celui-ci est employé.

En tournant la capsule métallique placée à l'extrémité supérieure de la boule, il se dégage immédiatement des vapeurs de chloroforme ou d'éther, ce qui permet d'employer pratiquement, et même à l'insu du sujet, la méthode infaillible d'hypnotisation préconisée, par le docteur Liébengen. L'emploi de la boule hypnotique développe merveilleusement la suggestibilité des sujets. En résumé, l'hypnotiseur qui veut hypnotiser infailliblement et instantanément le sujet sur lequel il opère, le débutant qui aspire à augmenter ses chances de réussite, tout en s'évitant beaucoup de fatigue, ne peuvent se passer de cet appareil de poche, résumant à lui seul tous les objets mécaniques usités[1].

Jean Filiatre, auteur de L'enseignement rapide et facile de l'Hypnotisme par l'image
(Fischbacher, éditeur Paris)

1. Ce texte est authentique, ainsi que l'appareil décrit. Nous en avons conservé (en l'élaguant) l'inimitable formulation.

— Alors, Bernadette Soubirous ? La Vierge te serait-elle apparue ?

Raoul Signoret dégringola sur terre.

— Hein ? Quoi ? Non ! Pas que je sache. Cependant…

Il montra à Cécile la boule où brillait doucement le petit cristal, sous la lumière des becs de gaz fixés aux murs de la librairie.

— … j'ai déjà vu ce truc-là quelque part, je ne suis pas fichu de me rappeler où… Je crois que j'ai avalé trop d'ouvrages sur l'hypnotisme ces temps-ci. Je finis par me suggestionner.

Il prit la boule en main et la fit tourner dans la lumière.

— Cinq francs. Je peux encore me payer ça, malgré la ponction faite par le sommelier de chez *Maxim's*.

Cécile fit les yeux ronds.

— Sans rire ! Tu vas commander cette cochonnerie ? Si c'est pour m'offrir le bouchon de carafe qui est à l'intérieur en le faisant passer pour un diamant, je te trouve mesquin. Allons plutôt 26, place Vendôme, chez Boucheron, c'est encore ouvert et à deux pas des Ambassadeurs. Je mettrai celui que tu m'offriras à mon cou pour aller entendre Yvette Guilbert.

À l'air préoccupé qu'arborait son homme, Cécile comprit que sa plaisanterie avait fait long feu.

— Nom d'une pipe ! Où ai-je bien pu voir ce machin-là ? C'est donc bête de ne pas m'en souvenir ! Ça va me gâcher la soirée, si je ne trouve pas !

Le reporter empocha le prospectus de réclame, où figurait un dessin de la boule hypnotique. Il lui rendrait peut-être la mémoire, à force de le contempler pour en relire l'argumentaire. À moins qu'il ne s'hypnotise lui-même...

*

* *

La salle du *Caf'Conç des Ambassadeurs* était pleine à ne pas pouvoir y glisser un spectateur de plus, fût-il Valentin le Désossé[1].

Il y faisait une chaleur d'étuve. Dames et messieurs s'éventaient avec les moyens du bord. Qui avec son canotier, qui avec son éventail de soie ou d'écaille.

Devant le rideau baissé, le pianiste attaqua la ritournelle écrite par Xanrof pour *Le Fiacre*, l'un de ses plus grands succès, puis la toile monta d'un coup et elle fut là, comme une apparition, droite et muette, inclinant simplement la tête avec son célèbre sourire moqueur, parcourant les rangées de spectateurs de ses yeux sombres et vifs à la fois. Sans plus attendre elle annonça d'entrée :

— Sur des paroles et une musique de Maurice de Lihus, *Partie carrée* !

Un long gloussement parcourut les rangées de fauteuils de velours rouge. Et de sa voix au timbre étrange et vinaigré, servie par l'impeccable diction qui faisait son originalité et son succès, elle raconta avec mimiques, coups d'œil et déhanchements inimitables, les aventures de deux couples inséparables, les Boudin et les Bouton, qui finissaient par mélanger leurs progénitures à la façon dont le précisait la fin de l'histoire :

---

1. Célèbre danseur et contorsionniste (1843-1907).

... Naturellement monsieur Boudin
Faisait d'l'œil à madame Bouton
Mais naturellement monsieur Bouton
Faisait d'l'œil à madame Boudin

De sorte que madame Bouton
Faisait avec monsieur Boudin
Juste ce que madame Boudin
Faisait avec monsieur Bouton

C'est ainsi que madame Bouton
Mit au monde un petit Boudin !
C'est ainsi que madame Boudin
Mit au monde un petit Bouton !
Voilà !

La chanteuse avait remis la tenue de ses débuts au temps du *Divan japonais* et de *La Scala*. C'était la première fois que Cécile et Raoul contemplaient Yvette Guilbert en vrai et *en couleurs*. Jusqu'à ce jour, ils ne l'avaient vue qu'en noir et blanc sur les reproductions des affiches géniales de Lautrec – qui avaient tant fait pour la renommée de la *diseuse*.

Tout en s'amusant des sous-entendus et jeux de mots de cette chanson « polissonne » – dont l'humour allusif tranchait sur celui si épais de *Viens, Poupoule !* ou *La Vigne aux moineaux*, braillés par Mayol ou Dranem – Raoul détaillait la fameuse robe verte, les longs gants noirs et la chevelure de feu de la divette.

Et tout à coup ce fut comme si une décharge électrique lui fouaillait les reins. La tignasse flamboyante d'Yvette Guilbert venait de lui rendre la mémoire.

Nella Barone avait dit au reporter n'avoir jamais vu de cheveux d'une couleur aussi rutilante que ceux de *Mademoiselle Jeanne.* Jeanne Tardieu, gouvernante de la famille Casals. Le couple assurait que cette jeune femme devait être la seule à en posséder de pareils. Eh bien, c'était faux ! Il en existait d'autres. Cette tignasse ornait la tête d'Yvette Guilbert, qui venait d'attaquer *Madame Arthur* sous un tonnerre de bravos.

Cette comparaison le ramena brutalement à son enquête sur le drame de la *Villa aux Loups*.

Raoul se pencha vers Cécile et lui glissa, haletant :

— La boule…

— Eh bien ?

— Je sais à présent où je l'ai vue !

— Où ça ?

Raoul se pencha un peu plus et lui chuchota un nom.

Cécile prit l'air d'une somnambule qu'on vient de tirer trop brutalement de son sommeil hypnotique. Apparemment, elle était aussi surprise par ce qu'elle venait d'apprendre que son homme, quelques jours auparavant, se réveillant face au magnolia du docteur Fourcade…

17.

Où l'on va à Barbentane à la saison des figues pour en rapporter des lettres, qui pourraient bien donner une tout autre direction à l'enquête.

Raoul Signoret n'avait jamais vu autant de figuiers à la fois. Ils s'étendaient à perte de vue entre le massif de la Montagnette, sur lequel s'appuyait le village de Barbentane, et le lit de la Durance qui courait, plus bas dans la plaine, célébrer ses épousailles avec le grand Rhône dont on apercevait, du côté du couchant, le large serpent étincelant sous la lumière implacable de l'après-midi.

Ce n'est pourtant pas le spectacle de ces milliers d'arbres alignés comme des grenadiers à la parade, dont les feuillages sombres couvraient en parasols la terre des vergers alternant avec ceux portant pêchers, poiriers, pommiers, qui étonnait le plus le reporter du *Petit Provençal,* mais le bourdonnement immense de centaines de milliers d'abeilles venues se gaver des sucs que la chaleur ambiante faisait exsuder des « noires » et des « rouges » de Barbentane, ces figues sans rivales qui ne poussaient qu'ici. Richesse et réputation de ce terroir, elles portaient le nom de leur fief à l'égal du marquis de Puget ou du baron de Chabert, dont les lignées étaient enracinées comme les arbres dans ce coin de Provence. Grâce au PLM, on les trouvait, paraît-il, jusque sur les marchés parisiens.

Malgré leur intérêt, Raoul Signoret avait dû délaisser les atouts patrimoniaux de ce superbe village, vestiges d'un passé glorieux, pour filer droit, à peine arrivé en gare, vers son lieu de rendez-vous avec Paul Chabert. Il avait longé les files de wagons de marchandises que des norias de charrettes chargées de cageots gorgés de parfums fruitiers amenaient en gare. Des manutentionnaires les embarquaient pour les expédier aux quatre coins de France. Il avait à peine jeté un œil sur les remparts médiévaux et le clocher pointu de l'église romane, mais s'était promis de revenir un jour vérifier si le château Grand Siècle, toujours habité par la famille de Puget de Barbentane, méritait son qualificatif de « Petit Trianon du soleil ».

Paul Chabert, prévenu de l'arrivée du journaliste par télégramme, l'attendait à la sortie de la gare. Avec son chapeau de paille, son pantalon de coutil, ses godillots terreux et sa chemise sans col aux manches boutonnées jusqu'aux poignets pour offrir aux abeilles le moins de surface de peau où planter leurs dards, le futur professeur de français ressemblait à n'importe quel jeune paysan provençal. Il s'excusa de son négligé, justifié par le renfort qu'il apportait à ses parents en les aidant « aux figues ».

— En cette saison, expliqua-t-il, cela relève de la course contre la montre, la frontière entre maturité et pourrissement étant plus mince qu'une feuille de papier à rouler.

Mais il s'inquiéta en premier lieu « de l'état de santé d'Henri ».

— Dans son cas, je crois que les médecins répondraient « stationnaire », dit Raoul. Il n'a toujours pas repris conscience, mais on ne note pas de signe d'aggravation. On tente une trépanation. La balle est logée dans le lobe frontal gauche du cerveau. Les médecins que j'ai interrogés m'ont parlé de l'aire de Broca. C'est là que le neurophysiologiste français qui lui a donné son nom aurait repéré le centre de la parole. Tandis que l'aire de Wernicke, située en arrière, serait le centre de la mémoire. Je vous répète ce que je crois avoir compris, mais c'est sans garantie. On espère donc, en supprimant la cause des dégâts, restituer, au moins en partie, l'usage de la parole à votre malheureux ami.

Paul Chabert émit un bref ricanement :

— Qu'attendent-ils ? Qu'Henri passe aux aveux ?

L'étudiant n'avait pas pardonné à la police de faire de son ami un assassin présumé.

— Je pense que ceux qui le soignent espèrent d'abord améliorer son état, répondit Raoul. Tant qu'il y a de la vie... Pour le reste, il sera toujours temps.

Une charrette vide équipée d'un banc rustique, attelée d'une mule noire, attendait devant la gare. Le jeune homme prit les guides, tourna la manivelle desserrant le frein et fit claquer sa langue. La mule prit d'elle-même la direction du mas.

— Votre enquête avance ?

— Elle avance dans le brouillard, dirai-je.

— Je pensais que vous m'apportiez du nouveau.

— Je serais plutôt venu en chercher auprès de vous, à la lumière de ce que j'ai appris depuis notre rencontre à Aix.

— Vous croyez donc toujours à la culpabilité d'Henri ?

Au moins, Paul Chabert allait droit au but et se doutait de la raison du déplacement du reporter chez les lointaines peuplades du Nord. Du nord du département, s'entend.

— Ce n'est pas ce que je crois qui a de l'importance, monsieur Chabert. C'est ce que je constate et les conclusions que je peux en tirer après avoir instruit « à charge et à décharge », comme disent les juges d'instruction.

Le jeune homme rectifia :

— Vous n'êtes pas juge, monsieur Signoret, mais reporter. En principe, et sans jeu de mots, « sans préjugé ».

Paul Chabert semblait ne pas avoir digéré non plus les soupçons que Raoul avait formulés devant lui lors de leur rencontre d'Aix, à la terrasse de la Brasserie du Palais.

Avec les façons d'un train entrant en gare, la mule, sans qu'on la sollicite, vint ranger avec adresse la charrette devant la porte du mas.

Sur le seuil se tenait une femme replète, une jupe droite lui tombant jusqu'aux pieds. Elle portait la coiffe blanche aux rubans flottants et un corsage au décolleté carré, avec demi-manches bouffantes laissant les avant-bras nus. C'était la mère d'Henri Chabert. Le père, lui, était à la cueillette avec les hommes.

— Entrez et mettez-vous d'aise, dit-elle à l'arrivant, devant lequel elle s'effaça avec un grand sourire de bienvenue.

Raoul passa la porte et poussa un soupir de satisfaction.

— Qu'il fait bon chez vous ! Après cette touffeur…

— Ah, les anciens savaient bâtir ! s'exclama Mme Chabert. Vous avez vu l'épaisseur des murs ? Il peut taper tant qu'il voudra, l'autre, là-haut. Dedans, même en plein juillet on dépasse jamais 24 degrés. Avec porte ouverte !

— Et l'hiver, renchérit le fils, avec toutes les ouvertures au sud et le soleil rasant, le mistral peut bouffer[1] tant qu'il veut.

Il se tourna vers sa mère :

— Maman, je dois parler avec M. Signoret au sujet d'Henri. Nous pouvons en avoir pour un moment. Pour ne pas être au *mitan* avec le va-et-vient qu'il y a en ce moment dans le mas, avec votre permission, nous montons dans ma chambre. Nous y serons plus tranquilles pour causer.

La mère approuva.

Ces paysans-là n'avaient rien de rustres. Les enfants vouvoyaient les parents. Certes, la maîtresse mangeait debout, en hâte, près de la cheminée, pour mieux servir le maître et les hommes, assis à la tablée, chapeau vissé sur le crâne, mais Frédéric Mistral voyait dans ces mœurs archaïques un trait de civilisation.

— Fais à ta guise, mon fils. Voulez-vous que je vous fasse monter quelque chose à boire ?

Elle s'adressa plus particulièrement au reporter :

1. Souffler.

— Du sirop de pêche, ça vous dirait ? C'est moi qui le fais.

Le reporter acquiesça avec sa formule habituelle :

— Alors... Je n'ai jamais dû en boire de meilleur.

La brave femme rosit sous le compliment :

— Je dis à Janou de vous apporter ça.

Les deux hommes gagnèrent le premier étage par un escalier de bois aux marches sonores. La chambre de Paul Chabert, vaste, éclairée par deux fenêtres au ras du toit de tuiles romanes, lui servait aussi de bureau, comme en témoignaient une solide table de travail en noyer verni, récupérée d'une desserte de ferme, et une grande bibliothèque aux portes vitrées dont les étagères étaient bourrées d'ouvrages de documentation et de cahiers de cours.

L'occupant des lieux prit place sur une radassière[1], laissant le fauteuil Voltaire à son hôte.

— Alors, par quoi commençons-nous ? demanda Paul Chabert.

— Par des questions mais, pour l'instant, c'est moi qui les pose, dit le reporter.

— Je vous écoute.

— Essayez de vous rappeler, monsieur Chabert : avez-vous vu votre ami Henri s'occuper de pratiques relevant plus ou moins de l'hypnose ou des expériences hypnotiques, en général ?

Le jeune homme parut surpris.

— Vous savez, monsieur Signoret, nos programmes sont suffisamment chargés comme cela... Nous n'avons guère de temps pour nous amuser à...

1. Canapé provençal traditionnel à trois places, de style Louis XV rustique, au siège généralement paillé, qui peut être recouvert de coussins.

— Il ne s'agit pas d'amusements, monsieur Chabert, je ne parle pas de tables parlantes, de tarots divinatoires ou autres balivernes dont notre époque raffole. Je vous demande si Henri Champsaur s'intéressait sérieusement à l'hypnose, si vous en aviez parlé ensemble, ou mieux, s'il avait, à un moment ou à un autre, pratiqué les techniques propres à plonger quelqu'un dans un état hypnotique. Il aurait pu s'y livrer par jeu, entre étudiants...

Le visage de Paul Chabert se crispa. La réponse fusa, sans tergiversation.

— Henri et moi, ces fariboles ne nous intéressent pas. Mais il est possible qu'il se soit documenté, par curiosité intellectuelle, comme moi. Je dois bien avoir, dans mon fatras, un ouvrage de vulgarisation traitant de la question. Je pourrais le retrouver, si vous le désirez, mais je vous répète que je n'ai jamais vu Henri tenter d'endormir aucun de nos camarades à l'aide de passes magnétiques, eussions-nous, certains soirs, pour chasser le spleen dans nos chambres d'étudiants, bu un peu plus que de raison.

Ce garçon-là ne mentait-il pas ? Son visage reflétait la sincérité. Ou alors c'était un comédien de première force.

Paul Chabert se pencha vers le reporter pour lui dire :

— À mon tour de vous poser une question. Pourquoi me demandez-vous cela ?

On toqua à la porte. À l'invitation d'entrer du jeune homme, apparut Janou, une vieille domestique courbée par le temps passé à servir les autres. Elle était en costume traditionnel, fichu croisé sur sa maigre poitrine et jupe de piqué, en dépit de la chaleur. Elle portait sur un plateau de bois une gargoulette couverte de rosée, deux verres en grès et une ancienne bouteille de limonade. Elle contenait le sirop de pêche maison. Le jeune homme fit le service.

— Je vous pose cette question, monsieur Chabert, reprit le reporter, parce que le professeur Casals, qui accuse votre ami d'avoir assassiné sa femme, puis, pris de remords d'avoir vainement tenté de se suicider, suggère – que dis-je ? – affirme qu'il n'a pu arriver à ses fins qu'en privant sa proie de tout moyen de lui résister. Entre autres, par le moyen de la suggestion hypnotique.

— Ça ne tient pas, voyons...

— Je l'espère comme vous, pour toutes sortes de raisons, assura Raoul Signoret, mais c'est pour être certain que les affirmations d'Alexandre Casals n'ont aucun fondement que je voudrais être bien sûr que votre ami Henri n'a pas pu hypnotiser Meg. Ne serait-ce que parce qu'il n'aurait pas su comment s'y prendre.

Paul Chabert émit une sorte de grognement qui tenait de l'incrédulité indignée.

— Attendez la fin, dit le journaliste. Il se trouve, d'après des témoins dignes de foi, que Meg était sujette à des crises de somnambulisme. Il lui est même arrivé de s'auto-hypnotiser, rien qu'en contemplant un objet brillant. Les témoignages sont formels. Cela peut favoriser – comment dire ? – l'écroulement des défenses, face à quelqu'un qui sait y faire. Le professeur Casals affirme que Meg avait été fragilisée par la perte de son petit garçon.

Un pli soucieux était apparu entre les sourcils fournis du jeune homme. Il avait l'air de penser à autre chose qu'à ce que lui disait le reporter.

— Pardon, mais qui est Meg ?

Ce fut au tour de Raoul d'être offusqué :

— Mais... voyons ! C'est le petit nom que votre ami Henri donnait à Marguerite Casals !

— Première nouvelle.

— Comment ? Votre ami n'a jamais employé ce surnom pour parler d'elle ?

— Pas devant moi, en tout cas.

Le reporter prit le ton du magister qui gronde un élève turbulent :

— Monsieur Chabert... Ne vous payez pas ma fiole, s'il vous plaît. Vous avez lu Shakespeare, je pense ?

— Plutôt deux fois qu'une.

— Meg, c'est le petit nom de Mistress Page, Marguerite Page, l'une des commères de Windsor. Donc, *Meg* est le diminutif de Marguerite.

Le futur agrégé prit le dessus sur le fils de paysan :

— J'étais au courant, merci.

Ce ton ironique commençait à agacer le journaliste.

— Vous n'ignoriez pas que Marguerite Casals était d'origine anglaise. Son nom de jeune fille était Dickinson. Donc, il ne paraît pas extravagant que Marguerite ait été Meg pour ses proches. Et vous affirmez ne pas le savoir ?

Le ton monta d'un cran :

— Je ne le savais pas parce que je n'ai jamais, de ma vie, entendu Henri désigner la femme qu'il aimait par ce sobriquet !

— Allons, monsieur Chabert... vous me menez en bateau, là !

— Ni en bateau, ni en voiture à cheval, monsieur Signoret. Je vous jure sur la tête d'Henri que jamais une fois devant moi il n'a employé *Meg* pour désigner Marguerite. Il disait « ma bien-aimée », « la dame de mes pensées », ou simplement « Elle », mais *Meg*, jamais, je suis formel !

— Peut-être dans l'intimité en allait-il autrement ? Vous n'y étiez pas, n'est-ce pas ? Les petits noms dont peuvent s'affubler les amants sont innombrables, et toutes les fantaisies sont permises. Le grand Hugo était rebaptisé Toto, par Juliette Drouet, alors... J'aimerais croire que vous ignoriez cette privauté de votre ami avec sa maîtresse, mais il y a cette lettre, tout de même, qui est la preuve que...

— Quelle lettre ?

— La lettre posthume qu'Henri Champsaur a adressée à sa mère pour lui demander pardon et expliquer son geste.

— Vous l'avez lue, cette lettre ?

— Oui. J'en ai récupéré une copie à la police, mais je ne l'ai pas publiée dans *Le Petit Provençal* pour ne pas gêner les enquêteurs. C'est dans cette lettre que votre ami désigne Marguerite Casals sous le petit nom de *Meg*.

Paul Chabert secoua la tête d'un air de regret.

— J'aurais bien aimé la lire.

Raoul Signoret fit une légère pause pour ménager son effet, et dit le plus simplement du monde, en fixant son interlocuteur :

— Je vous l'ai apportée.

— Non ? La lettre d'Henri ? Comment l'avez vous obtenue ?

— Mon oncle est commissaire central à Marseille. Il me l'a confiée en me faisant jurer le secret. Je ne devrais pas vous la montrer, aussi, je compte sur votre discrétion.

— Vous pouvez.

Raoul Signoret prit dans sa poche intérieure de veste un feuillet plié en deux, et le tendit au jeune homme en précisant : « Je ne peux pas vous la laisser, bien sûr. »

— Je comprends, dit Paul Chabert en prenant ses fines lunettes cerclées de métal sur le bureau.

Il se pencha sur le feuillet avec une attention qui crispait tout son visage.

— Vous reconnaissez l'écriture de votre ami, je suppose ?

— Cela ne fait aucun doute.

Le texte était bref, le jeune homme eut bientôt achevé sa lecture. Il demeura silencieux, tête baissée, plongé dans une réflexion douloureuse, à voir son masque tendu, puis dit, sans lever les yeux :

— Avez-vous remarqué que c'était écrit sur du papier à petits carreaux ?

— Naturellement. J'en ai parlé avec les enquêteurs, ils ont conclu qu'Henri Champsaur n'avait pas eu l'occasion de trouver du vrai papier à lettres. Dans l'état d'esprit qui devait être le sien au moment où il rédigeait ce texte, il aura pris ce qu'il...

Raoul n'acheva pas, car le jeune homme posait une autre question :

— Il ne vous a pas échappé non plus que ce feuillet provient d'un feuillet plus grand, dont il a été détaché.

— Bien observé. Ça provient d'un cahier, en effet, dirait-on. Il appartenait probablement à votre ami. C'est ce que pense la police.

— Elle ne croit pas si bien dire, répondit Paul Chabert en se levant. Il alla droit au meuble-bibliothèque, s'accroupit, en tira un classeur dans lequel il remisait probablement ses cours de littérature de l'année écoulée, puis, se redressant, il ouvrit la partie haute, où se trouvaient, derrière leurs vitres, les rayonnages couverts de livres. Il lui fallut s'aider d'une chaise pour atteindre la troisième étagère, où il se saisit d'un ouvrage à couverture rouge sombre, au titre doré à l'or fin. Le reporter était assis trop loin pour le déchiffrer.

Paul Chabert regagna la radassière. Il posa le classeur sur ses genoux et commença à feuilleter le petit livre rouge. La tension avait gommé toute juvénilité sur ses traits.

Après quelques tâtonnements, il parut avoir trouvé la page qu'il cherchait. Le jeune homme tendit le livre ouvert au reporter et lui dit :

— Voudriez-vous lire, sur la page de droite, la partie du texte qui figure en italique ? C'est au troisième paragraphe.

Raoul Signoret, qui ne s'attendait pas à pareille surprise, écarquilla les yeux au fur et à mesure de l'avancée de sa lecture. Sa bouche ouverte de stupéfaction ne lui donnait pas l'air particulièrement vif. Il relut le court texte à mi-voix, comme s'il voulait s'assurer qu'il n'était pas victime d'une hallucination :

Nous nous aimions, nous ne pouvions pas fuir ensemble. Ce monde-ci n'était pas fait pour un amour comme le nôtre. Meg en souffrait autant que moi. Je demande pardon à tous ceux qui vont souffrir par ma faute. Pardon, mère, du chagrin que je vais vous causer. Donnez mon très affectueux souvenir à mon ami Paul.

Henri

Le reporter leva la tête et porta un regard incrédule sur Paul Chabert. Comme s'il voulait s'assurer de la matérialité de sa présence. Il regarda de nouveau le texte imprimé. Il demeura un instant en état de sidération, puis dit à mi-voix, comme s'il pensait tout haut :

— C'est, mot pour mot, le texte de la lettre d'Henri Champsaur à sa mère ! Qu'est-ce que c'est que cette histoire ?

— Cette histoire, comme vous dites, monsieur Signoret, est un court passage d'un roman fort peu connu, je vous le concède, et vous serez pardonné de ne l'avoir jamais ouvert. Son titre : *Sidner ou les dangers de l'imagination.* Il est paru en 1803. Son auteur est demeuré à peu près inconnu de la postérité, il y a de quoi. Son nom ne vous dira rien, si je vous apprends qu'il se nommait Barthélemy Huet de Froberville. Né à Romorantin, il vivait à l'île Maurice et c'est le seul ouvrage qui nous soit parvenu d'un auteur romantique français vivant dans cette contrée lointaine, qui fut nôtre avant de passer aux Anglais. De vous à moi, le roman n'a pas été oublié pour rien. Mais il est dédié à Goethe, tout de même. C'est du sous-Werther, justement. Un texte empesé, emphatique, farci d'images poudrées et d'allégories oiseuses. Il n'y a que l'université française pour sortir du placard où elle aurait dû rester cette rareté poussiéreuse. Mais là où elle va vous intéresser, monsieur Signoret – que dis-je, vous passionner ! –, c'est quand je vous aurai dit que ce roman par lettres narre les péripéties d'une idylle amoureuse impossible entre la jeune Marguerite, qu'on appelle *Meg*, à la façon anglaise, et le jeune Henri Sidner, héros romantique, donc tourmenté. Le passage que vous venez de lire concerne précisément le moment où, après avoir constaté que leur amour n'a pas d'avenir en ce bas-monde, les amants décident de mourir ensemble plutôt que vivre séparés. Et Sidner envoie une lettre à sa mère, lui demandant à l'avance pardon du chagrin que va lui causer son geste.

Au fur et à mesure que Raoul Signoret écoutait parler Paul Chabert, il sentait comme un poids peser sur ses épaules qui l'enfonçait dans le rembourrage du fauteuil Voltaire. Il avait l'impression de rétrécir.

La question suivante que lui posa le jeune homme ne fut pas pour le surprendre :

— Vous souvenez-vous de l'un des thèmes retenus pour notre certificat de licence de lettres, cette année ?

Le reporter répondit d'une voix éteinte :

— « Le suicide chez les écrivains », ou quelque chose d'approchant.

Le jeune homme rectifia :

— « Le suicide en littérature dans l'Europe romantique – poètes et romanciers de Rousseau à Musset. » Je pense inutile de préciser que le bouquin de Froberville faisait partie de notre programme, et Henri, comme moi-même, avions recopié – à titre d'exemple ou de citation – le passage que vous venez de lire, comme nous avions recopié les vers de Rousseau sur les amants de Lyon ou ceux de Musset sur ceux de Montmorency, ou encore la lettre d'adieu de Werther. Nous les reportions sur des feuilles à part du cours lui-même, que nous intercalions comme des références. J'ai le même passage de *Sidner* recopié dans mon cahier de cours (il montra le classeur sur ses genoux), mais je crois inutile de vous demander de vérifier ?

— Inutile, en effet, dit sobrement Raoul qui acceptait sportivement sa défaite.

Le reporter demeura un long moment silencieux, tête basse. Il prit le verre de jus de pêche auquel il n'avait pas touché et le vida d'un trait comme s'il avait voulu se rincer la cervelle.

— Ça doit être tout tiède, dit le jeune homme. Je vais vous en servir un second.

Avant que la réponse lui fût parvenue, Paul Chabert avait resservi un plein verre de sirop et d'eau fraîche tirée de la gargoulette.

— N'attendez pas aussi longtemps pour le boire.

Raoul but une gorgée par politesse et enchaîna bientôt :

— Monsieur Chabert, en dehors de la leçon que vous venez de me donner…

Le jeune homme eut un geste du bras accompagné d'une mimique qui pouvaient signifier : « Je ne cherchais pas à vous humilier, seulement à apporter des preuves. » Le reporter poursuivit :

— … ce que vous venez de me raconter bouleverse totalement la vision que j'avais du drame. Désormais, il m'importe moins de savoir si, comme l'affirme sans preuves le professeur Casals, votre ami Henri est l'assassin de sa femme, ou bien si les deux amants se sont suicidés d'un commun accord, c'est, après tout, l'affaire de la police et je n'ai pas de boule de cristal. Il m'importe encore moins de prouver qu'Henri Champsaur aurait usé de procédés inélégants pour prendre l'ascendant sur Marguerite Casals et arriver à ses fins. Ce dont j'ai la certitude absolue, maintenant, grâce à votre aide, est que cette lettre d'adieu n'en est pas une, bien que le texte soit de la main de votre ami. Quelqu'un a trouvé cet extrait, dans le cahier ou dans les affaires d'Henri, qui collectionnait les citations. Il a vu le parti qui pouvait être tiré de la similitude des prénoms avec les personnages de *Sidner*. Il l'a fait passer auprès de la pauvre mère éplorée pour une lettre d'adieu de son fils.

Le reporter réfléchit un instant avant d'ajouter :

— Ce quelqu'un pourrait bien avoir assassiné votre ami et sa bien-aimée. Grâce à cette citation providentielle, pouvant à la rigueur passer pour une lettre d'adieu, il était possible de laisser croire à un double suicide.

L'étudiant se redressa sur son siège en s'écriant :

— Quand je vous le disais, l'autre jour, à Aix, vous accumuliez les preuves contraires pour me montrer que j'avais tort !

Il fit un effort pour se reprendre :

— Mais poursuivez, je vous prie...

Paul Chabert écouta, sans plus l'interrompre, le journaliste argumenter à voix haute.

— Tout cela tendrait à prouver qu'Henri Champsaur – sans que j'en comprenne l'utilité – avait son cahier de cours avec lui, le jour du rendez-vous à la *Villa aux Loups*..

Raoul suspendit sa phrase avant d'ajouter :

— Ou bien le lui aura-t-on dérobé, pour utiliser le feuillet où figurait la lettre de Sidner, recopiée de sa main.

Le journaliste lâcha un long soupir.

— Ce qui voudrait dire, si je ne suis pas en train de me noyer ou de me diriger vers une impasse, que s'il y avait preuve d'un double assassinat – assassinat longuement préparé – l'assassin connaîtrait bien ses victimes, leurs habitudes, leur relation.

Raoul fit une brève pause pour prendre une nouvelle gorgée de sirop de pêche, dont la fraîcheur lui procura un effet sédatif, puis il expliqua :

— Car ce que vous ne savez pas encore, monsieur Chabert, c'est que cette fausse lettre à été postée *après* le suicide d'Henri.

Raoul regarda le jeune homme droit dans les yeux.

— Ce ne serait donc pas votre ami qui aurait imaginé ce subterfuge pour faire passer pour un double suicide ce qui était un assassinat. À condition, bien sûr, que quelqu'un n'ait pas posté cette lettre posthume à la demande d'Henri Champsaur lui-même...

Paul Chabert à son tour fixa le reporter :

— Si c'est à moi que vous faites allusion, je jure sur la tête d'Henri que je ne me suis jamais mêlé...

Le reporter lui coupa la parole.

— Ne jurez pas, ça ne veut rien dire. Quant à moi, je n'ai pas à désigner le coupable à l'avance, je ne suis pas procureur de la République. Mais avouez que des policiers un peu retors pourraient venir vous chercher des poux sur la tête. Le texte de cette fausse lettre d'adieu, vous n'étiez pas très nombreux à le connaître.

— Encore faudrait-il apporter la preuve que je m'en suis servi. Tout cela est absurde. Et insultant pour moi.

Le visage de Paul Chabert se ferma. Raoul regretta de l'avoir choqué.

— Vous avez raison. Je viens de dire une bêtise plus grosse que moi. Si vous aviez été le messager d'une lettre posthume d'Henri, il l'aurait préparée d'avance et se serait appliqué – lui, le littéraire – à donner à ce mot d'adieu à sa mère une autre forme que cette sorte de faire-part. Il aurait pensé au chagrin qu'elle allait lui causer et aurait circonstancié sa décision. Encore une fois, pardon. Je crois que je suis troublé par ce que je viens d'apprendre et...

— Restons-en là, monsieur Signoret, dit le jeune homme. Je suis ici pour réhabiliter la mémoire de mon ami et non pour ergoter sur des histoires de susceptibilité entre nous. Je vous ai dit l'affection fraternelle qui nous unissait...

Il se reprit, avec un geste d'agacement :

— Qui nous *unit*. Troisième personne du singulier au présent de l'indicatif.

Le futur professeur perçait sous l'étudiant. Il répéta, comme s'il voulait se persuader lui-même :

— Je suis certain qu'Henri n'a pas tué Marguerite.

— Ne recommençons pas, monsieur Chabert, dit Raoul exaspéré. Vous n'en savez rien.

— Détrompez-vous, monsieur Signoret. Ma conviction de l'innocence de mon ami, je la tiens du fait qu'Henri est un être droit. Incapable d'une bassesse, incapable d'un mensonge ou d'une dissimulation.

Il appuya sur chacun de ses mots :

— Je vais vous dire l'exacte vérité. Vous seul pouvez la comprendre. Si je l'avais confiée à la police, elle en aurait tiré des convictions contraires, pour faire d'Henri un vulgaire assassin. C'est une idée que je ne supporte pas, moi qui suis le gardien de sa mémoire, depuis qu'il n'est plus capable de se défendre. Alors, voilà : c'est vrai, Marguerite voulait mourir avec lui. Elle ne voyait plus d'issue à la situation. Elle en était désespérée. Elle lui a écrit pour le supplier de la tuer avant de se tuer. Il a tout tenté pour la dissuader de ce projet funeste dont il se sentait responsable. Il préférait affronter la douleur d'une séparation définitive, il préférait envisager de mettre un terme à leur relation, quitte à briser sa propre existence, mais il refusait d'être celui qui ôterait sa vie à l'être qu'il aimait le plus.

Paul Chabert s'interrompit et secoua la tête comme s'il voulait en chasser de sombres pensées. Puis il reprit :

— Ce rendez-vous à la *Villa aux Loups*, c'était le rendez-vous de la dernière chance de faire échouer l'horrible perspective. Henri espérait encore ramener Marguerite à la raison. Quitte à la perdre, puisqu'elle était toute sa vie. Il savait que, de toute manière, leur belle histoire allait s'arrêter là. Mais pas de la façon que le spectacle d'épouvante découvert dans la villa a laissé supposer. C'est elle qui réclamait la mort. Pas lui. J'en ai la preuve.

L'étudiant sembla réfléchir à quelque chose de précis, et se leva de nouveau pour aller vers le meuble-bibliothèque.

— Vous n'avez pas l'air convaincu. Alors je vais vous montrer…

Raoul se demanda ce qui allait encore sortir de cette boîte de pandore. Il ne fut pas déçu. D'un classeur jaune à élastiques, Paul Chabert sortit ce qui ressemblait fort à des lettres.

Il n'eut pas longtemps à s'interroger, puisque le jeune homme dit :

— Je vais vous laisser jeter un coup d'œil à ces billets que m'a confiés Henri. Mais jurez-moi de garder le secret. Ils vous prouveront que je ne raconte pas n'importe quoi. Je pense qu'ils vont éclairer votre lanterne.

« Elle en aurait bien besoin », songea le reporter. Pourtant, il était loin de s'attendre à ce qu'il allait découvrir.

C'étaient des sortes de messages très courts. Quelques lignes, tracées à la hâte, parfois quelques mots seulement. Le reporter crut un instant qu'il s'agissait encore de citations tirées d'ouvrages romantiques, car on y parlait de « partir », d'idée de mort, de suicide, sur un ton exalté. En tout cas, l'écriture était très différente de celle d'Henri Champsaur. Une écriture penchée, fine, élégante. Une écriture de femme. On aurait dit des billets tracés dans la fièvre, faisant allusion à des choses dites ou évoquées que seul le destinataire pouvait déchiffrer.

« Je n'en puis plus », disait le premier que le reporter consulta. « Cette double vie va à l'encontre de ma nature profonde. Je vais tout dire à mon époux. Ça sera plus clair. »

Sur le second, on pouvait lire : « Je suis désespérée. Impossible d'écrire très long. Vous comprenez pourquoi. Donnez-moi de vos nouvelles. Je n'ai rien dit. Brûlez ma lettre. »

Le troisième se faisait suppliant : « Non, ne partez pas ! Pensez à moi. Je n'ai pas mérité de faire de vous un exilé. Votre présence m'est bien chère. Que vais-je devenir sans notre complicité ? Ne plus vous voir, l'idée me désespère. Ne doutez jamais de mon affection. Vous me faites mal. »

Un autre disait : « En vous écoutant j'ai l'impression de vivre dans le péché, et en même temps je l'accepte comme un don du ciel. »

Un autre encore : « Non, ne partez pas. Ne m'écoutez pas. Je serais désespérée si vous partiez. Je deviens une misérable, mais je ne veux pas vous abandonner et ça rachète tout ! »

Un sentiment de culpabilité dominait le suivant : « C'est affreux ce que je vous fais souffrir malgré moi.

C'est ma faute. J'aurais dû savoir ne pas me faire aimer. »

Dans celui-là, se lisait l'inquiétude : « Comment mon mari ne se doute-t-il de rien ? J'ai l'impression de ne plus être la même. Cela doit se voir sur mon visage. Comment ai-je pu accepter d'en arriver là ? »

Dans un billet plus grand, plié en deux il y avait un petit paquet fait de papier fou, tel celui dont on se sert pour envelopper médailles ou bijoux. Il contenait une mèche de cheveux dont certains étaient gris. Et un petit mot tracé sur un morceau de bristol guère plus gros qu'un timbre-poste sur lequel il était écrit en lettres minuscules : « Je suis vieille, en voici la preuve. Pourtant vous m'avez rendu quelque chose de ma jeunesse. »

Un neuvième billet avait une tournure encore plus exaltée : « Il faut que cela finisse. Je ne puis plus supporter cette existence-là. »

Enfin, un dernier devenait explicite : « Jurez-moi que vous allez faire ce que je vous demande à genoux. Allons nous tuer tous les deux. Je vous en supplie ! Nous mourrons dans un baiser. Vous êtes l'homme. Vous me tuerez, vous vous tuerez après ! La mort nous divinisera, comme vous l'avez dit un jour devant moi. Ce sera d'une grande beauté. On nous admirera. Venez me chercher lundi après 2 h. À Notre-Dame. Nous irons en finir. Ensemble, à jamais. »

Tous ces billets, sans exception, portaient comme seule signature un *M.*

— Inutile, je pense, de vous dire de qui sont ces mots. Henri ne voulait pas les conserver chez lui. Il me les avait lus avant de me les confier. C'est pourquoi je n'ai pas de scrupule à vous les montrer, ce que je ne ferais pour aucun autre. C'est le dernier billet que vous venez de lire qui a décidé Henri à accepter le rendez-vous et à se rendre avec elle à la villa. Mais c'était pour annoncer à Marguerite qu'il *refusait formellement* d'être l'exécuteur de cette demande, émanant d'un esprit égaré et souffrant.

Raoul sursauta, comme l'autre jour chez le docteur Fourcade. Il eut l'impression d'émerger d'un sommeil hypnotique. Il avait été un long moment « ailleurs », en effet. La chambre, les meubles, le mas, Paul Chabert lui-même, tout avait été effacé pendant le temps qu'avait pris cette lecture. La réaction du reporter fut contraire à celle qu'espérait l'étudiant.

— Et c'est maintenant seulement que vous les sortez, ces lettres ? Vous me laissez m'embarquer dans un raisonnement où je cherche les motifs de vous donner raison quand vous jurez que votre ami n'a pas pu tuer sa maîtresse à sa demande, alors qu'elle réclame cette mort à cor et à cri ? Vous en avez une dizaine de preuves écrites dans vos tiroirs et vous continuez à raisonner comme un tambour crevé ? Mais vous me prenez pour un demeuré, ma parole !

L'étudiant fut piqué au vif :

— Et la fausse lettre d'adieu expédiée par Henri à sa mère après le suicide de son fils, vous en faites quoi ?

— C'est encore une pièce du puzzle qui me manque, reconnut le reporter. Mais elle finira par prendre sa place.

Ces lettres détenues par Paul Chabert faisaient complètement capoter l'hypothèse que le journaliste venait avec tant de difficultés, élaborer devant l'ami d'Henri Champsaur. Et cela le rendait furieux.

Il ne s'agissait plus d'un double assassinat commis par un cerveau machiavélique, qui s'ingéniait à faire passer ses victimes pour des suicidaires. Marguerite Chabert ne tournait pas autour des mots, elle : « Vous me tuerez, vous vous tuerez après ! La mort nous divinisera » ou encore : « Venez me chercher ... Nous irons en finir. » C'était clair, non ? Et le dernier rendez-vous à la *Villa aux Loups* reprenait tout son sens. Il n'y avait qu'un benêt entêté comme Chabert pour s'obstiner à lui en donner un autre !

Raoul Signoret regarda le jeune homme, qui, sous l'orage, demeurait muet. Le reporter fit un effort pour retrouver sa lucidité. Il prit une longue inspiration pour relâcher la tension qui le poussait à sauter à la gorge de cet inconscient.

— Et le revolver que votre ami avait en main quand on les a découverts tous les deux dans la chambre, qu'est-ce que vous en faites, vous ? C'était pour tirer sur les cigales ?

— J'ignorais qu'il s'en était procuré un. Mais s'il l'a fait, je vous le dis, monsieur Signoret : c'était pour lui. Pour se tuer, lui. Il savait qu'il ne pourrait continuer à vivre sans elle.

— Monsieur Chabert, avez-vous montré ces lettres à quelqu'un ?

— Évidemment non !

— Vous n'en avez donc pas parlé avec la police ?

— Ça ne regarde personne. Ce sont des lettres intimes et j'en suis le gardien.

Le reporter était accablé.

— Comment avez-vous pu conserver ça par-devers vous ?

— Personne ne m'a rien demandé.

— Vous pouviez les communiquer spontanément.

— Je ne voulais pas qu'on mette le nez dans l'intimité d'Henri. C'est son histoire, elle est belle, elle est pure, je ne veux pas qu'on y touche, qu'on la salisse.

Était-il idiot ou faisait-il de la provocation ? Une brusque montée d'adrénaline se mua en colère froide chez Raoul. Après avoir songé un instant à prendre l'imbécile diplômé par les épaules jusqu'à lui remettre les idées en place dans sa tête trop pleine, le reporter choisit la méthode persuasive.

Il se fit maître d'école :

— Monsieur Chabert, il ne faut pas garder ces lettres. Il faut les montrer à la police de toute urgence.

— Ça, jamais ! Vous m'avez juré...

— Je n'ai rien juré du tout, monsieur Chabert. Et je ne me ferai pas votre complice en me taisant.

L'étudiant s'emporta :

— Ces lettres sont à Henri. Elles ne regardent que lui. Vous n'avez pas le droit. Je dois les conserver pour lui, tant qu'il est de ce monde.

Raoul se demanda si les études, ça rendait vraiment intelligent :

— Mais vous êtes inconscient, ma parole ! Savez-vous ce que vous risquez ?

— Non.

— Je m'en doute. Vous ne savez que ce qu'on vous apprend à l'université. C'est-à-dire rien de ce qui concerne la vie pratique. On vous élève comme des plantes de serre. Coupées du monde. Eh bien, vous risquez d'être accusé de dissimulation de preuves. Et c'est puni par la loi. Deux ou trois ans de prison, je ne sais plus. De mémoire : articles 434-4 du Code pénal.

Paul Chabert avait la tête et l'attitude d'un potache pris en faute.

— Mais, je croyais...

— Monsieur Chabert, il n'y a rien à croire. Il faut d'urgence communiquer ces lettres à la police. Sinon je vais vous les prendre de force, ou aller tout raconter aux enquêteurs. Vous ne me laissez pas le choix.

En disant cela, Raoul ne pouvait s'empêcher de penser que ce coup de théâtre lui donnait des arguments pour rabattre le caquet du professeur Casals. Que le jeune Champsaur l'ait fait cocu ou non, en hypnotisant ou non sa femme, n'avait plus qu'une importance secondaire à présent. Ce n'était pas *lui* qui avait persuadé sa maîtresse de mourir, mais *elle* qui réclamait à son amant qu'il la tue. Pour accabler le seul Henri Champsaur et dédouaner Marguerite de toute responsabilité dans le drame, les *conseils* du professeur allaient devoir trouver autre chose.

L'étudiant se leva de la radassière. Il était tout penaud. Il dit sur le ton d'un enfant qui veut se faire pardonner :

— Monsieur Signoret, Henri m'avait juré sur la tête de sa sœur aînée, morte depuis...

— Je sais, je sais, ne vous perdez pas en justifications subalternes. J'ai compris : Henri vous avait juré qu'il n'allait à ce rendez-vous que pour persuader Mme Casals de ne pas accomplir ce qu'elle lui demandait.

— Oui, et moi, je le crois toujours.

Paul Chabert faisait peine à voir. Toute superbe de l'intellectuel avait disparu. Son regard suppliait qu'on le croie sur parole. La colère de Raoul tomba d'un coup.

— Je vais vous les confier, ces billets, dit le jeune homme. Vous les donnerez à la police.

— Non, non. Il faut vous-même les porter.

— Oui, mais si c'est moi qui les porte, ils vont me mettre en prison !

— Pas si vous leur dites avec l'air benêt que vous avez à cet instant que vous venez seulement de les découvrir, en faisant du rangement dans le classeur de cours que vous avait confié votre ami. Vous avez préparé vos examens ensemble, non ?

— En effet.

— Eh bien, voilà une bonne version des faits à laquelle il faut vous accrocher. L'important est que la police prenne connaissance de ces lettres au plus tôt. J'en parlerai avec mon oncle. Vous n'aurez pas d'ennuis. Juste une grosse engueulade, mais vous l'avez un peu méritée.

Le reporter se leva, Paul Chabert en fit autant.

— Si vous étiez raisonnable, vous viendriez à la gare avec moi, mon train part dans une demi-heure. Changez-vous vite et vous descendez dès ce soir à Marseille.

— Que va dire mon père si…

— Je regrette, répliqua Raoul, les figues attendront.

En roulant vers la gare de Barbentane, Raoul Signoret aperçut sur la gauche la silhouette massive de la tour Anglica, haut et puissant donjon, vestige du château épiscopal qui dominait le village, et que, préoccupé, il n'avait pas remarqué à l'aller. Il apprit de la bouche de Paul Chabert qu'elle devait son nom à Anglic de Grimoard, frère du pape Urbain V. En d'autres circonstances, il n'eût pas manqué de visiter le monument, pour jouir du panorama offert sur la riche plaine agricole et de la vue portant jusqu'au Palais des Papes.

Mais il avait vraiment d'autres idées en tête.

18.

Où l'on ne parvient pas à mettre la main sur l'armurier qui aurait vendu son revolver calibre 6 à celui qui demeure accusé d'assassinat.

Raoul Signoret fit une entrée en boulet de canon dans le bureau d'Eugène Baruteau, situé, pour quelques semaines encore, dans l'ancien commissariat central, au rez-de-chaussée et sous-sol du pavillon Daviel, face à l'Hôtel-Dieu. La pièce était encombrée de dossiers et de cartons en partance pour l'Évêché. Le commissaire central était exaspéré d'être « assis entre deux chaises » en attendant que fût achevé un déménagement qui prenait plus de temps que prévu.

— Qu'est-ce qu'on m'a dit, mon oncle ? Grandjean a mis le petit Chabert au frais ?

— Où voulais-tu qu'il le mette ?

— J'ai l'air de quoi, moi ?

Baruteau lui coupa la parole :

— L'air de quoi, dis-tu ? Tu as l'air d'un type qui prend conscience que les lois et règlements sont les mêmes pour tous.

— Mais je lui avais promis l'impunité, s'il...

Baruteau répliqua en flic :

— Là, tu t'es un peu trop avancé, mon petit coco. C'est pas ton boulot, ça. Laisse ces embrouilles aux vieux flics retors comme moi. Les promesses ne sont pas faites pour être tenues par ceux qui représentent la loi. C'est un principe vieux comme le machiavélisme.

Le reporter se désola :

— Je crois qu'il avait encore une épreuve orale à passer pour en avoir terminé avec sa licence de lettres. S'il perd une année à cause de ça, c'est un peu dommage, tout de même.

Le policier ne se laissa pas attendrir :

— Ah ça ! mon vieux, il n'avait qu'à y penser avant ! Je ne peux pas faire élargir ce couillon de Barbentane tant que nous ne sommes pas certains qu'il a craché tout ce qu'il savait. Tu ne voudrais pas donner du grain à moudre à ton cher ami Grandjean, non ? Si je faisais un passe-droit à Chabert, il en profiterait, ce chafouin, pour se refaire une santé côté conscience professionnelle. Pas de ça, Lisette ! Je ne veux pas lui donner le plaisir de claironner que j'entrave l'enquête.

Devant l'air marri de son neveu, le policier prit un ton radouci :

— Tu es rigolo, toi ! Tu croyais qu'on allait remercier le jeune Chabert d'avoir joué au facteur, et le renvoyer cueillir ses figues sans chercher à savoir s'il ne nous aurait pas caché autre chose ? Tu pensais que ses explications vaseuses nous suffiraient ? Ces lettres peuvent être des pièces à conviction d'une importance capitale dans cette affaire, et il les garde sous le coude ! On croit rêver ! Ça sert à quoi les études si ça fabrique des *stàssis*[1] pareils ? Ce jeune homme n'est pas clair, quoi que tu en dises. Si tu veux mon avis, je le trouve un peu trop souvent au milieu. Et quand il aurait vraiment quelque chose d'important à nous dire ou à nous montrer, monsieur fait de la rétention ! Qui te dit que ce n'est pas lui qui se trouvait dans la maison pendant que les deux autres jouaient à papa-maman dans la chambre du haut ? Qui d'autre que lui avait connaissance du rendez-vous ?

— Oh, tout de même ! s'écria Raoul. Vous avez vu le genre ?

— Ça ! S'il fallait se fier à la mine des gens pour répondre de leur intégrité, on ne se serait pas fait cent fois rouler dans la farine, tiens ! Des bonshommes à qui tu aurais donné le Bon Dieu sans confession, j'en ai fait encabaner par dizaines durant ma vie de flic !

Baruteau avait spontanément repris le ton « d'avant ». Celui de l'époque où il remuait un peu moins de règlements ou de paperasses, et un peu plus de suspects ou de malandrins.

— Enfin, réfléchis deux secondes, Raoul ! Chabert est en possession depuis des semaines, peut-être des mois, de lettres où une fondue réclame sur tous les tons à son amant de l'assassiner, et il ne pense pas à les apporter spontanément à la police ? Et tout ça, parce qu'il juge que ça ne la regarde pas ? Qu'il lui faut protéger à tout prix la mémoire de son ami ? Non mais où il se croit, ce *jobastre* ? Il est dans les nuages, ma parole !

---

1. Balourds.

— Ne vous énervez pas, mon oncle, vous savez que ce n'est pas bon pour votre tension. Tante Thérésou vous le rappelle assez souvent...

— Ouais, ben t'inquiète pas pour moi, mon petit. Mes artères sont en caoutchouc vulcanisé. En attendant, je pense que Grandjean a bien fait de mettre ce futur professeur au coin avec un bonnet d'âne. Il y méditera sur le sens des responsabilités.

Raoul hocha la tête :

— Ça ne va pas améliorer mes relations personnelles avec votre successeur à la Sûreté...

— Ouais, mais qu'il ne vienne pas couiner devant moi, celui-là ! Parce que je saurai quoi lui répondre. Que tu as fait son boulot à sa place. Que ce que tu as découvert, il aurait dû le découvrir avant toi. Parce que c'est pour ça qu'on le paie. Pas toi.

La colère du commissaire central contre ses subordonnés reprit de plus belle :

— Tu leur fais livrer le courrier qui explique que nous avons affaire non pas à un simple assassinat suivi d'une tentative de suicide, mais à un projet mortifère élaboré par deux cerveaux dont les tuyauteries sont en surchauffe, et pas un inspecteur de la Sûreté n'avait pensé tout seul, avant toi, à aller cuisiner le jeune Chabert chez lui ? Il a fallu que tu le fasses à leur place !

— À leur décharge, dit le reporter avec *fair play*, il n'est pas sûr que Chabert se soit résolu à montrer ces lettres à un policier. Il l'a fait avec moi, parce qu'il a voulu me prouver que son ami Henri n'était pas l'assassin que je pensais. Pour lui, c'était une affaire privée. Je crois sincèrement que ce qu'il a fait, c'est plus bête que méchant. Face à un flic, Chabert aurait fait le mort au sujet des lettres de Marguerite à son amant.

— Ça n'est pas une excuse, grogna Baruteau. Je vais prendre des sanctions contre ceux qui n'ont pas fait leur boulot, avant que quelqu'un dénonce l'impéritie de la police marseillaise auprès du ministère de l'Intérieur. J'en connais un qui s'en chargerait volontiers.

— Je crois le connaître aussi, dit Raoul.

Pour calmer le courroux de son oncle en changeant de sujet, le reporter demanda :

— Au fait, qu'est-ce qu'il en dit, le cher professeur, des lettres de sa femme ? Vous les lui avez montrées ? Ça a dû lui couper la chique, non ?

— Si on les lui a montrées ? Livrées par porteur spécial, oui ! Mais il ne se démonte pas. Pas facile à déstabiliser, le bonhomme. On lui coupe pas le sifflet comme ça. Il affirme que l'écriture de sa femme est contrefaite. Qu'il s'agit de faux grossiers rédigés par Champsaur lui-même. Que Marguerite était bien incapable d'écrire, et encore moins d'imaginer des horreurs pareilles. Il parle en particulier du dernier message, celui où elle réclame leur mort commune.

Pour briser le silence qui venait de s'établir pendant que chacun méditait, le reporter fit dévier la conversation :

— Autre chose, mon oncle : l'enquête sur la provenance possible de l'arme retrouvée dans la main du jeune homme, ça donne un résultat ?

— Tu ne vas pas me croire..., commença le policier.

— Je vais faire un effort, plaisanta le journaliste.

— ... mais pas moyen de mettre la main sur l'armurier qui lui aurait vendu ce revolver de poche à cinq coups.

Il débita comme la réclame un camelot de rue :

— « Calibre 6, poignée en ébène et détente encastrée dans le corps, poids : 225 grammes, en vente partout pour 45 francs. » Nous avons pourtant retourné toutes les boutiques de Marseille et d'Aix. Champsaur a dû se le procurer hors circuit officiel. Mais même là, on a fait chou blanc. Pourtant, ces messieurs se connaissent entre eux. Et si un gommeux était venu les trouver pour négocier un pétard, j'aurais fini par le savoir en échange d'une « remise de peine » future.

Raoul ne rata pas l'occasion :

— Si on ne peut plus compter sur les indics, alors, où va le monde, mon bon monsieur !

— Tiens, à propos de cette arme, dit Baruteau, tu me fais penser à une chose, que je te demande de garder pour toi jusqu'à nouvel ordre. Je ne veux pas la voir dans les journaux avant de savoir si nous pouvons l'exploiter, sinon je te déshérite. Jure !

— Juré, craché, chef !

— Le crachat, je t'en dispense, on vient juste de changer le parquet. Au moment où je vide les lieux. Il était temps !

Les deux complices eurent un rire synchrone qui détendit l'atmosphère.

— Une nouvelle positive, tout de même, dit le policier. Malgré sa bonne volonté, le chirurgien du crâne qui a opéré le jeune homme, à la Conception, n'est pas parvenu à l'achever. Il a même extrait la balle. Une *vélo-dog* à poudre sans fumée, si tu veux tout savoir.

— Je note, pour mes mémoires futurs, dit Raoul. Mais ne m'en dites pas plus, c'est moi qui vais deviner. Ce premier miracle a été suivi d'un second : Champsaur s'est mis à tout raconter d'un trait depuis le début, sans même reprendre sa respiration. Il a fallu l'abattre une nouvelle fois pour qu'il s'arrête.

— J'aimerais bien, comme on dit chez les théâtreux, qu'il ait *filé* son texte d'un coup, dit Baruteau. Mes soucis en seraient allégés, et je pourrais enfin m'occuper à choisir la couleur des rideaux de mon futur bureau de grand chef.

Le policier secoua la tête négativement :

— Non, il ne parle pas. Pas encore, hélas ! Mais il est toujours vivant. Et nous sommes comme les chats : nous guettons au trou. En espérant que la souris voudra bien pointer son museau un jour prochain. Sinon... ça va encore faire baisser les statistiques, et le Matou en chef va pointer sa grosse moustache et ses sourcils poilus[1], pour me faire tirer les oreilles.

1. Tout le portrait de Georges Clemenceau, alors président du Conseil et ministre de l'Intérieur.

19.

Où une représentation de Rigoletto *donne l'occasion à notre héros de faire une rencontre à laquelle il ne s'attendait pas.*

— Qui veut deux places pour entendre *Rigoletto*, ce soir, au Grand Casino de la Plage ?

Léon Espitalier, le critique musical du *Petit Provençal*, passait près des bureaux de ses confrères en agitant ses cartons numérotés comme un camelot proposant aux badauds des billets de loterie.

— Moi ! cria Raoul Signoret, en levant le doigt comme un élève appliqué. Il s'étonna aussitôt, tandis qu'Espitalier lui tendait ses places.

— Au Casino de la Plage ? Pourquoi pas au Grand Théâtre, comme d'habitude ?

— Eh ! répondit le critique, depuis que *il Signor* Zepelli – son nom indique sa provenance – a repris les destinées de l'établissement, on ne joue plus seulement à la roulette et au 30 et 40, on y pousse également le contre-ut. La rue Beauvau[1] n'a qu'à bien se

1. Où se trouvait, au même emplacement, le Grand Théâtre, ancêtre de l'Opéra municipal.

tenir. Je ne connais pas la troupe, elle arrive d'Italie. Ce n'est pas celle de *La Scala*, ne rêvons pas, mais il serait étonnant que Zepelli prenne le risque de déclencher une émeute en important un troupeau de *chèvres*. Tu sais que les Marseillais sont intraitables sur ce chapitre. D'autant que nombre d'entre eux sont arrivés depuis peu de Naples ou de Toscane.

— On en reparlera demain, promit Raoul, qui se débattait avec un nouvel article sur l'affaire de la *Villa aux Loups*. Il était destiné à relancer une machine qui, sur le plan de l'information due aux lecteurs, patinait depuis quelque temps. Le reporter devait trouver le point d'équilibre entre ce qu'il pouvait dire pour réveiller l'intérêt de l'opinion marseillaise, et ce qu'il devait continuer à lui cacher dans l'intérêt de l'enquête policière.

Tout le temps du retour en train depuis Paris, en l'absence du docteur Fourcade, retenu à son congrès de neurologie, avait été employé par l'oncle et ses neveu et nièce à examiner l'énigme sous un jour nouveau en raison des soupçons qu'avait fait naître la découverte du journaliste à la Libraire de l'Art indépendant.

Le professeur Casals s'amusait-il *aussi* à hypnotiser son épouse ? Mais dans quel but ? Comment relier cela au drame qui avait coûté la vie à Marguerite et mis son jeune amant aux portes de la mort ?

Tout en cherchant dans plusieurs directions, Raoul Signoret avait toujours, plus ou moins consciemment – et avec des convictions fluctuantes –, retenu la piste d'un prédateur abusant d'une femme sur laquelle il avait imposé sa volonté par la suggestion hypnotique. Même s'il était difficile d'établir dans quelles conditions, et avec quel niveau de confidentialité le jeune

Champsaur – si c'était lui – pouvait soumettre sa maîtresse à des séances d'hypnose, les explications fournies par le docteur Fourcade tendaient à prouver que la chose était théoriquement possible.

Sans prendre ses désirs pour des réalités, on pouvait donc envisager que la tenue de ces séances avait eu pour cadre le huis clos propice de la *Villa aux loups*, inoccupée une grande partie de l'année.

Une des hypothèses privilégiées, parmi celles qui trottaient dans la tête du reporter, était la suivante : Henri Champsaur, familier de la famille Casals, chez qui il avait ses entrées, même en l'absence du maître de maison, avait pu remarquer la présence, sur le vaste bureau du médecin encombré d'objets hétéroclites, de la fameuse boule Fournier. Les enquêteurs n'avaient pas retrouvé d'exemplaire de l'objet chez le jeune homme, mais la preuve qu'il avait lu le manuel de Filiatre, présent dans sa bibliothèque, était établie. À la page 31, figuraient un croquis détaillé de l'appareil et une notice sur sa manipulation. Champsaur connaissait donc sa forme et son usage. Qui sait même s'il n'avait pas, un jour ou l'autre, surpris Marguerite dans un de ces « moments d'absence » décrits par l'ancienne petite bonne des Casals, où l'épouse du professeur paraissait comme détachée de la réalité du monde ? Cela ne lui aurait-il pas donné l'idée de profiter de la première occasion d'intimité pour prendre l'ascendant sur cette femme fragile, et en faire peu à peu une sorte de jouet obéissant ? Le témoignage de Nella Barone indiquait qu'il y avait des tendances au dédoublement de personnalité chez la malheureuse. À la façon de la créature tapie dans la tête du Docteur Jekyll, imaginée par Stevenson. Sauf que Marguerite Casals, loin de représenter, comme Mister Hyde, la face noire du médecin, n'était que la victime inoffensive du mal dont elle souffrait. Une victime soumise.

Raoul imaginait très bien la scène où Henri Champsaur suggestionnait la femme convoitée : « Vous viendrez tel jour à telle heure à la *Villa aux Loups*, et vous serez à moi, puis vous oublierez tout. » Et le jour dit, à l'heure dite, avec cette étonnante faculté inconsciente de mesurer le temps propre aux somnambules, mue par des forces mystérieuses, Marguerite se mettait en marche, à l'insu de sa volonté, et venait se livrer corps et âme, sans défense ni mémoire.

Mais aussitôt, Raoul se traitait d'idiot : et les lettres ? Les lettres écrites par cette femme à son jeune amant pour réclamer leur mort conjointe ! Comment ces pièces du puzzle trouveraient-elles leur place dans cette construction du bizarre ?

Le reporter ne croyait pas une seconde à la thèse du professeur Casals, accusant Champsaur d'en être l'auteur. Deux experts graphologues, consultés par la police, avaient été sinon formels – ils n'osaient plus, depuis l'énorme bévue qui avait envoyé le capitaine Dreyfus au bagne –, suffisamment d'accord pour attribuer l'écriture de ces brefs messages à la main de Marguerite Casals. Ils confortaient cette quasi-certitude en se fiant à l'ultime lettre qu'elle était en train de rédiger quand elle était partie brusquement vers son dernier rendez-vous à la *Villa aux Loups*. Les écritures portaient trop de points communs pour avoir été tracées par deux mains différentes. Celle des billets était plus tourmentée. Mais on pouvait le justifier par la hâte mise à leur rédaction.

Lorsque Raoul avait évoqué cet épisode devant le docteur Fourcade, le neurologue, à titre d'exemple, avait cité au reporter le cas fameux d'une épicière de Bordeaux, la jeune Fédéla, dont le nom figurait depuis un demi-siècle dans toutes les études sur le somnambulisme naturel. Occupée à un ouvrage quelconque, cette pauvre jeune femme, dont l'état ordinaire était mélancolique et atone, presque chaque jour tombait brusquement dans un sommeil léthargique. Il la rendait insensible aux bruits, aux sollicitations, voire aux piqûres. Puis, au bout d'un temps dont la durée était variable, elle « s'éveillait », sans aucune aide extérieure, et reprenait la tâche interrompue, mais dans un tout autre état intellectuel et caractériel. Elle souriait, respirait la gaîté, fredonnait les airs à la mode, désirait sortir, voir du monde. Après trois ou quatre heures, tout aussi soudainement, elle reprenait son état initial et revenait à son atonie ordinaire. Elle n'oubliait ni qui elle était, ni son savoir-faire professionnel. Seuls demeuraient des « trous » dans le souvenir de ce qu'elle avait dit ou accompli durant son état second. En outre, son écriture, quand elle se trouvait en état second, différait sensiblement de celle où la rédaction avait été faite en période d'éveil conscient.

Quand la jeune Nella Barone avait raconté à Raoul Signoret avoir parfois retrouvé sa maîtresse « comme perdue », ou « ailleurs », ne décrivait-elle pas, avec ses mots à elle, les symptômes étranges rapportés par le docteur Fourcade, à propos de la célèbre Fédéla, devenu un cas d'école ?

Donc, en dépit des affirmations du professeur Casals, les différences apparues dans l'écriture des billets et des lettres plus développées ne prouvaient pas que Marguerite n'en soit pas l'unique auteur.

Tout en achevant son article, dont la parution était prévue pour le lendemain, Raoul Signoret songeait que la représentation de *Rigoletto,* ce soir, lui changerait agréablement les idées. Certes, côté divertissement, le drame du père Hugo, mis en musique par Verdi, n'avait rien d'une opérette marseillaise. Mais au moins, on n'y parlait ni d'hypnose, ni de suggestion, ni de sommeil léthargique. Il n'est pas certain – malgré son amour immodéré de l'opéra – que si Bellini et sa *Sonnambula* eussent été au programme, le reporter ait accepté les billets d'Espitalier !

Mais avant d'aller se livrer, en compagnie de Cécile, qui partageait la passion de l'art lyrique de son époux, aux joies promises du *bel canto,* il restait au reporter à franchir une nouvelle épreuve. Comme il s'apprêtait à partir, son article achevé et accepté par le patron, qui, depuis l'incident avec le professeur Casals, exigeait un « droit de regard » sur tout ce qui touchait à l'affaire de la *Villa aux Loups,* il fut hélé par Escarguel. Raoul vit au regard fiévreux du vieux rédacteur qu'il avait été récemment visité par les muses, et s'apprêtait, selon son habitude, à faire de son jeune ami l'auditeur privilégié de son dernier chef-d'œuvre rimé.

Cela ne rata pas.

— Mon cher Raoul, ne partez pas si vite ! Connaissez-vous la dernière ?

« Non », songea à part soi le reporter, « mais je ne vais pas tarder. De quel événement minuscule ce fils caché de Calliope a-t-il fait une ode lyrique de vingt-cinq strophes ? »

— Savez-vous quelle proposition Jules Charles-Roux[1] vient de faire au maire d'Arles ?

Raoul Signoret l'eût-il su, il aurait laissé au vieux poète le soin de le lui annoncer.

— Non, mon cher Gu, je l'ignore encore, mais je suis certain...

— Il propose de faire ériger une statue de Mistral sur la place du Forum à Arles, à l'occasion du cinquantenaire de la publication de *Mireio*, le 2 février 1909[2]. Voilà une belle idée, non ?

— Certes, mon cher Gu, certes.

Le sculpteur est déjà choisi, c'est Théodore Rivière.

— Parfait !

Raoul entendait ce nom pour la première fois. Mais il savait qu'il ne s'en tirerait pas à si bon compte. La suite allait venir, comme d'habitude. Elle vint sous la forme d'un feuillet que le poète tira – comme d'habitude – de sa poche, inépuisable caverne aux trésors poétiques tombés de sa plume féconde et redoutable.

---

1. Industriel et armateur, il présidait (entre autres) la Compagnie générale transatlantique. Mécène, il militait pour l'identité provençale et fut un grand ami de Mistral, qui, en partie grâce à ses dons, put ouvrir le Museon Arlaten à Arles et acquérir le palais du Roure à Avignon pour y installer son musée de la Langue provençale.

2. Elle s'y trouve toujours. Elle fut inaugurée avec un peu de retard sur la date prévue, le 30 mai 1909. En se découvrant statufié debout, son pardessus sur le bras gauche, dans la position du voyageur attendant son train, le poète aurait dit : « *Me manco pus que la valiso.* »

— Cela m'a inspiré quelques vers de circonstances.

On pouvait s'y attendre...

— Ce n'est que le début d'une ode, mais j'aimerais vous en lire les deux premières strophes...

Comment dire non ?

Escarguel prit une large inspiration et, geste à l'appui de la main qui ne tenait pas le feuillet, attaqua :

> — *De toute sa gloire vêtue*
> *Sur le forum éblouissant,*
> *Oui, que Mistral ait sa statue*
> *Là-bas, au pays de Vincent*[1].

Pas mécontent de l'entame, le poète jeta un œil sur le reporter afin de voir s'il suivait et appréciait. Il enchaîna sur le quatrain suivant :

> — *Mistral, c'est la mer et sa grève,*
> *C'est le Rhône capricieux,*
> *C'est notre soleil qui se lève,*
> *C'est notre mistral furieux !*

Escarguel toussota et annonça une bonne nouvelle :

— J'en suis là. Je viens juste de commencer. Mais je voulais avoir votre avis sur le début.

Raoul ne put se retenir :

---

1. Selon une habitude bien établie, rappelons que les poèmes cités dans la série des « Nouveaux Mystères de Marseille » sont réellement parus dans la presse marseillaise de l'époque.

— « Ah, qu'en termes galants ces choses-là sont mises[1] ! »

Le vieux rimailleur, à qui cela rappelait quelque chose, se demanda si c'était du lard ou du cochon, mais sa nature optimiste prit le dessus :

— Vrai ? Ça vous plaît ? Vous ne dites pas ça pour me flatter ?

Raoul, qui avait amorcé un mouvement discret de repli, ajouta ce bref commentaire à quoi on pouvait attribuer le sens qu'on voulait :

— Je ne dirai qu'un mot. Ou plutôt deux : ça promet !

Et il prit la fuite sans demander son reste sous l'œil attendri du poète, qui murmurait à part soi :

— Il y en a au moins un dans cette rédaction pour reconnaître mes mérites...

*
* *

Le rond-point de la Plage, tout au bout de l'avenue du Prado, à l'endroit où elle débouche sur la mer, était illuminé *a giorno* par les lampadaires à boules disposés devant la façade rococo du Grand Casino, dont les hautes fenêtres à arcades brillaient de mille feux. Une brise venue de la mer jouait avec les oriflammes dominant le vaste bâtiment parti pour faire la pige à ses rivaux de la Côte d'Azur à Nice, Cannes, Hyères, transformant ce lieu de plaisir pour « trois soirées exceptionnelles » – les affiches le proclamaient en lettres géantes – en temple lyrique.

1. Molière, *Le Misanthrope*, acte I, scène 2.

Le vent du soir apportait un peu de fraîcheur au terme d'une nouvelle journée caniculaire. Le thermomètre n'était pas près de baisser, puisque nous étions au tout début de juillet.

Pour venir jusqu'ici, Cécile et Raoul avaient emprunté le *circulaire Corniche*, ce tramway ouvert sur le large, puisque, dépourvu de carrosserie, il se présentait comme une plate-forme roulante, garnie de banquettes, seulement abritée du soleil par un toit perché sur des poteaux métalliques. Il était bien pratique, ce « circulaire », puisqu'il mettait le bout du monde que représentait la rade sud de Marseille à portée des habitants du centre de la ville.

La salle de spectacle pouvait accueillir quelque sept cents spectateurs, il est vrai, un peu serrés – la jauge « officielle » étant fixée à six cents –, mais plus près des chanteurs. Ici, contrairement à l'opéra, tout le monde était à l'orchestre, car on ne pouvait pas affubler l'étroite galerie placée à mi-hauteur, où l'on se tenait debout, du nom de balcon. Inconvénient : les dames avec leurs grands chapeaux se faisaient traiter de tous les noms par les spectateurs ayant la malchance de se trouver derrière un jardin suspendu ambulant…

Ainsi Cécile avoua-t-elle à Raoul que, durant les deux premiers actes de *Rigoletto*, il lui avait été difficile de voir la bosse du bouffon difforme dans son intégralité. Par bonheur les voix étaient généreuses, et ne pas apercevoir Gilda dans son entier n'était qu'un inconvénient mineur, car la Zamboni, qui incarnait la jeune fille imprudente, avec son quintal épanoui, rappelait à s'y méprendre un éléphant qui aurait avalé un rossignol. Le baryton, Ottavio Gandolfi, chantait sans goût, mais fort. Il ne pouvait que plaire aux Marseillais. Ils lui firent un triomphe, obligeant le père et la fille à *trisser* l'air de la vengeance, devant le rideau baissé à la fin de l'acte second !

À l'entracte, un incident, qui venait de se produire huit rangs devant eux, intéressa Cécile et Raoul presque autant que l'ouvrage de Verdi. Quatre spectateurs réglaient à haute et intelligible voix un conflit d'autant plus intense qu'il avait été différé durant les deux premiers actes. Un monsieur bien mis et son épouse disaient leur façon de penser à propos du couvre-chef monumental dont la dame placée devant eux avait eu l'idée saugrenue de s'affubler. Comme on était à Marseille, les mots choisis étaient du modèle « grande taille ». Le plaignant, mettant les rieurs de son côté, affirmait « qu'on n'avait pas idée de venir à l'opéra avec une palmeraie sur la tête ». Exaspéré, le monsieur en colère menaçait clairement la coupable d'un abattage complet de l'oasis, si la propriétaire n'y procédait pas elle-même. L'homme du couple interpellé répondait, l'air gêné et la voix aigre, à la fois humilié et furieux d'être la risée d'une partie de la salle. Mais ce n'est pas ce que disait cet individu qui intéressait au plus haut point le reporter, c'est *qui* le disait.

C'était le professeur Alexandre Casals !

La « femme aux palmiers », Raoul ne la connaissait pas, mais savait à présent qui elle était. Nella Barone lui avait bien dit que des cheveux d'un rouge pareil, il n'en avait jamais vu ! C'était donc la fameuse Jeanne Tardieu, *mademoiselle Jeanne,* l'intendante de la famille Casals… Étonnant, non, qu'un professeur de la faculté de médecine, veuf récent et affligé, s'affiche en public avec le petit personnel ? Raoul informa aussitôt Cécile. Il s'attira ce commentaire en forme de constat :

— Il est vite consolé, le « veuf joyeux », on dirait...

— Il a sans doute un penchant pour les couchers de soleil sur la palmeraie, ricana le reporter.

Cécile fut gagnée par une hilarité qui surprit plus d'un de leurs voisins et voisines, se demandant dans quel endroit du livret de *Rigoletto* ces deux-là avaient pu trouver matière à rire.

Par bonheur, la sonnerie annonçant le dernier acte mit fin à une situation qui menaçait de semer le trouble dans les rangées de chaises. Raoul ne tenait pas à attirer l'attention de Casals, fort heureusement occupé à régler ses problèmes de chapeau et de voisinage en procédant à un échange de siège avec des spectateurs placés en bout de rang.

La fin de la représentation fut à la hauteur du reste. Des ovations sans fin saluèrent les artistes transalpins. De la salle montaient vers eux les bravos habituels, mêlés aux « *brava !* » des Marseillais d'origine italienne, plus spécialement destinés à la soprano, qui avait une voix de paradis malgré ses kilos superflus. À moins qu'ils en fussent la raison.

— Fuyons, dit Raoul à Cécile, tandis que les rappels se succédaient. Je n'ai pas envie de me trouver nez à nez avec cet escogriffe et sa mousmé rutilante.

Ils gagnèrent le bout du rang où brillait l'ampoule bleutée indiquant une des sorties latérales de la salle tandis que les piétinements d'enthousiasme des spectateurs restés vissés à leurs chaises faisaient trembler le bâtiment tout entier.

Une seconde surprise attendait le couple fugitif à l'instant où il se dirigeait vers le hall du casino, quand une voix que Cécile et Raoul reconnurent sans peine dit dans leur dos :

— Mais qui je vois ?

C'était Nella Barone et son Félix, qui avaient, comme on dit à Marseille, « cassé l'armoire à glace » pour se faire beaux. Au premier coup d'œil, on voyait que pour ces deux-là, c'était le grand soir. Sa jolie robe parme allait à ravir à la jeune femme, et le nœud papillon de Félix semblait faire sa fierté et sa gêne.

— Vous avez réussi à vous mettre en congé en même temps ? plaisanta le journaliste.

— Ça a pas été facile, avoua Félix. Heureusement, un copain a échangé sa nuit avec la mienne. Je lui revaudrai ça. Si j'avais pas emmené Nella entendre *Rigoletto*, je crois qu'elle aurait jamais voulu que je la marie.

— On a eu des places par un docteur du service de Félix, dit la jeune femme. On n'aurait pas pu se l'offrir, sinon.

— Nous aussi, dit Cécile. À se demander si quelqu'un a payé, ce soir. Le *signor* Zepelli ne lésine pas pour attirer du monde vers son Casino-Opéra.

Raoul, réaliste, vit le côté positif de l'opération :

— En donnant d'un côté, Zepelli sait qu'il reprend de l'autre. Les spectateurs sortant de trois heures d'étuve ont besoin de se rafraîchir. Et les fauteuils du bar-salon leur tendent les bras. Après « *la maledizione* », « *l'addizione* »[1] !

---

1. « *La Maledizione* » était le premier titre choisi pour cet opéra. Verdi lui préféra au dernier moment *Rigoletto*. Le cri « *maledizione !* » est d'ailleurs la dernière parole que prononce le

Le quatuor passa devant le bar, où une armée de garçons en veste blanche attendait les assoiffés. S'adressant à ses nouveaux amis, Raoul demanda avec malice :

— Alors ? Puisque pour une fois vous êtes ensemble, c'est ce soir que vous allez mettre en route le premier petit ?

Il reçut aussitôt dans les côtes un coup de coude de Cécile.

Nella pouffa en rosissant :

— Ça vous regarde pas.

— Je demandais ça, précisa le reporter, car au cas où vous ne seriez pas trop pressés de rentrer, je vous offrirais bien une coupe de champagne dans la salle à côté. C'est pas tous les jours qu'on sort ensemble.

Les deux couples s'installèrent à une table à qui une grande baie vitrée ouverte apportait l'air marin. Raoul Signoret commanda une bouteille. Le jeune couple, habitué à une gestion domestique digne d'un économat de couvent, protesta :

— Ça doit pas être donné, ici, dit Félix.

Raoul les rassura :

— Ne vous inquiétez pas pour ça. Je ne suis pas le fils Rodocanacchi[1] mais *Le Petit Provençal* me donne assez pour nous offrir un petit extra de temps à autre. À part ça, *qué novi*[2] ?

---

bouffon tragique, en découvrant que c'est sa fille qu'il a fait tuer en pensant faire assassiner le duc.

1. Équivalent marseillais de : « Je ne suis pas le fils Rothschild. »

2. « Quoi de neuf ? »

C'est Nella qui répondit.

— Vous savez qui j'ai vu, dans la salle ?

— Je l'ai vu aussi, répondit Raoul.

— Vous savez avec qui il était ?

— J'ai cru deviner. À sa couleur...

Félix sourit silencieusement.

Nella, qui avait en elle le sens moral des petites gens, dit simplement :

— Il a guère de vergogne, quand même ! Il aurait pu attendre un peu...

— Si ça ne le gêne pas, on va pas se gêner à sa place, dit le reporter. Il est veuf, non ? Et s'il a eu des billets gratuits, comme nous, il en aura fait profiter sa gouvernante.

Raoul ajouta avec un clin d'œil soulignant qu'il n'était pas dupe :

— Où il est le mal ?

La jeune femme fit une moue qui en disait long. Cécile intervint :

— Qui nous dit qu'il n'avait pas commencé avant ?

Nella hocha la tête mais ne répliqua pas.

Le reporter insista :

— Auriez-vous vu « des choses », comme on dit ?

Nella ne répondit pas directement. Elle demeura un instant silencieuse et pensive.

— Dites, monsieur Raoul...

— Si vous m'appelez « monsieur Raoul », je vous donne du *signorina Antonella*, je vous préviens !

La jeune femme jeta un furtif coup d'œil à Cécile avant d'oser en bafouillant :

— Dites... Ralou, euh ! Raoul.

— C'est mieux. Quoi donc, Nella ?

— Ça me fait penser à deux choses que je vous ai pas dites quand vous êtes venus manger à la maison avec mada... avec Cécile. Ça m'est revenu qu'après.

Elle avait l'air d'avoir des difficultés à formuler. Félix l'encouragea :

— Vas-y ! Raconte ce que tu m'as dit à moi. Qu'est-ce que tu risques ? C'est la vérité, non ?

— Bien sûr...

La jeune femme se racla la gorge par réflexe, but une larme de champagne comme si elle cherchait à retarder le moment de parler, puis enfin elle s'y résolut d'une voix timide.

— Eh bè, voilà. Un jour, ils prenaient le café sous le marronnier, après le déjeuner, dans le jardin, au boulevard Notre-Dame. Les petites étaient à l'école. Il y avait là Monsieur et Madame et le jeune monsieur Henri. À un moment, j'ai vu le professeur prendre sa femme sur ses genoux. Et puis, tout en plaisantant, il lui a dégrafé le haut du corsage. Devant l'autre. Qui faisait des yeux comme des billes de loto.

— Diable ! dit le reporter. Il s'amusait parfois à ce petit jeu, « l'homme aux chemises de nuit amidonnées », comme dit Félix ?

Nella fut catégorique :

— Jamais. C'était la première fois que je voyais ça. Dès que j'ai pu, j'ai débarrassé le plateau et les tasses pour ne plus me trouver au milieu. Je savais plus où me mettre. J'ai pas été la seule. La cuisinière, Santuzza, qui est italienne, comme moi, arrêtait pas de dire « *che vergogna ! Madonna santa !* », en faisant des signes de croix tellement elle était estomaquée. Même mademoiselle Tardieu les a vus faire. Elle était derrière les rideaux du salon et elle *espinchait*[1]. Quand elle m'a vue rentrer, elle a fait semblant de prendre un livre dans la bibliothèque. Je pense qu'elle voulait faire celle qui était occupée à autre chose. Elle voulait pas que je croie qu'elle les espionnait.

Le reporter était de plus en plus intéressé.

— C'est allé loin, cette amusette ?

— Ah, non, quand même ! répondit l'honnête Nella. On y a rien vu, à Madame. Juste un petit peu entre *les poitrines*. Mais c'est le geste ! On fait pas des choses pareilles devant les gens ! À plus forte raison quand c'est un jeune homme qui fréquente la maison. Vous croyez pas que ça a dû lui chauffer les sangs, à son âge ?

— C'était peut-être fait pour ça, allez savoir, intervint Cécile.

La naïve Nella n'y avait pas pensé toute seule.

— Ah, vous croyez que…

— À dire vrai, reprit Raoul, on ne sait plus trop ni qui ni quoi croire, dans cette drôle d'histoire. Si vous me dites que le professeur Casals lui-même échauffait le jeune Champsaur, il ne faut plus s'étonner que l'autre ait pris feu pour de bon. Et elle, Marguerite, pendant ce temps, que disait-elle, que faisait-elle ?

— Elle faisait semblant de le prendre à la plaisanterie, mais on voyait bien qu'elle était très gênée. D'abord, elle a rien dit, mais quand elle a vu que ça continuait, elle a dit : « Allons, voyons ! » Elle s'est vite mise debout, et elle est rentrée dans la maison en disant qu'elle avait des ordres à donner à Santuzza pour le dîner du soir où ils avaient des invités.

1. Regarder à la dérobée.

— Ça a recommencé à d'autres occasions ?

— C'est la seule fois que je l'ai vu.

— Si ça n'est pas un ménage à trois, dit Cécile, vous avez raison, Nella : c'est un geste déplacé et une fois de trop.

La jeune femme expliqua avec son bon sens :

— Vous savez, Mme Casals avait dû y dire de jamais recommencer.

Un fond de champagne tiédissait dans les coupes. Raoul les remplit à nouveau malgré les protestations de Nella qui, assurait-elle, « allait être pompette ».

— On rentrera tous les quatre en fiacre, la rassura Raoul. En espérant que le cocher, lui, sera à jeun.

Le quatuor trinqua à nouveau.

— Il me semble avoir compris, tout à l'heure, que vous aviez deux choses à me raconter. Quelle était donc la seconde ?

— Ah oui ! s'écria la jeune femme, dont le champagne dénouait la timidité. Elle baissa la voix et se pencha vers Cécile et Raoul après avoir jeté un coup d'œil à la salle, au cas où le professeur Casals et sa rousse compagne auraient eu la même idée qu'eux de se rafraîchir sur place :

— Une autre fois, les fillettes de Madame m'ont raconté qu'elles avaient vu leur maman remettre un billet en cachette dans la main de monsieur Henri, leur précepteur, au moment où il partait. Le professeur était là aussi. Il jouait avec les petites. Enfin, des jeux qui l'amusaient, lui : il leur faisait réciter la table des sept.

— Et alors ?

— Sur le moment, les petites, elles n'en avaient parlé qu'à moi, du billet. On s'entendait bien, toutes les trois. Mais le soir, elles sont allées dire à leur papa ce qu'elle avaient vu, quand il est rentré de l'hôpital. Et vous savez ce qu'il leur a dit ?

— Non.

— Que c'était pas important. Que c'étaient des affaires de grands. Elles regardaient pas les enfants. Et il leur a fait promettre de n'en parler à personne. C'est bizarre, quand même, non ?

— C'est le moins qu'on puisse dire, avoua Raoul.

Félix, qui était resté un long moment silencieux à écouter les autres, demanda au reporter :

— Et vous, qui avez l'habitude des enquêtes, vous en pensez quoi de tout ça ?

Avant de répondre, Raoul réfléchit.

— Ce que j'en pense varie tous les jours. Chaque fois que je crois avoir pris le bon chemin, il s'achève en impasse. J'ai d'abord cru, comme tout le monde, à un double suicide passionnel. Puis je me suis demandé s'il ne s'agissait pas d'un assassinat.

Sans entrer dans les détails, le reporter se contenta d'expliquer que les enquêteurs se demandaient s'il n'y avait pas « quelqu'un d'autre » que les amants, dans la maison, le jour du drame. Quelqu'un qu'ils auraient surpris et qui les aurait tués pour ne pas être dénoncé.

Le reporter guetta une éventuelle réaction de la jeune femme, mais il n'y en eut pas.

— En cours d'enquête reprit-il, grâce à vous, Nella et – il me faut bien l'avouer – un peu au professeur Casals lui-même, qui pense à un envoûtement de sa femme par son jeune amant, j'ai bifurqué vers l'hypnose : je me suis demandé si le jeune Champsaur ne s'était pas emparé de l'esprit d'une femme fragile en la suggestionnant et en la soumettant à sa volonté pour l'obliger à se donner à lui. Et maintenant, à la lumière de ce que vous venez de me raconter, Nella, on dirait l'histoire d'un mari complaisant qui pousse sa femme dans le lit d'un autre. Je vous avoue ne plus savoir quoi penser. Savez-vous ce que j'ai envie de faire ?

Une double interrogation muette incita le reporter à répondre lui-même :

— Pas plus tard que demain, je vais aller déposer en vrac tout ce que je sais de l'affaire au pied des enquêteurs de la Sûreté, et ils feront le tri eux-mêmes. Après tout, c'est pas mon boulot.

20.

Où l'on revient sur les lieux du drame pour procéder à une vérification indispensable qui ouvre de nouvelles pistes.

— Brouquier ? Vous avez de la chance, il vient de rentrer de course. Mais vous savez ce que c'est : ça lui donne soif, de voir sa pauvre Rosette suer sang et eau dans les rues de Marseille. Vous le trouverez au Bar de l'Obélisque[1]. Il refait le plein.

Le collègue fortement moustachu du cocher Marius Brouquier – également employé par la société Decanis – stationnait en tête d'une longue théorie de fiacres devant *L'Eldorado,* la luxueuse salle de spectacles flambant neuve. Il désigna de son fouet à Raoul Signoret l'établissement situé de l'autre côté de la place Castellane, à l'entrée de l'avenue de la Gare du Sud[2], puis ajouta, farceur :

1. Rappelons aux gens qui connaissent la topographie marseillaise qu'avant que Jules Cantini offre la fontaine qui porte son nom, c'est l'obélisque, actuellement au rond-point de Mazargues, qui trônait au centre de la place Castellane.

2. Aujourd'hui avenue Jules-Cantini.

— Il doit en être à sa quatrième absinthe, mais vous inquiétez pas, la jument, elle, elle boit que de l'eau.

Le reporter traversa l'avenue du Prado, où une sextuple rangée de platanes procurait une relative fraîcheur, et gagna l'établissement désigné. À une table du fond, six ou sept cochers se racontaient des histoires de cochers, et Raoul se fit désigner celui qu'il cherchait par le garçon au moment où celui-ci passait devant le comptoir d'étain, son plateau chargé de bocks écumants et glacés qui firent saliver l'arrivant.

— C'est celui qui a le gros ventre.

Le garçon de café aurait dû préciser « celui qui a plus le gros ». Car le métier de cocher, malgré ses contraintes, n'est guère propice à l'exercice physique, et ces messieurs possédaient tous un tour de taille conséquent. N'y aurait-il pas eu ce détail anatomique remarquable, Raoul Signoret eût repéré au premier coup d'œil la table des cochers. Ces hommes en bras de chemise sous un gilet noir, chapeau de paille en tête, portaient tous, à leur côté, leur fouet, dressé comme la lance du chevalier. Précaution indispensable à qui ne voulait pas le voir bientôt *escané* par un de ces petits maraudeurs dont la ville abondait pour être vendu à un cordonnier complice, ou peu regardant sur la provenance de la marchandise.

Le reporter se présenta au cocher n° 7, devenu une célébrité depuis le drame de la *Villa aux Loups*. L'interrompant dans son monologue, il évita à ses confrères de subir pour la cinquantième fois le récit toujours enjolivé du « moment fatal » où il avait découvert le couple assassiné.

— Pourriez-vous me conduire à La Panouse ? demanda Raoul en soulevant son canotier.

Marius Brouquier dévisagea l'intrus qui lui cassait ses effets et répondit :

— Ah, ça m'embête ! C'est pas que je veux pas. C'est qu'il y a trois collègues avant moi. Et dans le métier, ça se fait pas de prendre le tour d'un autre.

« En théorie », pensa le reporter, pas dupe. On est à Marseille. Dans la pratique, il y a toujours moyen « de s'arranger ».

D'ailleurs, la solution vint du cocher lui-même. Jouant à la perfection l'honnêteté faite homme, Brouquier demanda au journaliste :

— C'est pour l'affaire ?

Il n'arrêtait pas de répondre aux interrogatoires des reporters, ou des simples curieux.

Raoul prit la balle au bond :

— Oui, j'aimerais vous poser quelques questions pour *Le Petit Provençal*. Mais ça peut prendre un moment. Je vous paierai la course comme si elle était faite.

— Bè alors, pas la peine d'aller à La Panouse, dit Brouquier, pratique. On peut se mettre ailleurs, dans un coin tranquille et discuter tous les deux.

Il redressa sa lourde carcasse, et dit à l'attention des collègues :

— On va pas vous casser les pieds avec ça, l'histoire, vous la savez par cœur.

L'approbation unanime de l'assemblée par un signe de tête positif, accompagné d'un discret soupir de soulagement, salua la bonne nouvelle.

En se dirigeant vers la sortie, Marius Brouquier précisa :

— On va aller boire un coup à la Brasserie de l'Avenue. Si mon tour arrive, c'est pas grave, puisque j'aurai ma course payée d'avance.

À peine dehors, le reporter se pencha vers le cocher :

— C'est que je voudrais vraiment aller à La Panouse avec vous.

Brouquier lui fit un clin d'œil.

— J'avais compris. Alors, voilà ce qu'on va faire. Vous allez prendre l'avenue du Prado comme si vous alliez à la Brasserie de l'Avenue. Vous vous arrêtez pas, vous continuez à marcher à l'ombre en direction du rond-point du Prado. Moi, je dis aux collègues à la station que je me sens pas bien avec cette chaleur, et que je rentre chez moi. J'habite au Rouet, ça les surprendra pas que j'aille par là me faire un *pénéqué* en attendant qu'il fasse moins chaud. Je prends mon fiacre, je vous *radague* [1] et on y va.

Ce qui fut dit fut fait. Il y eut encore une petite formalité, vite résolue :

— Je peux monter sur le siège à côté de vous ?

Le cocher fit une moue :

— C'est pas bien réglementaire. En principe, j'ai pas le droit... Mais vous êtes journaliste, pas vrai ?

Raoul aurait annoncé « capitaine des pompiers » ou « vérificateur des douanes », le cocher n° 7 aurait trouvé un prétexte pour satisfaire la clientèle et sa propre curiosité. Un journaliste, en plus, ça ne se refusait pas. Il devait en savoir encore plus que lui-même sur l'affaire. Comment voudriez-vous discuter discrètement d'un drame pareil en gueulant comme un putois et en se retournant *de longue*[2] vers le client assis sur le siège arrière ? C'est un truc à avoir un

1. Rattrape.
2. Tout le temps, en permanence.

accident de la circulation, ça. Et après, qui se serait fait appeler Jules par le père Decanis ?

Entre deux contraventions au règlement, le sage Marius Brouquier avait choisi la moins grave.

La brave Rosette partit au petit trot sur les pavés de l'avenue.

Avant de venir trouver le cocher témoin, Raoul Signoret s'était rendu au commissariat central pour s'astreindre à une double lecture. D'abord le procès-verbal rédigé par l'inspecteur Garcin, l'un des premiers policiers arrivés sur les lieux après la découverte du drame, ensuite le témoignage du cocher lui-même, tel qu'il avait été pris en sténotypie lors de son audition dans les bureaux de la Sûreté. Le reporter s'était astreint à établir des comparaisons et à débusquer les détails différant entre les deux textes. Les passages retenus par Raoul concernaient le moment où Marius Brouquier, réveillé en sursaut par les détonations, avait fait le tour de la villa dans l'espoir de trouver un moyen d'entrer par l'arrière du bâtiment. À cet instant, le cocher était encore seul devant la maison, les autres témoins n'étant arrivés qu'après coup.

Les deux extraits en question racontaient pratiquement la même scène, excepté un détail auquel jusqu'ici personne n'avait pris garde. Il avait frappé l'esprit du journaliste à la suite de sa discrète visite à « la villa tragique » quelques jours après son entrevue avec les autres témoins, dans le jardin de Francis Monetti.

Au moment où lui-même rédigeait son article d'après les notes prises dans le dossier que lui avait permis de consulter Eugène Baruteau, une anomalie lui avait sauté aux yeux. Quelque chose, un détail, ne concordait pas. Depuis ce jour-là, le reporter du *Petit Provençal* n'avait pas cessé d'avoir l'esprit tracassé par le besoin de tirer les choses au clair. Il lui fallait se rendre sur place, afin de procéder à une vérification indispensable.

Voilà pourquoi Raoul Signoret était présentement assis au côté de Marius Brouquier, sur le siège de moleskine noire du fiacre n° 7 de la société de transports Decanis, en route pour la *Villa aux Loups*.

*
* *

Après avoir mis le cocher en condition en soulignant l'importance du témoignage du gros homme, qui, flatté, écoutait le journaliste en se persuadant de son importance dans l'affaire, le reporter s'attaqua plus directement à son questionnaire :

— Vous souvenez-vous exactement de ce que vous avez fait aussitôt après avoir été réveillé par les coups de feu ?

— Si je m'en souviens ! Comme si j'y étais encore. J'ai d'abord appelé tant que j'ai pu, puis j'ai tapé comme un sourd sur la porte. J'ai essayé d'entrer, mais *makache* ! ils avaient tout bouclé, alors, j'ai fait le tour de la maison pour voir si des fois y aurait moyen de passer par une autre ouverture.

— Et ça n'était pas possible ?

— Les volets des deux pièces au premier étage étaient fermés. Il y avait sous le toit une ouverture comme un œil-de-bœuf, mais c'était trop haut, et même avec une échelle, j'y serais pas passé, je suis trop gros. Y avait bien une porte, juste derrière, mais elle était fermée par une chaîne qui passait dans un anneau scellé dans le mur. C'était du solide. Avec des maillons comme mon petit doigt et un gros cadenas.

Le reporter fit l'âne pour avoir du son :

— Il aurait fallu avoir la clef.

Le cocher se récria :

— Même pas !

— Si, tout de même ! Avec la clef, vous auriez pu ouvrir…

— Mais non, vous z'avez pas compris. Le cadenas, il était *dedans* la maison.

Raoul tressaillit, mais n'en laissa rien paraître, accentuant son air égaré :

— Comment ça, dedans ? Je ne comprends plus. N'avez-vous pas dit à la police que vous l'aviez vu, ce cadenas ?

— Je l'ai vu, voui, mais dedans. Pas *déhors*. Quand j'ai tiré sur la chaîne, des fois que ça serait pas fermé, les maillons, ils ont commencé à venir en passant par les trous percés dans le bois de la porte. Et puis tout d'un coup : arrêt buffet ! C'était quelque chose qui bloquait. On pouvait plus tirer sur la chaîne : c'était le cadenas, gros comme la moitié de ma main ouverte, qui restait en travers. Mais dedans, il coinçait, vous comprenez ? Il était de l'autre côté du bois de la porte, pas de mon côté. C'est en *espinchant* par l'*estertice* de la porte que je l'ai vu, et j'ai compris que c'était pas par là que j'ouvrirais. Alors, j'ai laissé tomber et je suis revenu devant la villa. Après un petit moment, les autres sont arrivés et…

Raoul Signoret, en proie à une soudaine excitation qu'il s'efforçait de dissimuler au cocher, n'écoutait plus. Il se remémorait le procès-verbal policier, rédigé par l'inspecteur de la Sûreté Garcin, à partir des notes prises sur place moins de deux heures après le double suicide. Le policier parlait avec une précision professionnelle « d'un gros cadenas fermant une chaîne passant par deux trous du bois, interdisant *d'entrer* dans la villa par la façade arrière ». *D'entrer,* et non de *sortir.* Donc, le cadenas était à l'extérieur. Bien visible contre le bois de la porte, bouclant les maillons terminaux de la chaîne.

Pas besoin de l'*espincher* par le côté de la porte entrouverte pour le voir. Depuis le jardin, derrière la haie de buis, on ne voyait que lui.

C'est d'ailleurs ainsi que le reporter du *Petit Provençal,* venu à son tour faire du repérage après la réunion chez les Monetti, l'avait découvert.

La suite du procès-verbal de constatation précisait que « la clef dudit cadenas réclamée aux Casals avait été déclarée depuis longtemps égarée ».

Raoul Signoret n'en était pas aussi convaincu que le brave inspecteur chargé du rapport.

Cette clef, il l'avait à l'instant même, tandis qu'il parlait avec le cocher, dans la poche droite de son veston. Du moins espérait-il fortement que c'était elle.

Pour s'en assurer une fois pour toutes, il était là, au côté de Marius Brouquier.

Le fiacre venait de dépasser le village de Sainte-Marguerite, sur le chemin de Cassis.

— J'ai dit devant vos collègues cochers que je voulais aller à La Panouse, mais vous aviez compris que c'était pour avoir l'occasion de vous parler seul à seul, mentit le reporter.

— Vous voulez qu'on fasse demi-tour, alors ? demanda Brouquier.

Raoul paracheva son mensonge. Il ne tenait pas à ce que le cocher l'accompagnât jusqu'à la villa :

— Non, continuez. Parce que je vais en profiter, si vous voulez bien m'y conduire, pour rendre visite à un confrère souffrant qui habite au Cabot, au pied de la colline Saint-Joseph.

Pendant qu'il y était, Raoul Signoret fit raconter à Marius Brouquier l'arrivée du couple à la *Villa aux Loups*.

— C'est elle qui avait les clefs. Elle l'a attendu deux minutes, pas plus, le temps qu'il aille chercher quelque chose dans une autre villa, presque en face, dans l'impasse des Solitaires, où je venais de m'arrêter. C'était un cahier, je crois me rappeler. Il a dit « Je l'ai, il était sur ma table », ou quelque chose comme ça. Après, ils sont rentrés s'enfermer, là où on les a retrouvés suicidés.

Ce détail – le détour par une autre villa – le reporter ne l'avait lu nulle part dans le dossier de la police. Sans doute, Brouquier ne l'avait-il pas mentionné, car aucun enquêteur ne l'avait interrogé sur ce point-là. Les gens de la Sûreté avaient suffisamment de « biscuit » à se mettre sous la dent, avec deux cadavres sur les bras et l'aveu du « coupable », pour s'arrêter à des questions aussi secondaires.

Comme souvent, quand l'enquête paraît se résoudre d'elle-même, la police l'avait bâclée. Il ne s'agissait pas d'un cambriolage, n'est-ce pas ? Mais d'un double suicide. Il semblait sans mystère. Pourquoi aller répondre à des questions qu'on ne se posait pas ?

Le reste du trajet s'acheva avec les banalités d'usage, le cocher revenant avec obstination sur les détails les plus scabreux :

— Vous croyez pas que non ? Une *damote,* qu'elle avait l'air si *comifaut* et qui fait pas mieux qu'une radasse[1] de la rue Bouterie...

Il secoua la main :

— Tout Marseille le sait, maintenant. Putain, son mari... la honte !

Le reporter régla sa course – deux francs cinquante – et attendit que le cocher ait manœuvré son fiacre pour s'engager non pas sur le chemin de la colline Saint-Joseph, mais sur l'un des nombreux sentiers forestiers ombragés de pins qui maillent le massif dominant l'avenue de La Panouse côté nord.

La fin d'après-midi s'annonçait, mais la température ne baissait pas pour autant.

L'inconvénient avec le pin est que son ombre est aussi chaude que s'il n'y en avait pas. Le soleil passe à son aise à travers les aiguilles, et il n'y a vraiment que les cigales pour s'en réjouir. La chaleur tombait du ciel et montait de la terre. Si bien que le journaliste du *Petit Provençal,* veste sur le bras et canotier sur la nuque, était en nage lorsqu'il arriva en surplomb des dernières villas de l'avenue. Ce détour de plusieurs kilomètres lui avait épargné l'inconvénient de tomber nez à nez avec un riverain, souvent à l'*agachon,* occupé à arroser derrière une haie ses troènes ou ses piracanthas tout en guettant l'*estranger* qui

1. Prostituée de bas étage.

viendrait troubler la quiétude de ce coin de paradis. À ce jeu-là, Francis Moneti était imbattable.

Le franchissement du mur de clôture de la *Villa aux Loups* sur les arrières de la propriété fut de nouveau une formalité, pour quelqu'un comme le reporter, rompu à l'entraînement sportif par la pratique assidue de la boxe française.

*

* *

Raoul Signoret contemplait l'œil unique et noir du gros cadenas comme Ulysse celui du Cyclope. Le journaliste tenait en main la grosse clef de fer, et son cœur battait un peu plus vite. Ses doutes furent brefs. Le pêne entra en terrain conquis, et un claquement bref se fit entendre qui libéra l'anse pivotante, celle qui s'était bloquée à hauteur d'un des trous percés dans l'épaisseur du bois de la porte, quand Marius Brouquier avait halé la chaîne à lui. Ceci ne risquait pas d'arriver à Raoul, qui venait de libérer l'un des deux anneaux terminaux de la chaîne passée dans l'anse scellée au mur. Il laissa la ferraille pendre à cheval sur l'étrier, et, par une précaution qu'il n'aurait su expliquer, il mit le cadenas dans la poche de son veston, comme s'il craignait que quelqu'un, l'ayant aperçu, l'enfermât dans la villa. Il fit pivoter la porte en la tirant vers lui, ménageant une ouverture juste suffisante pour l'autoriser à se glisser dans le petit couloir permettant soit de gagner les pièces de réception du rez-de-chaussée, soit, par l'escalier qui se présentait face à lui, de monter à l'étage où Marguerite Casals et Henri Champsaur avaient connu leurs derniers instants.

Il referma soigneusement l'ouverture sur lui.

À dire vrai, le reporter du *Petit Provençal* eût pu se dispenser de cette visite indélicate, mais, tant qu'à être venu de si loin, autant jeter un œil sur la « chambre tragique », comme l'avait qualifiée un confrère qui n'avait pas peur des mots.

Cette inspection des lieux n'était pas le plus important aux yeux de Raoul, qui, à présent, avait la réponse aux questions qu'il se posait depuis sa première visite à la *Villa aux Loups*. Quelqu'un avait manipulé ce cadenas entre le moment où Marius Brouquier avait tourné autour de la maison, puis participé à la fracture de la porte, et l'arrivée de la police alertée par le cocher qui s'était rendu à la gendarmerie de Mazargues. Ce quelqu'un n'avait pas pu fuir par la porte d'entrée en façade, car il se serait trouvé nez à nez avec les riverains de l'avenue attirés par les détonations et restés sur place. Il serait donc sorti par la porte de derrière. Il avait eu plus d'une demi-heure pour le faire. Quittant furtivement la villa par l'arrière, l'inconnu aurait donc pris la précaution de refermer le cadenas sur sa chaîne, afin qu'on ne découvrît pas la porte entrouverte, ce qui eût à coup sûr dénoncé son passage à l'observateur le plus distrait.

Mais bien sûr, il n'avait pu replacer le cadenas *à l'intérieur*, sa taille interdisant qu'il passât par un des trous percés dans la porte, comme l'avait constaté Brouquier en sens inverse.

Le mystérieux visiteur était-il l'assassin des deux amants, ou bien, étranger au drame, présent par hasard dans la maison au moment du double suicide, affolé par ce qui venait de s'y passer, s'était-il simplement enfui pour ne pas être impliqué dans l'affaire dès qu'il avait été sûr que le cocher et les témoins étaient occupés ailleurs ?

Avec le boucan que faisaient les cigales, il eût fallu partir en jouant du tambour pour attirer l'attention.

Raoul se souvenait à présent d'un détail lu dans l'interrogatoire de Marius Brouquier, qui, dans son langage simple, disait à peu de chose près : « Il m'a semblé entendre remuer à l'intérieur de la maison quand j'ai appelé. J'ai pensé que quelqu'un venait ouvrir, mais c'était pas ça. C'était peut-être le jeune qui bougeait encore parce qu'il était pas mort tout à fait. »

Ce n'était pas *le jeune qui bougeait*, mais peut-être quelqu'un de bien vivant, qui ne tenait pas à ce qu'on le surprenne en ces lieux et à ce moment-là… et préparait sa fuite en attendant le moment opportun.

Pour autant le départ avait été précipité, comme le prouvait cette clef perdue au moment où la personne en fuite sautait du mur pour se fondre dans la pinède. C'est en faisant de même, à sa première visite, que le reporter était tombé nez à nez avec cette clef, couchée sous un buisson sur son tapis d'aiguilles.

« C'est l'oncle Eugène et son nouveau chef de la Sûreté, le divisionnaire Grandjean, qui vont être contents ! » songeait Raoul en atteignant le palier.

Pour autant, ce scénario, loin d'épuiser les questions, en générait quantité d'autres. Ce témoin inattendu n'était pas forcément l'assassin des amants. Que celui – ou celle ? après tout – qui avait fui après les coups de feu ait été en possession de la clef du cadenas pouvait-il laisser conclure à coup sûr qu'il s'agissait d'un familier ? Rien ne l'assurait non plus, pour l'instant. Le professeur Casals avait déclaré cette clef égarée depuis longtemps. Égarée, ou volée ? Il avait précisé aux enquêteurs que la fameuse clef était restée des années pendue à un clou planté dans le montant de la porte, jusqu'à ce qu'elle disparaisse, mais personne n'aurait pu dire à quelle date remontait cette disparition. Un domestique – parmi ceux qui suivaient la famille durant sa villégiature estivale – aurait très bien pu s'en emparer, et revenir un jour où il savait la maison vide pour une petite visite « intéressée ». Elles ne manquaient pas, dans ces maisons inoccupées une bonne partie de l'année. Il n'aurait pas été le premier. Surtout s'il avait fait l'objet d'un renvoi. Il faudrait que la Sûreté fouille de ce côté-là.

À peine avait-il formulé cette hypothèse que Raoul Signoret la voyait s'effondrer. Oui, mais alors, pour entrer dans la villa avec la clef du cadenas, encore eût-il fallu que celui-ci fût placé *à l'extérieur* de la porte. Or, Marius Brouquier était formel : à son arrivée, il était *dedans*.

Donc, l'éventuel visiteur n'était pas entré par là. En revanche, il était sorti de la maison par cette porte, parce que la clef était encore pendue au clou planté dans le montant de bois.

Ou qu'il la possédait déjà...

En ne notant pas sur l'instant la contradiction entre le témoignage du cocher et leur propre procès-verbal, les enquêteurs rendaient à présent presque impossible de faire la lumière sur un détail qui devenait pourtant capital.

Raoul Signoret repensait à ce vieux professeur de philosophie au lycée qui dissertait sur le paradoxe : « Plus je sais, plus je sais que je ne sais pas. » Il avait une démonstration d'une lumineuse simplicité pour faire entrer cette idée contradictoire dans les têtes qu'il était chargé de former.

« Supposez, messieurs, que je puisse enfermer tout mon savoir dans un cercle. »

Au tableau noir, il dessinait un cercle à la craie de la grosseur d'un ballon de football, puis se retournait vers la classe en la contemplant par-dessus ses lunettes.

« Mon contact avec l'inconnu, c'est-à-dire tout ce que je ne sais pas, se trouvant à l'extérieur du cercle de mon savoir, est égal à la circonférence de mon ballon. »

Il écrivait πr^2.

« Ce qui représente, dans ce cas, soixante-dix centimètres environ. »

Il marquait un silence pour s'assurer que toute la classe suivait. Puis il continuait :

« Supposons que, grâce à mon travail, j'accumule suffisamment de connaissances pour qu'elles occupent la surface d'un ballon grand comme ça. »

Il dessinait alors un cercle occupant pratiquement toute la surface du tableau.

« Que voyez-vous ? Que tout mon savoir tient toujours dans un cercle dont la circonférence est toujours πr^2, mais qui, maintenant, mesure plus de trois mètres. Donc, mon contact avec l'inconnu, c'est-à-dire avec tout ce que je ne sais pas, est infiniment plus important que lorsque je ne savais pas grand-chose dans mon petit ballon. Vous comprenez ? Plus j'apprends, plus je découvre des choses que je ne sais pas, plus mon savoir me fait poser des questions dont je n'ai pas la réponse. En conséquence, plus je sais, plus je sais qu'il existe infiniment de choses que je ne sais pas. »

La classe était subjuguée par la pertinence de la démonstration, mais il y avait toujours un farceur pour se faire piéger en levant le doigt pour demander, faussement ingénu :

« M'sieur, alors à quoi ça sert qu'on vienne au lycée pour apprendre ?

— Ça sert à venir en colle jeudi matin pour impertinence », répondait le vieux philosophe, sous les rires des autres potaches.

Avec cette évocation d'un épisode de sa jeunesse studieuse, Raoul Signoret vérifiait que lui-même, plus il apprenait des choses, plus d'autres, toujours plus nombreuses, lui échappaient.

*
* *

L'étage de la villa se composait de quatre pièces, réparties deux par deux autour d'un couloir central qui s'achevait, côté façade arrière, sur un cabinet de toilette éclairé par la fenêtre ronde qu'il avait repérée, à l'aplomb du faîte de la toiture. Deux des chambres donnaient sur le devant de la villa, les deux autres sur l'arrière. Toutes les portes étaient ouvertes. Le reporter se dirigea d'emblée vers la pièce de gauche, en façade, désignée par le cocher comme celle où il avait vu pour la dernière fois Henri Champsaur vivant, tirant les volets sur lui et lui disant « d'attendre le temps qu'il faudrait ».

La chambre était vide de meubles. Le ménage avait été fait à fond, comme l'attestait une persistante odeur de Pigeonne, l'eau de Javel des Marseillais. Sans doute avait-on voulu effacer toute trace du drame, le corps inanimé d'Henri Champsaur ayant été décrit « assis au sol, les jambes allongées sur le plancher, le dos appuyé à un canapé ». La couleur délavée des lames de bois attestait que l'on avait lessivé le sang avec énergie.

Un des lais de la tapisserie avait été arraché en grande partie à hauteur d'un lit ordinaire. Avec un frisson, le reporter devina que le sang de la malheureuse Marguerite Casals avait dû le maculer.

Les trois autres pièces avaient conservé leur mobilier, mais les portes ouvertes des armoires révélaient qu'on les avait vidées de leur contenu.

Il n'y avait guère de raison pour s'attarder davantage. Par réflexe, le reporter du *Petit Provençal* jeta un œil aux autres pièces de l'étage. Il pénétra dans le cabinet de toilette à l'atmosphère confinée, dont toute la paroi du fond était occupée par un imposant lavabo composé d'une grande table de marbre avec, en son centre, une cuvette en creux, surmontée de prétentieux robinets en forme de cygnes. La cuvette basculait sur un axe qui permettait de vider son contenu sans avoir à la soulever dans des canalisations masquées par un meuble bas équipé d'une double porte, servant de placard à linge. C'est sur lui que reposait la table de toilette avec sa cuvette à bascule.

En se contemplant par réflexe dans le miroir ovale qui surmontait le lavabo, le reporter s'appuya des deux mains sur la plaque de marbre, ce qui l'amena à constater que le précieux calcaire n'avait pas le même relief à gauche qu'à droite. Un côté était parfaitement lisse sur toute sa surface, l'autre paraissait légèrement rugueux sous la main gauche. Comme si le calcaire avait été attaqué par un liquide corrosif.

Raoul se pencha, renifla la surface sans détecter une odeur particulière, mais en y regardant de plus près, il se rendit compte qu'en effet la roche poreuse avait gardé une trace de forme ovale, comme si on avait laissé tomber dessus un produit corrodant qui avait attaqué le polissage. La plaque de marbre était devenue terne à cet endroit, contrastant avec le reste du plateau qui avait conservé son aspect luisant.

Le reporter n'y prêta pas plus d'attention sur le moment, et décida qu'il était temps de quitter les lieux. Cette maison n'avait plus rien à lui apprendre. Mais il se promit de faire part de son observation à son oncle et aux estafiers chargés de l'enquête, qui n'avaient décidément pas fait montre d'un zèle excessif.

Raoul Signoret sortit par où il était entré, bouclant avec soin la chaîne sur son cadenas dont il conserva la clef pour la remettre à la police.

En faisant demi-tour sur lui-même, il se trouva contre la haie de buis, et une chose l'intrigua, qu'il n'avait pas remarquée lors de sa première venue. Une branche avait été cassée et pendait, attirant l'œil par sa couleur devenue jaune, tranchant sur le vert sombre du feuillage serré des arbustes.

Quelqu'un est passé *à travers la haie* pour quitter plus vite la villa, en conclut le reporter…

Puis, grimpant dans le serviable amandier dont les branches permettaient, en se suspendant à elles, de franchir sans effort le mur de clôture de la propriété, il retourna dans la fournaise sonore, prenant l'allure d'un promeneur, comme s'il revenait d'une balade en colline.

Il n'avait pas fait plus de dix pas dans l'avenue de La Panouse qu'une voix devenue familière l'interpella.

Francis Monetti, ex-entrepreneur-maçon reconverti dans le jardinage, venait de jaillir de sa haie de cyprès :

— Alors, vous faites comme les assassins ? Vous revenez sur les lieux du crime ?

— Non, mentit le reporter. Figurez-vous que l'autre jour j'ai perdu ma montre à gousset. Un maillon a dû céder quand je me suis baissé pour récupérer ma bécane, alors je suis revenu voir si des fois je la retrouverais pas.

— Et vous l'avez pas retrouvée.

— Eh non. Elle a dû plaire à quelqu'un.

Monetti jeta un coup d'œil à la chaîne de montre qui allait de la ceinture à la poche droite du pantalon du reporter.

— Heureusement, vous en aviez une autre.

Raoul changea de sujet de conversation.

— Et Mimi Monetti ? Toujours en pétard contre Mme Casals ?

— C'est pas près de lui passer.

Monetti souleva son chapeau de paille et s'épongea le front :

— Mais venez vous mettre un moment au frais dans le jardin.

Les deux hommes pénétrèrent sous les arbres. L'humidité due à l'arrosage rendait l'endroit fort agréable.

— Putain ! monsieur Raoul, c'est pas pour dire, mais ces cigales, le Bon Dieu, il doit les avoir créées pour emmerder les Provençaux. Je sais pas vous, mais j'en peux plus de les entendre. Elles vont me rendre gaga. Et encore, si on en croit Fabre, l'entomologiste, vous savez, celui de Sérignan, que Victor Hugo l'appelle l'« Homère des insectes », eh bien, d'après Fabre, y a que les mâles qui chantent. Qu'esse ça serait si les femelles s'y mettaient !

— Té ! regardez cette fadade ! dit Monetti.

Il s'approcha d'un fil d'étendage. Une cigale y était posée.

— Vous avez vu ce qu'elle suce, celle-là ? Une épingle à linge. Du bois mort. Et elle chante comme les autres. Ça doit avoir du goût, je vous jure !

Sur le chapitre des cigales et de leurs nuisances, Francis Monetti était intarissable.

— À force de battre leur briquet, j'ai toujours peur qu'elles mettent le feu à la pinède, dit Raoul.

Le reporter approuvait les propos de l'entomologiste amateur. Tant il est vrai que pour rester en bons termes avec l'indigène, mieux vaut adopter son point de vue. Il en fut aussitôt récompensé par une nouvelle information :

— Personne n'est revenu à la *Villa aux Loups* ?

— Si, le professeur Casals lui-même. La police a fait enlever les scellés. Ils ont dit que c'était plus la peine. Le professeur était en compagnie de deux personnes, un couple, que je ne connaissais pas. Quelques jours plus tard, il est venu un charreton de déménageurs. Ils ont sorti des meubles et du linge en pagaille. Peuchère, peut-être qu'il veut vendre, M. Casals. Après ce qui s'est passé, il doit plus avoir envie d'y revenir.

— Ça pourrait se comprendre, en effet, admit le reporter.

— Vous êtes pas pressé ?

La question de Francis Monetti tira Raoul Signoret de sa réflexion.

— Pas précisément.

— Vous me raconterez un peu où vous en êtes ? Enfin, ce que j'ai le droit de savoir.

Le reporter plaisanta :

— Et comme ça, demain, vous n'aurez pas besoin d'acheter le journal. Avec les sous économisés, vous pourrez offrir des fleurs à madame.

Monetti n'y aurait pas pensé tout seul :

— Des fleurs ? Pour quoi faire ? Elle en a plein le jardin !

21.

Où celui que l'on croyait perdu à jamais semble vouloir revenir à la vie et vouloir dire quelque chose que personne ne comprend.

— Raoul, mon neveu, es-tu assis ?

Le reporter du *Petit Provençal* savait par expérience qu'Eugène Baruteau ne l'appelait pas au journal sans raison.

— Oui, mon oncle vénéré. Je suis présentement à mon bureau. Et je suis tout ouïe.

— Alors accroche-toi aux accoudoirs. Le petit Champsaur est en train d'émerger du coma !

Le reporter sursauta.

— Non ! Pas possible ! Vous dites ça pour me faire plaisir !

— Tu as deviné. Je savais que ça ne te laisserait pas indifférent.

— Et qu'est-ce qu'il dit ?

Le gros rire du policier retentit dans le cornet acoustique du téléphone.

— Tu ne changeras jamais, toi ! Tout de suite, on saute à pieds joints sur la conclusion. Eh bien, figure-toi qu'il vient d'étonner tout le monde. Il a dit sans bégayer : « Sciez ces chers sièges et ces seize chaises. »

— Non, sans blague, mon oncle ! Ne me faites pas dessécher sur pied.

— Enfin, Raoul ! Sois raisonnable. Je t'ai dit qu'il était en train d'émerger. Pas qu'il préparait le concours d'entrée au conservatoire d'art dramatique.

Le reporter trépigna sur place, comme quand il était enfant et que l'oncle Eugène[1] retardait à plaisir le moment de lui donner « la surprise » promise.

— J'aimerais tant qu'il nous raconte ce qui s'est passé...

— Tiens ! Et moi donc ! Mais je crains qu'il n'éprouve quelques difficultés d'élocution. Faut-il te rappeler que ce garçon a reçu une balle qui lui a traversé la mâchoire, avant de se loger dans le lobe de Machin-Chose.

— L'aire de Broca, mon oncle. C'est l'endroit du cerveau où on a localisé le centre du langage.

— L'aire de Broca, si ça te fait plaisir. Je ne voulais pas avoir l'air de ramener ma science. Mais puisque tu fais ton intéressant, sais-tu comment on avait baptisé le cerveau étudié par Paul Broca, qui lui permit d'affirmer que nous parlons avec l'hémisphère gauche ?

— Non. C'est la réponse au concours organisé par *Le Sémaphore*[2] pour gagner une maison de campagne ?

---

1. Rappelons que Raoul Signoret, orphelin de père, a été élevé par sa mère, épaulée par Eugène Baruteau, dont elle est la sœur (voir les épisodes précédents des « Nouveaux Mystères de Marseille »).

2. Journal marseillais.

— Fais le malin, ça te va bien. Eh bien, apprends-donc, ignorantin, qu'on le surnommait le « cerveau de Tan ». Sais-tu pourquoi ?

— Facile ! Parce qu'il appartenait à M. Tan, un Indo-Chinois[1].

Baruteau barrit au bout du fil et dit sobrement :

— Couillon.

Puis il expliqua calmement :

— On le surnommait Tan, parce que ce cerveau était dans le crâne d'un patient du célèbre neurochirurgien qui, sans avoir aucun trouble moteur de la bouche, des cordes vocales ou de la langue, et muni d'une intelligence normale, ne pouvait pourtant prononcer qu'une syllabe : « tan ! » Quand Broca a pu l'autopsier, il s'est rendu compte que le pauvre homme était porteur d'une lésion *maousse* à l'hémisphère gauche, qui le rendait quasi-muet. Ça t'en bouche un coin, non ?

— C'est surtout votre science qui m'épastrouille. D'où tenez-vous ça ?

Baruteau ricana :

— C'est tout frais, rassure-toi. J'ai un peu révisé avant de t'appeler. Quand le professeur Acquaviva, qui a opéré Champsaur, m'a prévenu, il m'a expliqué ce que je viens de te rapporter, pour que j'aie l'air un peu moins stupide qu'un flic moyen. Il m'a fait comprendre qu'il avait fait l'essentiel de ce qu'il savait faire, mais que, pour le miracle, ça prendrait un peu plus de temps. Tout ça pour te dire : petit un, le jeune homme a légèrement fait surface, mais il a bien vite replongé ; petit deux, ce jeu de yoyo peut durer des

1. Orthographe d'époque.

semaines ; petit trois, que rien ne nous assure qu'à la sortie du tunnel, si elle a lieu un jour, Champsaur soit capable de dire autre chose que « ting ! tong ! », ou même « tsoing ! » s'il est en forme. Et qu'il ne faut pas trop compter sur lui pour éclairer notre lanterne de sitôt.

— Qu'est-ce qu'on fait, alors, on attend les bras croisés ?

— C'est pas ton genre, j'en sais quelque chose, mon cher neveu. Ni le mien. Mais on ne va pas pouvoir aller plus vite que la musique, Raoul. Nous sommes à la merci de... de quoi, au fait ? Disons de la nature, pour faire simple. On a vu des types parler comme toi et moi avec une moitié de la tête en compote, et d'autres muets à jamais pour avoir reçu un simple coup de marteau d'horloger. Alors, prions, mes frères, comme on disait avant la loi de séparation de l'Église et de l'État.

— Je suppose que vous avez posté des guetteurs aux créneaux avant de l'amener à Lourdes ?

— Tu parles, Charles ! J'ai un inspecteur perché en permanence sur les barreaux à la tête du lit du jeune homme.

— J'ai bien envie d'aller faire un tour à la Conception. Y voyez-vous un inconvénient ?

— Je ne peux pas t'en empêcher, mais je serais étonné qu'on te laisse entrer dans la chambre pour interroger le revenant.

— Ce n'est pas mon intention, mais j'ai un ami infirmier au pavillon des Officiers. Vous savez, c'est le compagnon de la jeune femme que j'ai sauvée de la noyade le jour où le cascadeur éprouvait à ses dépens les effets du principe d'Archimède. Je vais demander à mon ami Félix de se mettre à l'*agachon* et de me tenir au courant des événements.

Baruteau rugit :

— Attention, Raoul, pas un mot dans le journal, Dieu garde ! Je te fais couper les oreilles en pointe !

— N'ayez crainte, mon oncle. Ça ne sortira pas du département. Vous connaissez ma discrétion naturelle. Mais je suis certain que vous êtes comme moi : vous aimeriez sans doute savoir si la nouvelle d'un possible réveil du jeune homme n'attirerait pas – en dehors de sa mère, bien sûr – d'autres visiteurs autour de son lit. Vous voyez ce que je veux dire ? Des gens intéressés à connaître l'évolution de son état de santé, par exemple.

— Tu penses à qui, en particulier ?

— Sans doute à la même personne que vous, mon oncle.

*
* *

Chaque fois qu'il pénétrait dans la cour rectangulaire de l'hôpital de la Conception, cernée sur son pourtour par ses deux étages d'arcades rondes, le long desquelles s'alignaient les différents services, le reporter du *Petit Provençal* ne manquait pas d'être frappé par la ressemblance de l'établissement hospitalier avec un couvent de religieuses. Les silhouettes claires et furtives des infirmières, avec leur long voile blanc tombant jusqu'aux reins, qui déambulaient dans les galeries pour se rendre d'un service à l'autre, accentuaient encore l'impression, renforcée par la présence de la petite chapelle au clocher pointu, entourée de platanes, fermant la cour côté sud. C'est ici que, partageant les souffrances de ses frères en infortune, le poète Arthur Rimbaud avait trouvé la fin de son errance terrestre, crucifié sur un lit qui n'avait jamais autant mérité le qualificatif de « souffrance ». Précisément dans ce pavillon dit des Officiers, vers lequel se dirigeait à présent le journaliste. Ce pavillon, isolé du bâtiment central, avait un avantage incontestable au temps où les salles étaient communes, mêlant mourants et malades sur la voie de la guérison en une désolante promiscuité : il possédait des chambres individuelles, dont on pouvait disposer si on avait les moyens de payer entre six et dix francs par jour.

Il était huit heures du soir, un beau soir de juillet, tout illuminé par un soleil qui se prélassait encore haut dans le ciel, peu pressé d'aller se coucher derrière les îles du Frioul, par un temps pareil. La chaleur du jour commençait à s'atténuer, mais les murs épais de l'hôpital en restituaient une partie dont le journaliste sentait le souffle sur sa joue tandis qu'il approchait du pavillon. S'il n'était cette odeur composite de maladie, de mort et de pharmacie qui imprégnait les lieux, il eût été agréable de regarder la nuit tomber, assis sur un des bancs de la cour, à écouter, sous la caresse de la brise du soir, bruire les platanes où des centaines de moineaux se disputaient un perchoir pour la nuit. Mais Raoul Signoret n'était pas là pour ça. Il se hâtait, espérant arriver au moment où Félix Raspail prenait son service de nuit au pavillon des Officiers. Sans sa présence amicale, personne n'aurait admis qu'un visiteur se présentât à une heure aussi tardive. L'administration se montrait pointilleuse sur les horaires d'admission. Déjà le planton à l'entrée principale avait grogné en voyant un intrus débarquer hors des horaires fixés pour les visites. Il avait fallu que le reporter inventât la fable d'une épouse infirmière salle Fressynge, qu'il venait cueillir à la fin de son service, pour que les crocs du cerbère disparaissent.

Par bonheur, le premier infirmier que Raoul Signoret aperçut, à peine franchi le porche d'entrée du pavillon, fut le bon. Félix Raspail, passé la surprise de cette arrivée inattendue, accueillit le reporter à bras ouverts et le fit entrer dans le petit bureau des soignants, à droite du hall précédant la salle commune. Il y pénétra sur les pas de Raoul, sans toutefois s'y enfermer, sa conscience professionnelle l'obligeant à demeurer accessible au moindre appel.

L'infirmier ne laissa pas le journaliste poser sa question, car il avait deviné la raison de sa présence.

— On vous a dit, alors, pour le jeune ?

— Oui. Comment va-t-il ?

— Pas bien flambant, encore. Mais c'est peut-être le début de quelque chose. En tout cas, même si ça va pas loin, c'est mieux qu'il y a une semaine.

— Mais... dit-il quelques mots ? Tente-t-il de communiquer ?

Félix ne put s'empêcher de sourire :

— S'il dit des mots, pour le moment y a que lui qui les comprend... Il fait que répéter « Adieu ! » ou « à Dieu ! », on sait pas trop à qui il s'adresse, le pauvre. Le professeur Delanglade, il dit comme ça que peut-être il se sent partir, et c'est sa façon à lui de dire au revoir, peuchère !

— Bien, dit Raoul. Je ne me faisais guère d'illusion. Ce n'est pas demain la veille que je recueillerai ses premières impressions de retour chez les vivants.

Félix Raspail opina de son blanc bonnet.

— Surtout que la police a mis un gardien devant la chambre. Je me demande bien pourquoi, parce qu'il risque pas de partir en courant de sitôt.

— C'est la procédure de routine, expliqua le reporter. N'oubliez pas qu'Henri Champsaur est suspecté d'avoir assassiné Mme Casals. Si par chance pour lui, il retrouvait la santé physique et mentale, il ne couperait pas à un procès, fût-ce pour l'acquitter. Donc, la police est contrainte de le surveiller comme n'importe quel suspect.

— Ils ont du temps à perdre, dit l'infirmier. Ils feraient mieux de courir après les voleurs. Il est vrai que c'est plus fatigant.

— Et beaucoup plus dangereux, renchérit Raoul. Mais cette présence policière ne me gêne en rien pour le service que j'ai à vous demander, mon cher Félix.

— Dites.

— Je suis venu vous prier d'ouvrir l'œil pour moi. J'ai la chance d'avoir un *indic* dans la place, et sans trahir votre devoir de discrétion, je voudrais obtenir de vous deux petites choses qui m'aideraient bien.

— C'est comme si c'était fait, dit Félix.

— Je n'en doutais pas, surtout qu'il n'y a là rien de compromettant. Mais souffrez d'abord que je vous les dise. Je voudrais que vous propagiez parmi vos collègues de l'hôpital la nouvelle de la sortie du coma du jeune Champsaur.

— Ça se sait déjà un peu, vous savez. Ici, c'est pas les bazarettes qui manquent. Les nuits sont longues et les journées interminables. Il faut bien se changer les idées en tricotant de la langue.

— Je m'en doute, dit le reporter, mais j'aimerais que vous aidiez, vous durant la nuit et Nella le jour, à répandre la nouvelle hors des murs du pavillon des Officiers. Que ça circule dans toute la Conception.

Le jeune infirmier ricana :

— Ça se fera tout seul, sans besoin de forcer, allez ! Mais je vous promets d'y aider.

Le reporter insista :

— Il faudrait accélérer la propagation de la nouvelle. N'ayez pas peur de doubler la dose. Dites carrément que le jeune Champsaur se réveille par moments, qu'il essaie de dire quelque chose.

— C'est pas pour tout de suite, vous savez, Raoul...

— Je sais bien. Mais ce que je voudrais, c'est pouvoir mesurer l'effet que fera ce petit mensonge sur certaines personnes.

L'infirmier prit un air intrigué.

— Vous voulez pas me dire qui ?

— Pas pour le moment, Félix. J'ai une totale confiance en vous, mais si je vous dis pourquoi je vous demande ça, je risque de vous influencer. J'ai bâti une hypothèse autour du drame dont votre jeune patient est le centre. Je pense qu'il y a une personne qui aurait tout intérêt à ce qu'Henri Champsaur fût décédé, ou bien muet à jamais. Une personne qui pourrait être très inquiète d'apprendre que votre malade, qu'on croyait aux portes de la mort, risque de retrouver l'usage de la parole. Et de raconter un jour ce qu'il a vu ou entendu un certain après-midi à la *Villa aux Loups*, avant qu'une balle ne lui coupe le sifflet. Si je vous dis qui est cette personne, vous ne serez plus un observateur neutre, vous serez un espion à mon service. Il est possible que je me trompe. Que mon hypothèse soit complètement erronée. Alors, vous n'aurez rien à me raconter. Il est aussi possible que j'aie raison. Si c'est le cas, il devrait se passer quelque chose, ici même, autour du lit du jeune Champsaur. C'est ce « quelque chose » que je voudrais que vous observiez. Je vous sais assez futé pour remarquer tout seul ce qui pourrait vous paraître étrange ou anormal.

— Vous croyez ? dit Félix, de plus en plus perplexe.

— J'en suis certain. Si ce que je crois est vrai, vous allez constater du changement autour de votre jeune blessé. C'est vous-même qui me le signalerez, vous verrez. Sans que j'aie besoin de vous questionner.

Félix Raspail se résigna :

— Comme vous voudrez, Raoul. C'est votre idée, je la respecte. Et la deuxième chose, c'est ?

— Eh bien, justement : que vous observiez à partir de maintenant qui viendra visiter le jeune blessé, ou qui demandera des nouvelles de sa santé. Je ne parle pas ici de sa maman, ou de la famille proche, s'il s'en trouve, mais des visiteurs que vous n'auriez jamais vus dans sa chambre, ou bien des personnes dont la présence vous surprendrait.

Félix Raspail se gratta la tête à travers son calot blanc.

— Vous pensez que je saurai faire ?

— J'en suis persuadé. D'ailleurs je vais vous donner mon numéro de téléphone à la maison et au journal. N'hésitez pas à m'appeler. À n'importe quel moment. Y compris de nuit.

Le reporter s'apprêtait à quitter les lieux lorsqu'il se ravisa.

— Au fait, j'y pense : vous n'êtes pas là en permanence. Auriez-vous, dans le service de jour, un ou une collègue, avec qui vous seriez suffisamment en confiance pour lui demander de vous raconter ce qu'elle aurait pu voir ? Je compte sur vous pour ne pas trop l'alerter. Faites comme si vous étiez soucieux des progrès de votre protégé. Quand vous aurez son rapport quotidien, au changement de service, cette personne vous dira spontanément s'il s'est produit quelque chose à quoi elle ne s'attendait pas.

— J'ai ce qu'il vous faut, assura Félix. Roselyne Chabaud. Elle est de jour, on se relaie. Elle a l'œil. Et la langue, je vous dis pas !

*
* *

Le lendemain soir, de retour à l'appartement familial de la place de Lenche, Raoul Signoret discutait encore du quasi-retour à la vie d'Henri Champsaur.

— Félix a l'impression que le malheureux fait ses adieux au monde avant de replonger pour de bon. Il ne cesse de répéter « Adieu » ou « à Dieu ». On ne sait pas à qui il s'adresse.

Sur le visage de Cécile se peignait toute la compassion dont elle était capable, quand au bout d'un interminable silence elle dit à mi-voix :

— Je vais peut-être dire une grosse bêtise, mais tant pis, je vais la dire. Au point où nous en sommes…

Raoul regardait sa femme avec une attention nouvelle.

— … Et si c'était pas « adieu » que le malheureux tente de dire ?

— À quoi penses-tu ?

— Dans l'état où est sa mâchoire, il est certain que son élocution est approximative. Mais peut-être cherche-t-il à dire autre chose « qu'adieu ».

— Quoi, par exemple ?

— Peut-être tente-t-il de donner une indication, un nom, je ne sais pas moi. C'est toi l'enquêteur.

Le reporter allait répondre quand il fut interpellé par la sonnerie éprouvante du téléphone mural. Il grelottait comme le timbre d'une gare de chemin de fer au passage du train.

Il était huit heures dix du soir, et Félix Raspail venait de quitter sa veste de toile claire pour endosser un sarrau et d'échanger son canotier de paille jaune contre un bonnet blanc. Le reporter reconnut son accent ensoleillé au premier mot :

— Je ne sais pas si c'est ce que vous attendiez, Raoul, mais ma collègue Roselyne m'a fait dire que ce soir, vers 5 heures, le professeur Casals est venu dans le service pour faire une visite au jeune Champsaur.

— C'était la première fois qu'il venait ?

— Depuis l'affaire, oui.

Un frisson parcourut l'échine du reporter du *Petit Provençal* :

— Je parierais qu'il a demandé des détails sur l'évolution de l'état du jeune homme.

— Gagné, dit sobrement l'infirmier.

22.

Où, dans le calme vespéral d'une calanque marseillaise, est imaginée en secret l'opération « faire sortir le loup du bois ».

Les deux promeneurs venaient de quitter leur automobile – un Phaéton Panhard et Levassor – arrêtée sur un promontoire rocheux dominant le cap Croisette.

En ombres chinoises sur le feu d'artifice chromatique d'un couchant somptueux, ils descendaient à présent sans se presser, par le chemin côtier qui mène à la calanque de Callelongue.

Le duo était contrasté.

Le plus âgé, massif, de taille imposante sous son canotier, le teint fleuri et le visage rond barré par une imposante moustache noire, avait la démarche débonnaire du plantigrade. Bien que parlant à mi-voix, il faisait des gestes avec les bras pour ponctuer chacune de ses interventions.

Le plus jeune, mince et élancé, coiffé d'un panama de paille claire, paraissait frêle, mais cela n'était dû qu'à un effet de comparaison. Un œil attentif lui accordait les épaules larges d'un athlète et l'allure à la fois légère et énergique d'un sportif. Il se penchait par moments vers son compagnon et lui répondait également à voix mesurée.

Les deux hommes avaient des façons de conspirateurs, alors qu'au plus loin où portait le regard, on n'apercevait âme qui vive.

C'était l'heure tranquille où les heureux habitants de ce « finisterre » marseillais, où s'achève la rade sud, étaient tous chez eux. On entendait monter les voix de ceux qui soupaient en famille, à la lueur d'une lampe à pétrole, installés sur les terrasses de leurs cabanons, sous le feuillage aérien d'un tamaris, ou derrière une haie de buissons ardents. Certains avaient sorti tables et chaises à même la rue de ce hameau de pêcheurs où chacun connaissait tout le monde. Les rires qui fusaient par rafales, les exclamations joyeuses accompagnant une réflexion amusante ou la chute d'une blague, traduisaient le bonheur simple de vivre ensemble dans ce coin de paradis, aux portes mêmes de la ville.

La mer était déjà dans l'ombre de la calanque étroite, cachée dans un repli de la côte, mais on entendait son léger ressac qui faisait se dandiner les coques des pointus amarrés aux anneaux scellés sur les rochers blancs de ce fjord égaré en Méditerranée. Le calcaire lactescent diffusait une douce clarté dans le crépuscule qui s'installait sur Callelongue.

Le plus âgé des deux promeneurs arrêta net ce qu'il était en train de confier à son compère et, se tournant vers le large, où l'île Maïre découpait sa silhouette de dinosaure marin, il le prit à témoin :

— Regarde-moi ça si c'est beau, Raoul ! On dirait que le soleil, pour se faire pardonner de nous abandonner jusqu'à demain matin, nous joue la scène finale avec toute la troupe.

Eugène Baruteau ouvrit les bras comme s'il voulait presser sur sa vaste bedaine cette débauche de lumières. Le disque pourpre du couchant traçait sur la mer apaisée une éblouissante coulée de vif-argent.

Le policier prit à témoin son neveu, qui n'avait nul besoin d'aide pour apprécier le paysage :

— Un peintre qui voudrait traduire ça sur une toile deviendrait fou.

— Ou aveugle ! ajouta Baruteau.

— Je crois surtout, renchérit le reporter, qu'il n'y a que la nature pour oser juxtaposer de pareilles teintes. J'en ai vu pas mal, des couchers de soleil, accrochés dans les musées. En général, ça se traduit par un de ces insupportables chromos dont raffolent les bourgeois dits « cultivés ».

Le journaliste ajouta dans un rire :

— Pardon pour l'antinomie !

Figés par la beauté du spectacle, l'oncle et le neveu, côte à côte, attendirent jusqu'à l'engloutissement total du disque solaire avant de reprendre leur marche.

— J'ai dû perdre cinq dixièmes à chaque œil, dit Baruteau ébloui, qui ne voyait plus où il posait le pied, mais ça valait le coup.

Puis, les deux promeneurs poursuivirent leur dialogue de conspirateurs :

— J'ai vu cet après-midi même M. Mastier, notre distingué préfet, pour lui causer de l'affaire que tu sais dans le tuyau de l'oreille, dit le policier.

— Qu'est-ce qu'il en dit, le bon Georges ?

— Comme d'habitude. Courageux mais pas téméraire, il ouvre le parapluie. Il me dit d'y aller avec des pincettes. Que mêler à cette affaire sordide une célébrité aussi prestigieuse dans le monde médical que le professeur Casals est bien délicat, et risque de nous attirer des ennuis. Il exige que nous ayons des preuves irréfutables de ce que nous subodorons. « Pas de scandale, Baruteau ! N'agissez que si vous êtes sûr de vous à cent pour cent », c'est la consigne permanente.

— Il a peur de quoi, monsieur le préfet ?

— De son ombre, mais je me mets un peu à sa place. Si nous sommes en train de prendre nos désirs pour des réalités, je ne donne pas cher de notre avenir, Raoul. Le mien, cocagne ! Il se raccourcit chaque jour. Mais toi, tu es jeune et tu as une famille à nourrir...

— Avec l'aide de Cécile...

— C'est vrai, mais une paye d'infirmière à domicile pour quatre, ça ne permet pas de s'offrir du poisson de roche tous les jours. Sans compter ta mère, qui a besoin d'aide matérielle. Et si jamais nous nous étions mis le doigt dans l'œil jusqu'aux omoplates, le père Casals nous chanterait le grand air de *L'Offusqué*, opéra en cinq actes de sa composition. Ça me ferait suer de terminer ma carrière sur une cagade géante.

— Pourtant, il faut faire quelque chose, mon oncle !

— Mais quoi ? Tu es marrant, toi ! Tu nous vois aller avec un air de deux airs regarder *môssieu* le professeur sous le nez, pour lui demander ce qu'il est allé faire dans un service qui n'est pas le sien, à s'inquiéter des nouvelles de la santé d'un patient qu'il n'a jamais soigné ? À quel titre ? Où il est, le crime ? Il va où il veut, c'est un chef de service hospitalier. À la Conception, il est chez lui partout. Je sais qu'Acquaviva ne le porte pas trop dans son cœur, mais je ne le vois pas interdire l'accès de son service à un collègue. Que peux-tu officiellement lui reprocher ?

Le reporter haussa les épaules, résigné :

— Rien, je sais bien. Mais nous ne sommes pas là pour parler officiellement, mon oncle…

Le policier coupa son neveu.

— Tu as raison : nous sommes là pour aller déguster une friture de petits rougets pêchés ce matin même du côté de Morgiou par mon ami Gaby, dit *le Pirate*.

Raoul ricana :

— Même dans les moments de doute, vous ne perdez jamais le Nord, vous !

— Surtout s'il y a une table dans la direction de ce point cardinal, ce qui est le cas. Je vois d'ici le toit de tuiles rousses de la guinguette à Gaby.

Le journaliste ramena le policier aux soucis de l'heure.

— Casals n'est pas allé demander des nouvelles d'un patient ordinaire, mon oncle, mais d'un homme qu'il considère comme l'assassin de sa femme. Il ne s'en était à aucun moment soucié, jusqu'à hier. Comme par hasard, il débarque dès que la nouvelle se répand que Champsaur sort du cirage…

Baruteau ne voulait pas se rendre sans avoir combattu.

— Mets-toi à sa place ! Il veut savoir où il en est, cet homme ! Il n'a pas renoncé à l'idée de traîner le bougre devant ses juges. Ce qui redorerait par la même occasion sa médaille de cocu de première classe. Il ferait punir l'amant et le meurtrier. Coup double !

— Et il pourrait filer le parfait amour avec sa rousse incendiaire.

— Ça, c'est une autre histoire, Raoul. Elle ne nous regarde pas.

— D'accord, et entre nous, les amours du père Casals, je m'en balance. Mais ce qui me tarabuste, et que je ne lâcherai pas jusqu'à ce que j'aie la réponse, c'est pourquoi il s'amène juste au moment où il apprend que le jeune Champsaur pourrait avoir des choses à vous raconter, à vous autres, les poulets[1]. Pour moi, il y a anguille sous roche. Et il y a un moment qu'elle frétille...

Baruteau ne répliqua pas, mais on voyait bien à sa mine qu'il partageait l'opinion de Raoul.

— Avez-vous eu les résultats de l'analyse faite sur le marbre du cabinet de toilette de la villa ?

Le policier se frappa le front :

— Ouh, quelle tête ! J'allais oublier de t'en parler.

Il sortit un papier plié en quatre de sa poche de poitrine.

— Sais-tu ce qu'est le chlorure d'éthyle ?

— Je donne ma langue au chat du laboratoire de chimie.

Baruteau déplia le papier et le montra :

— Je me suis fait expliquer là de quoi te rendre un peu moins ignare.

Le policier parcourut ses notes à la lumière du soir, et poursuivit :

— Le chlorure d'éthyle, c'est le nom que donnent les chimistes à un liquide qui, en s'évaporant, provoque une baisse rapide de la température de la zone

1. À ceux qui s'offusqueraient de cet emprunt à l'argot, rappelons que le mot est employé à la Belle Époque pour désigner seulement le policier en civil qui « picore » le renseignement, alors que le policier en uniforme *cogne*, ou *bourre*.

sur laquelle on l'applique. Un peu comme l'éther, mais en moins volatil. D'ailleurs, je me suis souvenu que dans ma jeunesse on appelait ça l'« éther muriatique ». Bref, on l'applique sur la peau et ça insensibilise momentanément la zone à traiter. C'est la raison pour laquelle on l'utilise dans les petites interventions en chirurgie.

— Comme le kélène, alors ?

— Exact. C'est aussi un des noms du chlorure d'éthyle. On ne s'en sert pas en anesthésie générale en raison de sa toxicité. Mais en anesthésiant local, c'est impeccable.

— Et alors ?

— Alors, ce sont des traces de chlorure d'éthyle, que tu avais repérées sur le marbre du cabinet de toilette à la *Villa aux Loups*. Car le liquide est légèrement corrosif, et le marbre est une roche poreuse, tu le sais. Elle « marque » facilement. En raison de ce caractère irritant, on évite de projeter le chlorure d'éthyle sur les parties trop sensibles de l'épiderme : les muqueuses, ou près des yeux.

Tout en écoutant son oncle, Raoul Signoret déroulait dans sa vaste mémoire les divers épisodes de l'enquête. Le rapport de police n'avait-il pas précisé que la peau du visage d'Henri Champsaur, selon les premiers témoins, était rougie, comme irritée ?

Le reporter ne voulut pas interrompre son oncle, mais se promit d'aller vérifier ce détail qui n'en était peut-être pas un.

Baruteau achevait de relire ses notes :

— À une concentration plus élevée – on précise supérieure à 15 % –, on observe, paraît-il, des symptômes voisins de ceux que procure une intoxication éthylique. Au-delà d'une telle concentration, l'inhalation entraînerait une perte de conscience, des désordres du fonctionnement cardiaque, et pourrait se révéler fatale, etc.

— Vous a-t-on expliqué comment on se sert du produit, quand on veut l'appliquer à quelqu'un ?

— Oui. Si c'est dans le cadre d'une intervention chirurgicale bénigne, on vide le contenu d'une ampoule sur une compresse, ou directement sur la partie à traiter. Ça insensibilise, le temps de l'intervention. Un peu comme si tu mettais ton doigt dans la glace avant de te flanquer un coup de marteau en plantant un clou. Tu ne sentirais rien.

À ce moment, Baruteau rit tout seul à ce qu'il allait dire :

— Je devrais m'en procurer, car moi, côté bricolage, j'ai deux mains gauches, tu le sais bien. Mais pourquoi demandes-tu ça ? Tu as un tableau à accrocher dans ta salle à manger ?

— Non, je me demandais s'il existait un appareil qui permette de projeter le produit sur quelqu'un. Un peu comme un vaporisateur, par exemple.

Baruteau fit des yeux ronds.

— Ma parole, tu fais dans le tarot divinatoire, toi ! L'expert-chimiste venu nous communiquer le résultat des analyses du reliquat de produit retrouvé sur le lavabo nous a justement parlé d'un truc, un appareil appelé Élythos, dont les médecins se servent quand ils sont en déplacement.

Le policier ajusta son pince-nez et se pencha de nouveau vers sa feuille pour lire dans le jour mourant :

— J'ai même noté le nom. Il porte celui de son inventeur. C'est... attends... l'appareil de Dupuy... Dupuy de Frenelle ! Il est généralement en métal, pour le modèle rechargeable, ou en verre si on ne s'en sert qu'une fois. Figure-toi une sorte d'extincteur[1] miniature, de vingt à vingt-cinq centimètres de hauteur, muni d'un bouchon qui fonctionne comme un piston sur lequel on appuie, pour propulser le produit. Ça se met dans une trousse de médecin, et les praticiens de ville s'en servent pour obtenir de petites anesthésies locales à domicile.

Le policier regarda son neveu plongé dans une réflexion intense.

— À quoi penses-tu, beau blond ?

— Qu'on peut utiliser votre propulseur à domicile... et que la *Villa aux Loups* en est un.

— Un quoi ?

— Un domicile.

Raoul Signoret eut l'impression que son oncle vacillait comme si on venait de le bousculer. Le policier s'était figé. Il commença par grommeler, puis dit dans un souffle :

— Pute manchote ! J'avais pas vu ça comme ça...

— Moi non plus, dit Raoul, jusqu'à ce que vous me fassiez ce cours pratique de chimie amusante.

Baruteau, arrêté, se balançait d'un pied sur l'autre.

— Ça voudrait dire que...

— Vous savez très bien ce que ça voudrait dire. Je m'en doute depuis un moment. Il y avait quelqu'un dans la villa au moment où les amants s'y trouvaient. Quelqu'un qui était probablement sur place avant eux. Quelqu'un qui a eu tout le temps de préparer son petit frichti chimique, et qui a même pris la peine de tester le fonctionnement du vaporisateur en balan-

1. L'ingénieur français François Carlier l'a mis au point en 1866.

çant une giclée de produit sur le marbre du lavabo. Quelqu'un qui a aveuglé Henri Champsaur pour le neutraliser et prendre le temps de tirer deux balles dans la tête de Marguerite Casals. Quelqu'un qui a ensuite tenté de faire subir le même sort au jeune homme, mais qui s'y sera mal pris pour ajuster son coup. Quelqu'un enfin qui a foutu le camp par la porte de derrière, dont il avait la clef, en sautant le mur de clôture pour aller se perdre dans la pinède, pendant que les premiers témoins étaient occupés à défoncer la porte d'entrée.

Eugène Baruteau secouait la tête comme si chacun des arguments de son neveu lui portait un coup. Il réussit à articuler :

— Mais enfin, Raoul, je ne vois pas le père Casals en train...

— Je n'ai pas dit que c'était lui, mon oncle ! D'abord, au moment où avait lieu le drame, il était en salle d'opération, parti à la pêche à la prostate. Vous m'avez dit l'avoir fait vérifier. Donc, il est exclu de ce jeu-là. Mais rien ne nous dit qu'il n'a pas distribué les cartes. Il a pu demander ce service à un autre. J'y pensais l'autre jour en écoutant *Rigoletto* au Grand Casino. Ce n'est pas le bouffon lui-même qui tente de tuer le duc : il a recours à un spadassin.

Eugène Baruteau fit une grimace :

— Nous ne sommes pas à l'opéra, Raoul. Et je manque de bon librettiste.

Tout en parlant les deux hommes étaient arrivés devant la guinguette, *Chez Gaby*. Le patron était sur le seuil, il souriait aux arrivants qu'il avait repérés depuis un bon moment.

— On n'attendait plus que vous, monsieur le commissaire central, lança-t-il de sa grosse voix en serrant chaleureusement la main du policier et en mimant ce qu'il pensait être une révérence de cour.

En se redressant, il ajouta avec emphase :

— Quel honneur, un client pareil, pour mon petit cabanon qui mérite même pas le nom de restaurant !

Baruteau entra dans le jeu, et répliqua avec un clin d'œil :

— N'en fais pas trop, tout de même, Gaby ! Maintenant que tu es devenu un commerçant respectable, tu n'as plus rien à craindre de moi.

Le policier faisait – à l'attention de son neveu – référence à d'autres activités passées un peu moins avouables qui avaient jadis conduit le pêcheur jusqu'à son bureau de la Sûreté. Notamment pour avoir exploité deux filles publiques à son profit exclusif. Aujourd'hui, Gaby s'était racheté une conduite, et quand on parlait avec lui de maquereaux, c'était seulement ceux qu'il faisait frire dans sa poêle.

— Dedans, ou dehors ? questionna le patron en désignant successivement la salle et la terrasse.

— Dehors ! répondirent en chœur l'oncle et le neveu. Avec un temps pareil !

Ils s'installèrent à une petite table ronde, un peu à l'écart des autres convives, des habitués, à voir la façon dont ils se comportaient, comme chez eux. C'est-à-dire parlant haut et fort, et riant de tout et de rien.

Sans leur demander leur avis, le pêcheur posa sur la table une carafe de vin blanc bien frais, pour meubler l'attente d'une petite friture du golfe en train de prendre des couleurs dans son bain d'huile bouillante.

Chez Gaby, il n'y avait ni carte, ni menu. On mangeait ce que le patron avait pêché au petit matin. Et quand « y avait eu mistral », les volets de bois peints en bleu de la guinguette demeuraient clos.

La friture arriva bientôt, servie par le patron qui n'avait pas d'extra.

— Vous allez voir : ça se mange sans faim.

Baruteau cligna de l'œil à son neveu :

— Qui lui a dit que je n'avais pas faim, à celui-là ?

Gaby mêla son rire à ceux de ses clients.

— Tu as des rougets, au moins ? s'inquiéta le policier.

— Pas beaucoup. Je sais pas ce qu'ils avaient, ce matin, ils m'ont boudé. Pourtant je suis été dans un coin où y en a toujours. Mais vous savez, la mer, hé ? On est jamais sûr de rien !

Baruteau joua l'indigné :

— Il y en a assez pour deux, tout de même !

Le pêcheur entra dans le jeu :

— Pour deux, oui, mais à condition qu'un des deux, ce soit pas vous.

Le policier joua l'offusqué :

— Cette maison n'est plus ce qu'elle était. Le personnel est d'une insolence !

— Pour me faire pardonner, dit Gaby, voilà ce que je vous propose. Je vous sers ce que j'ai en rougets, et je vous ajoute deux petits loups de ligne, que vous m'en direz des nouvelles. Je croyais prendre des daurades et j'ai pêché des loups. Ils sont venus tout seuls. On aurait dit qu'ils voulaient faire votre connaissance.

— On te laisse faire, dit Baruteau, qui commençait à lubrifier le bas de sa moustache en *pitant* sa friture avec les doigts[1].

---

1. En parler marseillais, le sens premier est « mordre à l'hameçon ». Ici, c'est grignoter, picorer.

Il tardait au policier de voir Gaby regagner ses fourneaux afin de reprendre la conversation là où l'expansif l'avait interrompue.

C'est Raoul qui commença :

— Ces histoires de poissons et de pêche me donnent une idée, mon oncle. Je vous sens soucieux de ne pas commettre un impair qui pourrait vous plonger dans l'embarras, vous-même et la police que vous dirigez. Alors, si vous n'opposez pas une fin de non-recevoir à la proposition que je vais vous faire, j'ai une idée à vous soumettre.

Baruteau avait froncé les sourcils et il ne riait plus.

— Dis toujours.

— Eh bien voilà. Ce n'est pas à vous que je vais apprendre le sens du verbe *broumeger*[1].

Le policier leva les yeux au ciel en signe d'acquiescement.

Le reporter poursuivit :

— Il y a des choses qu'un policier ne peut pas faire. Notamment arrêter quelqu'un qui n'a pas encore commis son crime. En revanche, on peut – on, c'est moi – pousser ce quelqu'un à *tenter* de commettre un crime. Comment ? En *broumégeant*. En lui tendant un appât, un leurre dans lequel il aura envie de mordre. Les chasseurs de fauves, en Afrique, se servent d'une chèvre pour attirer le lion. Eh bien, je vous propose de jouer le rôle de la chèvre, ou de l'appât, comme vous voudrez.

Baruteau écoutait en silence. Il n'y tint plus et se pencha vers son neveu.

---

1. Lancer des appâts dans la mer (en général des déchets alimentaires) pour attirer le poisson. S'emploie aussi au figuré. C'est le cas ici.

— Tu pourrais m'expliquer comment ?

Le reporter allait ouvrir la bouche quand une tornade s'abattit sur eux :

— Attention ! Attention ! Chaud devant ! clama la grosse voix de Gaby. Il arrivait, une assiette brûlante dans chaque main protégée par un torchon plié en quatre.

Les deux convives reculèrent le buste afin que le pêcheur puisse disposer devant chacun ses poissons grillés dont le fumet montait agréablement aux narines.

— Vous allez vous régaler, dit le pêcheur, sûr de son fait. Plus frais que ces poissons, ça peut pas exister.

Et il partit apporter à d'autres convives la corbeille de fruits qui circulait d'une table à l'autre, représentant à elle seule toute la carte des desserts de l'établissement, chacun y piochant à sa guise.

— La chose que je vais vous proposer, dit Raoul, ne va pas trop plaire à votre adjoint Grandjean, mais…

Baruteau eut un bref reliquat de colère contre le chef de la Sûreté.

— Oui, eh bien, qu'il ne la ramène pas trop, celui-là ! L'histoire du cadenas de la villa, « un coup je te vois, un coup je te vois pas », elle m'est restée en travers. Le moindre inspecteur stagiaire aurait dû se rendre compte que le rapport du policier et le témoignage du cocher ne collaient pas sur ce point. Les estafiers de la Sûreté, eux, n'ont rien vu du tout. Notamment que quelqu'un ait pu passer par cette porte arrière, le jour même du drame.

— Peut-être même tout juste après, ajouta le reporter, en se disant que son oncle se trouvait dans d'excellentes dispositions pour écouter et accepter ce qu'il avait à lui dire.

Alors, tout en dégustant ces merveilles tout juste sorties de la mer pour vous persuader que rien ne vaut le goût des choses simples si elles sont de première qualité, Raoul Signoret détailla à Eugène Baruteau son plan d'attaque. Les deux hommes, sans doute inspirés par ce qu'ils avaient dans leur assiette, le baptisèrent d'un commun accord : opération « faire sortir le loup du bois ».

23.

Où, dans la nuit d'une chambre d'hôpital, le piège est tendu dans lequel se prend l'âme damnée qui a manigancé toute l'affaire.

Lorsqu'il arriva à l'hôpital de la Conception, au pavillon des Officiers, le lendemain soir, à la nuit tombée, Raoul Signoret constata que les consignes transmises par le commissariat central avaient été suivies : le gardien de la paix en faction avait disparu. Habituellement, il somnolait sur une chaise dans le couloir du rez-de-chaussée devant la chambre d'Henri Champsaur. Les instructions avaient été passées sous la forme d'une note de service émanant de la Sûreté. On y précisait que, compte tenu de l'état de santé du patient Champsaur Henri, il avait paru inutile de mobiliser plus longtemps un fonctionnaire de police à la garde d'un blessé hospitalisé qui n'était pas en état de se déplacer seul pour quitter le service sans autorisation. En conséquence, une surveillance du personnel hospitalier paraissait suffisante pour s'assurer de la présence du malade consigné, le responsable étant simplement tenu d'adresser une note quotidienne au service de police compétent.

Ainsi se mettait-on à l'abri du zèle éventuel d'un gardien de la paix. Au cas où ce fonctionnaire eût été à cheval sur le règlement, il pouvait à lui seul faire capoter le plan mis au point dans le plus grand secret par Eugène Baruteau et son neveu devant une assiettée de rougets de roche et de loups qui laissaient au journaliste du *Petit Provençal* un bien plaisant souvenir.

Félix Raspail, l'infirmier de nuit, prévenu de la venue du reporter, l'attendait devant l'entrée du pavillon. Il accueillit Raoul avec chaleur, trop heureux d'être impliqué dans l'opération « faire sortir le loup du bois ». Avant même que le journaliste ait posé sa question, il apportait la réponse en baissant la voix et en jetant des coups d'œil autour de lui :

— Il est revenu...

— Casals ? Quand ça ?

— En début d'après-midi. Ma collègue de jour, Roselyne Chabaud, m'a fait prévenir. C'est sa troisième visite en quatre jours.

— Diable ! Serait-il inquiet, le cher homme ? demanda Raoul avec un clin d'œil. A-t-il demandé à voir Champsaur en personne ?

— Ah, non, tout de même ! se récria l'infirmier. Il se méfie. Il sait bien que ça serait suspect. Il se contente de demander des nouvelles, en passant, comme par hasard.

— Et que lui a-t-on raconté ?

— Ce que vous nous aviez dit. Comme prévu, Roselyne a informé Casals de la fausse visite de deux inspecteurs de la Sûreté ce matin même, venus poser des questions au ressuscité. Vous la connaissez pas, ma collègue, c'est une comédienne de première. Elle fait partie d'une troupe d'amateurs qui jouent à la salle Mazenod. Elle lui en a remis une tartine, au professeur. Elle a raconté que « la police, ils étaient pas trop restés longtemps pour pas le fatiguer la première fois, mais qu'ils reviendraient demain matin et un petit peu tous les jours. Que déjà, ce qu'avait dit le jeune homme, ce matin, c'était intéressant et qu'on finirait bien par savoir ce qui s'était passé ».

Le reporter du *Petit Provençal,* tout excité, se frottait les mains.

— Parfait ! Parfait, tout ça ! Vous remercierez bien votre collègue. Maintenant, à nous deux, Félix ! On va passer à la phase suivante.

Raoul se figea brusquement :

— Au fait, avec tout ça, je ne vous ai pas demandé : comment va-t-il vraiment ?

L'infirmier eut une moue qui disait tout :

— Risque pas qu'il réponde à qui que ce soit. Même à de vrais policiers. De temps à autre, il grogne un peu « adieu ! » quand on lui parle, il réagit aux piqûres, mais c'est tout. Le professeur Acquaviva, qui l'a opéré, dit qu'on ne sait jamais. Il faut être patient. C'est vrai, mais vous savez, ces choses-là, ça peut durer longtemps. On en a vu rester dans le coma des années ! Et pendant ce temps, la cervelle s'arrange pas. Je me demande si, à son âge, s'il doit rester comme ça, il vaudrait pas mieux qu'il y passe tout de suite... Enfin, c'est pas nous qui décidons.

Félix Raspail montra le plafond :

— Y en a qui disent qu'il y en a un qui s'en charge. Moi, j'en sais rien.

— Moi non plus, dit Raoul.

Il soupira :

— Bon, tout ça ne doit pas nous faire oublier pourquoi nous sommes là. Quelle heure est-il ?

Il consulta sa montre à gousset :

— 21 heures. Attendons encore une bonne heure. Trop de monde circule dans les galeries, avec la relève. Il faut agir dans la plus grande discrétion. Mais je ne serais pas autrement surpris de voir que ce que j'espère et attends arrive cette nuit même. Ou alors, c'est que je n'ai rien compris à l'histoire. Avec cette menace de voir les policiers revenir demain matin pour reprendre leur interrogatoire, on devrait, à mon avis, assister d'ici là à une saynète instructive. Elle pourrait nous fournir la clé de l'énigme.

Le jeune infirmier sourit au reporter :

— Avec le mal que vous vous êtes donné, ça serait que justice.

Le reporter eut un rire bref :

— Vous croyez donc à la récompense du mérite, dans ce monde sans morale qui est le nôtre ?

— J'essaie d'y croire. Ça aide à espérer.

— Quand on a Nella pour compagne, on a forcément de l'espoir dans la vie, dit Raoul.

— C'est gentil, ça, dit Félix. Je le lui dirai de votre part.

En attendant que la nuit noire s'installe et que la fourmilière hospitalière retrouve son calme, les deux hommes continuèrent à bavarder, tout en portant attention aux bruits propres au milieu hospitalier : le gémissement d'un malade en souffrance, un écoulement d'eau, une porte que l'on referme ou le pas discret d'une infirmière de nuit faisant sa ronde, répondant à un appel venu de la salle commune.

Au bout d'une heure, le reporter s'assura que plus personne ne circulait dans les galeries ou les escaliers en inspectant les moindres recoins du pavillon, et il fit signe à Félix. Ce dernier savait ce qu'il avait à faire. Se déplaçant en silence sur ses semelles caoutchoutées, il gagna une pièce où étaient entreposés des brancards montés sur roulettes servant au transport des malades, de leur lit à la salle d'opération ou au service de radiologie. Il en choisit un qu'il fit rouler jusqu'au couloir. Tout aussi discrètement, il entra avec lui dans la chambre particulière où gisait Henri Champsaur. Raoul y pénétra sur ses talons.

Une veilleuse à gaz diffusait une faible lueur, suffisante pour distinguer la disposition de la chambre et la position du lit. Le jeune blessé respirait régulièrement. Il vagissait, par moments, agité de petits spasmes. Seule sa tête, entièrement bandée, dépassait du drap, tiré jusque sous son menton.

Les deux visiteurs s'approchèrent et, avec précaution, l'infirmier se chargeant du tronc et le reporter des jambes, ils transférèrent le corps inerte sur le chariot roulant. Félix Raspail, après avoir recouvert le gisant d'un drap, ouvrit la porte, jeta un coup d'œil dans le couloir et, le voyant vide de toute présence, alla ouvrir la porte d'une seconde chambre particulière inoccupée.

Aussi silencieux que le chat gris qui venait de passer sans se presser dans la galerie, l'infirmier revint dans la chambre où l'attendait Raoul. Le journaliste avait déjà saisi deux des poignées du brancard roulant et le transport du corps d'une chambre à l'autre ne prit que quelques secondes.

Après s'être assuré que le blessé ne risquait pas de choir du brancard, en ayant calé le chariot entre le lit vide et le mur de la chambre, les deux hommes sortirent de la pièce. L'infirmier en ferma la porte avec le passe-partout dont il s'était muni.

— À moi, maintenant, souffla Raoul, tandis que tous deux regagnaient la chambre particulière d'Henri Champsaur.

Le reporter ôta son veston, le pendit dans un placard métallique étroit servant de vestiaire au pied du lit, se débarrassa de ses chaussures de toile, conserva sa chemise et son pantalon, puis se tourna vers l'infirmier. Celui-ci avait saisi un bandage Velpeau et mit tout son savoir-faire à entourer totalement la tête de Raoul, à l'exception d'une fente pour les yeux et la bouche.

— À l'examen, j'avais eu la meilleure note de la promotion pour les pansements, dit-il au reporter, en clignant de l'œil.

— Vous êtes bon pour l'atelier de restauration des momies du Louvre, souffla ce dernier à travers le tissu crêpé.

Félix Raspail se recula pour juger de l'effet en artisan consciencieux et dit :

— Vous pouvez y aller.

Le journaliste prit place dans le lit, l'infirmier le recouvrit avec soin d'un drap ne laissant dépasser que la tête bandée, sans toutefois border le drap qu'il laissa pendre de chaque côté du lit.

— Y a plus qu'à attendre… Et à espérer, dit-il avant de se diriger vers la porte.

Au moment de la fermer, il précisa :

— Je suis juste en face, à l'*agachon*. S'il se passe quoi que ce soit, vous appelez, j'arrive.

Le reporter, en raison des circonstances, limita sa réponse à un clignement des deux yeux.

*

* *

Le temps semblait s'être arrêté. Raoul Signoret, en position de gisant, luttait pour ne pas céder à l'engourdissement qui le gagnait. L'inconfort de son équipement, la sensation d'étuve procurée par le bandage serré, l'aidaient à rester éveillé. C'était le bon côté de la chose.

Il lui avait semblé entendre une cloche lointaine sonner 3 heures. Sans doute celle du couvent du Refuge, jouxtant l'enceinte de la Conception, côté boulevard Baille. On y enfermait des filles mineures raflées par la police des mœurs, pour les placer « sur la voie de la rédemption » dans ce qui n'était qu'une maison de redressement déguisée en œuvre de relèvement moral. Depuis la loi de séparation de l'Église et de l'État, des surveillantes laïques avaient remplacé les sœurs du Bon Pasteur qui les avaient en charge.

Pour occuper son désœuvrement forcé, le journaliste songeait à l'existence de ces malheureuses, à qui leur séjour au Refuge n'apportait qu'un court répit, car la plupart, aussitôt dehors, retombaient dans les sales pattes de ceux qui les avaient réduites à l'état d'esclaves.

Perdu dans ses pensées, le journaliste faillit ne pas entendre le faible crissement que fit la poignée de la porte quand une main la fit tourner avec lenteur.

Raoul suspendit sa respiration et tourna son regard vers la gauche.

Pas de doute, le panneau se décollait peu à peu du chambranle. Les yeux du reporter, habitués par son long séjour dans la pénombre sous la veilleuse baissée à son minimum par l'infirmier, distinguèrent bientôt une clarté sur le côté de la porte. Elle provenait du lustre à gaz éclairant le couloir d'accès au pavillon. Quelqu'un entrait dans la pièce en prenant un maximum de précautions.

Bientôt une silhouette blanche apparut en ombre chinoise. Elle se glissa par l'entrebâillement, et referma aussitôt. L'apparition demeura un instant immobile contre le panneau de la porte. Sous son drap, Raoul, tendu comme la chanterelle d'un instrument à cordes, écoutait une respiration haletante en provenance de la silhouette claire et figée qu'il distinguait à peine. Il crut deviner que ce vêtement était un sarrau, sans pouvoir établir s'il était porté par une femme ou par un homme. S'agissait-il de quelqu'un appartenant au personnel soignant venu faire une ronde ? Pourquoi donc ce souci de prudence et cette attention à ne pas faire le moindre bruit face à un comateux qui ne risquait pas d'être tiré de son sommeil par une maladresse ?

Ne s'agirait-il pas plutôt de la visite à laquelle le reporter s'attendait ?

À force de tourner les yeux vers la gauche sans bouger sa tête, Raoul sentait ses muscles oculaires latéraux se tétaniser.

Le rythme cardiaque du journaliste s'accéléra quand la silhouette blanche, se détachant du mur, s'approcha lentement du lit. Elle n'y vint pas en droite ligne mais fit un léger crochet pour se placer sous la veilleuse les deux bras levés. Raoul put alors deviner quel était l'objet tenu en main : une seringue de belle taille, déjà équipée de son aiguille. Le verre émit un faible éclat lorsqu'elle fut présentée à la veilleuse et que le poussoir fit gicler quelques gouttes du liquide. La piqûre était prête. Dans la tête du reporter, les idées se bousculaient. Il fallait laisser faire, afin de ne pas gâcher par une réaction prématurée le processus en cours, tout en s'apprêtant à la riposte.

La silhouette, à présent tout près du corps gisant, masqua la veilleuse, et c'est une ombre que le reporter vit se pencher sur lui. Une main se glissa sous le drap à la recherche de son bras gauche, qu'elle saisit à hauteur du poignet pour le ramener à l'air libre.

Le bras fut reposé sur le drap et des doigts partirent à tâtons à la recherche d'une veine au creux du coude.

C'est alors que se produisit un choc violent auquel il était difficile de s'attendre de la part d'un malade dans le coma depuis des jours : celui d'un poing fermé s'écrasant sur un visage avec une telle force qu'elle fit éclater les lèvres et brisa la cloison nasale.

Le crochet du droit de Raoul Signoret était redoutable, et même à l'entraînement, Jules Bessède, son professeur de boxe française, lui recommandait de ne s'en servir qu'avec modération afin de ne pas blesser ses partenaires de la salle de sport de la rue Tapis-Vert, où l'ancien champion de France avait tout appris à son élève préféré.

La silhouette blanche partit en arrière et s'abattit de tout son long sur le carrelage avec un long cri de douleur. Le reporter entendit le crâne heurter le carrelage. Du verre se brisa.

Déjà, Félix Raspail, alerté par le bruit de la chute, entrait en trombe dans la pièce en poussant la porte à la volée. Il enjamba le corps sur le sol, et se précipita vers la veilleuse dont il tourna la molette à fond pour éclairer en plein. On entendit le gaz siffler et une grande clarté inonda la chambre, faisant cligner des yeux le reporter. Raoul aperçut les débris de la seringue qui s'était brisée en heurtant un carreau. Du liquide se répandait autour des éclats de verre :

— Vite ! Félix, une compresse ! Il faut savoir ce qu'on avait mis là-dedans !

Des compresses, il y en avait en réserve dans le placard métallique à la tête du lit. L'infirmier s'en servit comme d'une serpillière miniature pour éponger le liquide, le transférant aussitôt en pressant le tissu dans une fiole de verre.

Le reporter se débarrassa de ses bandages afin de mieux respirer, et il se pencha sur le corps allongé qui se tordait de douleur. Les deux mains réunies cachaient le visage mutilé et ensanglanté.

Raoul observa un moment la scène avant de saisir les deux poignets et de dévoiler les traits de sa victime. Puis il détacha de la tête le long voile d'infirmière resté accroché à la chevelure rousse.

Quand les deux regards se croisèrent, le journaliste dit calmement :

— Ça n'est pas très prudent de sortir si tard la nuit, mademoiselle Tardieu... Une femme seule peut faire de mauvaises rencontres.

24.

Où, au cours d'une partie de pêche « miraculeuse », sont dévoilés un à un les mystères de la Villa aux Loups.

Galinette – le pointu du commissaire central Eugène Baruteau – fut positionnée de façon à aligner son *capian*[1], peint en rouge, érigé à l'extrémité de sa proue, avec la pointe sud de l'île de Ratonneau et le phare de Planier planté au large de Marseille comme un crayon blanc sur le bleu de la mer.

— Capitaine ! s'écria l'homme d'équipage, s'adressant au commandant qui tenait fermement la barre, voyez-vous le clocher de la Bonne-Mère s'inscrire au centre de la colline en forme de V qui est derrière elle ?

— Je le vois, matelot !

— Alors, la triangulation est faite, capitaine. Jetez l'ancre, nous y sommes. Si j'en crois le *Guide des postes de pêche secrets de la rade* que m'a prêté mon

1. Extrémité de l'étrave de la barquette. Sa forme symbolique ne laisse planer aucun doute sur ses prétentions phalliques. Il orne la majorité des pointus.

brave ami Escarguel, les fonds, sous notre coque, doivent grouiller de poissons de roche à ne plus savoir qu'en faire. Tante Thérésou peut ouvrir une poissonnerie, commerce lucratif ! Avec ce guide nous lui fournirons de quoi fidéliser une clientèle. Elle vous procurera plus tard un enviable supplément de retraite.

— Si j'en crois mes yeux, dit une voix appartenant à un troisième membre de l'équipage, au nombre de barquettes qui nous entourent, j'ai bien peur que les secrets cachés de votre guide soient depuis longtemps éventés.

En effet, une bonne dizaine d'embarcations surchargées de pêcheurs se balançaient, quasi bord à bord, sur un poste en principe connu des seuls spécialistes. Mais on sait ce qu'il en va des secrets, à Marseille. Ils font partie du fonds commun et ne sont cachés qu'aux « estrangers du dehors ».

C'était le docteur Théodore Fourcade qui venait de dresser le constat. Le médecin était partie prenante de l'équipée nautique organisée par Eugène Baruteau et Raoul Signoret pour fêter ensemble la conclusion heureuse d'une enquête qui leur avait donné bien du tracas.

Il avait été décidé de passer ce dimanche ensoleillé de juillet en famille, au cabanon de la Madrague de Montredon. Le policier comptait bien y vivre le reste du temps que lui accorderait sa future retraite, à contempler depuis sa terrasse en surplomb sur les rochers ce qu'il qualifiait, avec le chauvinisme qui lui était natif, de « plus belle rade du monde ». Voire à s'aventurer parfois sur le flot homicide, lorsqu'il était, comme aujourd'hui, aussi serein que la mare aux canards de Nohant, chère à George Sand.

Les dames de la famille, Thérésou, l'épouse du commissaire central, Adrienne, sa sœur, mère du journaliste, et Cécile, l'épouse de celui-ci, accompagnées d'Adèle et Thomas, avaient gagné directement le cabanon des Baruteau à bord d'un fiacre de *remise*[1] afin d'organiser et de tenir prêt le déjeuner promis aux cap-horniers du Frioul, au retour triomphant de la pêche miraculeuse annoncée.

Les deux enfants s'étaient vu confier la délicate mission de préparer à temps le feu et d'entretenir les braises aromatisées de fenouil sur lesquelles grésilleraient, à peine débarqués et nappés d'un filet d'huile d'olive, les rougets, girelles, roucaous, vieilles, voire rascasses promis, si Neptune était de bonne humeur.

Le commandant jeta l'ancre, affala la voile latine, puis l'oncle et le neveu installèrent le taud de toile goudronnée qui mettrait les trois *pescadous* à l'abri d'un soleil déjà haut en ce début de matinée.

Ils montèrent leurs lignes, après avoir abondamment appâté avec une mixture dont la composition tenue secrète par le commissaire central lui avait été communiquée par un de ses adjoints. Son odeur redoutable avait fait reculer d'un même mouvement ses équipiers.

— Vous croyez qu'ils vont aimer ? avait risqué le neveu en se bouchant le nez.

— On sait bien que tous les poissons sont des mange-m…, avait sobrement commenté le policier pour répondre à la grimace de dégoût de Raoul.

1. Contrairement aux fiacres ordinaires, qui fonctionnaient comme nos taxis et se payaient à la course, ceux-là pouvaient être commandés à l'avance.

Le docteur Fourcade, qui, durant ses études de médecine, en avait vu d'autres, se montra stoïque.

— On peut parler tout en pêchant ? demanda le neurologue, peu familier des mœurs et habitudes des spécialistes en halieutique.

— Bien sûr ! assura le policier. Chacun sait que les poissons sont sourds. On est sûrs qu'ils ne répéteront rien.

— Alors, dit le neurologue, racontez-moi ce qui s'est passé depuis notre voyage à Paris. Vous savez bien que le monde commence pour moi au-delà du mur entourant le parc du château Bertrandon. En deçà, les seules nouvelles qui m'arrivent sont celles que me donnent mes patients sur leur état de santé.

Il ajouta en se tournant, l'air navré, vers Raoul :

— Je ne lis aucun journal, pas même le vôtre, vous m'en voyez honteux.

Le reporter eut une mimique signifiant : la faute est pardonnée.

— On va te faire un résumé, alors, dit Baruteau. Pour faire court, disons que nous nous apprêtons à faire expédier à Cayenne, avec un billet aller simple, un professeur de chirurgie, spécialiste reconnu en urologie. Quant au *gentleman* assis à côté de toi sur bâbord, il a proprement cassé la figure à une dame. Ce qui n'est guère délicat de sa part, car on ne frappe pas une femme à mains nues, sinon à quoi sert la matraque ?

— Arrêtez de me donner des remords, mon oncle ! s'écria le reporter, je me ronge bien assez tout seul.

— Ça te suffit comme explication ? demanda le policier à son vieil ami.

— Pour une fois que je sors prendre l'air, je m'attendais à plus palpitant, s'étonna le docteur Fourcade. Une équipée criminelle où l'hypnotisme aurait joué un rôle primordial dans la résolution de l'énigme ! Je croyais que mon savoir avait été utile à l'enquête de notre reporter...

— Non, je rigolais, mon vieux Théo ! dit Baruteau.

— Eugène, arrête de m'appeler « mon vieux », répliqua le neurologue, nous avons le même âge.

— C'est uniquement d'ordre affectif Si tu préfères, je vais t'appeler mon beau.

— Ce serait un titre usurpé !

En riant, les deux hommes retrouvaient leur jeunesse.

— C'est en effet un peu plus compliqué que ça, reprit le policier. Raoul pourra témoigner que tes leçons particulières sur l'hypnose et le somnambulisme lui ont été précieuses. Elles l'ont mis sur une piste à laquelle je n'aurais pas pensé tout seul. Sans ton aide, nous ne serions pas remontés jusqu'au professeur Casals. La partie essentielle et la plus subtile de son plan nous aurait échappé. Par bonheur, il avait péché par orgueil.

— C'est-à-dire ?

— Les gens les plus intelligents peuvent parfois se conduire comme le premier couillon venu. Casals a cru que sa position lui assurerait l'impunité. Bref, il s'est fait piéger parce qu'il s'estimait au-dessus du soupçon.

Baruteau lança sa ligne et Raoul prit le relais après avoir remonté au bout de la sienne une belle daurade, qui faisant un trouble de la personnalité s'était prise pour un poisson de roche.

— Casals avait bien préparé son affaire, dit le reporter en détachant sa prise de l'hameçon. Il était tellement sûr de lui qu'il n'a pas cru utile de prendre les précautions élémentaires dont se serait muni le moindre voyou. Notamment en laissant traîner sur son bureau un objet qui l'a dénoncé. Je vous dirai quoi et comment tout à l'heure.

— Ce que n'ose te dire mon neveu, trop modeste, intervint le policier, c'est que du haut de sa chaire, monsieur le professeur ignorait avoir affaire à la fine fleur de l'enquête criminelle, aux parangons de la déduction, à un duo d'investigateurs d'élite qui renvoie Sherlock Holmes en classe élémentaire à l'école des détectives. En deux mots, ou plutôt en deux noms, par ordre chronologique : Eugène Baruteau et Raoul Signoret. On les applaudit bien fort !

En écoutant son vieil ami faire le bateleur, le bon docteur Fourcade arborait un sourire amusé, mais on le voyait désorienté. Il vivait sur une autre planète, et sa méconnaissance de l'affaire exigeait des explications plus circonstanciées. Raoul Signoret s'en chargea en commençant par situer les divers protagonistes du drame et en établissant le rôle joué par chacun des personnages impliqués.

— Je ne reviens que pour mémoire sur le point de départ, puisque je vous l'avais détaillé lors de notre première rencontre au château Bertrandon. On retrouve dans une chambre de la villa d'été des Casals, à La Panouse, l'épouse du professeur dénudée sur un lit avec deux balles dans la tête. Au pied du lit, gît un jeune homme tout habillé, Henri Champsaur, un étudiant, familier de la famille Casals. On déduit de sa position qu'il vient de se tuer avec le pistolet visible dans sa main crispée, le même que celui avec lequel il a supprimé sa maîtresse.

Le docteur Fourcade, pécheur néophyte, venait de se planter un ardillon[1] dans le pouce et s'efforçait de cacher sa douleur à ses acolytes en redoublant d'attention. Mais son sourire s'était crispé, tandis que le reporter poursuivait :

— Pour les témoins qui défoncent la porte et les policiers alertés, il ne fait pas de doute que ces deux-là se sont suicidés d'un commun accord, puisqu'on découvre, en évidence sur un guéridon proche du lit, des vers écrits par le jeune homme semblant le confirmer. Quant à la mère de celui-ci, elle reçoit, trois jours plus tard, une lettre d'adieu de la main de son fils qui le réaffirme. Donc l'enquête est vite bouclée, trop vite sans doute, car la version du double suicide consenti a fait négliger nombre de détails qui auraient pu mettre les enquêteurs sur la voie d'un double assassinat.

Baruteau, qui écoutait tout en taquinant l'absence de poisson, intervint :

— Mais c'était compter sans la perspicacité de M. Signoret, connu place de Lenche et aux alentours sous le pseudonyme de Raoul-la-Fouine. Reporter d'élite au *Petit Provençal*, on ne la lui fait pas. Nous autres, simples mortels, nous contentons de déduire ce qui s'est passé de ce que nous observons. Pas lui ! Il a le troisième œil. Celui qui permet de voir dans les coins. Et que voit-il ? Tout ce qu'on s'efforce de lui cacher ! Notamment qu'à un moment du drame, ils n'étaient pas deux dans la villa de La Panouse, mais trois. Et le troisième personnage avait une mentalité cachottière qui nous a donné bien du fil à retordre.

1. Contre-pointe qui empêche le poisson de se déferrer de l'hameçon.

— Attendez, dit Fourcade, un peu perdu par les répliques échangées par le duo comme dans une scène de revue à l'*Alcazar*. Si j'ai bien compris, Casals surprend son épouse en compagnie de son jeune amant dans la villa et les tue tous les deux ? Mais comment s'y est-il pris pour faire passer ça pour un suicide ?

— Malgré les sarcasmes de mon oncle, je vais vous le dire, répondit Raoul. Il cherche à faire diversion pour que nous ne remarquions pas qu'il n'a pas encore ramené le moindre poisson, fût-il le plus petit de l'histoire de la pêche depuis le néolithique.

Baruteau jeta un œil par-dessus son épaule :

— C'est vrai que toi, ton seau déborde !

— Moi, j'en ai au moins un. Tout le monde ne peut pas en dire autant. Je ne sais pas faire deux choses à la fois, comme vous : parler et être bredouille. Donc, après avoir comptabilisé ma prise, je vais me consacrer un moment au docteur Fourcade, afin de laisser un sursis à mes futures proies et vous donner une chance d'accrocher un rouget suicidaire.

— Petit vantard ! lança le policier tout en fixant une crevette à son hameçon.

Le reporter reprit calmement :

— Casals n'a tué personne, docteur. Il a *fait* tuer. C'est le commanditaire.

Baruteau ne put s'empêcher de mettre son grain de sel :

— Son plan a bien failli réussir. D'abord, le professeur avait un alibi en acier chromé. Au moment où l'on tuait sa femme, il était en salle d'opération, dans son service, salle Malen, à la Conception. Des dizaines de témoins l'ont confirmé. Ensuite, il nous a bluffés en jouant le rôle de l'accusateur public de celui qui était en réalité sa seconde victime. Raoul va t'expliquer ça, pendant que je m'apprête à ramener la plus grosse rascasse jamais vue en Méditerranée occidentale.

Le reporter prit le relais :

— Cet homme possède un culot à ne pas croire. Je ne parle pas de mon oncle, mais du professeur Casals. Il a si bien joué le rôle du mari soucieux de réhabiliter la mémoire de sa femme déshonorée par un jeune homme sans scrupules, que nous avons longtemps cru à cette comédie cynique et ne l'avons soupçonné que tardivement.

Baruteau poussa un cri de joie qui fit sursauter le neurologue en décrochant de sa ligne un petit rouget furieux d'avoir été piégé.

Fourcade essayait de retrouver l'extrémité de son fil de pêche tout emmêlé. Pour masquer sa gêne, il multipliait les questions :

— Vous parlez d'un plan longuement préparé par Casals. Je n'ai pas encore compris en quoi il consiste.

Raoul, tout à son explication, ne songeait pas à tirer d'embarras le neurologue pêcheur d'occasion qui finissait d'embrouiller sa ligne :

— Le professeur avait remarqué le manège du jeune Champsaur, amoureux transi de son épouse. Loin de s'en offusquer, il l'a exploité. Le garçon cherchait à séduire cette femme par son esprit, sa conversation, sa culture un peu ostentatoire. Bref, une séduction avant tout intellectuelle. Deux âmes, également affectées par des deuils récents, se prodiguaient une consolation mutuelle, si vous voulez. Ça n'allait pas bien loin. Sauf pour le jeune Henri, réellement épris de cette femme qui lui avait manifesté son soutien moral. Ils se réchauffaient le cœur, mais pas au même niveau. Lui croyait que c'était de l'amour ; pour elle, c'était de la compassion. Sur ce quiproquo, Casals a joué en virtuose. Il a laissé faire, a même favorisé la présence fréquente d'Henri Champsaur chez lui, au prétexte de lui confier les leçons particulières de ses fillettes et en recevant le jeune homme comme un ami de la famille.

— Dans quel but ? demanda Fourcade qui, en scientifique, privilégiait la logique dans le comportement humain.

— Cet homme ne savait comment se débarrasser d'une épouse pour laquelle il n'éprouvait plus rien, surtout pas de l'amour, s'il en avait jamais eu pour elle. Il a cru trouver dans l'idylle platonique nouée sous ses yeux l'occasion de voir l'attentat préparé contre sa femme retomber sur un autre.

Le docteur Fourcade, devenu très attentif, prouvait par ses questions son intérêt pour une affaire dont il découvrait la face cachée.

— Pourquoi tenait-il tant à supprimer son épouse ?

La réponse vint de Baruteau qui, faute de prises, écoutait aux portes.

— Ah, c'est une affaire de passion, mon cher Théo ! La passion ! Ça dévarie les têtes les mieux armées ! Tu ne connais pas ces tourments-là, toi qui es sagement resté célibataire, afin de mieux te dévouer à tes patients. Casals n'était pas de ce bois-là, lui. Le démon de midi, le retour de flamme, appelle ça comme tu veux ! Il a perdu la boule pour une belle rousse du nom de Jeanne Tardieu, *mademoiselle Jeanne*, une ancienne infirmière dont il a fait sa gouvernante afin de l'avoir sous la main. Cette jeune beauté lui a mis la braguette en folie. Selon nos premiers interrogatoires, la demoiselle n'en était d'ailleurs pas à son premier essai.

— Casals avait la réputation d'être un modèle d'époux et de père, remarqua le neurologue.

— Certes, acquiesça le policier, mais il faut croire que sa belle rousse avait suffisamment d'expérience et d'arguments pour lui faire changer de cantine. À vingt-huit ans, elle avait déjà un sacré palmarès, récolté du côté d'Alger et de Constantine, dont elle est originaire. Elle y avait fait des études d'infirmière avant d'entamer une carrière de collectionneuse de cœurs en jachère. On lui doit quelques bris de ménages qui ont fait du bruit sur la rive d'en face.

— Des épouses bafouées de la colonie française d'Algérie avaient dû mettre sa crinière à prix, renchérit Raoul Signoret, car elle est arrivée chez nous en janvier 1904. Et a travaillé quelque temps à la Conception, c'est là que Casals l'a remarquée et a suffisamment apprécié ses qualités extra-médicales pour l'engager comme gouvernante à domicile.

Baruteau précisa :

— Jeanne Tardieu était de ces femmes qui possèdent d'instinct le savoir-faire propre à ferrer les hommes par le bon bout et s'y accrocher.

Comme pour répondre à l'image halieutique, une modeste girelle un peu pâlotte, qui devait en avoir assez de la vie, vint s'empaler sur l'hameçon du policier. Baruteau salua son arrivée par un barrissement de triomphe :

— Deux à un !

Il offusqua les pêcheurs alentour :

— Nous, des si minottes[1], on leur laisse le temps de grandir ! lança l'un d'eux.

---

1. De petite taille.

Raoul se joignit au chœur des railleurs :

— On avait dit qu'on ne s'attaquait pas aux enfants !

Baruteau ignora l'ironie et poursuivit son récit à l'attention de Théodore Fourcade, dont le regard réclamait la suite.

— Le résultat est là : *mademoiselle Jeanne* nous a dévergondé l'austère. Non seulement il a jeté aux orties les principes en cours dans la société dont il est le fleuron, mais il a accéléré le programme destiné à se débarrasser de celle qui entravait ses projets amoureux.

— Quelle idée ! s'offusqua le neurologue. Et le divorce ? C'est fait pour les chiens ?

— Je ne peux pas répondre à la place des chiens, répliqua le policier, mais pour les gens de cette caste humaine-là, oui. On peut prendre une maîtresse, plus ou moins discrètement, mais on ne brise pas une union sacrée par Dieu. Or, *mademoiselle Jeanne* voulait à tout prix se caser. On devait donc d'abord éliminer la gêneuse. La rouquine aura trouvé les arguments propres à faire partager cette idée à son amant. Car non seulement nous avons affaire à une femme qui sait ce qu'elle veut, mais elle s'en donne les moyens.

Fourcade s'inquiéta :

— Ce qui veut dire que Casals a laissé faire et ne s'en est pas mêlé ?

— Oh que non, Théo ! Il y est jusqu'au cou, au contraire ! Sûr, il ne tenait pas le revolver, mais il a doublement armé le bras. En imaginant l'embuscade, puis en envoyant sa maîtresse en mission après lui avoir fourni les moyens de l'accomplir.

Le reporter intervint en clignant de l'œil vers son oncle :

— À moins qu'elle ait fait ça uniquement pour rendre service.

Baruteau savait que son neveu plaisantait, mais à l'attention de son vieil ami qu'il voyait un peu perdu, il crut utile de préciser :

— C'est Casals qui a imaginé toute l'intrigue. Jeanne Tardieu en a été l'exécutante.

— Une exécutante, compléta Raoul, d'une maîtrise et d'un sang-froid qui me glacent. Si vous permettez ce mauvais jeu de mots, mon oncle, « ce que femme veut… Tardieu le veut » !

Baruteau apprécia, un rien jaloux de ne pas l'avoir fait avant son neveu.

— Tu es meilleur en calembours qu'à la pêche.

Raoul se contenta d'un coup d'œil sur la ligne à nouveau désertée du policier.

— Moi, je ne pêche pas les nains.

Le docteur Fourcade tentait de renouer le fil des explications :

— C'est donc cette femme qui a…

Baruteau vint au secours de son ami :

— C'est elle qui s'est chargée de la corvée du double assassinat, oui. Elle a reconnu que c'est elle seule, arrivée dans la *Villa aux Loups* avant Marguerite et Henri, qui les a abattus. Puis elle a maquillé le double meurtre en suicide.

— Comment était-elle entrée dans la villa ? s'inquiéta le neurologue incrédule.

— Casals lui avait confié un double des clefs, parbleu ! Elle s'est cachée dans la cave à l'arrivée du couple…

Fourcade fit les yeux ronds :

— Attends ! C'est une voyante ta demoiselle ? Elle savait qu'il allait venir ?

La multiplication des interrogations du médecin soulignait son intérêt grandissant pour l'affaire.

— Oui, Théo. On va te l'expliquer, mais pas tout de suite, dit Baruteau. Sinon, tu vas ressembler à ton fil de pêche. Une chose après l'autre, si tu veux y voir clair. La rouquine, prévenue par Casals, savait, en effet, qu'ils allaient arriver.

Le policier reprit son récit où la question du docteur Fourcade l'avait interrompu :

— Jeanne Tardieu, venue discrètement par la colline, s'est cachée dans la villa. Elle a attendu que le couple s'installe. Guidée par les bruits de voix en provenance de la chambre du devant, elle est remontée de la cave. Arrivée au rez-de-chaussée, elle a bouclé la porte d'entrée de la maison à double tour, puis a rejoint le premier étage. Elle a d'abord gagné le cabinet de toilette, où elle a préparé son intervention. Elle était munie d'un flacon métallique rempli d'un mélange de chlorure d'éthyle et de chloroforme, équipé d'un piston-propulseur et d'un revolver qui non seulement devait servir à liquider le couple, mais aussi à rendre vraisemblable le double suicide. Elle a attendu le moment propice pour entrer en trombe dans la chambre, les traits dissimulés par une écharpe, et, à bout portant, elle a aspergé d'anesthésique le visage du jeune homme qui venait de se retourner vers elle. Ceux qui ont découvert le jeune Champsaur ont noté l'irritation de ses traits. À la fois aveuglé et à demi anesthésié, le jeune homme est tombé à terre. Jeanne Tardieu s'est aussitôt jetée sur Marguerite Casals, l'a renversée sur le lit et lui a tiré deux balles dans la tempe gauche. Selon ses propres aveux, la rouquine s'apprêtait à en faire autant à l'étudiant. Mais, soit qu'une partie de l'anesthésique ait manqué sa cible, soit que le jeune homme ait été plus résistant qu'on aurait pu s'y attendre, Champsaur avait repris suffisamment conscience pour se relever, s'accrocher à elle. Sans doute l'aura-t-il démasquée, puisque dans son coma, c'est d'elle qu'il parle. Il l'a donc reconnue.

Raoul compléta :

— Quand il émerge, de temps à autre, il ne fait que répéter « à Dieu », ou « adieu ». Nous n'avons pas compris tout de suite. C'est « Tardieu », qu'il veut nous dire.

— Précisons, rappela Baruteau, que notre Cécile, une fois de plus[1], nous a mis sur la bonne piste.

Puis il continua :

— Champsaur ne devait plus posséder tous ses moyens. Dans le corps à corps, il a basculé en arrière. Jeanne Tardieu a paré au plus pressé. Elle a tiré sans ajuster. La balle a traversé la mâchoire de l'étudiant et s'est logée dans le temporal gauche. Sinon, nous l'aurions retrouvé avec un trou dans la tempe, lui aussi, comme il était prévu par les deux complices, pour conforter la thèse du double suicide. Afin de compléter la mise en scène, la rouquine a déshabillé Marguerite, mis le revolver dans la main de l'étudiant, tel qu'on l'a découvert. Enfin, elle a placé sur un guéridon, bien en vue, un poème de Jean-Jacques Rousseau faisant allusion à la mort volontaire de deux amoureux désespérés : « Les Amants d'Irigny ». Le jeune Henri l'avait offert naguère à Marguerite,

1. Voir les épisodes précédents des « Nouveaux Mystères de Marseille ».

recopié de sa main. Casals avait subtilisé et conservé le texte dans le but de s'en servir comme d'un leurre. On y a cru un bon moment.

— Comment donc cette femme s'est-elle débrouillée pour vider les lieux sans se faire repérer ? demanda Fourcade qui ne voulait plus perdre un détail du scénario.

Raoul se chargea de la réponse :

— Pendant que les témoins, attirés par les coups de feu, s'employaient à défoncer la porte d'entrée fermée de l'intérieur, elle a filé en emportant le classeur de l'étudiant et son flacon d'anesthésique. Elle est passée par la porte de derrière, en libérant le cadenas de la chaîne qui maintenait close cette issue de secours. Mais, pour effacer les traces de son passage, elle n'a pu refermer le cadenas que de *l'extérieur.* Où je l'ai trouvé. Si, dans sa fuite, en sautant du mur, après y être grimpée grâce à une échelle, elle n'avait pas perdu la clef du cadenas, nous chercherions encore celle qui a bouclé si longtemps nos cervelles.

Le docteur Fourcade, néophyte en matière d'agissements criminels, s'étonna encore :

— Cette jeune femme a pu sauter du mur en dépit des jupes longues que portent les femmes à la mode ?

— Oui, dit Raoul, car elle avait pensé à s'équiper pour. Elle portait une culotte bouffante comme en ont les dames adeptes de la bicyclette. C'est en bicyclette, comme moi, qu'elle s'était rendue à La Panouse, et c'est avec cet engin, caché dans la pinède un peu plus bas, qu'elle a pris la fuite.

— Elle avait tout prévu, la garce..., constata le neurologue, de plus en plus étonné.

Baruteau, inoccupé à cause de la mauvaise volonté des poissons, compléta l'explication :

— Le lendemain du double crime, quand les détails sont parus dans la presse, Casals et sa maîtresse ont appris que le jeune homme avait survécu. Ils se sont affolés. D'où l'envoi de la fausse lettre à la mère, expédiée *postérieurement* au 4 juin, jour du drame. Ce texte, pris en note par la main de l'étudiant, ils l'ont découvert dans le classeur où le jeune Henri conservait les citations se rapportant à ses cours de littérature. Un classeur que le jeune homme avait lui-même récupéré, un moment auparavant, dans la villa maternelle où il l'avait laissé. Il s'agit d'un court extrait tiré d'un roman, faisant allusion à un projet de suicide. Il pouvait donc passer pour une lettre d'adieu du jeune Champsaur à sa maman, puisqu'il était de sa main. Ainsi, Casals était libre de répandre sa version du drame : Champsaur avait assassiné Marguerite après avoir abusé d'elle, puis s'était supprimé pour échapper à son châtiment.

— Vous m'en direz tant..., commenta sobrement le neurologue.

— L'artifice a bien failli nous tromper, ajouta le reporter. Surtout à partir du moment où le professeur a osé affirmer devant moi qu'Henri Champsaur avait envoûté, manipulé son épouse, inconsciente au point d'oublier tous ses devoirs. J'y ai suffisamment cru pour penser que l'étudiant avait découvert la fragilité de Marguerite Casals, sujette à un somnambulisme naturel. Et qu'il l'hypnotisait pour arriver à ses fins ! C'est à ce moment-là que je suis venu réclamer vos lumières, cher docteur. Je pensais vraiment qu'Henri abusait de Marguerite Casals par le biais du sommeil hypnotique.

Fourcade était de plus en plus ahuri :

— Quelle histoire ! Je croyais avoir affaire à des esprits tourmentés, au château Bertrandon, mais je constate qu'ils ne sont pas tous chez moi...

Un détail le fit soudain tiquer :

— Pourquoi donc cette femme a-t-elle subtilisé le classeur de l'étudiant ?

Baruteau se chargea d'éclairer son ami :

— Parce qu'il fallait à tout prix que l'on croie à l'escapade de deux amants venus là pour s'offrir une sieste coquine, Théo ! Le cahier de cours, au milieu, faisait tache. D'autant qu'il ne s'est rien passé entre ces deux amoureux transis.

La surprise fit ouvrir au neurologue des yeux aussi ronds que son visage :

— Rien passé ?

— Rien, je te dis. Le légiste n'a trouvé aucune des traces tangibles qui suivent à coup sûr un acte sexuel. Ça nous a fait tiquer, et, en même temps, nous a embrouillés. On ne comprenait plus rien. Je vois à ta tête qu'il en va de même.

Le neurologue opina :

— Mais enfin, si ça n'est pas pour... ? Que sont-ils donc allés faire dans cette villa vide et dans cette chambre close ? C'est ahurissant !

— Il se sont parlé.

— Parlé de quoi ?

— Ça ! Nous n'en savons rien. Et resterons ignorants si le jeune Henri ne retrouve ni mémoire ni parole. Mais, grâce aux interrogatoires conduits par la Sûreté auprès de ceux que la presse marseillaise surnomme déjà « les amants diaboliques », et auprès de Paul Chabert, l'ami intime d'Henri, nous pouvons formuler des hypothèses. Chabert détenait des lettres

– enfin, des billets – écrits par Marguerite Casals à Henri Champsaur. Grâce à eux, nous avons pu reconstituer le puzzle.

Le docteur Fourcade croisa les bras sur sa poitrine en soupirant :

— J'ai bien peur qu'il me manque encore trop de pièces...

— On va te les fournir, Théo, ne t'inquiète pas.

— D'où sortez-vous ces lettres ? Qu'apportent-elles à l'affaire ?

— Une grande partie de la solution, expliqua le reporter.

Fourcade leva les bras au ciel :

— Mais enfin ! Une femme mariée n'écrit pas en cachette de son mari à un jeune homme ! Il y avait donc autre chose qu'une idylle platonique ?

— Non, docteur, vous n'y êtes pas. Nous avons cru nous aussi qu'il s'agissait de lettres d'amour échangées discrètement à l'insu du mari. En réalité, la majeure partie sont des petits mots répondant probablement à des déclarations passionnées ou à des demandes pressantes de l'étudiant. Cette femme vertueuse, bourrée de principes, ne voulait pas céder. Mais elle culpabilisait. Elle s'en voulait d'être la cause des tourments de ce jeune homme excessif, qu'elle aimait sincèrement, au fond. Comme une grande sœur. La malheureuse tentait de dissuader son amoureux. Elle cherchait à le raisonner. Mais elle le faisait à demi-mot. Pour ne pas le peiner. Son seul tort aura été de n'avoir pas su être ferme dans son propos. Il avait dû lui faire le chantage à l'exil : « Ne partez pas, ne m'écoutez pas », lui écrit-elle. Mettons-nous à la place de l'amoureux : il devait prendre ça pour des sortes d'encouragements. Surtout quand elle le suppliait de ne pas la quitter. « Ne plus vous voir, l'idée me désespère », lui dit-elle. On ne pouvait pas mieux inciter Henri Champsaur à prendre ses désirs pour des réalités. Une phrase comme : « J'aurais dû savoir ne pas me faire aimer » pouvait avoir un double sens pour celui qui espère envers et contre tout. C'est pourquoi nous avons d'abord cru qu'elle ne le décourageait pas. Et que Casals avait raison : c'était une affaire d'adultère ou de crime passionnel.

Le policier, tourné vers son neveu, l'écoutait avec la même attention que le neurologue, comme s'il découvrait l'affaire. Le docteur Fourcade avait renoncé à débrouiller son fil et posé sa canne dans le fond de la barque.

— Enfin, poursuivit Raoul, il y a les trois dernières lettres. Elles ne sont pas de la même farine. Celles-ci, ce n'est pas Marguerite Casals qui les a écrites. Ou plutôt, *elle ne savait pas qu'elle les avait écrites*. Car elle les a rédigées à son insu, en état de sommeil hypnotique.

— Diable ! s'exclama Fourcade, et qui est celui...

— Celui qui les lui a dictées sous hypnose, docteur, se nomme Alexandre Casals. Il l'a lui-même reconnu. Non sans mal. Dans le premier des trois billets, pour émoustiller le jeune homme, il a joint une mèche de cheveux gris et fait jouer à sa femme un rôle de coquette : « Je suis vieille, mais vous m'avez rendu ma jeunesse », lui fait-il écrire. La seconde proclame : « Il faut que cela finisse. Je ne puis plus supporter cette existence-là. » Cela peut s'interpréter de deux façons : « Je veux mettre fin à ma double vie », ou bien : « Je veux mettre fin à ma vie. » Une vie insupportable, on peut vouloir la quitter définitivement. Dans ses excès verbaux, Henri Champsaur lui-même avait évoqué cette possibilité devant témoins, au cours d'une réception chez les Casals. Le professeur a su s'en servir au profit de son complot.

Le neurologue secoua la tête en signe d'accablement. Raoul acheva :

— Enfin, la dernière lettre. Celle-là ne joue plus sur les mots. On y lit : « Allons nous tuer tous les deux. » Ou encore : « Nous mourrons dans un baiser. Ensemble à jamais. » On y fixe même le rendez-vous. C'est clair ! Or, c'est en état de complète inconscience que Marguerite Casals a tracé ces mots.

— J'ignorais, dit le docteur Fourcade, que Casals fût compétent en matière d'hypnose.

— Nous aussi, répliqua Baruteau. Mais c'est grâce à toi que nous l'avons découvert.

— À moi ?

— Dans l'ordre, grâce à Raoul puis à toi. Mais tu joues ton rôle aussi, tu vas voir.

— J'aimerais bien.

— Alors, écoute. Si mon *testard* de neveu ne s'était pas *engatsé*[1] sur cette affaire d'hypnose qui le tarabustait, jamais je te l'aurais adressé afin qu'il arrête de nous bassiner avec ça. Avec ton aide, nous avons appris deux choses capitales pour la suite de notre réflexion. D'abord, qu'il était possible de pratiquer une hypnose *différée dans le temps*. Qu'un ordre dicté par l'hypnotiseur au patient durant le sommeil somnambulique pouvait être exécuté plus tard, au jour et à l'heure dite. Pour expliquer ce qui ne pouvait pas l'être autrement à ce stade de l'enquête, nous avons

1. Mot à significations multiples : s'énerver, s'emporter, se disputer, mais aussi se passionner, s'acharner, comme c'est le cas ici.

pensé que le jeune Champsaur attirait par cette technique la pauvre Marguerite à la *Villa aux Loups* afin d'abuser d'elle sans qu'elle en garde le souvenir. Mais ça ne collait pas. Il eût fallu que l'étudiant et la bourgeoise se fussent trouvés seuls, suffisamment longtemps et sans témoins, en dehors de la maison de La Panouse, pour que la suggestion à échéance s'accomplisse. Car nous ne comprenions toujours pas comment Marguerite Casals avait été attirée à la villa, si elle n'était pas consentante. C'est alors que Raoul a été convoqué par le professeur Casals pour se faire savonner les oreilles. Il a remarqué, parmi le bric-à-brac qui encombrait le bureau de l'urologue, un appareil qui sert à hypnotiser, dénommé boule de Fournier.

— Je connais cet attrape-nigaud, dit Fourcade.

— Mais à ce moment-là, Raoul n'était pas capable de l'identifier, il n'en avait jamais vu. C'est en montant à Paris avec toi qu'il a découvert la chose et son emploi à la Librairie de l'Art indépendant. Nous avons donc commencé à nous intéresser à Casals sous un autre angle. Pourquoi possédait-il ce machin, si ce n'était pas pour s'en servir ? Et dans quel but ? La police que je dirige devenue enfin mobile, j'ai expédié un inspecteur du côté de La Salpêtrière, voir si Casals, dans sa jeunesse, ne serait pas venu assister aux leçons de Charcot. Mon flic est retourné bredouille. Mais une fois encore[1], la lumière est venue de notre Cécile, la femme préférée de Raoul, cent fois plus futée que son reporter de mari. Elle s'est souvenue que, durant le voyage en chemin de fer, tu nous

1. Voir les épisodes précédents des « Nouveaux Mystères de Marseille ».

avais appris l'existence d'une équipe rivale de la Salpêtrière. « Si vous alliez voir du côté de Nancy ? » nous suggéra-t-elle. Bon sang, c'était bien sûr ! L'école de Nancy, dirigée par ton bon maître, Henri Beaunis. Je lui ai aussitôt téléphoné, afin de savoir si, dans ses archives, ne se trouvait pas trace du passage d'un certain Casals Alexandre... Et j'ai décroché la timbale ! Deux jours plus tard, Beaunis me faisait savoir que le salopard, encore étudiant, avait suivi auprès de Liévaud, Bernheim et Liégeois l'enseignement de la suggestion hypnotique, du somnambulisme provoqué, de la double conscience, et autres jeux de société dont toi et tes semblables occupez les longues soirées d'hiver.

— Une bonne école, se défendit Fourcade.

— D'où sortent parfois des assassins, commenta Raoul, qui rappela au neurologue cette nouvelle d'Edgar Poe où tout le monde cherche partout une lettre qui est en fin de compte posée sur un bureau, mais tellement en évidence que personne ne la voit plus[1]. À force de voir en permanence la boule de Fournier avec laquelle il hypnotisait son épouse posée devant lui sur son bureau, Casals n'y prêtait plus cas et n'a pas pensé à la faire disparaître. C'est en retrouvant un exemplaire de l'engin à la Librairie de l'Art indépendant, à Paris, que j'ai fait le rapprochement...

Baruteau contempla un instant l'air ahuri de son vieil ami :

— Sais-tu à partir de quoi Casals a pu manigancer tout ça ? C'est tout bête. Quelque temps auparavant,

1. *La Lettre volée* (*The Purloined Letter*, dans l'édition originale).

Henri Champsaur, invité avec quelques amis des Casals, avait dit, en toute innocence, devant Marguerite et son époux : « À la fin des vacances de Pâques, j'ai laissé un classeur rempli de citations se rapportant à mon cours de littérature, chez ma mère, à La Panouse. Il me faudra aller le récupérer pour mes révisions. »

— Dans la nuit même, le professeur hypnotise sa femme et lui *ordonne* de proposer à l'étudiant d'y monter en sa compagnie. Ça ne rate pas. Le jeudi, jour où Henri assure sa répétition auprès des fillettes, Marguerite *obéit* à l'ordre reçu : « Je monte lundi à la *Villa aux Loups*, chercher des vêtements pour la tombola annuelle de l'association dont je suis la présidente. Allons-y ensemble, je prendrai mon linge, vous votre classeur et ça vous évitera des frais de transport. Passez donc me prendre vers 2 heures. »

— Si je n'étais pas la modestie même, plaisanta Raoul, à cet instant je m'écrirais : « Je vous l'avais bien dit ! » Mais à l'époque, vous préfériez me dire : « Tu prends tes désirs pour la réalité. » Et me faire passer pour un chichnouf.

— Je bats ma coulpe, admit le policier, qui revint à son récit :

— La nuit suivante, Casals hypnotise de nouveau Marguerite et lui dicte la lettre délirante où elle propose à Henri : « Allons nous tuer tous les deux. » Jeanne Tardieu la dépose au domicile des Champsaur, boulevard Notre-Dame, comme s'il s'agissait d'un mot destiné à l'étudiant pour déplacer un horaire de leçon, ou une invitation à participer à une réception, telle qu'il en recevait souvent. En fait, c'est une bombe pour ce garçon. « Mourir dans un baiser ! » Ce thème, romantique s'il en fût, Henri en était familier. Il avait dit son admiration pour ceux qui savaient mourir de la sorte, affirmé, avec l'outrance d'une jeunesse studieuse saoulée de grands textes, que « ce serait une grande beauté de mourir comme cela. On deviendrait objet d'admiration... » Ça n'était pas tombé dans l'oreille d'un sourd. L'étudiant devenait le truchement idéal pour l'exécution du traquenard imaginé par Casals.

Le reporter eut une moue désolée :

— La seule faute de ce malheureux jeune homme aura été de tomber amoureux d'une femme qui, sans le savoir jamais, l'a entraîné dans une spirale infernale parce qu'elle-même était condamnée à mort !

Le docteur Fourcade n'osait plus interrompre les explications et regardait tour à tour, d'un air toujours plus étonné, ses interlocuteurs.

Le policier compléta ce que le reporter venait de révéler au neurologue :

— Ce n'est pas à toi, Théo que je vais apprendre que non seulement la malheureuse ignorait ce qu'elle avait écrit, et qui fixait *l'heure de sa propre mort*, mais qu'elle avait tout oublié au réveil.

— Je donnerais cher, intervint le reporter, pour savoir ce qui a pu se passer dans la tête d'Henri Champsaur à la lecture de cette lettre démente où la femme qu'il vénère lui demande brusquement de mourir avec lui.

— Peut-être nous le dira-t-il un jour, suggéra le neurologue.

Raoul était tout à sa réflexion à haute voix :

— lI y a un abîme entre des élucubrations romantiques et le passage à l'acte ! La beauté du geste ! Tu parles ! On a vu où ça l'a mené... Selon le témoignage de son meilleur ami, Henri n'était pas du tout décidé à tuer Marguerite. Il était venu à la villa pour le lui signifier. Il préférait la perdre. Ah ! j'aurais payé cher pour être une mouche dans la chambre et écouter ce que ces deux-là ont pu se dire. Ni l'un ni l'autre ne devait comprendre pourquoi l'un parlait du contenu d'une lettre dont l'autre, le prétendu auteur, ignorait l'existence ! Quelle situation !

Baruteau reprit la main :

— Voilà comment nous avons soupçonné le père Casals. Mais encore fallait-il le piéger, partie plus délicate. Elle a été menée de main de maître par mon sacripant de neveu, que je ne savais pas si retors, ni si menteur, quand il a répandu, avec l'aide de ses complices, à la Conception, ses bobards à propos de la résurrection prématurée de l'étudiant. Comme nous l'avions espéré, le poisson a mordu et le loup est sorti du bois, si j'ose ce rapprochement zoologique audacieux.

Le docteur Fourcade, un peu étourdi par cette avalanche de révélations, commençait à y voir plus clair. Il n'en réclama pas moins une précision :

— Mais ne m'avais-tu pas dit que le sacripant en question avait tabassé une femme, à l'occasion ?

— Oui, *mademoiselle Jeanne,* qui s'est pris un marron en pleine poire.

— Elle nous avait énervé notre Raoul à ce point ? suggéra le neurologue, qui retrouvait le goût de la farce de carabin.

— C'était plutôt pour éviter que, le prenant pour Henri Champsaur dans la pénombre d'une chambre d'hôpital, elle lui injecte le contenu d'une seringue remplie d'une dose de chlorure de potassium suffisante à exterminer les vingt et un éléphants du cirque Barnum, cornacs inclus.

Le policier détailla la nuit de veille au pavillon des Officiers qui avait permis de démonter la machination et d'arrêter les coupables.

*

* *

La partie de pêche était passée au second plan.

— Trois poissons, dont deux nains, en trois heures... C'est pas *bézef*, constata le commissaire central en regardant son neveu.

— C'est ma faute, dit Théodore Fourcade. Avec toutes mes questions, je vous ai déconcentrés.

— Il faut rentrer, constata le policier en tirant sa montre. Nous allons connaître un retour humiliant, mes enfants. J'entends d'ici les sarcasmes de Thérésou et de ma sœur. Sans parler des petits... Tu es sûr que ton ami Escarguel ne s'est pas trompé de guide, Raoul ?

— Il est peut-être piégé, mon oncle. Combarnous l'a offert à Escarguel, persuadé que notre poète ne se risquerait jamais sur un bateau. Il connaît la légende d'Arion, et les dauphins sont rares dans le coin. Alors, peut-être faut-il s'en servir avec un code pour le décrypter. Les vrais coins de pêche, c'est comme les sources ou les truffes : ça ne se dit pas.

Eugène Baruteau espérait que Thérésou avait prévu un plan B pour le déjeuner. Il venait de hisser la voile, et *Galinette* avait mis le cap sur la Madrague de Montredon. Aux plis qui barraient son front sous le canotier, on voyait le policier plus soucieux que devant une énigme criminelle. Il demeura un long moment silencieux à ruminer de sombres pensées.

Mais tout à coup, sa grosse moustache frémit et son visage s'éclaira d'un large sourire. D'un geste ferme le nautonier changea de cap. On entendit sa grosse voix, celle qui faisait trembler les voyous du port, retentir :

— Je viens d'avoir une idée géniale, matelots ! Pour ne pas perdre la face, nous allons faire un détour. Mais jurez-moi d'abord le secret absolu.

Les deux autres, entrant dans le jeu, jurèrent aveuglément, levant la main droite et crachant dans l'eau.

Alors le commissaire central de Marseille, penché sur ses confidents, leur glissa à mi-voix :

— Nous allons faire une brève escale à Callelongue. Mon ami Gaby, qui a dans sa guinguette les poissons les plus frais du monde, ne refusera pas de me donner un coup de main en m'en cédant quelques kilos à prix modéré. Ainsi, notre honneur de *pescadous* hémiplégiques sera-t-il sauf.

La proposition fut adoptée à l'unanimité dans des transports d'enthousiasme.

C'est ainsi que sur le coup de midi et demi, on vit débarquer de *Galinette*, amarrée face au cabanon familial, trois pêcheurs arborant des mines réjouies, comme seuls des pêcheurs comblés peuvent en arborer. Raoul Signoret et le docteur Fourcade suivaient Eugène Baruteau, porteurs d'une caisse pleine à ras bord de poissons de roche, de daurades, de sars, de rascasses, de pageots, accompagnés d'un gros poulpe que, dans sa générosité, Gaby avait ajouté « pour amuser les enfants ».

Adèle et Thomas avaient entamé une danse du scalp autour des trophées, tandis que ces dames s'extasiaient.

— Tout ça ? Mais comment vous avez fait ? Ma parole, c'est la pêche miraculeuse ! La Bonne-Mère vous a donné un coup de main ?

Thérèse Baruteau et Adrienne Signoret ne pouvaient pas s'empêcher de « mettre les mains » dans tant de merveilles ruisselantes de fraîcheur. Cécile, de son côté, se contentait d'un sourire entendu. Mais il allait merveilleusement bien à son genre de beauté.

Dans une attitude dont la modestie était inhabituelle, Eugène Baruteau se contentait d'expliquer en montrant la caisse :

— C'est mon ami Théo qui a tout fait. Il les a placés sous suggestion hypnotique. C'est bien simple, ils se battaient pour mordre à l'esque. Il a même fallu en rejeter à la mer...

Pour l'éditeur, le principe est d'utiliser des papiers composés de fibres naturelles, renouvelables, recyclables et fabriquées à partir de bois issus de forêts qui adoptent un système d'aménagement durable.

En outre, l'éditeur attend de ses fournisseurs de papier qu'ils s'inscrivent dans une démarche de certification environnementale reconnue.

Cet ouvrage a été imprimé en France par

à Saint-Amand-Montrond (Cher)
en août 2011

Composé par PCA

N° d'édition : 01 – N° d'impression : 112093/4
Dépôt légal : septembre 2011